D1928943

Cornelia Rimpau

Der Magnetberg

Roman

Rowohlt

Unter dem Titel «Der Magnetberg»
ist im Windrad Verlag, Weiden, eine
Erzählung von Margarete Nolte erschienen.

1. Auflage August 1989
Copyright © 1989 by Rowohlt Verlag GmbH,
Reinbek bei Hamburg
Alle Rechte vorbehalten
Schutzumschlag- und Einbandgestaltung Nina Rothfos
Foto Horst P. Horst
Gesetzt aus der Sabon auf Monotype-Lasercomp
bei LibroSatz, Kriftel
Gedruckt und gebunden bei Clausen & Bosse, Leck
Printed in Germany
ISBN 3 498 05727 8

Für J.R.

Denn über der Erde wandeln gewaltige Mächte
und es ergreifet ihr Schicksal den,
der es leidet und zusieht
und ergreifet den Völkern das Herz.

Hölderlin

1938

Erstes Kapitel

I

«Wir werden diese Leute nicht einladen.»

Mit diesen Worten beendete C. F. Brandau die Unterhaltung. In seiner Stimme klang kein Bedauern mit; sie war leise, höflich und kontrolliert, wie immer, wenn er etwas Unangenehmes sagte.

«Julia würde es auch nicht wollen», fügte er noch hinzu, mehr zu sich als zu uns sprechend, während er seinen Serviettenring so lange hin und her drehte, bis der ovale Goldtopas, der den Ring schmückte, in der Sonne leuchtete.

Dann stand er auf; er stand immer zuerst auf, und aus hellen Augen, die tief in den Höhlen lagen, schien er alle Anwesenden gleichzeitig zu mustern, wobei seine schmale Statur in Vergessenheit geriet. Während er auf die Tür zuging, zog er seine Taschenuhr und warf, den Türgriff schon in der Hand, einen vergleichenden Blick auf die Standuhr und einen lächelnden Blick auf uns zurück. Dann ließ er den Uhrdeckel zuschnappen und schloß mit einem letzten kurzen Nicken die Tür.

So war es jeden Morgen kurz vor neun Uhr; denn er war der Ansicht, daß allein eine exakte Zeiteinteilung genügend Freiraum schaffe für notwendige Arbeit oder ersehntes Vergnügen.

Carl Friedrich Brandau war mein Vater.

An jenem Morgen im Mai 1938 wurde mir zum ersten Mal bewußt, daß sein präziser Zeitplan von immer gleichen Bewegungen und Gesten begleitet wurde. Wir alle warteten darauf wie auf die tiefen Schläge der barocken Uhr aus Walnußholz, die an der westlichen Längswand des Raumes neben der Tür zum gelben Zimmer stand. Um diese Morgenzeit leuchtete das bauchige, von hellen Blumenintarsien geschmückte Uhrgehäuse in der Sonne. In der Mitte des elfenbeinfarbenen Zifferblattes glänzte ein Messingring mit verschnörkelter Inschrift, die wir schon als Kinder auswendig konnten, ohne uns um ihre Bedeutung zu kümmern: *Hic et nunc fugit irreparabile tempus.*

Ganz gleich, wie viele Familienmitglieder oder Hausgäste in dem flaschengrün gestrichenen Eßzimmer um den Frühstückstisch saßen – alle sahen stets gebannt hinter Vater her, warteten auf das Öffnen und Schließen seiner goldenen Repetieruhr, auf sein letztes Nicken. Wenn die hohe, dunkle Eichentür, die in die Halle hinausführte, sich hinter ihm geschlossen hatte und er das Haus verließ, um auf dem Wirtschaftshof mit dem Inspektor zu sprechen, hing sekundenlang eine ungleichgewichtige Stimmung im Raum, als würden Leere und Erleichterung gegeneinander abgewogen.

Doch die Erleichterung überwog immer, und mit den neun langen, tiefen Schlägen der Uhr begann der zweite, entspanntere Teil des Frühstücks.

Damals war ich achtzehn Jahre alt und hatte gerade im Augusta-Stift in Potsdam das Abitur bestanden. Nach vier Internatsjahren war ich wieder zu Hause in Breitenbach.

Breitenbach hieß unser Rittergut in der Magdeburger Börde bei Blankenburg am Harz; Breitenbach hieß auch das kleine, an den Wirtschaftshof grenzende Dorf, das sich zu Füßen des sogenannten Schloßbergs und zu beiden Seiten des schmalen Baches ausdehnte.

Unser Haus war ein schlichtes, 1743 erbautes Barockschloß, in dem Goethe einmal übernachtet hatte. Sein Zimmer war – wie vieles andere in Haus und Garten – seit jenen Tagen nicht mehr renoviert worden, was aber nur in diesem einen Fall aus Ehrfurcht, in allen anderen hingegen aus notwendiger Sparsamkeit geschah.

Langgestreckt, aus hellem Sandstein gebaut, mit dunkelgrünen Fensterläden und einem roten Dach, lag das Schloß vor einer weiten Südterrasse, deren Treppen in den Park hinunterführten. Von der Terrasse aus hatte man einst die flachen und hügeligen Rasenflächen mit großen alleinstehenden Bäumen bis hinunter zum See überblicken können. Doch diesen aufgeräumten Eindruck von Schloß und Park vermittelte nur noch ein kolorierter Stich, der im Treppenhaus hing.

Im Frühling des Jahres 1938 war das Schloß von Bäumen überragt, die matt gewordene Farbe der grünen Fensterläden begann abzublättern, Dachziegel und Sandstein waren nachgedunkelt, und Flecken und Risse im Mauerwerk wurden von Wein, Efeu, Clematis und Glyzinen überrankt. Schloß und Terrasse waren ein Teil der hügeligen Landschaft geworden.

Noch heute bedeutet Breitenbach für mich alles, was schön, hell, großzügig und wohlriechend ist. Der Duft von altem, jahrhundertelang mit Honigwachs poliertem Holz, von Büchern, Leder, Blumen und Früchten, der in manchen Häusern lebt, weckt in mir noch immer die Erinnerung an unser Haus, seinen Garten und die Landschaft, in der es bis heute steht.

Von meinem Platz am Frühstückstisch konnte ich zwischen den Bäumen die Harzberge am Horizont sehen, denn das Wetter war ungewöhnlich kühl und klar an diesem Freitagmorgen im Mai. Ich war wieder zu Haus, und alles schien so zu sein, wie es immer gewesen war; aber irgend etwas hatte sich auf versteckte Weise doch verändert.

Es lag nicht daran, daß meine Brüder und Julia fehlten, die ich in Gedanken auf ihre Plätze an das breite, weißgedeckte Rechteck des Eßtisches setzte: Peter, meinen vier Jahre älteren Lieblingsbruder, an das untere Tischende, Vater gegenüber, die drei Fenstertüren im Rücken. Ferdinand, den ältesten, und seine Frau Julia an Vaters rechte Seite, wo sich – Mutter und mir gegenüber – an diesem Morgen Tante Heide niedergelassen hatte.

Heidemarie Brandau war eine entfernte Cousine meines Vaters, mit der ihn nur der gleiche Name und das gemeinsame Alter verband.

Im Mai 1938 waren beide dreiundfünfzig Jahre alt.

Aus Gründen, über die schon lange keiner mehr sprach, war Tante Heide lange vor meiner Geburt nach Breitenbach gekommen und bei uns geblieben, was sie ihrer enormen Tüchtigkeit, Vaters Familiensinn, Mutters Langmut und der Größe des Hauses verdanken mochte. Sie saß an diesem Morgen auf Julias Platz, obwohl Kruse ursprünglich ihren angestammten Platz am unteren Tischende gedeckt hatte.

Kruse war der einzige Diener, den sich mein Vater damals noch leisten konnte. Hager und klein machte er alles: Er putzte Schuhe und Fenster, hängte Gardinen auf, reparierte alte Wasserleitungen, deckte den Tisch, servierte und sorgte in Vaters Sinn und auf seine Weise dafür, daß Ordnung, Pünktlichkeit und Traditionen gewahrt wurden. Sein Großvater hatte als Gärtnerlehrling in Breitenbach angefangen, und sein Vater wurde der persönliche Diener meines Großvaters Louis Ferdinand. Brandaus in Breitenbach waren der eine Pol in Kruses Leben, der andere war seine resolute, rundliche Frau Anneliese, die als Mamsell in unserer Küche regierte.

Neben Vaters verlassenem Platz lag – akkurat gefaltet – die Gästeliste für das kommende Pfingstfest. Darüber war es zu der Unstimmigkeit gekommen, die noch spürbar im Zimmer schwebte.

Mutter wollte Fremde einladen – Offiziere und Ministerialbeamte aus Berlin; denn Ferdinand, der als Leutnant zur See diente, war plötzlich zur Marineleitung im Reichskriegsministerium nach Berlin versetzt worden, und Mutter hatte ihm angeboten, seine Vorgesetzten einzuladen.

«Es könnte ihm so nützlich sein, Fritz», hatte sie entschuldigend zu Vater gesagt, «Breitenbach macht doch immer einen guten Eindruck, wie?»

Aber Vater lehnte ihre Idee ab. Unbekannte kurzfristig einzuladen, war ihm ebenso zuwider wie sein Haus und seinen Besitz zur Schau zu stellen. Das hatte er sehr deutlich gemacht und sich dann mit gewohnter Pünktlichkeit verabschiedet.

Mutter, Tante Heide und ich blieben am Frühstückstisch zurück, aber es war anders als sonst.

In Vaters letztem Nicken hatte kein verstecktes Lächeln gelegen, Tante Heide nahm sich kein neues Brot, Mutter griff nicht sofort zur Kaffeekanne, um sich dann mit der Tasse in den Händen entspannt zurückzulehnen. Sie blieb vielmehr gerade sitzen und hing ihren Gedanken nach. Ihre Stirn unter den aschblonden, leicht gewellten Haaren lag in Falten, und ihr Mund war ein wenig geöffnet. Etwas Ratloses trat in ihre blauen Augen, die sonst so viel Geduld und Sicherheit ausstrahlten.

Ich wartete darauf, daß der hilflose Ausdruck in ihrem Gesicht verschwinden würde, betrachtete die Lichtflecken, die von der sonnenbeglänzten silbernen Zuckerdose auf das weiße Tischtuch geworfen wurden, und sah in den Garten, der kühl und fern vor den Fenstern stand. Der Stamm der Blutbuche glänzte noch winterschwarz durch die jungen rostroten Blätter; Wiesenschaumkraut schwebte hell über dem Rasen. Alles schien noch so neu, so durchsichtig und empfindlich in seiner ungewissen Pracht.

«Nächste Woche ist schon Pfingsten», sagte ich, weil die Stille im Zimmer immer schwerer lastete, «und der Garten wirkt noch ganz frühlingshaft.»

«Kein Wunder, wenn es so kalt ist», antwortete Tante Heide, «aber über Pfingsten soll es heiß werden.» Sie kaute dabei.

Das Wetter konnte sie immer genau vorhersagen; es stimmte dann auch.

Wenn sie nur nicht so hingebungsvoll kauen würde, dachte ich.

«Es könnte Ferdinand doch nützen, wenn wir seine Chefs einladen würden – Pfingsten kommen so viele Menschen. Es wäre auch ganz unverbindlich, was?» Mutter stützte den Ellenbogen auf, während sie ihren Gedanken nachhing, und nagte am kleinen Finger. Vater fand die Angewohnheit unschön, aber sie paßte zu ihr.

«Julia scheint ja auch etwas dagegen zu haben», bemerkte Tante Heide spitz, «obwohl ich . . .»

«Ach, laß doch, Heide, was?»

Mutter schnitt ihr das Wort ab. Im Grunde war sie verärgert, aber die kleinen fragenden «was» oder «wie», die sie den meisten ihrer Sätze anhing, sollten versöhnen.

Von den Nasenflügeln herab gruben sich tiefe Falten um Tante Heides Mundwinkel, die sich noch verschärften, wenn sie eine Meinung hatte, aber nicht danach gefragt wurde. Dann ließ sie an Gegenständen, die gerade zur Hand waren, ihren Groll aus. In diesem Fall waren es Teller und Tasse, die sie mit ruppigen Handbewegungen neu zurechtsetzte.

Julia war die Frau meines Bruders Ferdinand, den ich kaum kannte.

Er war zehn Jahre älter als ich und selten zu Haus, weil er das Klima zwischen Harz und Börde nicht vertrug. Schon als kleines Kind hatte er unter fiebrigen Erkältungen, Husten und bedrohlichen Asthmaanfällen gelitten, denen Tante Heide mit Kräutertee, Quark- oder Senfumschlägen zu Leibe rückte. Das half für den Moment, kurierte ihn aber nicht dauerhaft.

Mit zehn Jahren war er für sein Alter zu groß, wog viel zuwenig und schien ohne körperliche Widerstandskräfte. Zwischen den immer häufigeren Fieber- und Asthmaanfällen erholte er sich nicht mehr; die alten Hausmittel versagten, der Hausarzt wurde oft gerufen, konnte aber nichts ausrichten. Er riet den Eltern schließlich, Ferdinand für längere Zeit in die Schweiz zu schicken. Die Alpenluft sollte ihn vor chronischem Asthma bewahren.

Nach elf Internatsmonaten im Oberengadin erklärte ein Schweizer Arzt, er könne keine asthmatischen Symptome mehr entdecken, Lunge und Bronchien des Jungen seien gekräftigt und gesund. Die Familie atmete erleichtert auf, bis einige Wochen später schwermütige, traurige Briefe von Ferdinand kamen, über denen Vater ungeduldig wurde und Mutter fast verzweifelte. Er sehnte sich nach dem hellen Breitenbacher Haus, nach der Familie, nach den weiten Flächen der Börde. Nachts überfielen ihn Alpträume, tagsüber konnte er nicht mehr arbeiten und kaum noch essen. In seinen Briefen verwandelte sich das schloßartige Internatsgebäude zur muffigen Zwingburg, die Seen bei Sils-Maria zu dunklen Abgründen, die eisgrauen Berge zu gigantischen Wänden, die über ihm zusammenzustürzen drohten. Der Internatsleiter bat dringend um einen Besuch der Eltern. So brachten sie Ferdinand wieder nach Hause.

In Breitenbach zeigten sich jedoch schon nach wenigen Wochen erste Anzeichen seiner alten asthmatischen Beschwerden. Der Hausarzt beschwor die Eltern, noch einen neuen Versuch zu wagen und Ferdinand auf ein Internat an der Ostseeküste Schleswig-Holsteins zu geben. Dort geschah das kaum noch für möglich gehaltene Wunder: Ferdinand fühlte sich endlich wohl, konnte frei atmen, schlafen, essen, Sport treiben und bestand sogar das Abitur, was keiner zu hoffen gewagt hatte.

Als ich ein kleines Mädchen war, besah ich mir oft Mutters Lieblingsfotografie von Ferdinand, die in einem breiten silbernen Rahmen auf ihrem Sekretär im blauen Eckzimmer stand. Das Bild zeigte einen schmalen, hochaufgeschossenen Jungen in Segelmontur, der ganz vorn am Bug eines Segelbootes stand, den Schiffsstander aus der Halterung genommen hatte und die Fahne hoch über seinem Kopf wehen ließ. Auffällig runde Augen leuchteten schwärmerisch unter den vom Wind zerzausten blonden Haaren; der Mund lächelte ernst in dem schmalen Gesicht.

Ferdinands Kameradschaftsführer hatte die Aufnahme nach dem Regattasieg der Schulmannschaft gemacht und den Eltern zugeschickt. Ferdinand sei ein gewissenhafter, begeisterungsfähiger Junge, stand in dem Begleitbrief, keiner wolle ihn mehr missen.

Wenn er Weihnachten, Ostern und in den Sommerferien für kurze Zeit nach Hause kam und sich die erste Wiedersehensfreude gelegt hatte, beachtete er Peter und mich kaum – wir waren zu klein. Ferdinand war lieber mit den Erwachsenen zusammen, und in einem leidenschaftlichen, gleichzeitig belehrenden Tonfall erzählte er von seinen Lehrern, seinen Mitschülern, von Büchern, die er las, vom Tagesablauf im Internat, meistens aber vom Segeln und seinem größten Wunsch: Er wollte Marineoffizier werden.

Mir kam es immer so vor, als erzähle Ferdinand nur für Vater, der aber nicht viel mit ihm anzufangen wußte. Ferdinand schien immer Vaters Blick und Lob zu suchen und mußte sich immer wieder mit einer kurzen Frage, einem erstaunten Lächeln zufriedengeben. Mutters Lob und Anerkennung halfen ihm meist über diese merkwürdige Gleichgültigkeit hinweg. Vater zog sich bald von den Gesprächsrunden zurück, um seinen Beschäftigungen nachzugehen.

1936 verliebte sich Ferdinand auf einem Offiziersball in Julia Georgi, die gleichaltrige, schöne und selbständige Tochter eines Hamburger Kaufmanns, und lud sie zwei Wochen später zum Pfingstfest nach Breitenbach ein. Am Pfingstmontag verlobten sie sich zum Erstaunen der Familie. Julias Vater, der sich häufiger in seiner brasilianischen Niederlassung als in seinem Hamburger Kontor aufhielt und der sich, versessen auf alles Neue, unentwegt planend und suchend zwischen den Kontinenten und ihren Hauptstädten bewegte, lernten wir erst kennen, als Julia und Ferdinand im September 1936 heirateten. Seitdem wohnte Julia in unserem Haus. Ferdinand hing sehr an Breitenbach und wollte es so, obwohl er nur selten kommen konnte.

«Durch Julia wird ein Teil von mir immer dort sein – im Haus, im Garten und bei Euch», schrieb Ferdinand damals an die Eltern. Mutter und Tante Heide waren sehr bewegt, Peter und ich fanden es merkwürdig und ein bißchen idiotisch.

Alle – die Familie, die Hausangestellten, die Gutsarbeiter – waren äußerst gespannt, als Julia in Breitenbach einzog.

«Wenn das man paßt», sagte Kruse in der Küche, «die is' ja viel zu reich und zu schön für uns. Ich sag noch zum Schäfer, wenn das man paßt, so schön und reich und immer ohne den jungen Herrn und so allein, sag ich. Is' es nich so?» Dabei sprach er das «ei» vom Harzer Dialekt eingefärbt wie ein langes, helles «a». Es zitterte ein bißchen und tönte wie einsames Schafblöken.

Nach zwei Monaten konnte sich keiner mehr das Breitenbacher Leben ohne Ferdinands junge Frau vorstellen.

«Mit Julia geht es fabelhaft», schrieb Tante Heide mir damals nach Potsdam, «sie hat sich problemlos unserem Tageslauf angepaßt, geht ganz reizend auf die Interessen Deines Vaters ein und ist immer sehr pünktlich. In der Abstellkammer hinter Ferdinands Ankleidezimmer richtet sie sich gerade ein eigenes Badezimmer ein, was ich allerdings höchst überflüssig finde. Ferdinands Zimmer liegt so nah an der Badestube, daß ich nicht verstehen kann, warum sie nicht schnell hinübergehen soll, um sich zu waschen.

Außerdem hat sie ihr altes Hamburger Kindermädchen mitgebracht. Diese Anja ist eine nette Person. Vielleicht ein bißchen schwer zu verstehen. Sehr vernünftig und bitter nötig, daß sie da ist. Wer soll sonst auch plötzlich all die Blusen und Kleider bügeln – und dann noch aus Seide.»

Tatsächlich fuhr Anja nach einem halben Jahr wieder zurück, denn sie hatte Hamburg in ihrem Leben zum ersten Mal verlassen müssen und vermißte in der Magdeburger Börde das heimische Platt und das gewohnte Essen. Doch die Arbeit war auch ohne Anja zu schaffen, denn alle arbeiteten gern für Julia.

«Alle Sorgen, die wir uns noch vor wenigen Monaten über das Zusammenleben mit Deiner Schwägerin gemacht haben, sind vollständig überflüssig gewesen», stand in einem Brief, den Vater mir ins Internat schickte. «Jeden Morgen um zehn Uhr reitet sie mit mir über den Betrieb, interessiert sich für Landwirtschaft und Jagd und hat in dieser kurzen Zeit schon erstaunlich viel gelernt. Nachmittags und abends ist sie häufig in der Bibliothek. Ihre Liebe zu Musik und Kunst wird von ausgezeichneter Bildung und großem Talent im Flötenspiel begleitet.»

Julia muß damals meinem Vater wie ein Fabelwesen erschienen sein, das aus den Luftschlössern seiner hohen Ansprüche zu ihm herabgestiegen war. Mit ihr teilte er seine Begeisterung für italienische Kunst, europäische Literatur und klassische

Musik; sie konnte seinen bemerkenswerten Kenntnissen begegnen, seine Fragen aufgreifen und diskutieren, was sonst keinem in der Familie möglich war.

Mir hatte Vater viel gezeigt und erklärt, als ich klein war, aber Kinder zählten für ihn nicht wirklich. Seine Musikbegeisterung übertrug er auf uns alle, aber vom Talent zum Musizieren konnte bei keinem von uns die Rede sein. Ich bekam Klavierunterricht und durfte auch in seiner Nähe üben, was als Auszeichnung verstanden wurde. Die Klavierstunden von Ferdinand und Peter, die für jeden in unserem hellhörigen Haus zur Qual wurden und in denen sogar Peters Hund das Schulzimmer verließ, um ergeben in der Halle zu warten, brach Vater nach jeweils einem halben Jahr ab. Die Jungen waren so bemerkenswert unmusikalisch, daß der sehr bemühte Julius Krause, Organist in Blankenburg, unter wortreichen Sympathiebekundungen den Unterricht aufkündigte, um nicht selbst in den Klavierstunden verkümmern oder seine allseits bekannten Fähigkeiten in Zweifel ziehen zu müssen.

«Is' doch schade drum», hörte ich Kruse sagen, «bei dem Talent vom gnädigen Herrn.»

«Das haben sie sicher von mir, was?» erklärte Mutter den Fall.

Vater selbst hatte Cello gespielt, aber aufgehört, als er eine beginnende Schwerhörigkeit bemerkte, die ihm sonst indes wenig Sorgen bereitete, da alle Brandaus seit Generationen schwerhörig geworden waren.

Er pflegte weiterhin die musische Tradition des Hauses, denn jeden Freitagabend kamen Herr und Frau Pastor Hühnerfeld zum Essen und Musizieren. Dabei schlief Tante Heide meistens ein, während Mutter nach alten Gobelinmustern Blumengirlanden stickte.

«Ich würde auch gern etwas Nützliches tun», schimpfte Tante Heide immer, bevor sie einschlief, «aber Stricken stört ja angeblich.»

Nun war Julia da.

«Wenn sie Flöte spielt, höre ich besonders gern zu», schrieb mir Mutter. «Manchmal muß ich sogar aufhören zu sticken, um sie anzusehen. Sie erinnert mich dann an ein Bild, das Vater mir einmal im Bode-Museum gezeigt hat. Wie kann dieses schöne, begabte Mädchen nur mit uns zufrieden sein?»

Julia schien nichts zu vermissen, weder Ferdinand noch ihre alte Hamburger Umgebung. Ihre Mutter hatte sie früh verloren, ihr Vater war immer unterwegs, und Geschwister hatte sie nicht.

Als Ferdinand im Mai 1938 nach Berlin versetzt wurde, nahmen alle an, daß Julia mit ihm in die Hauptstadt ziehen würde. An jenem Freitag wurde sie zum Mittagessen aus Berlin zurückerwartet, wo sie sich zusammen mit Ferdinand Wohnungen angesehen hatte.

Mutter saß immer noch mit aufgestützten Ellbogen am Frühstückstisch und sah bekümmert aus dem Fenster, die Stirn in Falten gelegt. Ferdinand ist ihr ähnlich, wußte ich plötzlich. Ferdinand, der dieses bedrückende, schweigsame Frühstück verursacht hatte, Ferdinand, der, ohne es zu wollen, nach Berlin versetzt worden war und dessen Chefs bei Vater offensichtlich nicht erwünscht waren.

1938 befand sich Deutschland im sechsten Jahr unter nationalsozialistischer Herrschaft, die Partei war in jeder kleinsten Gemeinschaft vertreten, und ganz sicher gab es auch bei der Marineleitung im Reichskriegsministerium Nazis.

In Breitenbach wurde die nationalsozialistische Führung abgelehnt. Das gehörte in unseren konservativen Familien, die offen dem Kaiserreich nachtrauerten, zum guten Ton. Aber Vater sprach nicht darüber. Ferdinands Chefs wurden Pfingsten nicht eingeladen, es gab keine Erklärung, kein Gespräch. Vater zog sich in seine Tagesordnung zurück: Er ging ins Büro, er ritt über den Betrieb, er sprach mit dem Inspektor, er ging noch einmal ins Büro, er aß zu Mittag – und zu diesem Zeitpunkt war es auf allen Uhren, die in Mitteleuropa richtig gingen, Viertel vor eins, exakt 12.45 Uhr.

II

Endlich schenkte sich Mutter ihre zweite Tasse Kaffee ein.

«Du liebe Güte, Heide!» Sie lehnte sich lächelnd zurück. «Gleich ist Mittag, und wir haben noch nichts getan, wie?»

Dann schickte sie mich in den Garten, um die letzten Narzissen zu pflücken, die unten am Teich wuchsen. Tante Heide sagte, daß es zu spät am Tag sei, um Blumen zu pflücken, und daß die Narzissen sich ohnehin nicht mehr in der Vase halten würden. Das war sicher richtig, doch Mutter wollte mir Gelegenheit geben, nach dem Frühstück allein in den Park zu gehen, das wußte ich. Und alles Schöne mußte mit etwas Nützlichem verbunden werden, und sei es zum Schein.

Bei uns hieß es natürlich «Teich» und nicht «See», «Garten» und nicht «Park», «Haus» und nicht «Schloß», obwohl alle Leute – sogar die auf den Nachbargütern – vom Breitenbacher «Schloß», «Park» und «See» sprachen.

«Aber es klingt so unbescheiden», war uns immer wieder gesagt worden. «Wir Brandaus sagen das nicht!»

Ich ging über den Rasen und lehnte mich gegen die Blutbuche. Der Stamm war wirklich noch ganz naß, so wie ich es mir in dem warmen, sonnigen Frühstückszimmer vorgestellt hatte. Meine Handflächen färbten sich mit schwärzlichgrünen, nassen Streifen. Ich lief weiter über den Rasen. Meine Schuhe verschwanden im blaßblauen Wiesenschaumkraut und glänzten bald durchnäßt unter einem Muster kleiner, heller Blütenblätter.

Ganz hinten am Teich standen die späten Narzissen. Alle in der Familie liebten diese Blumen. Es waren ganz besondere Narzissen, mit einem winzigen, feinen gelbroten Rand um die Staubgefäße, nicht die üblichen großen Blumen, die wie weiße Osterglocken aussahen und anderswo wuchsen. Immer brachten wir Vater die ersten Sträuße in seinen Lieblingsfarben Weiß und Gelb.

Die Hofuhr schlug halb zwölf, als ich am Teich ankam. Ich setzte mich auf die Bank und beobachtete die Enten mit ihren winzigen Küken. Im Schwanenhaus bewegte sich nichts. Die riesige Trauerbuche spiegelte sich auf der hellen Wasseroberfläche. Immer wieder wurde ihr Bild von den gleichmäßig durchziehenden Wellen einer Entenspur aufgebrochen.

Von der Bank am Teich aus konnte ich die Allee gut beobachten. Julias Auto würde ungefähr um Viertel vor zwölf dort auftauchen. Sie hatte telegrafiert, daß wir sie zum Mittagessen erwarten könnten, und würde früh genug eintreffen, um den festgefügten Zeitplan des Haushalts nicht zu stören.

Seit ihrem einundzwanzigsten Lebensjahr besaß Julia einen Führerschein und ein Auto. Ganz einfach so.

«Ihr Vater scheint das Chauffieren als selbstverständliche Fähigkeit einer modernen jungen Frau zu betrachten, und Geld spielt keine Rolle, darüber spricht sie nicht.» Diesen Satz erinnerte ich deutlich aus einem Brief, den Mutter mir nach Potsdam geschickt hatte.

Bei uns wurde auch nicht über Geld gesprochen, aber es spielte eine große Rolle, denn es fehlte überall.

«Seit dem Zusammenbruch und der Inflation sind wir arme Leute mit einem zu großen Haus», hatte Vater einmal gesagt.

Julia fuhr ein weinrotes Maybach-Kabriolett, dessen beigefarbenes Dach von zwei großen geschwungenen Chrombügeln gehalten wurde und dessen Trittbretter so breit waren, daß man bequem darauf mitfahren konnte. Als das Auto Pfingsten 1936 in die Allee eingebogen war, viel höher, länger, breiter, glänzender und eleganter als Vaters schwarzer Benz oder die Wagen, die wir von den Nachbargütern kannten, als es wie eine Fata Morgana aus Lack und Chrom unter den blühenden Kastanien entlanggeschwebt war, hatten Peter und ich auf der Bank am Teich gesessen. Wir mußten uns zwingen, nicht wie neugierige Kinder mit dem ankommenden Wagen um die Wette zu laufen.

Dieser Wettlauf war ein altes Kindervergnügen: Von Anneliese bekamen wir in der Küche ein riesiges Himbeerbonbon, wenn wir vor dem anfahrenden Wagen die Eingangstreppe erreichten. Unsere Chancen standen immer gut; die Autos mußten vorsichtig fahren, weil die Allee sehr holperig war.

Sie ist nie mehr repariert worden.

Im September 1936 feierte ganz Breitenbach die Hochzeit von Julia und Ferdinand, und «wegen ausgezeichneter schulischer Leistungen» wurden mir acht Tage Extraferien zugebilligt. Peter und ich waren dem Wettlaufalter längst entwachsen, und es gab so viel zu tun, so viele Rosensträuße, Welfenspeisen, Gästebetten und Tischkarten vorzubereiten, daß uns keine Zeit blieb, unten auf der Bank am Teich die ankommenden Wagen zu beobachten.

Ich wartete auf Julias Auto und sehnte mich nach Peter, der zur Wehrmacht eingezogen war, um seinen zweijährigen Wehrdienst abzuleisten. Ohne ihn war es zu Hause leise und leer.

Als Kinder waren wir nie getrennt gewesen. Morgens wurden wir von unserem Hauslehrer, dem eulengesichtigen Herrn Althoff, unterrichtet. Er wohnte über Kruses Wohnung im Wirtschaftsflügel, und mit leiser Stimme und beschwörenden Bewegungen seiner kurzen Hände führte er uns auf dem langen Weg vom Abc bis zu den Geheimnissen der Algebra; er lehrte uns deutsche, lateinische und französische Grammatik; er begeisterte sich und uns für die Schönheit geometrischer Konstruktionen und die Wortgewalt Schillerscher Dramen.

Nachmittags arbeiteten Peter und ich unter seiner Aufsicht für den Unterricht, lernten zusammen Tennis spielen und Reiten, lernten auch, unauffällig zu verschwinden, um verbotene Streifzüge in dunstigen Ställen und vollgebansten Strohscheunen zu unternehmen oder um Kruses Sohn Kalle bei seinen aufregenden Vorhaben zu begleiten. Einige Male kündigten wir Kalle die Gefolgschaft auf, weil er Tiere quälte, Katzen fünf Meter in die Tiefe warf oder lebende Schnecken in ihren Häusern zertrampelte. Ein paar Tage später baten wir ihn aber doch wieder, uns mitzunehmen, denn er kannte jeden Winkel auf dem Hof. Unsere Kinderzeit war vorüber, als Peter sechzehnjährig nach Berlin geschickt wurde, um dort bis zum Abitur das Arndt-Gymnasium in Dahlem zu besuchen. Das war so üblich. Alle unsere Gutsnachbarn schickten ihre Söhne in das dem Gymnasium angegliederte Internat.

Herr Althoff mußte eine andere Stelle als Hauslehrer suchen, weil er für mich allein zu teuer war. Ich bekam Unterricht bei dem betulichen Fräulein Tünscher, die weniger kostete, aber auch weniger Leidenschaft für ihren Beruf zeigte, denn sie redete öfter mit Tante Heide über Haushalt und Garten als mit mir über Literatur oder Logarithmen. Es war eine sterbenslangweilige Zeit, in der ich unzählige Bücher las und mich auf Peters Schulferien freute.

Als ich vierzehn Jahre alt wurde, schrieb Großmutter Brandau aus Berlin den Eltern, es sei eine Schande, meine Erziehung brachliegen zu lassen, nur weil ich ein Mädchen sei. Sie äußerte sich immer sehr direkt und mußte nie lange auf das Resultat ihrer Angriffe warten. Jedenfalls wurde ich kurz darauf in das Augusta-Stift nach Potsdam geschickt. In den folgenden vier Jahren besuchte ich meine Großmutter Ariane in ihrem Berliner Haus am Grunewald recht oft.

Meine einzige Freundin im Internat hieß Angelika. Sie war ein leicht nervöses und kluges Mädchen, dessen braune Augen unter tizianrotem Haar ich nie vergessen werde. 1937 kam sie – zwei Monate vor dem Abitur – nicht aus den Weihnachtsferien zurück. Meine Fragen stießen auf eine Mauer aus Schweigen, von Angelika gab es kein Lebenszeichen, ich fühlte mich einsam und allein gelassen. Erst zehn Jahre später bestätigte sich für mich der Verdacht, der sich im Laufe der Jahre verdichtet hatte: Angelikas Eltern hatten Deutschland überstürzt verlassen müssen. Ihre Mutter war Jüdin.

Neun Wochen später hatte ich achtzehnjährig mein Abitur bestanden, ohne daß viel Aufhebens davon gemacht worden wäre.

Jetzt konnte ich mich von dem Platz im Breitenbacher Garten gar nicht trennen. Die Sonnenstrahlen wärmten mich auf der windgeschützten Bank, ein Schwan reckte seinen Hals vor dem Schwanenhaus und glitt lautlos auf mich zu. Aus der Ferne wirkte er schön, doch dann kam er näher und näher, und wie früher als Kind saß ich festgenagelt auf der Bank, mußte in diese bedrohlichen Augen sehen, ohne mich rühren zu können. Weiß, schwarz, orange, weiß, schwarz, orange – immer dichter vor mir blähte das Tier sich auf, wie in meinem schlimmsten Kindertraum, wenn ich schreien und fortlaufen wollte und aufwachte, weil mein Herz rasend schlug.

Schließlich erinnerte ich mich an die Narzissen, die ich pflücken sollte. Ein abgeblühtes, weißes Meer stand unter der Trauerbuche, aber ich fand noch einige schöne Blüten in der großen Menge für einen letzten Strauß.

Ich hörte Motorengeräusch in der Kastanienallee. Es war Julias Wagen, und wie früher trat ich den Wettlauf gegen das Auto an. Julia hatte mich schon gesehen, hielt an, stieg aus und kam mir entgegen. Ich hatte Herzklopfen vor Freude und Aufregung. Ich bewunderte sie, aber ich kannte sie ja kaum.

«Wie schön, daß du wieder da bist, Thea. Du wirst ja immer hübscher.» Dabei küßte sie mich auf beide Wangen. Das machte sonst keiner in der Familie. «Genießt du es, daß die Schule endlich vorbei ist?»

«Ja, sehr.»

«Weißt du schon, was du jetzt tun wirst?»

«Nein – ich weiß nur, was ich nicht will.»

«Und was ist das?»

«Obernkirchen.»

«Das kann ich gut verstehen.»

Im vergangenen Sommer war Vater mit mir durch Obernkirchen gefahren – eine mittelalterliche kleine Stadt im Schaumburger Land westlich von Hannover, beherrscht von einem romanischen Kloster, das nicht nur ein adliges Damenstift beherbergte, sondern auch eine Landfrauenschule, die zum Reifensteiner Verband gehörte. Dort konnten junge Mädchen ihr sogenanntes «Maidenjahr» absolvieren und während dieser zwölf Monate die Grundzüge der ländlichen Hauswirtschaft erlernen.

«Ich versuche, die Eltern und Tante Heide davon zu überzeugen, wie unsinnig es ist, mich nach Obernkirchen zu schicken.»

«Dabei helfe ich dir gern», sagte Julia, und wir lachten verschwörerisch.

Julia hatte eine warme, leichte Stimme. Meine eigene Stimme fand ich zu hell. Julia hatte hellbraune, ruhige Augen mit ockerfarbenen Sprenkeln, in die man einen ganzen Tag hätte hineinsehen mögen. Meine Augen waren einfach nur blau. Ihr Gesicht war ebenmäßig, mit einer geraden Nase und einem beherrschten großen Mund. Mein Gesicht war gar nicht ebenmäßig, Augen und Nase fand ich zu groß, das Kinn war zu klein, der Mund sei passabel – sagte Peter. Julia hatte dichtes, ganz glattes blondes Haar, das nicht einmal bei einem Galopp in Unordnung geriet. Mein Haar war fast schwarz und sah immer etwas durcheinander aus, weil es sich lockte und krauste. Beide waren wir mittelgroß, aber ich wirkte kleiner. Uns paßten die gleichen Kleider und die gleichen Schuhe, dabei war sie schlank und ich eher dünn – sagte Peter. Er vergötterte Julia. Alle taten es, jeder auf seine Weise.

«Willst du mit mir zum Haus fahren oder durch den Garten gehen?»

Natürlich wollte ich mit dem Auto fahren. Ich hatte Julia so lange nicht gesehen und mich so auf sie gefreut, daß ich mich nicht sofort wieder von ihr trennen wollte.

Jede Geste, jede Eigenart ihrer Erscheinung, jeder Moment ihrer Ankunft ist bis heute in mein Gedächtnis eingebrannt: wie sie neben mir geht – schnell und bestimmt. Wie sie ein nicht vorhandenes Haar zurückstreicht, sich mir zuwendet und lächelnd etwas sagt. Wie sie ihren Arm leicht um meine Schulter legt und ich trotz der kühlen Luft unter den Kastanien den feinen Duft ihres Parfüms ahne. Ich sehe noch ihr schwarzweiß kariertes Reisekostüm neben meinem blauweiß gestreiften Kleid, sehe, wie ihre lackschwarzen Schnallenschuhe neben meinen braunen Schnürschuhen durch das nasse Gras schreiten, wie sie sich ans Steuer setzt, wieder ein Haar zurückstreicht und mich wortlos anlächelt.

Sie hielt vor der Treppe, ohne daß der Kies beiseite sprang. Alle waren plötzlich in der Halle, um sie zu begrüßen. Ich sah, wie Mutter Julia umarmte, wie Vater ihr die Hand küßte und seine andere Hand dabei um ihr Handgelenk legte, was so beschützend und liebevoll war, daß ich am liebsten hingelaufen wäre, um dabeizusein. Ich weiß noch, wie Kruse neben den abgestellten Koffern stehenblieb und seine Mütze zwischen den Händen drehte, was er nur tat, wenn er sich freute; wie Anneliese und Elfriede aus dem Küchenflur vorsichtig in die Halle kamen und verlegen ihre Schürzen glattstrichen, wozu Anneliese nur ihren breiten rechten Daumen benutzte, Elfriede aber die ganze Hand.

In Julias Gegenwart entstand eine ruhig fließende Leichtigkeit, die Gegenstände und Personen so unmittelbar berührte, daß man zu träumen meinte. Ja, genauso war es. Wie in einem Traum kurz vor dem Aufwachen, wenn man das Gleiten zwischen wirklichen Geräuschen und geträumten Bildern, zwischen Tag und Traum so lange festhalten möchte, wie nur irgend möglich.

«Ah, da ist ja unsere junge Hausfrau.»

Tante Heides Stimme tönte mit dem ihr eigenen schrillen Oberton aus der Eßzimmertür. Mit großen Schritten kam sie auf uns zu, schüttelte Julia kräftig die Hand und trat dabei so dicht an sie heran, daß ich mich schon vom Zusehen allein bedrängt fühlte.

Der Zauber war gebrochen, und die Gruppe löste sich auf; jeder ging an seine Arbeit zurück. Julia folgte Kruse, der ihre Koffer nach oben trug. Ich zog meine nassen Schuhe aus und beobachtete Tante Heide, die Julia mit unzufriedenem Lächeln hinterherblickte. Es rührte und belustigte mich zugleich.

Tante Heide gehörte in unsere Kinderzeit wie das Schaukelpferd in der Halle, wie das Bonbonglas in der Küche, wie die dunkelrote Buche im Park. So weit ich zurückdenken konnte, waren Mutter und Tante Heide eine Einheit für uns gewesen. Sie teilten alle Probleme und Aufgaben: Haushalt, Kinder, Gäste, Küche, Garten, die Krankenpflege im Dorf, die Sorge um die Alten und die Kinder der Gutsleute. Ich bin noch heute sicher, daß die beiden sich in den meisten Haushalten im Dorf genauso gut auskannten wie in ihrem eigenen.

Julia aber beanspruchte gar keinen Platz in dieser Welt nützlicher Notwendigkeiten. Wahrscheinlich erregte, ja verärgerte diese Tatsache Tante Heide weit stärker, als sie sich selbst eingestehen wollte. Soweit ich es erlebt und aus Briefen erfahren hatte, führte Julia ein Leben, das mit dem einer Landfrau wenig gemein hatte. Sie ritt, las, schrieb und musizierte. Das waren Tätigkeiten, die wir von Vater kannten und deren Sinn deshalb niemals angezweifelt wurde.

III

Während des Mittagessens kam keiner zu Wort, weil Mutter und Tante Heide das Menü für den Abend besprachen.

«Alles muß schließlich geplant sein, wenn es nichts kosten soll», sagte Tante Heide oft. «Früher konnte man sich auch mal ein paar schöne Sachen von Borchert aus Berlin kommen lassen, aber damit ist es seit 1918 natürlich vorbei.»

Alles schien sich geändert zu haben, schon bevor ich auf der Welt war. Die goldenen Zeiten hatte ich nie erlebt. Ich kannte es nicht anders, aber ich merkte wohl, daß außer Silber und Meißner Porzellan nicht viel Bemerkenswertes auf den Tisch kam. Einen Käseauflauf zum Beispiel gab es nur zu sogenannten «kleinen Anlässen».

«Den mache ich aber lieber selbst, wenn Pastors kommen», sagte Tante Heide. Hühnerfelds aßen gern, und Tante Heide kochte mit Leidenschaft. Ihr Käseauflauf war nicht zu übertreffen, meinte selbst Vater. Alle wußten, daß sie Anneliese, der Mamsell, am liebsten den Löffel aus der Hand nahm, um selbst zu kochen.

«Käseauflauf ist eine gute Idee», sagte Mutter, «aber es heißt Soufflé, wenn Pastors kommen, Heide!»

«Das ist ja hochinteressant, Anne. Warum denn?» wollte Vater wissen.

«Sicher weil sie eine Geborene ist», meinte Tante Heide spitz.

«Unsinn», erwiderte Mutter, «das haben sie in Pommern früher auch nicht gelernt. Nein, ihm schmeckt es besser, wenn es französisch klingt, hat sie mir anvertraut. Besonders patriotisch ist seine Vorliebe ja nicht, was?» Alle lachten, nur Tante Heide gab nicht auf.

«Unser Breitenbacher Auflauf ist noch immer für alle gut genug gewesen. Was sagt denn unsere junge Hausfrau dazu?»

Arme Julia, dachte ich, jetzt ist sie dran. Ihre hellbraunen Augen mit den ockerfarbenen Flecken sahen abwesend über den Teller mit Schnippelbohnen und Fleischklößen. Alle schauten sie an.

«Julia», Vater sprach leise, aber anders als sonst. «Es wird ein salomonisches Urteil von dir erwartet.»

Julia setzte sich fast unmerklich noch gerader auf, drückte ihre Schultern durch und neigte den Kopf ein bißchen wie zum Angriff. Ich nahm mir vor, ihr das nachzumachen. Es wirkte nicht ungezogen und schaffte ein wenig Zeit, wenn man nicht aufgepaßt hatte.

«Was sollen wir Pastors nun zum Abendessen servieren, Auflauf oder Soufflé?» Mutter war so lieb und half immer nach.

Dies war ein tragisches Schulbeispiel. Wie sie auch entscheiden sollte, sie würde schuldig. Auflauf oder Soufflé, Mutter oder Tante Heide, das war hier die Frage.

«Ich würde Salomon fragen», Julia lächelte Vater an. «Und für die Rolle haben wir nur eine Besetzung.»

Gewonnen! Vater lächelte zurück, war amüsiert.

«Also gut, wir wollen doch unserem lieben Hühnerfeld eine Freude machen, nicht wahr? Natürlich sagen wir Soufflé, Heide! Und nun möchte ich endlich etwas über Berlin hören!»

«Stell dir vor, Fritz, Julia hat uns Bitterschokolade von Hamann mitgebracht», sagte Mutter gerührt, und wir alle bekamen strahlende Augen über den Tellern mit Schnippelbohnen.

«Das war sehr lieb von dir», sagte Vater. «Und wie sieht es mit den Bucheinkäufen aus? Hast du die Burckhardt-Ausgabe bekommen?»

Ja, Julia hatte alles mitgebracht, vierzehn Bände, in Leder gebunden. Kruse hatte die Bücherkiste schon in die Bibliothek gebracht.

Viel lieber hätte ich gehört, ob Julia ein Haus gefunden hatte, wann sie nach Berlin ziehen würden und ob sie schon Ferdinands Vorgesetzte kennengelernt hatte.

Von Potsdam aus war ich oft bei Großmutter Ariane in Berlin gewesen. Sie hatte mich in die schönsten Läden, in alle Museen, in die wichtigsten Kirchen und 1936 sogar zur Eröffnungsfeier der Olympiade geführt, und ich hätte zu gern gewußt, was Julia mit Großmutter in Berlin unternommen hatte.

Aber es schien aussichtslos, von ihr Auskünfte zu bekommen. *Die Kultur der Renaissance in Italien* hatte uneingeschränkten Vorrang.

Draußen verdunkelten Wolken die helle Mittagssonne und das Eßzimmer, als würden plötzlich Schatten von den hohen dunkelgrünen Wänden fallen, an denen italienische Landschaftsbilder in alten vergoldeten Rahmen hingen.

Warum mußte Tante Heide sich nur immer durchsetzen und während des Essens alle Türen und Fenster zum Garten verschließen? Ich sah den Wind in den Zweigen, grauweiße Wolkenberge türmten sich hinter den Bäumen auf, ein Pfau spazierte über den Rasen, schlug sein Rad, stieß den geöffneten Schnabel in die Luft – ich spürte seinen Schrei.

Julia und Vater unterhielten sich immer lebhafter über den Vorzug wissenschaftlich kommentierter Buchausgaben, und ich wußte, daß ich bald keine Luft mehr bekommen würde. Tante Heide kratzte quietschend die letzten Bohnen auf ihrem Teller zusammen, das Pflaumenkompott zum Nachtisch war voller Steine, was Vater bemängelte, dann konnten wir endlich aufstehen.

Ich wollte mit Julia sprechen und suchte sie nachmittags überall. Als ich sie endlich in der Bibliothek fand, war Vater bei ihr, und es geschah etwas, das früher für mich undenkbar gewesen wäre: Ich wagte plötzlich nicht mehr hineinzugehen.

Die Westsonne fiel durch das hohe schmale Seitenfenster. Julia kniete in dem warmen Nachmittagslicht vor einer geöffneten Bücherkiste und sah Vater an, der sich, auf einer Sessellehne sitzend, zu ihr hinunterbeugte.

Ich habe nie wirklich aufgehört, meinen Vater zu bewundern: Seine elegante Erscheinung in maßgeschneiderter Kleidung, seine selbstsichere Haltung, die strengen Maßstäbe, die er sich und uns anlegte; seine Fähigkeit, Liebe, Achtung und Bewunderung der Menschen zu gewinnen, die ihm wichtig waren.

An diesem Nachmittag aber ahnte ich zum ersten Mal, wie denen zumute sein mußte, die er ausschloß, die ihn störten, über die er hinwegsah. Dem wollte ich mich nicht aussetzen, deshalb ging ich auf Zehenspitzen an der geöffneten Tür vorbei. Auch Julia war für mich unerreichbar, weil sie von Vaters Zuneigung beansprucht wurde. Er sagte etwas, und sie lächelten sich an. Mich bemerkten sie gar nicht. Der Sonnenstrahl durchschnitt das Zimmer, eine Lichtgrenze zwischen mir und den beiden, denen nichts und niemand zu fehlen schien.

Ich lief in den Garten, schlich mich davon, war eifersüchtig und gleichzeitig stolz auf meinen Vater, der jede Situation ohne viele Worte beherrschte, der erreichte, was er wollte, dem gelang, was er sich vornahm.

Damals kannte ich es nicht anders.

Die Schafe wurden gerade durch den Garten getrieben, und ich redete lange mit dem alten Meyer, der bei der Herde war. Wenn man sich zu ihm stellte, mußte man viel Zeit mitbringen, weil er jedes einzelne Mitglied seiner Großfamilie ausgiebig behandelte. Hatte er mit einer Person abgeschlossen, sagte er immer wieder: «So is' es, so is' es, Fräuleinchen Thea, Kindchen. So is' es, und man kann nichts machen. Nichts als zugucken kann man, Fräuleinchen, Kindchen.»

Dabei erfuhr ich, daß seine uralte Mutter «auf den Tod lag» und daß sein ältester Enkel Erich in die SS-Ortsgruppe aufgenommen worden war.

«Nu is' er man am heiligen Sonntag von der Straße, und das is' 'ne gute Sache, Fräuleinchen. Und stolz kann man auch wieder sein auf 'n Erich, so 'ne schöne schwarze Uniform und Stiefel, wie se ihm geschenkt haben. Das is' doch wieder was. Wir Alten, wir können ja man nur noch zugucken, so is' es, so is' es, Fräuleinchen Thea, Kindchen.»

Der alte Meyer hätte tagelang so herumgrübeln können, wenn ich ihm nur zugehört hätte.

Fast wäre ich zu spät zum Abendbrot gekommen – in Vaters Augen ein kaum zu entschuldigendes Vergehen. Das Abendessen war der Höhepunkt des Tages, das hatten wir früh gelernt. Man zog sich um, man traf sich eine Viertelstunde vorher zum Sherry im gelben Salon, man war freundlich, höflich, machte Konversation und war bemüht, alles Unangenehme und Lästige des Tages auszuklammern.

Nur Tante Heide sagte immer wieder, daß sie diese «ausländischen Manieren» nicht leiden könne, und blieb bis um sieben Uhr in der Küche. Wenn außerdem der Werdegang des berühmten Käseauflaufs überwacht werden mußte, war ihre Anwesenheit in der Küche besonders notwendig. Das wußte jeder.

An diesem Abend aber konnten Hühnerfelds gar nicht kommen. Das hatte ich schon von Kruse erfahren, als ich viel zu spät durch die Halle nach oben rannte. Die alte Mutter des Schäfers lag wirklich im Sterben, und Hühnerfeld war gerufen worden, weil sie große Angst hatte. Mutter, Vater und Julia saßen längst im gelben Salon, als ich hinunterkam, obwohl ich mich mit dem Umziehen furchtbar beeilt hatte. In Windeseile war ich in das himbeerrote Seidenkleid gefahren, das Julia mir geschenkt hatte. Sie mochte das Rot nicht mehr.

Ich hingegen hatte so ein Kleid noch nie besessen. Es hatte lange Ärmel, die vom Ellbogen bis zum Handgelenk immer enger wurden und erst auf dem Handrücken endeten. Statt der vielen Knöpfe, die ich von meinen dorfgeschneiderten Kleidern gewöhnt war, lagen in der Ärmelnaht lange, ganz feine Reißverschlüsse verborgen, und in einer Minute war man fertig angezogen. Der breite Gürtel war eingearbeitet und lief auf dem Rücken in einer dünnen Seidenschlaufe aus. Der Rock endete ungefähr zwanzig Zentimeter über dem Knöchel und saß ganz von selbst.

«Diese Länge ist immer das beste, auch wenn man hübsche Beine hat», meinte Julia.

Mutter und Tante Heide trugen die Röcke nur bis zur Mitte der Wade. Es sei praktischer, sagten sie. Ich hatte mich ein bißchen zu lange im Spiegel angesehen und fand mich außerordentlich schick. Leider mußte ich immer grinsen, wenn ich mich selbst bewunderte, lächeln konnte man das nicht nennen. Dieses dümmliche Grinsen ging aus meinem Gesicht auch nicht wieder fort. Ich grinste alle Bilder im Treppenhaus an und konnte immer noch kein richtiges Lächeln zustande bringen, als ich die Tür zum gelben Salon öffnete.

Zuerst war ich nur froh, daß es keinen Sherry gab, weil ich Vaters Sherry nicht mochte, der bleich und trocken war, angeblich sehr englisch.

An diesem Freitagabend gab es Sekt.

«Das Kleid steht dir wunderbar. Du mußt öfter Rot tragen», sagte Julia.

«Komm, setz dich zu mir.» Mutter klopfte auf den Sofaplatz neben sich. «Wir haben etwas zu feiern.»

Ich sah, daß sie das taubenblaue Samtkleid trug, das ihre Augen immer ausdruckslos machte, obwohl sie dieselbe Farbe hatten.

«Wie gut, daß Hühnerfelds nicht kommen. So können wir in Ruhe auf unsere kleine Neuigkeit anstoßen.»

Vater gab mir einen der Sektkelche mit Wappen und Goldrand, die sonst nur Weihnachten und Silvester hervorgeholt wurden.

«Thea – ich bekomme ein Kind. Das ist die Neuigkeit. Sonst nichts.» Julia sprach ganz ruhig, und die ockerfarbenen Flecken in ihren Augen schienen sich geweitet zu haben.

Schnell trank ich einen Schluck Sekt und sagte: «Das ist wunderschön.»

Ich meinte es wirklich, aber es klang mir lange dürftig in den Ohren nach. Ich wußte nicht so recht, was man auf die Ankündigung eines Babys antwortete; außerdem haßte ich es, wenn ich als einzige überrascht wurde und mich allein freuen sollte, während alle anderen zusahen.

Der Eßtisch war mit größerem Aufwand gedeckt, als es einem normalen Freitagabend angemessen gewesen wäre: Ich sah das Meißner Porzellan mit gelbem Drachen, den barocken, silbernen Tafelaufsatz mit den letzten blankgeputzten Winteräpfeln und die hohen Kristallgläser, die Kruse nur ungern deckte, weil das Abwaschen und Abtrocknen eine zwar heilige, aber zeitverschlingende Handlung war.

Der Käseauflauf war besonders gut gelungen, obwohl Tante Heide ein Gesicht machte, als wäre er zusammengefallen. Nach dem ersten Schluck Rotwein fragte ich schnell, was ich wissen wollte.

«Hast du in Berlin ein Haus für euch gefunden, Julia?»

«Ferdinand und ich haben beschlossen, Großmutters Angebot anzunehmen. Wir beziehen die drei unteren Räume ihres Hauses.»

«Aber das ist doch unmöglich», Tante Heide klang ganz aufgeregt, «wo soll denn da ein Kinderzimmer hin?»

Die Frage war wirklich gerechtfertigt, denn die drei Parterreräume in Großmutter Arianes Dahlemer Haus waren keine Zimmer, sondern dunkle wilhelminische Säle.

«Ferdinand weiß gar nicht, wie lange er in Berlin bleibt, deshalb lehnt er im Augenblick jeden Aufwand ab. Er möchte, daß das Baby hier in Breitenbach zur Welt kommt. Es soll hier aufwachsen. Ich ziehe nicht mit nach Berlin.»

Eine Sekunde lang war alles still, dann klirrte Tante Heides Gabel auf den Teller.

«Wie schön», sagte Mutter liebevoll, «dann müssen wir dich ja gar nicht hergeben.»

«Darauf wollen wir anstoßen.» Vater hob sein Glas.

Tante Heide machte eine verspätete Bemerkung, aber die ging im Klirren der Gläser unter. Ich sah sie von der Seite an: Die kurze Stirn, die merkwürdig farblosen Augen, die überlange Wangenpartie, der dünne, strenge Mund. Sie war mir so vertraut und trotzdem fremd geworden, wie vieles seit meiner Rückkehr nach Breitenbach.

Nach dem Abendessen meldete Kruse ein Ferngespräch aus Berlin. Er hatte das Gespräch an dem Apparat angenommen, der im Küchenflur hing, und wollte es ungern auf das Telefon in Mutters blauem Eckzimmer umstellen, weil dabei fast immer die Verbindung unterbrochen wurde. Telefongespräche in Breitenbach waren deshalb immer mit viel Aufregung und Lauferei verbunden.

Es war Ferdinand. Er ließ sich von den Eltern beglückwünschen und versicherte Mutter, daß er seine Vorgesetzten auf keinen Fall Pfingsten einladen wollte. Damit war das Problem für Mutter erledigt. Für Vater war es nie eines gewesen.

Gleich darauf klingelte das Telefon noch einmal, und das Fräulein vom Amt – eine Enkelin des Schäfers – las Mutter ein Telegramm von Peter vor. Entgegen allen Erwartungen konnte er am Freitagabend vor Pfingsten kommen. Ich weiß noch jetzt, viele Jahre später, wie ich mich freute.

«Ferdinand wird einen alten Internatsfreund mitbringen, den er in Berlin jetzt häufiger sieht», sagte Julia. «Natürlich nur, wenn er darf», fügte sie mit einem lächelnden Seitenblick auf Vater hinzu. «Er heißt Robert, glaube ich. Robert Ostenfeld. Ferdinand sagte, daß er im Luftfahrtministerium arbeitet. Er muß sehr nett sein. Peter kennt ihn auch.»

Ich ging früh nach oben, stand lange am Fenster. Die Nachtigallen lärmten in unserem Garten, der eigentlich ein Park war.

Zweites Kapitel

I

In der ersten Juniwoche des Jahres 1938, der Woche vor Pfingsten, war die ersehnte sommerliche Wärme ausgebrochen, und die Leute klagten darüber genauso wie über die empfindliche Maikühle in den Wochen zuvor. Alle wollten es warm haben, aber nicht so heiß, träumten schon wieder vom ersten kühlen Regen und stöhnten, als befänden sie sich in einem von Dürre und sengender Hitze heimgesuchten Land. Zu jeder Jahreszeit bot das Wetter schier unerschöpflichen Gesprächsstoff – immer wieder neu, immer anders als vorhergesagt und nie richtig.

Unter Tante Heides scharfem Blick, der sich von keiner Wetterlage trüben ließ, wurden die Vorbereitungen für das Pfingstwochenende vorangetrieben und näherten sich am Freitagnachmittag ihrem Ende. Die Gästezimmer im Mansardengeschoß waren geputzt und ihre Dielen gründlich gescheuert worden – sonst wäre Pfingsten für Tante Heide nicht richtiges Pfingsten gewesen.

Einen Tag lang erzitterte der Haushalt in den Grundfesten, weil der Inspektor, Herr Sander, die Scheuerfrauen zum Rübenhacken abgezogen hatte, ohne Tante Heide zu fragen. Das Problem konnte nur gelöst werden, indem die drei oberen Schulklassen vom Unterricht befreit wurden und sich, von Lehrer Biermann begleitet, singend zum Rübenhacken einfanden.

«Unsre Fahne flattert uns voran.
In die Zukunft ziehn wir Mann für Mann . . .»

Das Lied knatterte durch den frühen Junimorgen.

«Biermanns Gemüt», hörte ich Vater zu Julia sagen, «zeigt neuerdings die gleiche Farbe wie der Mantel vom Schäfer. Jeden Tag ein wenig mehr.»

Es kam nur selten vor, daß mein Vater sich zu einer politischen Bemerkung hinreißen ließ, selbst wenn es sich um eine kaum verständliche Anspielung auf den verschlissenen braunen Wettermantel des alten Meyer handelte. Er äußerte sich fast nie zu den Dingen, die vorgingen, ja, er war immer schweigsamer geworden, je lauter sie draußen sangen.

Am Freitag vor Pfingsten kam Wind auf. Aus der warmen, trockenen Mittagsluft erhob sich nachmittags ein Sturm. Er brauste in den Zweigen, wehte Blüten und Blätter durch die hellgraue Luft, verschreckte die lärmenden Vögel und schob zerzauste Menschen vor sich her. Mich trieb er in einem großen Bogen um die Hausecke und zwischen die aufgescheuchten Hühner vor Kruses Hauseingang.

Zwei Wirtschaftsgebäude flankierten das Breitenbacher Schloß auf der von einem wappengeschmückten Giebel geprägten Eingangsseite: Das rechte, eingeschossige Haus stand frei und diente als Remise für Bollerwagen, Fahrräder, Krocket- und Bocciaspiele, herrenlose Tennisschläger und ausrangierte wuchtige Korbtruhen, in denen Pferdedecken für wartende Gespanne bereitlagen. In den verstaubten, dämmerigen Ecken der Remise hatten wir als Kinder Annelieses Katzen besucht, die im Haus nicht erlaubt waren; dort durften wir auch zwei weiße Kaninchen und einen Hamster halten. In unserem Haus duldeten Mutter und Tante Heide nur Peters braunen Jagdhund, und auch den nur widerwillig. Wenn er naß, schmutzig oder ungehorsam war, wurde auch er sofort in die Remise verbannt. Im linken, zweigeschossigen Gebäude, das mit dem Haupthaus verbunden war, befanden sich zwei Küchen, Anrichte- und Vorratsräume, die Kutscherstube, der Eiskeller und zwei Dienerwohnungen, von denen nur noch eine benutzt wurde. Kruse wohnte dort mit seiner Frau Anneliese und seinem Sohn Karl, den alle Kalle nannten.

Kalle, zwei Jahre jünger als Peter, ähnelte in Gestalt und in Gemütslage weder seinem Vater noch seiner Mutter. Er entwickelte sich zu einem stämmigen Burschen, den wir jahrelang bestaunten und gleichzeitig fürchteten, bis er vierzehnjährig – auf Anraten von Vater – eine Zimmermannslehre in Magdeburg begann. Als Kruses Nachfolger im Haus kam er nicht in Frage, das stand für Vater fest, und deshalb suchte er rechtzeitig ein Handwerk, in dem Kalles robustes Gemüt, seine breite Statur und seine unmelodische Stimmgewalt von Nutzen sein konnten. Zum gleichen Zeitpunkt wurde Peter nach Berlin in die Schule geschickt – das wilde Leben in den verstaubten Scheunen, leergefegten Speichern und warmen, dunklen Ställen war vorbei.

Kalle Kruse kehrte nach seiner zweijährigen Dienstzeit bei der Wehrmacht nicht nach Breitenbach zurück, um die Zimmermannsarbeiten dort zu übernehmen, wie sein Vater und mein Vater es für ihn geplant hatten.

«Der setzt sich was anderes in ’n Kopp, Herr Brandau, gnädiger Herr», stöhnte Kruse. «Ich sag noch zu meiner Anneliese: Anneliese, was der auch für neumodische Flausen im Kopp hat, hab ich gesagt. Wenn der Herr Brandau man nur nicht verstimmt sein wollen.»

Zum Pfingstfest wollte Kalle in diesem Jahr nach Haus kommen. Ich erinnerte mich, wie Kruse davon gesprochen hatte, als ich um die Hausecke bog. An den weißen Südmauern der Geflügelställe, gegenüber von Kruses Hauseingang, wollte ich nach den Pfingstrosen sehen, die in der heißen Sonne der letzten Woche alle zugleich aufgeblüht waren – einer rosafarbenen Explosion vergleichbar. Aus der wuchernden Pracht sollte ich die Sträuße für den Saal pflücken, bevor der Südoststurm die Blüten verwehen konnte.

Seit Ferdinands Taufe, Pfingsten 1910, wurde am Pfingstsonntag nach dem Gottesdienst in Breitenbach immer zur Hausmusik eingeladen, und neben den Hausgästen, die spätestens am Samstag zum Abendessen eintrafen, kamen befreundete Familien aus der weiteren Nachbarschaft. Seit Jahren bestritten Hühnerfelds allein oder mit ihren Söhnen oder Freunden die Hausmusik; in diesem Jahr würden sie zum ersten Mal mit Julia spielen. Der Klang ihrer Querflöte, die fließende Melodie des ersten Quartettsatzes, den sie am häufigsten übte, war mit den letzten Tagen vor Pfingsten verwoben. Vater und ich lauschten gebannt dieser Musik von Mozart, wann immer wir sie hörten, und meinten, daß dieses Pfingstkonzert schöner als alle anderen zuvor werden würde.

Tante Heide äußerte Einwände: Zuviel Musik, überall Musik, die sie in den letzten Winkel des Hauses verfolge, störe die gewohnte und notwendige Ordnung des Tages. Ohnehin betrachtete sie die Sträuße auf den Spiegelkonsolen im Saal als den eigentlichen Mittelpunkt des Pfingstsonntags. Die Pfingststräuße plante sie immer lange vorher. Vor ihrem inneren Auge entstanden Bilder von Laub, blühenden Zweigen und Blumen, die sie schließlich Wirklichkeit werden ließ. Während des Konzerts konnte man den Eindruck gewinnen, sie höre verklärt der Musik zu, in Wirklichkeit aber feierte sie eine stille Andacht vor ihren Blumen.

Zwischen die rosafarbenen und weißen Pfingstrosen wollte sie in diesem Jahr dunkelrote und dunkelgrüne Buchenzweige stecken, die ich schon weit hinten im Park gepflückt hatte und in der Hand hielt.

Auf Kruses Haustreppe stand ein Mann, den ich im ersten Moment für den angekündigten Kalle hielt, und ich ging, ihn zu begrüßen. Ein Windstoß wirbelte Staub und Blätter durch die Luft, und ich erkannte erst vor der Treppe, daß ein Fremder zu mir herabsah. Ich strich meine Haare aus der Stirn und sah in Augen, die kühl und abwartend wirkten und sehr blau waren.

«Guten Tag», sagte ich, und er grüßte zurück. Unsere Stimmen waren in dem Sturm kaum zu hören; wir sahen uns an, und es war, als ob wir noch nichts gesagt hätten. Er trug Reitkleidung, war sehr groß, wirkte breiter als meine Brüder und hatte ein kantiges Gesicht mit weit hervorspringender

Nase, die durch die dunkelblonden, glatt zurückgekämmten Haare besonders betont wurde.

«Thea», rief im selben Moment Ferdinands Stimme aus Kruses Hausflur, «wo steckst du nur? Wir sind schon seit einer Stunde hier und haben dich überall gesucht.» Er kam schnell die Treppe herunter und nahm mich in die Arme. «Wie hübsch du geworden bist, Julia hat es mir auch schon gesagt. Man erkennt dich ja kaum wieder.»

Als wäre ich vorher eine schäbige Feldmaus gewesen.

«Thea, darf ich dir meinen Freund Robert Ostenfeld vorstellen. Robert, das ist meine Schwester Anna Dorothea.»

Typisch Ferdinand, dachte ich, er würde noch im Nachthemd die Form wahren und mich mit diesem aufwendigen Doppelnamen vorstellen. Von Ferdinand sah ich wieder zu Robert Ostenfeld hoch, streckte meine Hand aus und wußte, daß er sich darüberbeugen würde. Diese Geste wirkte vor dem Kücheneingang im Hühnerhof noch komischer, als sich mit Doppelnamen vorzustellen, vor allem, wenn man schmutzige Hände hatte und ein verwaschenes Kleid trug wie ich.

«Ich wußte gleich, daß Sie Thea sein müssen.»

«Ja», war alles, was ich antworten konnte. Seine Stimme war ruhiger und dunkler als Ferdinands und machte mich einen Moment lang sprachlos. Ich wandte mich schnell meinem Bruder zu.

«Ist Peter auch schon da?»

«Ja, er ist mit uns gekommen und sucht dich hinten im Garten. Wir wollten mit dir ausreiten.»

«Kommt Julia mit?»

«Nein, sie hilft Vater in der Bibliothek, und später möchte sie noch Flöte spielen – wegen der Generalprobe heute abend», antwortete Ferdinand und stieß mit dem Fuß einen Stein zur Seite. «Außerdem möchte ich ihre Gewohnheiten nicht unterbrechen und Vaters Tageslauf schon gar nicht. Das wäre doch ein Frevel, oder?» Er starrte in die Pfingstrosenbüsche.

Seine Bemerkung sollte lustig klingen, hörte sich aber bedrückt an.

Warum haben sie überhaupt geheiratet? dachte ich plötzlich. In den letzten zwei Jahren haben sie sich kaum gesehen, jetzt ist er endlich einmal hier – und was tut er? Er läßt Julia mit Vater Bücher ordnen und Exlibris einkleben.

Ich wußte nicht, was ich sagen sollte, und studierte sein Profil, als ich Peters Stimme hörte.

«Ferdinand, Robert, wo seid ihr? Geht es endlich los?» Er hatte eine laute Befehlsstimme bekommen, die aber ihren alten, frechen Klang behalten hatte.

«Ich nehme Ihnen die Zweige ab, Thea. Sie müssen peter sicher begrüßen.» Robert lächelte mich an, und ich hatte gerade noch Zeit, zum ersten Mal zurückzulächeln, bevor Peter mir von hinten die Augen zuhielt.

«Das ist ja ein schöner Empfang! Nun kommt man einmal im Leben früher als angekündigt und wird sofort dafür bestraft. C. F. darf nicht gestört werden, Mutter ist in der Stadt, Thea nicht aufzufinden, und Tante Heide tritt einem fast auf die Füße und sagt ständig: ‹Nun wasch dich auch tüchtig nach der langen Reise, mein Junge.›»

Peter konnte den harten, etwas schrillen Klang von Tante Heides Stimme perfekt nachahmen, was sie ihm aber nicht übelnahm. Genausowenig, wie ihm Vater die Abkürzung C. F. verübelte, die sonst nur seinen Freunden vorbehalten war.

Vater hieß natürlich nicht Fritz, so wie Mutter und Großmutter ihn nannten, sondern Carl Friedrich. Seit Generationen bestand eine Liste strenger Doppelnamen, die in unserer Familie vererbt wurden. Mein richtiger Name war Anna Dorothea. Peter hieß Ernst Peter, und Ferdinand war auf keinen geringeren Namen als Louis Ferdinand getauft, was gleichzeitig romantisch und preußisch klang und deshalb gut zu ihm paßte.

Selbstverständlich galt es als patriotische und familiäre Pflicht, Namen zu vererben, die wie Programmankündigungen klangen, aber zu unserer Erleichterung wurde kein häufiger Gebrauch davon gemacht. Nur Tante Heide hatte durchsetzen wollen, daß wir wenigstens bei Tisch mit unseren Taufnamen angeredet wurden, bis Peter – noch als kleiner Junge mit vorgebundenem Lätzchen – einmal zu ihr gesagt hatte: «Wenn du meine Schwester noch einmal Anna Dorothea nennst, wirst du entlassen.»

Das wurde immer wieder erzählt, und Tante Heide lachte am lautesten darüber, weil Peter ihr Liebling war. Niemand konnte Peter etwas verübeln, alle hingen an ihm und suchten seine Nähe, wahrscheinlich weil er so fröhlich und selbstsicher war. Außerdem sah er viel zu gut aus. Die Mädchen im Augusta-Stift hatten geradezu an den Fenstern geklebt, wenn Peter mich nach einem Besuch bei Großmutter Ariane nach Potsdam zurückbrachte. Ein ähnlich undamenhaftes Verhalten war sonst nur zu beobachten, wenn der Kronprinz Louis Ferdinand am Stift vorbeiradelte.

Nach den Aussagen aller Erwachsenen war Peter in Haltung, Aussehen und Neigungen das lebende Abbild von Großvater Louis Brandau, der am achtzehnten Geburtstag unseres Vaters während einer Schleppjagd tödlich verunglückte: Groß und schmal, mit lässigen Bewegungen, einem schön geschnittenen Gesicht, glattem, schwarzem Haar und hellen Augen, die wie bei Vater tief in den Höhlen lagen.

Im Rassenkundeunterricht war Peter vom Lehrer nach vorn gerufen und vor der Klasse von Kopf bis Fuß vermessen worden. Am Schluß der Stunde standen seine Daten – beispielhaft für den «arischen Idealtypus» – an der Tafel und in den sauber geführten Rassenkundeheften der Unterprima. Es sei allerdings schade, daß er nicht ganz die richtigen Farben habe, hatte der Lehrer abschließend gesagt. Peter machte sich über diese merkwürdige Auszeichnung nur lustig.

Jetzt absolvierte er in einem Kavallerie-Regiment in Schwedt an der Oder seine zweijährige Dienstzeit. Das Regiment war berühmt, weil es genügend gute Reiter hatte, eine Quadrille zu Pferde zusammenzustellen. Die Karrees wurden nach Farben unterschieden: Das schwarze Karree war mit Rappen besetzt, das rote mit Füchsen, das weiße mit Schimmeln, und zuletzt das braune mit Braunen. Zu diesem gehörte Peter.

«Ich freue mich so, daß du doch noch Urlaub bekommen hast», sagte ich und versuchte – erfolglos wie früher – seine Hände von meinen Augen zu lösen.

«Ist auch ein Wunder», antwortete er. «Ich war schon ausersehen, ein Trainingslager in Ostpreußen zu leiten. Da sollen die Jungens Schwimmen und Tauchen lernen. Vierundzwanzig Stunden Einsatz, um den neuen deutschen Menschen freizuwaschen . . .» Peter lachte.

«Du kannst immer noch nichts wirklich ernst nehmen, oder?» sagte Ferdinand halb belustigt, halb ärgerlich. Ich hörte den alten Vorwurf in seiner Stimme.

«Laß man», meinte Peter beruhigend, «im richtigen Moment wird es uns alle erwischen. Aber dann reite ich lieber für Deutschland. Schwimmen ist nicht so ganz mein Fall. Nun laßt uns endlich verschwinden, sonst erwischt uns Tante Heide noch, und wir müssen Tische rücken und Stühle schleppen.»

«Ich muß die Spiegelsträuße für den Saal machen», sagte ich.

«Das kommt gar nicht in Frage, Thea. Du reitest natürlich mit. Schaffen wir es noch zum Magnetberg? Da waren wir so lange nicht mehr!»

«Unmöglich», bestimmte Ferdinand. «Es ist schon vier Uhr, wir kommen nie pünktlich zurück zum Abendessen.»

«Also gut, verschieben wir den Magnetberg auf Montag und reiten nur bis zur Galoppstrecke am Bach.»

«Thea muß sich noch umziehen», meinte Ferdinand, «so kann sie nicht mitreiten!»

«Ach, du liebe Güte», stöhnte Peter, «jetzt geht dieser Zirkus los!»

«Wenn du dich auch nicht verändert hast», antwortete Ferdinand, «mußt du wenigstens einsehen, daß Thea nicht mehr zwölf Jahre alt ist. Sie kann unmöglich in ihrem Gartenkleid ausreiten.»

Ich wollte keinen Streit zwischen den Brüdern – nicht gleich in der ersten Stunde.

«Laßt uns doch erst einmal zum Stall hinübergehen», sagte

ich rasch. «Ich glaube, dort liegen noch ein paar alte Sachen, die mir passen.» Ohne eine Antwort abzuwarten, stellte ich meine Buchenzweige in einen Wassereimer am Hühnerstall und schlug den Weg zu den Ställen ein.

Ferdinand hatte inzwischen begonnen, mit Peter die gesellschaftliche Bedeutung von Kleidervorschriften zu diskutieren, und wurde immer langsamer. Ähnlich wie Vater ging er nicht weiter, wenn er sprach. Spaziergänge mit den beiden machten einen verrückt, weil man nicht von der Stelle kam.

«Woher kommt dieser seltsame Name – Magnetberg?» fragte Robert, der neben mir ging. Ich war aufgeregt und versteckte die Hände in den Taschen meines Kleides, konnte nicht sprechen und lief viel zu schnell, so daß ich etwas vor ihm herging. Peter und Ferdinand waren weit hinter uns. Ich versuchte, meine Sprachlosigkeit zu überwinden und Robert Ostenfeld den seltsamen Namen des Berges zu erklären.

Als Kinder hatten Peter und ich an dunklen Winternachmittagen oft Theater gespielt, nur für uns allein, denn selten hatte jemand Zeit, uns zuzusehen. Zu meinem neunten Geburtstag schenkte mir Tante Nora Brandau die *Märchen aus Tausendundeiner Nacht*. Mit seinen vielen bunten Bildern wurde es mein liebstes Buch, und seit ich es besaß, spielten Peter und ich fast nur noch «Sultan und Scheherazade». Für Peter war das sehr einfach. Er trug ein von Tante Heide genähtes Kostüm, das bis in die kleinsten, funkelnden Knöpfe und Säume dem Gewand der gelangweilten Sultansfigur glich, die auf dem glänzenden Schutzumschlag meines Märchenbuches in prunkvollen, roten Seidenkissen lehnte. Mit einer blaugrün schillernden Pfauenfeder, die wir im Park gefunden hatten, glitzernden Perlenschnüren und funkelnden Diamanten aus ihrer geheimnisvollen Knopfkiste hatte Tante Heide den Turban geschmückt, der – wie die Pumphose und der mit Goldborten verzierte Mantel – aus einem glänzenden weißen Stoffballen entstanden war.

Peter zog sich das Kostüm an, setzte sich ganz bequem mit eingeschlagenen Beinen auf ein großes rotes Kissen, an dem leider die üppigen goldenen Quasten des Orients fehlten, und sagte mit dunkler Stimme: «Erzähle weiter, Scheherazade, oder ich töte dich.»

Ich hatte zu antworten: «Ja, mein Gebieter.»

Dann setzte auch ich mich – eingehüllt in eine alte Spitzengardine aus dem Saal – mit untergeschlagenen Beinen auf ein großes Kissen und las ihm aus meinem Märchenbuch vor; das war mir lieber als zu erzählen, und Peter war es auch recht.

Die Geschichte vom Magnetberg wurde mein Lieblingsmärchen, und das Bild, das den sagenumwobenen Berg zeigte, grub sich tief in meine Phantasie: Ein klotziger schwarzer Fels, auf dessen Spitze ein bronzenes Standbild leuchtete, ragte aus wild aufschäumendem, grünem Meer in einen gelblichen Himmel; und ein schwarz-golden bemaltes Schiff mit hohen Aufbauten steuerte unter geblähten roten Segeln darauf zu.

Das Bild sah ich mir immer wieder an, stellte mir immer wieder vor, selbst auf dem Schiff zu stehen, das sich, von der Magnetkraft angezogen, unaufhaltsam dem gefährlichen Berg nähern mußte, bis das Unheil nicht mehr abzuwenden war. Mit seiner unheimlichen Kraft zog der Berg alle Eisenteile, auch den kleinsten Nagel aus dem Schiff heraus, so daß es auseinanderbrach und seine verzweifelten Insassen dem stürmischen Meer auslieferte, bis sie an den Klippen des Berges zerschellten. Nur einer blieb verschont, wurde ohnmächtig in ruhigere Wasser getrieben und auf den Strand einer einsamen Insel gespült, wo er liegenblieb wie eine Marionette, die man fallen gelassen hat. Als er aufwachte, begriff er entsetzt, daß er allein war.

Ich dachte mich so tief in diese Katastrophe hinein, daß ich anfing, von ihr zu träumen. Nachts schrie ich und schlug in mein Kopfkissen, während ich träumte, von dem zerberstenden Schiff ins Meer zu stürzen und allein auf einem schmalen Streifen Sand wieder aufzuwachen. Peter wurde im Nebenzimmer davon geweckt, schüttelte mich, bis ich aufschrak, und nahm mich mit in sein Bett, um Ruhe zu haben. Gegen seinen Rücken gedrängt, schlief ich traumlos weiter, bis Tante Heide uns weckte. Sie sah sich das eine Zeitlang an, erfuhr, was sich nachts abspielte, nahm mir schließlich das Buch weg und sagte: «Du wirst noch krank, Theachen. Das kommt davon, wenn man euch so viel ausländischen Unfug zu lesen gibt.»

Ich beschwerte mich bei Mutter, die mich tröstete und mir versicherte, daß ich das Märchenbuch bald wiederbekommen würde. Es wurde Frühling, wir spielten andere Spiele, und ich vergaß, nach dem Buch zu fragen.

Im Breitenbacher Wald gab es einen merkwürdigen Berg mit unheimlichen Höhlen, in denen früher Menschen gewohnt hatten. Er glich einer klotzigen Felsnase. Aus weiter Ferne und mit viel Phantasie sah der oberste rötliche Fels wie ein Reiterstandbild aus; der Wald, aus dem der Berg herauswuchs wie aus einem dunklen Meer, erinnerte uns an das unheimliche Bild aus meinem Märchenbuch. Der Berg war unser Magnetberg.

Wir waren am Pferdestall angekommen.

«Schön», sagte Robert, «alles ist schön. Nicht nur die Geschichte.»

Der Wind fegte weiße Kastanienblüten durch die graue Luft, und ich dachte: Es ist merkwürdig schön, in diesem stürmischen Wind zu stehen, einen fremden Mann anzulächeln und ihm Kinderträume zu erzählen.

Ich sagte: «Peter und Ferdinand trödeln, das haben sie immer schon getan.»

Dann öffnete ich die dunkelgrün gestrichene Tür des Pferdestalls. Das längliche Fachwerkgebäude mit rotem Ziegeldach war innen so schlicht gehalten wie außen: Ein rot geklinkerter Stallgang führte in der Mitte zwischen einfach gezimmerten Boxen hindurch. Nur noch sieben Pferde standen darin, die ihre Köpfe jetzt neugierig zum Eingang drehten.

Während Robert an die erste Box trat, in der Vaters brauner Wallach stand, suchte ich schnell nach Berta Krüger, der Frau unseres Hofmeisters. Ihr Haus lag dicht neben dem Pferdestall.

Die Familie Krüger lebte und arbeitete von jeher in Breitenbach als Kutscher, Gespannführer und damals schon in der zweiten Generation als Hofmeister. Krügers hatten drei Söhne und eine Tochter, die längst verheiratet war. Ich wußte von früheren Notfällen, daß ihre alten Reitsachen im Kelleraufgang des Hofmeisterhauses hingen. Als Kinder waren wir dort aus und ein gegangen. Krüger hatte uns allen das Reiten beigebracht, und nach den anstrengenden Stunden hatte es immer warme Waffeln bei seiner Frau gegeben, die einem blankgeputzten Weihnachtsapfel mit fröhlichen Augen ähnelte und uns wie ihre eigenen Kinder behandelte. Bevor Peter und Ferdinand am Stall eintrafen, hatte ich sie schon in ihrer Küche gefunden. Bereitwillig lieh sie mir die Reitsachen ihrer Tochter.

Mein Kleid wurde zur Bluse in der geräumigen Reithose, die Stiefel paßten mir noch immer, und ich war rasch zurück am Stall.

Die Pferde wurden hinausgeführt, gestriegelt und gesattelt. Peter half überall, trieb fortwährend zur Eile an, und nach kurzer Zeit saßen wir alle im Sattel: Ferdinand auf der Schimmelstute Senta, Peter auf seinem braunen Hengst Leo, Robert auf der braunen Stute Dora, die ebenfalls Peter gehörte, und ich auf meinem Fuchswallach Adolf, der 1933 geboren und von Krüger in nationalsozialistischem Eifer auf den Namen des Führers getauft worden war.

«Wenn's mir der Herr Brandau doch bitte erlauben wollen», soll er zu Vater gesagt haben. «Einen Sohn kann ich nun nicht mehr so nennen – und wer weiß, wie's mit den Enkeln wird.»

Vater erlaubte es.

Krügers Enkel wurden nie geboren.

Die zurückbleibenden Pferde wieherten hinter uns her, als wir an der winkenden Berta vorbei vom Hof ritten. Nach der Galoppstrecke standen wir etwas atemlos auf der kleinen Brücke und zählten, wie früher, die Forellen im Bach. Ich sah die Sonne durch das Spiegelbild der hohen Pappeln im Wasser flimmern.

Peter sagte: «Wenn meine Zeit in Schwedt vorbei ist, fange ich mit der Landwirtschaft an. Wird auch höchste Zeit.»

Robert sagte: «Es ist wunderschön hier.»

Ferdinand rief wie ein beflissener Schuljunge: «Es sind zehn Forellen in der Minute!»

Jeder war mit seinen Gedanken beschäftigt, bis die beiden Stuten wie immer anfingen, sich zu beißen. Ich beobachtete abwesend, wie Ferdinand und Peter die Pferde beruhigten. In Wirklichkeit aber sah ich nur Roberts Hände, hörte nur seine Stimme.

Später ritten wir auf Umwegen zurück, weil Robert einen Eindruck von der Breitenbacher Gemarkung bekommen sollte, zu der seit dem Jahr 1545 vierhundertfünfzig Hektar Land und zweihundertfünfzig Hektar Wald gehörten.

Sieben Jahre nur sollten diese Gemarkungsgrenzen noch bestehen, die Peter mit der Spitze seiner Reitgerte umriß.

Kurz vor dem Dorf überholten wir den letzten Leiterwagen mit Feldarbeiterinnen, die vom Rübenhacken zurück auf den Hof fuhren. Sie winkten und juchten. Peter ritt eine Weile neben dem Wagen. Die Frauen redeten auf ihn ein und lachten.

Nur Heinrich Rothe, der auf dem Kutschbock saß, verzog keine Miene, drehte sich nicht um und grüßte uns nicht, als wir an ihm vorbeiritten.

«Wer ist denn dieser Bursche?» fragte Robert.

«Das ist der Rothe-Heinrich», antwortete Ferdinand, «der ist immer so, dagegen kann man gar nichts machen.»

«Warum?»

«Ach, das ist eine alte Geschichte.»

Robert ließ sein Pferd zurückfallen und ritt jetzt neben mir.

«Sie müssen mir die Geschichte erzählen, Thea – oder ist nicht mehr genug Zeit?»

Es war eine kurze Geschichte, deren Bedeutung ich erst Jahre später erkennen sollte.

Heinrich Rothe war, wie unser Vater, 1885 in Breitenbach geboren worden. Seine Mutter zog acht Monate vor seiner

Geburt aus dem Brandenburgischen in die Provinz Sachsen und verdingte sich als Arbeiterin auf unserem Hof. Einen Vater gab es nicht, und sie lebte mit ihrem kleinen Jungen unter den strengen Augen des alten Pastors in einem engen Häuschen hinter der Kirche. Heinrich entwickelte sich zu einem gescheiten Jungen, der seine Zeit am liebsten in den Pferdeställen verbrachte, wo er durch seine Wendigkeit dem Hofmeister auffiel. Zu der Zeit gab es vier kleine Jungen auf dem Hof, die Heinrich hießen und auseinandergehalten werden mußten. Deshalb stellte der alte Wilhelm Krüger die Familiennamen der Jungens davor, und noch Jahrzehnte später wurden sie so gerufen.

Der Rothe-Heinrich war Krügers kleiner Favorit. Immer häufiger zog er ihn zu Stallarbeiten heran, und im Pferdestall begegnete Vater ihm. Beide waren damals sechs Jahre alt und befreundeten sich auf der Stelle. Der Rothe-Heinrich verkörperte für Vater jene Freiheit, nach der er in seinen weißen Leinenanzügen, Spitzenkragen und Matrosenanzügen sich sehnte. So häufig wie möglich versuchte er, mit Heinrich zu verschwinden, um Kröten, Frösche und Eidechsen zu sammeln, Steine über den Bach flitschen zu lassen oder die feuchten, dunklen Höhlen des Magnetbergs zu erforschen. Nichts davon war erlaubt; es wurde aber stillschweigend geduldet, solange er zur festgesetzten Stunde mit sauberen Fingernägeln, gekämmtem Scheitel und fleckenlosem Matrosenanzug erschien. Streng verboten waren nur Feuermachen und Bansenspringen in den Speichern. «Bansenspringen» bedeutete, daß man nach der Ernte, wenn die Garben im Speicher aufgebanst lagen, einen todesmutigen Weitsprung in acht Meter Höhe über die Speichergasse wagte.

Als Vater und Heinrich Rothe zwölf Jahre alt waren, vergaßen sie das Verbot – wie schon oft an regnerischen Herbstnachmittagen. Heinrich trat beim Absprung in ein verborgenes Loch unter den Weizengarben und stürzte auf den steinharten Speicherboden hinab. Aus der offensichtlich falsch gebansten Getreidewand lösten sich die Garben und begruben den gestürzten Jungen unter sich. Vater holte so schnell wie möglich Hilfe, Heinrichs Leben konnte gerettet werden, aber ein zertrümmertes Hüftgelenk, ein schief zusammengewachsenes Schlüsselbein und die Zerstörung des linken Auges machten ihn für immer zu einem unansehnlichen Krüppel. Dieses Bewußtsein verwandelte auch die Gemütslage des fröhlichen, schnellen Jungen bis zur Unkenntlichkeit: Meinen Vater begann er zu hassen; vielleicht weil er ihm das Leben gerettet hatte. Lieber wäre Heinrich unter den Garben erstickt, sagte er später, als verkrüppelt weiterzuleben. Weder die Begütigungen seiner Mutter noch die Bemühungen des Hofmeisters oder des Pastors fanden einen Weg in seine verbitterten Gedanken. Mit der Zeit wurde er hämisch und abweisend gegen jedermann.

Im Pferdestall schien er sein Unglück manchmal zu vergessen. Der alte Krüger erkannte das und nahm ihn fünfzehnjährig als Stallknecht auf, konnte aber nicht verhindern, daß Heinrich sich im Laufe der Zeit immer mehr dem fetten Essen, dem Alkohol und – revolutionären Ideen verschrieb. Er sog sie aus Büchern und Zeitschriften heraus, die sonst keiner in Breitenbach las, und verkündete sie mit glühenden, zornigen Blicken. Selbstverständlich nahm ihn keiner ernst; statt dessen lachten ihm die anderen ins Gesicht, machten sich lustig darüber, daß Name und Gesinnung sich nun zu decken schienen: Der Rothe-Heinrich genoß Narrenfreiheit in Breitenbach.

Nach dem plötzlichen Tod seiner Mutter schwängerte Heinrich die gutmütige Else aus dem Unterdorf und war erst drei Monate mit ihr verheiratet, als das Kind, das vielleicht seine Rettung hätte sein können, tot geboren wurde. Von dem Tag an steigerte sich seine mürrische Ablehnung der Welt oft zur Feindseligkeit. Trotzdem versuchten alle, ihm freundlich zu begegnen, was seine Ausbrüche aber nicht besänftigte, sondern nur steigerte.

Im Mai 1938 war Heinrich Rothe einer von vierundzwanzig Gespannführern in Breitenbach.

II

Der Freitagabend vor Pfingsten begann wie immer im gelben Salon.

Vater trug einen grauen Zweireiher und sorgte selbst dafür, daß die Sherrygläser nachgefüllt wurden; Julia erschien in irisgelber Seide, Mutter trug wieder Taubenblau und hatte Kopfschmerzen.

«Das liegt nur am Wind», hatte Anneliese in der Küche fachmännisch erklärt. «Wenn erst dieser Wind weg is', hab ich zur gnädigen Frau gesagt, wenn der Wind weg is', dann geht es ihr gleich viel besser.» Mutter litt häufig unter Migräneanfällen und jeder im Haus setzte sich auf seine Weise damit auseinander.

Als ich hineinkam, unterhielt sie sich – die Stirn besorgt gekraust – mit Ferdinand auf einem der gelben Sofas. Julia und Peter lachten auf dem anderen miteinander, Vater und Robert Ostenfeld standen vor dem mittleren Fenster. Ich setzte mich schnell zu Julia und Peter, und wie in einem Schattenspiel konnte ich die beiden Männer vor dem Abendlicht beobachten: Vater – nur mittelgroß und schmal – achtete besonders dann, wenn er mit sehr hochgewachsenen Menschen sprach, auf einen bestimmten Abstand zu seinem Gegenüber, weil er aus der selbstgewählten Distanz nicht zu ihnen hinaufsehen mußte. So sah ich ihn auch jetzt im Gespräch mit Robert, der ungewöhnlich groß wirkte; kaum merklich wippte Vater mit den Füßen etwas vor und zurück. Robert stand ruhig, knickte vorsichtig das linke Knie, winkelte das rechte vor das linke Bein und neigte den Kopf etwas nach vorn – als wollte er sich höflich verkleinern. Beide hielten in der rechten Hand das Sherryglas und steckten die linke in eine Jackentasche. Beide sprachen sehr konzentriert, genauso konzentriert wie Mutter und Ferdinand, die beide eine ganz ähnliche Art hatten, die Stirn zu krausen und nervös mit den Fingern der rechten Hand auf das Knie zu klopfen.

Neben mir erzählte Peter von der letzten Quadrilleprobe in

Schwedt, bei der ein ungeübter, gleichzeitig musikscheuer Fuchs heillose Verwirrung im roten Karree angerichtet hatte. Ferdinand und Mutter hörten ihm schließlich auch zu, und solange Peter erzählte, konnten wir kaum aufhören zu lachen.

«Reiten ist ja gut und schön, aber ich bin trotzdem heilfroh, wenn ich nächstes Jahr aus diesem Soldatenzirkus wieder herauskomme», sagte Peter abschließend mit einem Seitenblick auf Ferdinand, der auch sofort verärgert zu ihm hinübersah.

Glücklicherweise meldete Kruse in diesem Moment Herrn und Frau Pastor Hühnerfeld.

Abends zog sich Kruse die gestreifte Jacke an, die noch vor 1914 bei Benedikt in Berlin an der Potsdamer Straße gekauft und auf deren silbernen Knöpfen ein großes «B» eingestanzt war. Zur Vervollkommnung seiner Erscheinung kämmte er sich im Küchenflur die Haare ganz langsam und gründlich mit viel Wasser glatt, bis sie glänzten, wobei er sich, Hals und Augen verdrehend, zu dem niedrig hängenden Spiegel herabbeugen mußte.

«Laß man, Kruse», rief Anneliese dann zu ihm hinüber, «kriegst nur 'n kalten Kopp, wenn de dich so schnieke zurechtbürstest.»

Hühnerfelds kamen an diesem Freitagabend in Begleitung ihres hünenhaften Sohnes Georg, der die Oberprima des Berliner Arndt-Gymnasiums besuchte und sehr begabt Cello spielte.

Wenn man Hühnerfelds nebeneinanderstehen sah, schienen sie der lebende Beweis für die Regel zu sein, nach der Gegensätze sich anziehen: Die etwas füllige Frau Pastor Hühnerfeld war klein, lebhaft und von energischer Beredsamkeit. Ein riesiger schwarzer Haarknoten lastete in ihrem Nacken, das Gesicht war scharf geschnitten und wirkte merkwürdig unregelmäßig, weil ihre flinken Vogelaugen ein wenig schielten, so daß nie eindeutig auszumachen war, mit welchem Auge sie einen gerade ansah.

Ihr Mann, dem Vater als Patronatsherr der Breitenbacher

Kirche 1919 das freigewordene Pastorat übergeben hatte, war ein vierschrötiger, bedächtiger Mensch, mit ruhigen, kurzsichtigen Augen, die wie Aquamarine in dem rosigen Gesicht glänzten; die runde Hornbrille stimmte mit dem Farbton seiner welligen, rötlichen Haare überein, und immer umgab ihn der angenehme, kaum wahrnehmbare Duft eines englischen Rasierwassers. «Das riecht eigentlich viel zu teuer für einen Pastor», mußte Tante Heide natürlich bemerken, «aber es paßt zu ihm.»

Gewöhnlich – besonders aber während der Mahlzeiten – war der Pastor schweigsam. Er aß gern, schnell und mit konzentrierter Andacht, wenn es gut war.

Vater teilte mit ihm die Liebe zur Musik und zur italienischen Kunst, die Neigung zur Philosophie, die Ablehnung menschenverachtender, absoluter Herrschaftssysteme, die Leidenschaft für schöne Buchausgaben und alten Portwein. Mit der Zeit war daraus eine unverzichtbare Freundschaft geworden, und seit meiner Konfirmationszeit betrachtete ich Pastor Hühnerfeld auch als meinen Freund. Er behandelte mich wie die Tochter, die er gerne gehabt hätte. Sehr viel später begannen wir einen unregelmäßigen, aber beständigen Briefwechsel, der bis zu seinem Tod im Jahr 1951 dauern und mich zwingen sollte, Geschehenes nicht zu vergraben und zu vergessen.

Bei diesem Abendessen am Freitag vor Pfingsten saß ich glücklicherweise neben Pastor Hühnerfeld am unteren Tischende, denn abgesehen von seiner beruhigenden Ausstrahlung war er groß und breit wie ein Dielenschrank. Das kam mir gelegen. Wie aus einem Versteck heraus konnte ich mich vorbeugen, um Vater am Kopfende des Tisches zu beobachten und zu seiner Rechten die Frau des Pastors, Robert Ostenfeld, Julia und Ferdinand.

Julia leuchtete wie ein Bild aus Gelb und Gold vor der dunkelgrünen Wand mit den alten italienischen Landschaften. In diese Bilder war ich früher oft hineinspaziert, während ich gleichzeitig auf den Nachtisch wartete und den Tischgesprächen lauschte, die versuchten, den Ursachen der Dinge auf den Grund zu gehen: den Rübenläusen, dem Mehltau, den Rheumaanfällen des Schäfers, den Grundrissen florentinischer Paläste und dem «Diktat von Versailles».

Immer wieder war die Frage aufgetaucht: «Wie konnte das geschehen?» Womit in meiner Kinderzeit – als das Jahrhundert noch am Anfang aller seiner Katastrophen stand – der verlorene erste Weltkrieg und der Zusammenbruch des deutschen Kaiserreichs gemeint waren.

An jenem Freitagabend hatte Mutter sich anscheinend ein Gesprächsthema vorgenommen und begann damit ganz unvermittelt: «Nun müssen wir aber wirklich mal ein Radio anschaffen, Fritz. Herr Ostenfeld mußte heute schon zu Kruse in die Stube, um Nachrichten zu hören. Das geht doch nicht, was?»

In diesem Moment wurde mir erst klar, warum ich Ferdinand und Robert auf der Haustreppe vor Kruses Wohnung begegnet war. Der Nachmittagssturm, wahrscheinlicher noch Roberts Gegenwart, mußte meinen Kopf so leergefegt haben, daß ich mich nicht einmal darüber gewundert hatte, sie ausgerechnet auf dem Hühnerhof zu treffen.

Vater sah völlig unbeeindruckt aus, sagte dann aber: «Es tut mir leid, Herr Ostenfeld, aber Sie werden sicherlich verstehen, daß ich in einem alten Landhaus nicht sofort alle Neuerungen einführen kann.»

Eigentlich war das Thema «Volksempfänger» tabu, aber Mutter nutzte die Stunde – die Anwesenheit von Fremden –, um es noch einmal zu diskutieren. Das machte sie manchmal und auch mit Erfolg, um Vaters unnachgiebige Haltung zu durchbrechen.

«Was sagen Sie, Frau Pastor? Mußten Sie schon einmal einen Gast aus dem Haus schicken, weil etwas fehlte? Das ist doch schlimm, was?»

Mutter spielte ihre Ratlosigkeit sehr gut, war aber wirklich eine perfekte Gastgeberin, und daß es einem Gast in ihrem Haus an irgend etwas fehlen sollte, war ihr ein unerträglicher Gedanke. Seife oder Radio – das war ganz egal.

Frau Pastor Hühnerfeld sah mit ihren scharfen, auseinanderstrebenden Vogelaugen in die Tischrunde.

«Natürlich möchte ich nicht, daß etwas fehlt», sagte sie, «aber mit dem Radio hat Hühnerfeld seine festen Ansichten. Es gibt keins. Auch nicht unten in der Küche.» Sie nannte ihren Mann immer nur «Hühnerfeld». Es sollte wohl etwas Besonderes sein, aber wir fanden es merkwürdig.

Mir gegenüber legte Ferdinand seinen Suppenlöffel in den Teller.

«Warum soll man nicht für eine wichtige politische Information oder einen Notfall ein Radio im Haus haben?» sagte er schnell. «Alle haben jetzt ein Radio.»

«Es muß doch nicht sofort von Notfall und Politik die Rede sein», widersprach Peter, der Vater am anderen Tischende gegenübersaß. «Es gibt doch auch herrliche Musik im Radio. Wenn ihr morgens in der Küche Musik hören würdet, könntet ihr vielleicht noch besser kochen. Das wäre doch herrlich, Tante Heide, oder?» Er lachte sein sorgloses Lachen, alle lachten mit und löffelten Annelieses durchpassierte Tomatensuppe.

«Aber wir müssen nicht haben, was alle haben; nicht das tun, was alle tun. Es gibt auch eine andere Art zu leben.» Vaters Stimme blieb ernst und bekam einen belehrenden Unterton. Dies war sein Lieblingsthema. Ich vermied es, Peter anzusehen, um ernst bleiben zu können.

«Gibt es auf Dauer wirklich eine andere Art zu leben?» Das war Roberts Stimme. «Kann man sich über längere Zeit in seine eigene Welt wie auf eine Insel zurückziehen?»

«Aber man muß es sogar», antwortete Vater. «Man muß seine eigenen Pläne verfolgen und seine geistigen Kräfte gezielt und selbstbestimmt einsetzen; man darf sich nicht durch die Nachrichten von fernen Ereignissen und fremden Erkenntnissen vortäuschen, man habe selbst aktiv gehandelt oder eine Erfahrung gemacht. Schnelle Nachrichten verleihen den Dingen häufig eine ganz ungerechtfertigte Wichtigkeit. Was könnte in Berlin, in Deutschland, ja in der Welt passieren, das es wert wäre, es sofort zu erfahren?»

«Nun, vielleicht, daß die Russen nach Westen marschieren. Ohne Kruses Radio würdest du es erst erfahren, wenn sie schon am Rhein stehen, Vater.»

Alle lachten; aber Vater ließ sich nicht darauf ein.

«Für schlechte Nachrichten hat es immer schnelle Boten gegeben, Peter. Seit Tausenden von Jahren. Das ist kein Grund, ein Radio anzuschaffen. Ich lehne es ab, einen Knopf zu drehen und damit einer fremden, vielleicht abstoßenden Stimme in meinem Haus Gehör zu verschaffen. Warum sollte ich mir die geistigen Auswürfe von Menschen anhören, die ich hier auf gar keinen Fall empfangen würde?»

Offensichtlich hatte er die Herren, die in Berlin regierten, auch schon aus Kruses Radio bellen hören.

«Vielleicht, weil sie die Welt verändern, in der wir jeden Tag leben und arbeiten müssen – und Tausende andere auch», warf Robert ein.

Mutter sah ganz gequält auf die Uhr. «Können wir nun läuten, Fritz? Kruse und Anneliese wollen weiterkommen. Mit oder ohne Radio, was?»

«Der Auflauf fällt sonst auch zusammen.» Tante Heide klang ganz beleidigt, und nun hatte sie doch «Auflauf» und nicht «Soufflé» gesagt.

Ich hörte nicht mehr zu.

Warum, dachte ich, kann Peter sagen, was er will, und Ferdinand nicht? Er nimmt alles so leicht, und Ferdinand wirkt immer angestrengt. Peter entdeckte überall eine komische Seite, Ferdinand betrachtete alle Probleme ernsthaft, fast humorlos. Vater war meistens nachsichtig und amüsiert, wenn es um Peter ging, unaufmerksam und gelangweilt bei Ferdinand. Lehnte Vater ihn ab, weil er so war – oder war Ferdinand vielleicht so geworden, weil Vater ihn ablehnte?

Auch die Hochzeit mit Julia hatte das Verhältnis zwischen den beiden nur oberflächlich verändern können. Ferdinand hatte Julia in Breitenbach sich selbst überlassen. Unabhängig von ihm hatte sie dort ihren Platz gefunden, hatte sich bislang unbeanspruchten Raum genommen und mit Glanz gefüllt wie ein neuaufziehender Stern am Abendhimmel, um den die anderen Gestirne sich neu ordnen. In der veränderten Konstellation aber schien Ferdinand nicht den ihm zukommenden Platz in nächster Nähe des neuen Sterns zu besetzen. Im Gegenteil: Man konnte überhaupt nicht erkennen, daß die beiden zusammengehörten, durch keine Geste, keinen Blick. Warum holte Ferdinand sie jetzt nicht nach Berlin? Sie würden ein Kind haben, und er ließ sie hier.

Aber Julia wirkte glücklich – gar nicht wie jemand, der sich allein gelassen fühlt.

Während ich vom Salat und vom Soufflé nahm, das keineswegs zusammengefallen war, spürte ich Roberts Blick.

Ferdinand sagte gerade erregt: «Du verschließt dich der Welt, in der wir leben, Vater. Du selbst hast doch früher gesagt, es gebe nichts Wichtigeres, als seine Pflicht zu erfüllen. Man muß die Aufgaben annehmen, die das Vaterland einem stellt. Vieles hat sich geändert, Vater! In diesem Augenblick entsteht ein neues, anderes Deutschland, mächtiger, als wir es je erlebt haben.»

Pastor Hühnerfeld sah erstaunt von seinem Teller auf und musterte Ferdinand, dessen Augen leuchteten. Aber keiner sagte etwas, keiner hielt Ferdinand auf.

«Ich wäre lieber bei der Flotte als in Berlin», fuhr Ferdinand fort, ohne die ungläubigen Mienen überhaupt zu bemerken. «Aber ich bringe das Opfer gern, und ich kämpfe für Deutschland da, wo ich hingestellt werde.» Er blickte siegreich in die wortlose Tischrunde. «Geht es dir nicht ebenso, Robert?»

«Es gibt so viele Fragen, Ferdinand», antwortete Robert. «Kann man und muß man seinem Vaterland vorbehaltlos dienen, auch wenn sich die Voraussetzungen ändern, auch wenn man dem herrschenden Geist nicht folgen kann oder will?»

«Nun, Rückzug ist kein Verrat, nicht wahr?» Das war wieder Vaters Stimme. «Es kann notwendig sein, die Fenster zu schließen, wenn der Wind zu stark wird. Der Sturm zieht vorüber, das Haus bleibt meistens stehen.» Er sah Julia an, unterbrach sich und lächelte. Als er weitersprach, war jener belehrende Unterton aus seiner Stimme verschwunden, den Peter und ich früher so gefürchtet hatten: «Was meinen Sie, lieber Pastor? Ist es unsere Pflicht, den Zeitläuften Tür und Tor zu öffnen? Müssen wir ein Radio haben?»

Pastor Hühnerfeld legte ruhig sein Besteck auf den Teller.

«Das Wort Christi hat sich ohne Volksempfänger verbreitet», sagte er. «Fast zweitausend Jahre brauchte es, um überall auf der Erde gehört zu werden – langsam, leise und unaufhörlich hat es sich ausgebreitet. Die Botschaft des Satans war immer raffinierter, eindringlicher und fand außerdem immer die schnellere Post.» Langsam hob er sein Glas und ließ das Kerzenlicht durch den Rotwein schimmern. «Auf Ihr Wohl, Herr Brandau.»

Die beiden tranken sich zu.

Frau Pastor Hühnerfelds Miene sprach Bände. Hühnerfeld, dachte sie vielleicht, das muß ich mir nun immer wieder anhören. Aber was um Himmels willen haben Gott und Teufel damit zu tun, daß ich ein Radio in der Küche haben will? Warum kann ich nicht das Orchesterkonzert der Berliner Philharmoniker unter Furtwängler hören, auch wenn dieser Goebbels sich auf dem Nebensender heiser schreit?

Aber sie redete nicht.

«Ist es nicht vielleicht so», fragte ich rasch, «daß man vielen Menschen besser helfen kann, vieles besser begreifen kann, wenn man weiß, was der Satan ihnen eingeflüstert hat?»

«Bravo», sagte Robert.

«Vielleicht hast du recht.» Vater hob sein Glas und trank mir zu.

«Dann kann ich ja morgen ein Radio bestellen», stellte Peter fest.

«Das wirst du ganz sicher nicht tun. So groß ist die Not doch nicht, oder? Schließlich haben wir ja auch noch unsere *Kreuzzeitung*.»

«Die versteckt Mutter aber immer in ihrem Stickbeutel,

damit sie in aller Ruhe lesen kann, wer sich verlobt oder verheiratet hat», sagte Peter.

«Laß man», wehrte Mutter ab, «wenigstens einer in diesem Haushalt muß auf dem laufenden sein, was? Und Familienanzeigen sind allemal spannender als Politik. Nun wollen wir aber endlich wissen, was gleich gespielt wird!»

Es war eine rhetorische Frage, um das Thema zu wechseln; denn tagelang hatten wir über die Musik gesprochen, die jetzt gespielt werden sollte: Mozarts Flötenquartett in C-Dur.

Nachdem Annelieses Zitronencreme gewürdigt und bis auf die letzte Schaumflocke verspeist war, gingen wir durch die dämmerige Diele hinauf in den Saal.

Robert und Peter holten mich auf der Treppe ein. Peter steuerte sofort auf das lange Sofa zu, das hinten an der Saalwand neben dem runden weißen Kachelofen stand, und dort warteten wir auf die Musik, auf die ich mich seit Tagen freute. Eigentlich sollten wir das Sofa gar nicht mehr benutzen, weil zwei zerbrochene Federn bei der kleinsten Bewegung einen knarrenden Ton von sich gaben. Peter und ich ließen uns aber trotzdem immer wieder dort nieder, weil wir gern etwas entfernt von den anderen saßen und weil es nun einmal das gemütlichste Sitzmöbel im Raum war.

Julia spielte Querflöte, Georg Hühnerfeld, der sich als guterzogener, aber ausgehungerter Internatsschüler wortlos und ausdauernd dem Essen gewidmet hatte, spielte das Cello, Pastor Hühnerfeld die Geige, und seine Frau, die eine großartige Pianistin war und gleichzeitig alle Streichinstrumente beherrschte, übernahm die Bratsche.

Hühnerfelds schoben Stühle und Notenständer zurecht und stimmten ihre Instrumente nach dem Ton der Flöte. Wir rutschten über den zerbrochenen Federn des Sofas immer dichter aneinander, und mein weißes Musselinkleid war nur noch ein dünner Strich zwischen den hellgrauen Flanellanzügen von Robert und Peter. Reglos hörten wir der Musik zu.

Der Breitenbacher Saal war der schönste weißgoldene Barocksaal, den ich gekannt habe, der einzige Raum im Schloß, der zweihundert Jahre lang wirklich unverändert geblieben war. Wenn ich dort saß und Musik hörte, mußte ich mir immer wieder vorstellen, wie viele Kleider und Gesichter die hohen vergoldeten Spiegel zwischen den langen Fenstern schon gesehen haben mochten; wie viele Tausend Kerzen hatten hier schon gebrannt, wie viele Menschen hatten unter den Kristalllüstern getanzt und in den goldgelben Seidenpolstern der Sessel, Bänke und Stühle gesessen, die jetzt verschlissen waren?

Wir Brandaus besaßen Breitenbach erst seit einhundertzehn Jahren. Wir hatten versucht, das zu erhalten, was wir von einem verschuldeten, kunstbegeisterten alten Baron übernommen hatten, der vermutlich nicht rechtzeitig gelernt hatte, ohne Leibeigene zu denken und zu wirtschaften. Brandaus waren immer erfolgreiche Land- und Getreidehändler gewesen, hörten aber erst in der zweiten Generation Mozart-Quartette nach dem Essen.

Alle blickten auf Julia. In ihrem irisgelben Seidenkleid, das dichte blonde Haar in Locken gelegt, die Querflöte an den Lippen, ihre hellbraunen Augen ruhig auf das Notenblatt gerichtet, stand sie zwischen den Fenstern, als sei sie eigens für diesen Saal in Weiß, Gold und Gelb geschaffen worden.

Peter sah Julia bewundernd an, Mutter blickte mit liebevoller Dankbarkeit auf sie, und Ferdinand strahlte vor Stolz; nur Tante Heide bekam langsam jenen starren Blick, an dem man erkennen konnte, daß sie anfing, gegen den Schlaf zu kämpfen. In Vaters kühlen Augen lag ein glückliches Staunen, das ihn gleichzeitig fremd und doppelt liebenswert erscheinen ließ; unverwandt sah er Julia an, und wenn ihre Augen sich trafen, lächelten sie still.

Ich sah zu Robert hoch, der an meiner linken Seite saß, aber der mußte mich beobachtet haben. Ich begegnete seinem fragenden Blick, hörte auf, die anderen zu beobachten, lehnte mich vorsichtig neben ihm im Sofa zurück und sah aus dem Fenster.

Die Flötenmusik schwebte im Raum – gläsern und zerbrechlich wie das Abendlicht hinter den Bäumen.

Samstag nachmittag füllte sich das Haus mit Verwandtschaft und Freunden. Durch die sonst so ruhigen Flure und Räume hallten Schritte, Türen klappten, und bis zum Abendessen schienen alle Wasserhähne des Hauses gleichzeitig geöffnet zu sein. Später trafen sich Familie und Gäste im Saal und zelebrierten in Abendgarderobe mit kostbaren Gläsern, bauchigem Silber und altem Meißner Porzellan mit Streublümchenmuster das Abendessen. Es gab frischen Spargel und Frühkartoffeln aus dem Breitenbacher Gemüsegarten, frischgeräucherten Schinken, der nach Kruses Meinung erst dann angeschnitten werden durfte, wenn der Kuckuck zum ersten Mal im Jahr gerufen hatte, und holländische Soße (wie dieses Meisterwerk aus Annelieses Hand schlicht genannt wurde).

Später tanzten wir, und ich begriff, daß ich mich in Robert verliebt hatte.

Am Pfingstsonntag besuchte die Familie zusammen mit allen Hausgästen den Gottesdienst – das war immer so gewesen. Ich ging gern in die Kirche, hörte gern Pastor Hühnerfeld zu, fand es aber immer wieder lästig, daß wir neben dem Altar im Patronatsgestühl sitzen mußten und von der ganzen Gemeinde gemustert werden konnten. Natürlich nutzte ich umgekehrt den Platz aus, um meinerseits die Gemeinde sorgfältig anzusehen.

Kalle Kruse, der früher selten in die Kirche gegangen war, saß in einer nagelneuen schwarzen SS-Uniform mit überkurz geschnittenen Haaren und glänzenden Stiefeln in der ersten Bank. Als Achtjährige hatte ich für Kalle geschwärmt, weil er noch länger auf einem Schwein reiten konnte als Peter. Natürlich war das ein verbotener Sport, aber gerade deshalb galt er als wichtigste Kraftprobe, die jeder Junge auf dem Hof bestehen mußte. Jetzt würde Kalle sich nicht mehr so gut auf einem Schwein halten können, ging es mir durch den Kopf. Er war ziemlich untersetzt und bemühte sich, ein hartes, nordisches Gesicht zu machen, was ihm recht gut gelang. Die SS-Uniform wirkte geradezu peinlich neu. Überhaupt fand ich es ungehörig, damit in die Kirche zu gehen. Schräg hinter Kalle Kruse saß

Robert, und fast erleichtert betrachtete ich sein ruhiges, nachdenkliches Gesicht.

Die Hausmusik nach der Kirche begann um zwölf Uhr. Alle Nachbarn und Freunde mit ihren Kindern und Hausgästen waren gekommen, Kutschen und Autos reihten sich um das Rondell vor dem Haus und bis in die Einfahrt hinunter. Der Saal füllte sich mit Damen in festlichen Seidenkleidern, Herren in hellen Anzügen und mit wohlerzogenen Kindern. Die Propellerschleifen und Hängekleider der kleinen Mädchen, die Pfingstgarderoben, Hüte und Frisuren der Damen wurden begutachtet und kommentiert – aber nur selten gelobt.

Das Konzert begann mit Bachsonaten; Hühnerfelds und Julia wurde begeistert applaudiert, als sie sich zwischen Tante Heides rosafarbenen Spiegelsträußen verneigten.

Die Musik endete mit dem Mozart-Quartett, und Julia spielte die fließende Melodie des ersten Satzes so leicht und schön wie noch nie in den Tagen zuvor. Aufkommender Wind blies Fliederblüten durch die geöffneten Saalfenster und trug die Melodie hinaus in die Bäume, unter denen sich später die hellgekleideten, von Kirchgang und Konzert ermüdeten Menschen an langen Tischen niederließen, um eine kräftige Suppe zu essen. Gespräche, Geklapper, Gelächter, Geklirr vermischten sich, und die lang herabhängenden weißen Tischtücher bauschten sich im Wind.

Vater bedauerte nur, daß Mutter und Tante Heide mit dem Küchenporzellan gedeckt hatten; er konnte das Meißner Zwiebelmuster nicht leiden. Für ihn mußte alles weiß und gelb sein, wenn es festlich sein sollte.

«Du liebe Güte, Fritz», sagte Mutter, «wir können hier draußen doch nicht so teuer decken.»

Als wir nachmittags Krocket spielten, kam Kruse, um Robert hineinzubitten. Für ihn war ein Ferngespräch aus Berlin angemeldet worden. Robert kam nicht wieder, und wenige Minuten später sah ich Ferdinand über den Rasen laufen. Er ging auf Julia zu, die im Mittelpunkt einer kleinen Gruppe unter der Blutbuche saß, und sie begleitete ihn sofort zurück zum Haus. Unruhig gingen jetzt andere, die Ferdinand beobachtet haben mußten, auf den Baum zu, auch Peter und Georg Hühnerfeld liefen dorthin, ihre Krocketschläger noch in der Hand. Die Gruppe um die Buche wuchs wie eine Menschenmenge, die sich an einem Unfallort zusammenfindet. Ich lehnte meinen Krocketschläger gegen das verwitterte Vogelbecken, das uns beim Spielen immer im Weg war, und schnappte ein paar Gesprächsfetzen auf, während ich auf die Terrassentreppe zuging.

«Das können wir uns nicht bieten lassen . . .»

«Die Sudetendeutschen . . .»

«. . . der Führer . . .»

«Goebbels hat schon vor zwei Wochen gesagt . . .»

Jemand pfiff das Horst-Wessel-Lied.

Ich sah von der Veranda durch die geöffneten Türen, wie Kruse Julias Auto vor die Haustreppe fuhr. Vater stand am Tisch in der Diele und blickte abwesend zu den Erntekränzen hoch, die von der Decke hingen. Seine rechte Hand trommelte rhythmisch auf die Tischplatte. Ferdinand rannte nach oben, rief ihm etwas zu.

Ich löste mich widerwillig aus der Stimmung der vergangenen Tage – wie ein Blatt im Herbst, das als letztes vom Baum auf den Boden hinunterfällt, den die anderen Blätter längst bedecken.

«Was ist passiert?» fragte ich Vater.

Er zeigte ein verschlossenes Gesicht und sagte nur: «Eine neue Krise. Es geht um Ausschreitungen gegen Deutsche in der Tschechoslowakei.»

«Wird es Krieg geben?»

«Hoffentlich nicht, aber Robert Ostenfeld muß heute abend noch in Berlin sein. Ferdinand fährt gleich mit. Sie nehmen Julias Auto – mit der Bahn ist es nicht mehr zu schaffen.»

Er ging zu Mutter und Julia hinaus auf die Haustreppe, wo die Eltern immer standen, wenn Gäste verabschiedet wurden. Ferdinand und Robert kamen in Uniform die Treppe herunter, hinter ihnen Kruse mit dem Gepäck. Ihre Gesichter spiegelten

Konzentration und Anspannung. Ich beneidete sie, weil sie aufbrechen konnten.

«Thea», sagte Robert und kam auf mich zu, «ich hätte Sie noch im Garten gesucht. Es geht alles viel zu schnell.»

«Ja.»

«Wenn heute abend noch einmal getanzt wird, müssen Sie an mich denken.»

«Ich würde so gern wissen, warum . . .»

«Warum? Ich hätte Sie dann noch einmal in die Arme nehmen können, nicht wahr?» Statt dessen nahm er meine Hand und küßte sie. Ich vergaß, was ich eigentlich hatte fragen wollen.

Wir sahen uns an und lächelten. Über uns raschelten die bunten Papierbänder der Erntekronen im Wind, der durch die geöffneten Türen des Hauses strich.

«Sie werden doch bald nach Berlin kommen, um Ferdinand zu besuchen?» sagte er.

«Ja, ich werde kommen, um Ferdinand zu besuchen», antwortete ich, und es war, als hätten wir etwas ganz anderes gesagt.

«Kann es Krieg wegen der Sudetendeutschen geben?» Im Hinausgehen erinnerte ich meine Frage.

«So weit wird es hoffentlich nicht kommen. Am Dienstag steht sicher etwas in der Zeitung.»

Dann standen wir bei den anderen auf der Haustreppe, wo Julia sich lächelnd von Ferdinand veabschiedete.

«Wirst du das Auto nicht brauchen?» fragte er.

«Nein, mach dir keine Sorgen», sagte sie und küßte ihn erst auf die rechte, dann auf die linke Wange. «Mir fehlt hier gar nichts.»

Verbeugungen, Handküsse, Winken, dann bog das Auto aus der Einfahrt in die Allee.

Drittes Kapitel

I

Am Dienstag behandelte die *Kreuzzeitung* den Vorfall in der Tschechoslowakei ausführlich, verbittert und voller verletztem vaterländischem Stolz.

An diesem Morgen hatte ich es darauf angelegt, möglichst lange in der Halle zu tun zu haben, um das Blatt als erste in die Hand zu bekommen. Deshalb hatte ich mich von Tante Heide überreden lassen, die Tischwäsche in beiden Dielenschränken durchzuzählen, die wuchtig und dunkel zu beiden Seiten der Eßzimmertür standen. Auf dem klotzigen Eichentisch in der Mitte der mit Sandsteinplatten ausgelegten Halle lag jeden Morgen die Post, die *Kreuzzeitung* zuunterst.

Über die sorgfältig gebügelten und nach Lavendel duftenden Wäschestapel in den Schränken wachte Tante Heide peinlich genau. Nach dem Pfingstfest mußte der in den Schränken verbliebene Bestand von Tischtüchern und Servietten mit den in der Wäscherei befindlichen Stücken zusammengezählt und für vollständig befunden werden. Ich war sicher, daß Tante Heide in der Mittagspause, von der sie ohnehin nichts hielt, meine Zählung noch einmal kontrollieren würde, denn sie traute nur ihren eigenen Augen.

Wann Briefträger Riedel auf seinem Fahrrad eintreffen würde, konnte keiner genau vorhersagen, denn er führte seine Arbeit mit Muße und Anteilnahme aus, half Postkarten zu entziffern, wartete mitfühlend auf den Inhalt eines gefürchteten Briefes oder einer schwarzumrandeten Todesnachricht, erzählte gern und hörte allen gern zu, die er an den Haustüren oder auf der Dorfstraße traf. Erst wenn er unten auf dem Wirtschaftshof erschöpfende Unterhaltungen über Wetter und

Krankheitsfälle, über eingetroffene oder zu erwartende Schicksalsschläge geführt hatte, erst dann «machte Herr Riedel nach dem Schloß rauf», wie er sich ausdrückte. Peter und ich hatten als Kinder oft genug in der Halle oder auf dem Rondell vor dem Haus gelauert, nur um Riedel sagen zu hören: «Nu mach ich mal wieder ins Dorf runter.»

Um zehn Uhr hatte ich endlich die Zeitung aus dem Posthaufen herausziehen können und lief zu der großen weißen Gartenbank unter den Kastanien am Tennisplatz. Nicht daß es jemand im Haus gab, der mir die Lektüre streitig gemacht hätte. Die *Kreuzzeitung* lag vormittags unbeansprucht im gelben Salon, Vater blätterte vor dem Mittagessen oder während des Kaffeetrinkens darin herum, Tante Heide studierte hastig die Geburts-, Todes- und Heiratsanzeigen, bis Mutter das Blatt in ihrem Stickbeutel verschwinden ließ, um es später mit Muße zu lesen.

«Am Dienstag steht sicher etwas in der Zeitung», hatte Robert gesagt. Nach dem ereignislosen, langweiligen Pfingstmontag, an dem ich jeden Blick, jeden Satz, jedes Wort von Robert in meinem Gedächtnis hin und her gewendet hatte, behandelte ich jetzt das sonst so vernachlässigte Blatt, als könnte jede Zeile eine geheime Botschaft von Robert für mich enthalten. Aber ich las nur von Willkürakten, Gendarmen, Gummiknüppeln und Gewehrkolben.

Der Bericht über einen Vorfall in Liboch an der Elbe klang besonders absurd und komisch. Am Pfingstwochenende war es dort zu einer heftigen Schlägerei gekommen, weil tschechische Extremisten deutschen Bauern, die in ihrer sudetendeutschen Tracht zur Kirche gehen wollten, die weißen Strümpfe gewaltsam ausgezogen hatten.

Ich sah die Szene wie auf einem Bild vor mir: ein bäuerlicher Tumult zwischen sauberen, üppigen Kornfeldern. Aus dem wogenden frischen Grün fliegen schwarze Hüte, recken sich schwarzglänzende Schnallenschuhe, strampeln stramme, gedrungene Bauernwaden, wölben sich breite schwarzbetuchte Rücken, erheben sich deftige Fäuste zum Schlag. Weiße

Strümpfe werden wie Trophäen durch die Luft geschwungen, die erfüllt ist vom Gekreisch und Schluchzen der Frauen in ihrer prächtigen Sonntagstracht, von denen einige händeringend und lamentierend zusehen, während andere mit wehenden Röcken und fliegenden Schürzen auf dem hellen, staubigen Sommerweg davonlaufen.

Als schritten sie durch dieses Bild, sah ich im Breitenbacher Garten Elfriede und die Frau vom Postboten Riedel, die an Waschtagen zum Helfen kam. In steifgestärkten, langen weißen Schürzen, mit erhitzten Gesichtern und entblößten, geröteten Armen trugen sie einen großen Korb nasser Wäsche zum Trockenplatz hinüber.

Ich sah wieder in die Zeitung. Stand irgend etwas darin, das das plötzliche Ende unseres Pfingstfestes erklärt hätte? Deutlich war nur, daß in Berlin jeder Vorfall genutzt wurde, der die sudetendeutsche Frage verschärfen konnte, was Pastor Hühnerfeld mir am Pfingstmontag während eines Spaziergangs dargelegt hatte.

«Mach die Augen auf, Thea!» hatte er gesagt und sich erregt seine Brille geputzt. «‹Heim ins Reich›, heißt die Parole, und: ‹Deutsche sollen von Deutschen regiert werden›. Achte auf die Zwischentöne!»

«Aber was ist daran so schlimm? Dagegen ist doch nichts einzuwenden.»

«Doch, Thea. Wir müssen uns klarmachen, was diese Vokabeln bedeuten, wenn sie von Goebbels und Hitler benutzt werden. Der Einmarsch in Österreich müßte doch allen die Augen geöffnet haben.»

«Meinen Sie, Hitler redet von der Umsiedlung deutscher Menschen und meint insgeheim Eroberung, Krieg?»

«Genauso ist es.»

Natürlich stand nichts davon in der Zeitung. Die ließ wirklich den Eindruck entstehen, eine friedliebende und uneigennützige deutsche Regierung empöre sich wegen einiger Bauern, die barfuß und ihrer Strümpfe beraubt, verprügelt, verschwitzt und verspätet im Pfingstgottesdienst erschienen.

«*Wir Deutsche fürchten Gott, aber sonst Nichts in der Welt!*» las ich im Kopfbild der ersten Seite. Das Motto der *Kreuzzeitung* stand kaum lesbar unter der tiefschwarzen Abbildung des eisernen Kreuzes, das der Zeitung ihren Namen gegeben hatte, als sie – wie ebenfalls dort vermerkt – im Jahre 1848 unter der Mitwirkung Otto von Bismarcks gegründet worden war. Sie erschien inzwischen im 91. Jahrgang, kostete in Berlin zehn und auswärts fünfzehn Pfennig.

Vater war ein großer Bewunderer Bismarcks.

Was, dachte ich, hätte der wohl zu der Prügel- und Entkleidungsszene in der Tschechoslowakei gesagt?

Aber mit meinen eigenen historischen Spekulationen kam ich nicht weit. Es war zu heiß. Ich lehnte mich zurück, legte den Kopf auf die hohe Rückenlehne der Bank und sah in das weite, hellgrüne Blätterdach der Kastanien hinauf. Nichts regte sich. Vollgesogen mit dem Duft von Flieder und Pfingstrosen, stand die Luft unbeweglich unter den Bäumen, ließ den Gedanken gerade Raum genug, kleine geheime Bilder heraufzubeschwören, die ohnehin auf der Lauer lagen, Bilder von weißen Strümpfen zum Beispiel.

Vor die gezwirnten sudetendeutschen Wadenstrümpfe schoben sich in der Vorstellung meine eigenen Tennissocken: weiße Socken, die am Knöchel so lose gekrempelt waren, daß eine Biene, die am vergangenen Samstag morgen von einer Kastanienblüte hinunter in den Socken gefallen war, ohne große Bedrängnis am Knöchel heruntergekrabbelt war. Leider hatte sie nicht wieder zurückfinden können.

Das geschah, während ich neben Robert auf der Bank saß und meinen Brüdern bei einem langweiligen Tennisspiel zusah.

«Was tut man, wenn man eine Biene im Strumpf hat?»

«Eine Biene im Strumpf . . .» Abwesend wiederholte Robert meine Worte, während seine Augen auf den Tennisplatz gerichtet waren.

«Ich glaube schon, daß sie sticht, wenn sie in Panik gerät.»

«Bienen stechen nur einmal», antwortete er unbeeindruckt und sah dem Spiel weiter zu.

Das war wenig hilfreich und klang eher beunruhigend.

«Dahinten reiten Ihre Schwägerin Julia und Ihr Vater», sagte Robert plötzlich mit merkwürdig harter Stimme.

«Ja, natürlich! Sie reiten jeden Morgen zwischen zehn und elf Uhr. Aber wenn mich jetzt diese Biene sticht, kann ich gleich nicht mit ausreiten.»

«Was? Welche Biene?» Robert hatte offenkundig bisher nicht richtig zugehört, sprang aber nun sofort auf und kümmerte sich erfolgreich um das Problem. Erleichtert starrten wir auf meinen befreiten Fuß, der auf sein gebeugtes Knie gestützt war. Dann hatten wir uns angesehen, ohne aufhören zu können.

Langsam löste ich mich von meinen Tagträumen und dem Blick in die weit aufgefächerten hellgrünen Kastanienblätter, die sich wie ausgestreckte Hände ineinanderschoben. Weit hinten im Garten sah ich Vater und Julia. Dicht nebeneinander kamen sie aus dem hinteren Parkweg und über den Rasen auf das Haus zugeritten.

«Es muß gleich elf Uhr sein!» war mein erster Gedanke. Typisch für jeden von uns, sofort an die Uhrzeit zu denken, wenn Vater auftauchte.

Der zweite Gedanke durchfuhr mich wie ein Blitz: So hat Robert Vater und Julia auch heranreiten sehen, als er neben mir auf der Bank saß. Der Gedanke ließ mich nicht mehr los.

Robert hatte gar nicht gebannt das langweilige Spiel zwischen Ferdinand und Peter verfolgt. Nein – er hatte Julia und Vater beobachtet. Von einer surrenden Biene in Atem gehalten, hatte ich darauf nicht geachtet.

Aber jetzt sah ich genauer hin, versuchte, mit Roberts Augen zu sehen. Fast schmerzhaft berührte mich die Eintracht der beiden, die ich schon vor Pfingsten in der Bibliothek empfunden hatte. Da waren zwei einander vollständig zugewandte Menschen, die niemand anderen zu brauchen schienen, wie sie da dicht nebeneinander ritten, miteinander sprachen, den Hals der Pferde klopften und sich anlächelten. Es war alltäglich und nicht alltäglich, schön und bestürzend zugleich. Es machte mir angst.

Aber das kann Robert nicht gespürt haben, dachte ich. Es ist ohnehin barer Unsinn, etwas Absonderliches darin zu entdecken. Robert ist fasziniert gewesen von dem schönen Bild, von Julias Anblick in ihrer eleganten sandfarbenen Sommerreitjacke, von ihrem blonden Haar, das in der Sonne leuchtete. Ja, Robert hatte ganz einfach Julia bewundert.

Ich versuchte, die plötzliche Angst zu verdrängen. Alle bewunderten Julia, ich tat es auch, und so sollte es auch bleiben. Sie ist eben etwas Besonderes und Einmaliges, sagte ich mir, alle fühlen sich zu ihr hingezogen, sogar Vater. Jeder verändert sich in ihrer Gegenwart, als hätte er etwas aufgefangen von ihrer Schönheit, ihrer Freundlichkeit, ihrer Sicherheit.

«Verdammt schönes Weib», hatte ich am Pfingstsonntag den alten Pregel sagen hören. «Und dann ist sie auch noch reich – reich wie eine südamerikanische Goldmine. Ihr Vater hat Kaffeeplantagen in Brasilien, mein Lieber, und keinen Sohn.»

Ich saß immer noch auf der Gartenbank, wollte den beiden aber nicht in den Weg laufen, nahm noch einmal die *Kreuzzeitung* hoch und warf sie gleich wieder zur Seite, weil ich mich nicht konzentrieren konnte. Plötzlich fand ich die Hitze unerträglich. Ich ärgerte mich darüber, daß ich nicht wußte, was ich wollte, erinnerte Gespräche, die ich noch vor wenigen Monaten mit meiner Freundin Angelika in Potsdam geführt hatte – kurz vor den Weihnachtsferien, aus denen sie nicht mehr zurückgekommen war.

Beide hatten wir uns darauf gefreut, wieder zu Hause zu sein, wollten aber nicht die fröhliche Haustochter spielen, in frischer Schürze nützliche und vernünftige Dinge lernen. Wozu auch? Wir wollten nicht beim Serviettenfalten und Einmachen bewundert werden.

Warum dachten alle, man müsse nach Beendigung der Schule froh und glücklich sein? Weil einem die Welt offenstand? Bei Licht besehen, stand uns Mädchen gar nichts offen. Hitler wollte keine Frauen in verantwortlichen Berufen, das hatten wir schon gelernt. Hitler persönlich hatte verfügt, daß Frauen weder Arzt noch Gymnasiallehrer, noch Universitätsprofessor und schon gar nicht Richter oder Anwalt werden durften. Nicht im Traum hätten wir einen dieser Berufe ergreifen wollen, aber es war unfair, von vornherein ausgeschlossen zu werden. Für Mädchen, die studieren wollten, gab es Zulassungsbeschränkungen in allen Fächern.

Vater hatte sich immer gewünscht, daß ich Kunstgeschichte studierte. Abgesehen davon, daß ich auch das nicht wollte, war davon jetzt auch keine Rede mehr. Mutter hatte mich, ohne weiter zu fragen, in der Obernkirchner Landfrauenschule angemeldet.

«Lern du mal ruhig erst tüchtig wirtschaften», hieß es, «alles andere kommt dann ganz von selbst.»

Das bedeutete: Als Gutsherrntochter sollte man vor allem deshalb tüchtig wirtschaften lernen, um dann so schnell wie möglich auf einem der Sommerfeste oder Jagdbälle einen vielversprechenden Gutserben kennenzulernen, der einen über Jahresfrist zur respektablen Gutsfrau machte. So war es immer gewesen. So war es stillschweigend auch für mich geplant.

Die Pläne, die unsere Familien für ihre Töchter hatten, unterschieden sich höchstens durch das gesellschaftliche Aufgebot der Jagdbälle und Lampionfeste von dem Programm, das sich die nationalsozialistische Führung für alle jungen Mädchen ausgedacht hatte. Heiraten sollten wir. Hausfrau und Mutter sollten wir werden. Ohne Umschweife und Verzug sollten wir Kinder in die Welt setzen: Stammhalter und Namensträger für die Familien, Erben für die Güter, Söhne für die Väter – Kinder für den Führer.

«Es geht nicht um mich, es geht nicht um dich, es geht um Preußen . . .» las ich träge im Kulturspiegel der Zeitung. *«Die eigene Person ist nichts, die Meinung der anderen ist nichts, die Sache, der man dient, ist alles, das Vaterland ist alles.»* Es war die Besprechung des Films *Der höhere Befehl* mit Karl Ludwig Diehl und Lil Dagover in den Hauptrollen.

An die mächtigen Ideale und noch mächtigeren Worte war ich seit Jahren gewöhnt, aber nach Breitenbach paßten sie nicht. Über nationalsozialistische Gesinnung wurde hier nur widerwillig gesprochen, und die einschlägigen Vokabeln wurden schon gar nicht in den Mund genommen, was für mich nach der Schulzeit sehr erholsam war; plötzlich aber erschien mir das Breitenbacher Leben seltsam unwirklich.

Sie leben hier wie unter einer Glasglocke, dachte ich und blätterte in dem großartigen Gefühl meiner frisch entdeckten Unzufriedenheit weiter in der *Kreuzzeitung* herum. Zwei engbedruckte Seiten voller Immobilienanzeigen fielen mir noch auf. Anzeigen, in denen schöne Villen bei Berlin, Ritter-, Wald- und Seegüter gleich dutzendweise angeboten wurden. Was in aller Welt bewog so viele Leute, ihren Besitz zu verkaufen? Und so preisgünstig noch dazu?

Damals kam es mir nicht in den Sinn, daß das verschwenderische Angebot auf dem Immobilienmarkt durch die erzwungene Besitzaufgabe jüdischer Deutscher zu erklären war. Damals schien es mir nur merkwürdig.

Genauso merkwürdig wie die unübersehbare stattliche Figur Kalle Kruses, der schon seit zwei Tagen zu Hause war und um dessen schwarze SS-Pracht ich bisher weite Bögen geschlagen hatte. Er kam über den Tennisplatz genau auf mich zu.

«Heil Hitler!» dröhnte er, reckte mir den rechten Arm entgegen und türmte sich in seinen blitzenden Stiefeln vor mir auf.

«Guten Morgen, Kalle.»

«‹Heil Hitler› heißt das. Ihr macht das hier alle nicht richtig. Hab ich Vater auch schon gesagt. – Na, im Augenblick auch egal», ging es kernig weiter, «wollte mich nur verabschieden. Wollte dich noch mal sprechen, wo ich gleich wieder fahre.» Mitten im Satz verließ ihn seine zackige Ausdrucksweise. «Wie geht's dir denn? Was machste denn so?»

«Vielen Dank, daß du fragst. Im Herbst gehe ich nach Obernkirchen auf die Landfrauenschule.»

«Und da lieste am hellichten Morgen Zatung auf der Gartenbank?» – Er sagte «Zatung». – «Da biste aber schief gewickelt als zukünftige Landfrau. Und dann noch so 'n Blatt! Mußt 'n *Stürmer* lesen, da siehste, was sich tut. Hab ich auch zu Vater gesagt. Lies das, Vater, sag ich, jetzt räumen wir auf.

Haben schon damit angefangen, wenn de weißt, was ich meine.»

Während er redete, betrachtete ich seinen bemerkenswert kahlgeschorenen Kopf. Der Friseur hatte wirklich nur den allerdürftigsten Haardeckel stehenlassen.

«Was meinst du denn, Kalle?» fragte ich, faltete das gescholtene Blatt zusammen und ging zum Haus zurück, denn mit Kalle wollte ich bestimmt nicht auf der Bank unter den Kastanien sitzen.

«Was? Das weißte nicht, was ich damit meine? Oder tuste nur so?»

Er ging neben mir über den Rasen.

«Einsperren oder rausschmeißen werden wir se alle – Kommunisten, Sozialdemokraten, all die Querköppe. Und erst die Juden – raus mit ihnen! Sind doch alles Verbrecher, Blutsauger und Vaterlandsverräter! Einsperren werden wir se, damit wir endlich 'n sauberes Land haben. So is' es gemeint.»

«Das glaub ich einfach nicht. Deine wüsten Geschichten hast du früher auch immer nur erfunden. Weißt du noch, wie böse ich war, als du mir erzähltest, du hättest der alten Hedwig auf dem Magnetberg eine Ratte in die Höhle gesetzt? Alles war erfunden!»

«Aber jetzt stimmt es. Jetzt wird richtig aufgeräumt.»

«Und da hilfst du mit, ja?»

«Ja, da haste recht. Da helf ich mit. Das is' doch mal 'ne Aufgabe! Die SS, das is' 'ne feine Sache. Da kommt man ganz nach oben, wenn man's richtig macht. Da muß man sich nich' mehr mit kleinen Arbeiten abschinden. Nich' daß ich deinem Vater nich' dankbar bin. Bin ich! Bin ich immer gewesen. Hab ich ihm eben auch gesagt. ‹Herr Brandau›, sag ich, ‹wollen Herr Brandau mir man nich' böse sein, daß ich nu nich' auf'm Gut arbeite. Dankbar bin ich ja›, hab ich gesagt, ‹für die Schule und die Lehre. Aber bei der SS is' es doch was anderes. Da is' man mit dabei. Da gehört man dazu.›

‹Wozu gehörst du denn jetzt, Karl?› hat er gefragt, dein Vater.

‹Zur Elite, gnädiger Herr›, hab ich geantwortet, ‹das kriegen wir immer wieder gesagt. Zur Elite gehör'n wir.›»

II

Der großen Hitze wegen servierte Kruse am Nachmittag keinen Kaffee, sondern Tee auf der Veranda.

«Hitze muß mit Hitze bekämpft werden», verkündete Tante Heide. «Man muß den Tee wie Medizin einnehmen.»

Nach dieser grimmigen Ankündigung trank sie widerwillig den Inhalt ihrer Tasse und mußte sich derart schütteln, daß der leichte, aus Rohr und Korb geflochtene Verandatisch vibrierte.

«Na, geht's denn, Heide?» fragte Mutter und blickte dabei mit besorgt gekrauster Stirn auf Vater, der indigniert zur Seite sah, den Kopf leicht zurückwarf und sich mit der flachen Hand über sein Haar strich.

«Ach, laß man, Fritz», hatte ich Mutter erst neulich zu ihm sagen hören. «Wer so tüchtig ist, kann schließlich nicht aus Luft sein, was?»

Auch jetzt lenkte Mutter schnell auf ein anderes Thema über.

«Kruse war doch ein bißchen unglücklich heute mittag, Fritz. Du hast nicht sehr lange mit Kalle gesprochen.»

«Nein, das habe ich nicht», sagte Vater ohne eine Spur von Bedauern in der Stimme. «Obwohl der Junge ja nun zur Elite gehört, wie wir erfahren durften.»

Dabei zog er sein schmales, silbernes Zigarettenetui aus der Brusttasche und entnahm ihm eine kurze Zigarette.

«Elite . . .» wiederholte er noch einmal abschließend, ließ das Etui verächtlich zuschnappen und klopfte die Zigarette auf dem gravierten Deckel gerade.

«Laß man, Fritz», beschwichtigte Mutter. «Kruse und Anneliese sind stolz auf den Jungen. Das ist doch die Hauptsache, was?»

«Die Hauptsache ist, daß er mit Freude seine Pflicht tut»,

sagte Tante Heide, während sie ihren Kuchenlöffel klirrend auf den Teller legte. «Was ist er doch für ein Anblick in seiner Uniform und mit den ordentlich geschnittenen Haaren!»

«Nächste Woche nehme ich dich gern mit nach Berlin, Tante Heide», sagte Julia ruhig, «solche eifrigen Jungen laufen dort scharenweise durch die Stadt. Da kannst du dich satt sehen.»

«Du fährst nach Berlin?» Vater klang zum ersten Mal an diesem Nachmittag aufmerksam.

«Du mußt dich ein bißchen mehr schonen in deinem Zustand, Liebes, was?» unterstützte Mutter seine Frage.

«Das Reiten ist auch zu unvernünftig!» Tante Heide hatte bestimmt tagelang darauf gewartet, diese Kritik anzubringen.

«Ja, ihr habt sicher recht.» Julia lächelte Tante Heide besänftigend an und hatte schon gewonnenes Spiel. Etwas blaß lehnte sie in dem hohen Korbstuhl, mit dem Rücken zum Garten. Noch im Gegenlicht waren die ockerfarbenen Sprenkel in ihren hellbraunen Augen zu erkennen. Ihr Blick wanderte von Tante Heide zu Vater, der ihr gegenübersaß, und verharrte dort, versenkte sich, tauchte ein. Wieder hatte ich das seltsam schmerzhafte Gefühl, ausgeschlossen zu sein.

So hat Vater uns nie angelächelt, dachte ich, während ich zwischen ihm und Julia hin- und hersah.

Das Gespräch kreiste schon wieder um Kalle Kruse.

«Wenn er sich wenigstens im Haus diesen merkwürdigen neuen Gruß abgewöhnen wollte», sagte Mutter und schenkte allen Tee nach, ohne zu fragen. «Heute morgen hat er mich mit seinem ausgestreckten Arm so erschreckt, daß fünf Sherrygläser auf dem Tablett umgefallen sind. Zwei davon haben jetzt einen Sprung. Ist doch schrecklich, was?»

«Wappengläser», ergänzte Tante Heide.

«Habt ihr vergessen, was er früher alles zerschlagen hat?» sagte Vater vor sich hin und blies Rauch in die Veranda.

Es war unerträglich heiß. Die Luft war so unbeweglich, daß die Rauchwolken nicht einmal nach oben zogen, sondern dicht über dem Tisch und unseren Köpfen standen.

Vater trug seinen leichtesten Sommeranzug, wir hatten uns die dünnsten weißen Kleider aus den Schränken gesucht, aber gegen die lähmende, lautlose Hitze schienen alle Vorkehrungen zwecklos.

Der Zigarettenrauch stieß wie ein träges Wolkenschiff gegen die Glyzine, die sich um die Säulen der Veranda rankte. Ganz hinten trieb der Schäfer die Herde durch den Garten. Es ging noch langsamer voran als sonst.

«Ich würde gern schwimmen gehen», sagte ich. Der Teich glänzte in der Sonne.

«Vielleicht beendest du erst einmal deine Arbeit in der Diele, da ist es auch sehr kühl», bemerkte Tante Heide spitz. Sie vergaß nichts.

Mutter sprang hilfreich ein: «Aber Kruse hat gesagt, daß du nach dem Mittagessen anderthalb Stunden lang die Wäsche gezählt hast, Heide. Der Zettel liegt doch schon bei Erna in der Waschküche, oder?»

«Ja, natürlich. Aber *Thea* sollte die Wäsche auszählen.»

«Was hat dich denn von der aufregenden Arbeit abgehalten, Thea?» fragte Vater amüsiert und blätterte unkonzentriert in der *Kreuzzeitung*.

«Ich wollte nur kurz die Zeitung lesen», begann ich, «und . . .»

«. . . und jetzt werden wir von der lieben Barbara besucht», unterbrach Mutter erleichtert meine Erklärung.

Man hörte Kinderstimmen, Türenklappen, Hundegebell – Barbara Müller-Bodenstein überschwemmte mit fünf bezopften Töchtern, einem Kindermädchen und zwei großen braunen Hunden die Veranda. In ihrem offenen Zweispänner war sie nach Breitenbach kutschiert. Unwillkürlich mußte ich lächeln. Früher hatte mich die schwarzhaarige, grünäugige Barbara, die ihr Fuchsgespann, von hechelnden Hunden begleitet, in scharfem Trab über die staubigen Sommerwege führte, an die Abbildung der rosselenkenden Brunhild in meiner Volksausgabe der deutschen Heldensagen erinnert.

Natürlich fielen ihre langen schwarzen Haare nicht wild

über den Rücken hinab, sondern waren zu einem kunstvollen Knoten geschlungen. Ein smaragdgrünes Batistkleid mit bestickten Bordüren, auf denen üppige Blumengirlanden zu bewundern waren, ersetzte das glänzende Kettenhemd. Sie warf auch keine zentnerschweren Felsbrocken zwölf Klafter weit durch die Luft, sondern begrüßte nur jeden mit kräftigem Händedruck und feurigem Blick. Ihre bloße Anwesenheit schien jeden Raum zum Bersten zu füllen – auch ohne Kinder und Hunde.

Die träge Nachmittagsstimmung spannte und straffte sich wie ein Segel, das plötzlich Wind gefangen hat.

«Euer Pfingstfest war wunderschön», sagte sie, nachdem sie ihre mit gewaltigen rosa Propellerschleifen ausstaffierten Töchter und das Kindermädchen zur Schaukel geschickt und neben Vater Platz genommen hatte. «Es war alles so entzückend ausgedacht und geplant, Anne! Nur du kannst solche Feste geben.»

Dabei blitzte sie Vater an, als wollte sie ihn mit dem alten Zuckerkuchen zugleich verspeisen, den Tante Heide schon vor sie hingestellt hatte.

Wir alle – und auch die Familien auf den Nachbargütern – wußten, daß Barbara für Vater schwärmte. Jahrelang hatte sie ihm zu Mutters Kummer auf seinen morgendlichen Ausritten «aufgelauert», wie Tante Heide es nannte.

«Anstatt ihre Arbeit zu tun und ihre Kinder zu erziehen, stellt sie fremden Mannsbildern nach», hatte ich Tante Heide sagen hören. »Du mußt etwas dagegen tun, Anne. Man fängt schon an zu reden.»

Mutter konnte und wollte nie Schlechtes von anderen denken. «Barbara würde sicher nichts Dummes tun, Heide. Sie ist ein bißchen zu jung und lebenshungrig für Bernd, was?»

Aber dann hatte Mutter doch «etwas dagegen» getan. Sie hatte Barbara an sich herangezogen, ihr alte, streng gehütete Breitenbacher Rezepte verraten, sich zu ihrer Ratgeberin in allen Haushalts- und Erziehungsfragen gemacht und dafür gesorgt, daß Barbara mit ihren ewig hustenden, schnupfenden, ausdruckslosen kleinen Mädchen ein ständiger Gast im Breitenbacher Haus war, was Vater weniger amüsiert und schließlich gelangweilt hatte.

Man ritt nur fünfzehn Minuten nach Bodenstein. Damit war Bernd Müller unser nächster Nachbar. Achtzehn Jahre älter als seine Frau zeigte er ein mürrisches Wesen und war enorm stolz darauf, daß Bodenstein schon seit hundert Jahren im Besitz seiner Familie war. Um dem Ausdruck zu verleihen, hatte er die neue Namensgesetzgebung genutzt und nannte sich seit 1937 Müller-Bodenstein, was alle umständlich fanden, worauf aber auch von Barbara immer wieder hartnäckig hingewiesen wurde.

«Müller» klang wohl selbst in bürgerlichen Gutskreisen zu schlicht, worüber aber nie jemand nachgedacht hatte – offenbar mit Ausnahme von Bernd Müller selbst, der sich immer so gebärdete, als sei er schon neben Barbarossa in den Kreuzzug geritten. Dabei wußten wir, daß sich die Linie seiner Vorfahren in einer weitläufigen Schleife vor 1806 verlor.

«Schade, daß dein Mann am Sonntag so schnell fort mußte, Julia», sagte Barbara zwischen zwei Schlucken Tee.

Das war nur eine Einleitungsfloskel zu der Frage, die sie wirklich beschäftigte: «Und dieser entzückende neue Freund von ihm! Wer ist das?»

«Es ist eher ein entzückender alter Freund von Ferdinand.» Vater antwortete einfach für Julia. «Sie kennen sich aus dem Internat.»

«Er hat wunderbare Augen, dieser Robert», sagte Barbara mit einem bewundernden Aufschlag ihrer grünen Augen. «Aber seine Manieren sind nicht die besten.»

«Womit hat er sich deinen Zorn denn zugezogen?» Vater klang eher belustigt.

«Du liebe Güte, Barbara! Was war denn?» Mutter sorgte sich sofort.

«Nun, er hat mich nicht zum zweiten Tanz, er hat mich zu gar keinem Tanz aufgefordert, obwohl ich beim Essen auf seiner anderen Seite saß. Ich kam mir sehr überflüssig vor . . .»

Julia sah mich, ich sah sie an, und mit großer Mühe gelang es uns, nicht zu lachen.

Der zweite Tanz am Samstag abend war der Kaiserwalzer gewesen. Robert hatte ihn mit mir getanzt, und Julia wußte als einzige, wie es dazu gekommen war.

«Retter werden immer großzügig belohnt», hatte Robert am Samstag morgen unter den Kastanien gesagt.

«Sie haben einen Wunsch frei, wenn Sie meinen Fuß loslassen.»

«Ich habe Sie von der Biene befreit, damit Sie tanzen können, Thea. Also, mein Wunsch ist, daß Sie nur mit mir tanzen.»

«Das ist idiotisch!»

«Leider. Aber wenn ich Ihren Fuß herausgeben soll, müssen Sie den Kaiserwalzer mit mir tanzen – egal, wann und wie oft er gespielt wird. Das müssen Sie versprechen.»

«Versprochen. Warum ausgerechnet den Kaiserwalzer?»

«Weil er besonders lang ist . . .»

Dreimal wurde der Walzer gespielt. Robert hatte dafür gesorgt.

Am Teetisch unterbrach Mutter das lästige Schweigen.

«Das war nicht nett von dem Jungen, Barbara. Sicher dachte er, du wärst bei deinem Tischherrn gut aufgehoben. Wen hattest du denn auf der richtigen Seite? Ich hab's ganz vergessen.»

«Den alten Pregel . . .» Barbara rollte noch jetzt voller Entsetzen ihre Augen. «Wie konntet ihr mir das antun, Anne?» Sie war überwältigend komisch in ihrem verspäteten Zorn und merkte es nicht.

Vater fing an zu lachen – leise, amüsiert und ansteckend, bis wir uns alle vor Lachen in den Stühlen bogen und Barbara die Rolle der grollenden Brunhild aufgab.

«Ihr benehmt euch wie eine Schulklasse! Ich wurde doch wirklich sehr stiefmütterlich behandelt, oder?»

«Es war Peters Schuld», erfand Mutter schnell. «Als wir die Tischordnung machten, sagte er: ‹Barbara ist so schön, die kann sogar den alten Pregel ab.›»

«Du willst uns jetzt nicht erzählen, daß du dich nicht amüsiert hast, Barbara! Das würde ich nie glauben», sagte Vater und lächelte sie an.

«Doch, doch. Ich weiß mir schon zu helfen, Fritz.» Barbaras Eitelkeit war befriedigt, und für einen kurzen Moment lauschten wir alle dem Kindergekreisch, das von der Schaukel hinter der Remise zu uns drang. Auch die beiden Hunde, die im Schatten der Veranda lagen, hoben unruhig ihre Köpfe. Wir lehnten uns erschöpft zurück in die Sessel. Für jede Bewegung war es zu heiß.

Der alte Pregel war ein massiger Junggeselle aus der Nachbarschaft. Herr über die fettesten Schweine, besten Kühe und dicksten Rüben in der Börde, hatte er sich nie etwas versagen müssen und früher wirklich jedem Milchmädchen nachgestellt. Noch heute, mit mehr als siebzig Jahren, kommentierte er die gut gepolsterten Körperteile der Rübenfrauen; jede weiterführende Betätigung – auch das Tanzen – war ihm wegen seiner schweren Gicht aber nicht mehr möglich. Vater schätzte ihn als erfolgreichen Landwirt und klugen, unabhängigen Kopf, während die Damen des Landkreises mit ihm weniger anzufangen wußten. Sie entrüsteten sich nach wie vor mit Hingabe.

Julia hatte inzwischen in der *Kreuzzeitung* herumgeblättert.

«Leni Riefenstahl ist für ihren Olympia-Film in Athen geehrt worden. Stellt euch vor, wie wunderbar das sein muß!»

Alle sahen sie etwas erstaunt an.

«Ich wußte gar nichts von deiner Vorliebe für Riefenstahl-Filme», sagte Vater, der noch nie einen Kinosaal von innen gesehen hatte und die bekannten Namen der Filmwelt zwar kannte, ihnen aber nicht die geringste Bedeutung zumaß.

«Ich habe noch keinen einzigen Riefenstahl-Film sehen können», sagte ich.

Julia legte die Zeitung zur Seite.

«Ich dachte an Athen, nicht an den Film», sagte sie fast entschuldigend. «Als meine Mutter noch lebte, waren wir jedes Jahr genau in dieser Zeit dort. Sie besuchte ihre beste

Freundin, die in Athen verheiratet war. Es ist ganz unbeschreiblich schön da . . . Es würde euch auch gefallen – dir vor allem, C. F.»

Alle sahen auf Julia; gerührt, weil sie sonst nie von ihrer Mutter oder ihrer Kindheit erzählte, bewundernd, weil sie Griechenland und Athen besucht, die Tempel der Antike gesehen, den Zauber der Landschaft und des Lichts erfahren – den Mythos erlebt hatte, der Vaters Phantasie beschäftigte.

Aber ich mußte Julia wie unter einem neuen Zwang beobachten: Was immer sie sagte, sagte sie für Vater, ihn lächelte sie an, wenn andere das Lächeln noch auf sich bezogen. Sie nannte ihn auch nicht mehr ‹Vater›, was mir zum ersten Mal auffiel, sondern hatte Peters Abkürzung übernommen.

«Was du alles schon gesehen hast, und was du alles weißt», staunte Barbara in naiver Bewunderung. «Dieses Flötenspiel am Sonntag – das könnte ich nie! Dagegen sind wir doch alle nur dumme Landpomeranzen – oder nicht, Anne?»

«Ach, es ist überall so viel zu tun – darüber habe ich noch nie so recht nachgedacht. Vielleicht hat sie ja recht, was, Heide? Aber du mußt etwas sagen, Fritz! So traurig können wir doch die arme Barbara nicht nach Hause fahren lassen.»

«Dazu fällt mir nur der Lieblingsspruch meiner Mutter ein», antwortete Vater mit einem listigen Unterton. «Wie geht er gleich?

Eines schickt sich nicht für alle!
Sehe jeder, wie er's treibe,
Sehe jeder, wo er bleibe,
Und wer steht, daß er nicht falle . . .»

Die letzten zwei Verse sprachen alle mit, und es endete in einem gewaltigen, grundlosen Lachen.

«Deine Mutter ist eine ganz erstaunliche Frau. Ich bewundere sie, wie sie das so sagen kann», sagte Barbara begeistert.

«Nun, in diesem Fall legst du deine Bewunderung doch lieber Goethe zu Füßen», berichtigte Vater sie plötzlich eisig. Barbara sah ihn entsetzt an.

«Außerdem», Vater sprach schon wieder in seinem leichtesten Konversationston, «verdienen wohl eher Männer die Bewunderung schöner Frauen! Ist es nicht so, Barbara?»

Er nahm ihre Hand, küßte sie und sah ihr gleichzeitig in die Augen. Dagegen war Barbara machtlos. Sie atmete noch einmal schwer – die Situation war gerettet.

Ich achtete nur auf Julia, die die Szene beobachtete und Vater ansah, als wollte sie sagen: «Du bist wunderbar, C. F. Unverschämt, aber wunderbar.»

«Das war nicht sehr nett, Fritz, was?» Während Barbara nach ihren Töchtern sah, stellte Mutter die Teetassen zusammen und blickte Vater vorwurfsvoll an.

«Na, weißt du, Anne – das Wetter ist schon so anstrengend! Und dann noch Barbara . . .»

Dabei sah er Julia an.

«Ja, was ist sie doch für ein schöner Anblick!» Tante Heide hatte nichts verstanden. «Was sie immer für wunderschöne Stickereien an den Kleidern hat – und alles selbst ausgedacht. Sie ist wirklich eine prachtvolle Frau.»

Es war damals große Mode, Rocksäume, Mittelnähte, eingearbeitete Gürtel, Bündchen am Hals und an den Ärmeln mit gestickten Borten auszuschmücken. Bis auf einige aufgenähte, viel zu bunte Streifen kannten meine Kleider diese Extravaganz kaum. Julia hatte wunderschöne feine Borten an manchen Kleidern und Blusen, die man aber kaum wahrnahm, weil sie sich in Form, Farbe und Material immer einfügten. Sie mochte keine Kontraste. In letzter Zeit trug sie nur noch weiße oder gelbe Kleider, immer aus Seide, feinstem Batist oder nicht kratzenden englischen Wollstoffen – alles nur von Michels aus Berlin, wo sie nach ihrer Hochzeit mit Hilfe von Großmutter Ariane die wichtigsten Läden und Ateliers kennengelernt hatte und ihre Sachen schneidern ließ.

In Breitenbach wohnte auch eine Schneiderin, die aber von Julia nur selten in Anspruch genommen wurde.

Katrin Bergedörfer, von allen nur Trinchen genannt, war eine hurtige Person mit klugen grauen Augen und feinen Händen, die für uns und die Frauen und Mädchen der Nachbargüter, aber in erster Linie für Barbara Müller-Bodenstein nähte. Barbara entwarf alle Schnitt- und Stickmuster selbst, und mit ihren selbsterdachten Blumen- und Blättergirlanden, den farbenprächtigen Vögeln und Schmetterlingen hätte sie ein Bataillon von Stickerinnen beschäftigen können. Trinchen Bergedörfer liebte und verehrte Barbara. Nächtelang saß sie an ihrem Arbeitstisch, auf den sie bei eintretender Dämmerung eine alte Petroleumlampe mit blumengeschmücktem Porzellanfuß rückte, und stichelte sich in dem weißen Licht die Finger wund – nur für Barbara. Ihre anderen Arbeiten – für uns zum Beispiel – fielen dagegen eher schlicht aus. Da sie sich nie aufdrängte, nähte und stickte sie nur das, was ihr abverlangt wurde. Barbara beflügelte ihr Talent und war eine prächtige Erscheinung in den dörflichen Kreationen – eben «ein Anblick», wie Tante Heide es ausdrückte.

Aber konnte Barbara Müller-Bodenstein je gefährlich für Vater gewesen sein?

Nach dieser Teestunde war das zu bezweifeln. Wenn er jemals eine Vorliebe für naive Heroinen gehabt haben sollte, so mußte er sie vergessen haben.

Viertes Kapitel

I

Unter einem schwülen Hitzezelt schleppte sich die Woche dahin, zog und dehnte sich, bis das Pfingstwochenende mit all seinen Aufregungen so unwirklich schien, als habe es vor langer Zeit stattgefunden.

Jeden Tag wurde es heißer. Am Donnerstag nach Pfingsten sprach sogar Vater über das Wetter. Beim Mittagessen erwähnte er, daß auf der schattigen Veranda schon um zwölf Uhr mittags neunundzwanzig Grad Celsius gemessen worden und daß Gewitter angekündigt seien.

«Die Steinstufen im Keller sind auch schon seit gestern naß und speckig. Es wird ein schweres Gewitter – das war schon immer so», meinte Kruse. Dabei verschluckte er sich fast, mußte husten, und ein Löffel fiel ihm hinunter.

Tante Heides Gesicht war anzusehen, was sie dachte: Es ist eben ungehörig, daß er sich an der Unterhaltung beteiligt, während er serviert.

Schiefe, schmale Wolkentürme schoben sich am Himmel zusammen, lauerten träge hinter der Dunstglocke, die sich über die weite Landschaft gesenkt hatte. Stumpf und ergeben ließ alles die lähmende Hitze über sich ergehen. Die Blätter hingen unbeteiligt an den Bäumen, die Vögel piepsten lustlos um die Wasserbecken im Garten, die Menschen bewegten sich vorsichtig und so langsam wie möglich.

Julia fühlte sich morgens nicht wohl. Zum Frühstück kam sie gar nicht herunter oder zog sich sofort danach wieder in ihre Zimmer zurück. Vater war schon zweimal allein ausgeritten; Mutter besuchte trotz starker Kopfschmerzen die Kranken und Alten im Dorf, die unter der drückenden Hitze besonders litten; Tante Heide verkündete in der Küche, man müsse bei solchem Wetter, das ihr natürlich nichts ausmachte, seine Hausarbeiten noch zügiger als sonst erledigen, denn wer bis zehn Uhr morgens nicht mit dem Notwendigen fertig sei, schaffe überhaupt nichts mehr. Ich verwandte den größten Teil meiner Kräfte darauf, mich ihr zu entziehen.

Manchmal gelang es mir, mit der *Kreuzzeitung* unter dem Arm in den Garten zu entweichen. Die Lektüre des Blattes verstand ich als einziges Bindeglied zwischen mir und der Welt, in der etwas geschah und die in Breitenbach keiner zu vermissen schien.

Eine Erleuchtung war die Zeitung keinesfalls, vielmehr gab es Tag für Tag sehr Ähnliches zu lesen: Patriotische Kolumnen gegen die Tschechoslowakei, der Führer hier und Goebbels dort, ein ausufernder Immobilienteil mit immer verlockenderen Angeboten von Wald-, See- und Restgütern. Nur der Wetterbericht änderte sich von Tag zu Tag ein wenig, meßbar an der stetig steigenden Quecksilbersäule, die am Freitag schon um zehn Uhr morgens dreißig Grad im Schatten anzeigte.

Unsinnig, in den Garten zu gehen.

Die Luft umgab mich wie ein verfilzter Pelz, aus dem zu Tausenden winzige schwarze Gewitterfliegen herauskrochen. Die Zeitung benutzte ich schließlich nur noch als Fächer gegen die Hitze oder als Waffe gegen unbeirrbare Pferdefliegen und Bienen.

Ich ging zum Haus zurück und beschloß, endlich einmal wieder die alte Hedwig zu besuchen, obwohl der Weg zum Magnetberg weit war. Hedwig lebte tatsächlich noch in einer alten Höhlenwohnung auf halber Höhe des Berges.

Die Höhlen waren schon lange nicht mehr bewohnbar, doch die hochmütige, schweigsame alte Frau hielt es dort aus. Mit abweisenden, starren blauen Augen blickte sie an jedem vorbei, den sie traf. Sie redete nur mit dem Förster, der für sie die Wurzeln, Beeren und Kräuter, die sie auf langen Harzwanderungen sammelte, an die Blankenburger Apotheke verkaufte. Von dem Erlös konnte sie kaum leben. Vor einigen

Jahren aber hatte ihr der Förster seine kleine Tochter Agnes gebracht, die immer fieberte und hustete. Hedwig braute ihr einen Saft aus verschiedenen Bergkräutern, und das Mädchen wurde gesund. Das sprach sich herum; der Saft half auch anderen Kindern, die Apotheke bezahlte Hedwig besser, und die dankbaren Eltern ließen der Alten über den Förster Geschenke zukommen, die das kärgliche Leben der Einsiedlerin erleichterten: Sitzmöbel, Decken, Kissen, Würste, Käse, Wein und Honig.

Keiner kannte ihren richtigen Namen, ihr Alter oder ihre Herkunft. Sie war nach dem Krieg aufgetaucht, hatte die Höhle bezogen und wollte allein gelassen werden. Auch Mutter, die sich unauffällig um jedes Wesen kümmerte, das auf unserem Grund und Boden wohnte, fand nur ihren Vornamen, nicht aber ihre Geschichte heraus.

Sie bat den Förster, dafür zu sorgen, daß es der Einsiedlerin vor allem im Winter weder an Brennholz noch an Essen mangelte.

Auf uns Kinder übte die seltsame Unbekannte eine große Anziehungskraft aus – wir wollten sie sehen und mit ihr reden, während wir uns gleichzeitig davor fürchteten. Auf einem Streifzug durch die schaurigen leeren Höhlen des Magnetbergs waren Peter und ich der alten Hedwig tatsächlich einmal begegnet, und Peter hatte nach dem ersten Schreck ein Gespräch mit ihr begonnen. Bald hatte ihr Gesicht seine abweisende Strenge verloren, und sie fragte danach, was wir lernten, lasen und taten. Am Ende durften wir sogar in ihre Höhlenwohnung kommen und roten Waldhimbeersaft aus schwarz angelaufenen alten Silberbechern trinken. Den kleinsten, hintersten Raum der Höhle hatte Hedwig in eine Kapelle verwandelt, die sie uns schließlich zögernd zeigte. Durch einen schmalen Spalt im Fels fiel Licht auf ein großes, aus Buchenästen gefertigtes Kreuz, auf einen Strauß wilder Blumen und eine Bienenwachskerze, deren feiner Duft den kleinen Raum beherrschte.

«Du hast eine schöne Chorknabenstimme», sagte Hedwig

zu mir. «Vielleicht magst du einmal mit mir singen? ‹O Haupt voll Blut und Wunden ...› Kennst du den Choral? Ich habe ihn so lange nicht mehr gesungen.»

Ich nickte, und sie gab mir ein aufgeschlagenes Gesangbuch. Ich sang die Melodie, während sie mit dunkler, schöner Altstimme eine kunstvolle zweite Stimme darunter sang.

«Komm ruhig öfter her, willst du?» sagte sie, als wir gingen. Es klang eher wie ein Befehl, aber ich folgte ihm, bis ich nach Potsdam auf die Schule geschickt wurde.

Jedesmal mußte ich das Lied mit ihr singen, und jedesmal kniete sie nach dem Gesang vor dem Kreuz nieder, legte die Hände zusammen – so wie ich es nur von Marienbildern kannte – und flüsterte leise ein seltsames Gebet, das ich nie verstand.

Mutter fand diese Andacht sehr sonderbar, aber nachdem sie Pastor Hühnerfeld konsultiert und ich versprochen hatte, immer zu fragen, bevor ich zu ihr radelte, durfte ich die Einsiedlerin weiterhin sehen. Wenn das Wetter es zuließ, besuchte ich Hedwig regelmäßig – immer in geheimer Furcht vor ihrer strengen, unnahbaren Frömmigkeit.

In den letzten Jahren hatte ich sie nur selten gesehen. Wenn ich sie heute besuchen wollte, mußte ich mich beeilen, denn die Feldwege, auf denen man zum Magnetberg gelangte, würden nach dem Gewitterregen schlammig und kaum passierbar sein.

Durch den Kücheneingang wollte ich möglichst schnell und ungesehen ins Haus, um mir einen Fahrradrock anzuziehen. Das weite weiße Batistkleid, das ich trug, hätte keine lange Radfahrt überstanden, sondern wäre unweigerlich in der Kette oder den Speichen zerrissen. Großmutter Ariane hatte es nach dem Abitur mit mir bei Gerson in Berlin gekauft, und damit war es eines von drei neugekauften Kleidern, die mir gehörten – viel zu schade für diesen Ausflug.

Ich ging schnell an Kruses Hauseingang und den Küchenfenstern vorbei. Aus dem offenen Kellerfenster der darunterliegenden Plättstube quoll der stickig heiße Dunst von Mangel-

und Bügelwäsche. Unbeeindruckt von der Hitze plättete die alte Erna, die an Waschtagen kam, die Servierschürzen vom Pfingstfest und stieß alle paar Minuten einen einzigen, immer gleichen Satz aus: «Ja, ja, wenn's nur trocken ist!» Dabei spritzte sie die Schürzen mit ihren großen roten Fingern gründlich naß. «Ja, ja, wenn's nur trocken ist ...» Seit ich denken konnte, gehörten diese Worte in die Plättstube wie das plötzliche Aufzischen der gesprengten Wäsche unter dem glutheißen Bügeleisen.

«Deine Hilfe wird dringend in der Küche benötigt!» rief Tante Heide hinter mir her, als ich die Treppe in den ersten Stock hinauflief. «Gleich kommen zwei Waschwannen voll überreifer Erdbeeren aus dem Garten, die müssen sofort verarbeitet werden.»

Ich log. «Ich muß etwas Dringendes für Vater erledigen. Kann Julia nicht eben helfen?»

«Das ist völlig unmöglich», kam es von unten, «Julia ist zu angegriffen und will noch für die Musik heute abend üben. Es muß ja immer musiziert werden. Das ist ja wichtiger als alles andere. Außerdem hat sie parfümierte Hände, das bekommt den Erdbeeren gar nicht.»

Ich ging einfach weiter.

«Thea?» Ich hörte Julias Stimme aus der geöffneten Saaltür. «Gerade wollte ich dich suchen. Kannst du mich eben auf dem Klavier begleiten? Ich will das Quartett für heute abend noch einmal durchspielen, und mit Begleitung geht es soviel besser.»

«Ich muß ganz dringend zum Förster», log ich weiter, weil ich keine Lust hatte, umständlich meinen wirklichen Plan zu erklären. «Agnes ist wieder krank. Kannst du mich vielleicht entschuldigen, wenn ich nicht rechtzeitig zum Mittagessen zurück bin?»

«Ja, natürlich. Aber vergiß nicht, daß wir heute abend eine halbe Stunde früher essen wollen. Die jungen Hühnerfelds spielen noch einmal mit, und alle wollen gegen neun Uhr schon wieder gehen, weil Erich und Georg morgen nach Dahlem zurück müssen.»

«Dann bin ich längst wieder da . . .»

Julia zog sich in den verdunkelten kühlen Saal zurück, und als ich ein paar Minuten später umgezogen die Treppe hinunterrannte, hörte ich sie das wunderschöne einfache Thema des ersten Quartettsatzes spielen.

Ohne noch einmal aufgehalten zu werden, nahm ich mein schwarzlackiertes Fahrrad aus der Remise und fuhr schnell durch den Garten, die Kastanienallee hinunter in die Ebene, wo man von den staubigen, löcherigen Feldwegen aus die schroffen, waldigen Ausläufer des Harzes sah, deren allererste Vorhut der Magnetberg war.

Ich fuhr genau in die Wetterzone hinein, sah den Magnetberg vor dunklen Wolken liegen, die sich abwartend am westlichen Horizont zusammenschoben, spürte den kühlenden Fahrtwind in Haaren und Kleidern, sehnte mich nach Regen und freute mich über die dunkler werdende Wolkenwand.

Der löcherige Feldweg führte durch Gerstenfelder. Die Pflanzen waren in den letzten zwei heißen Wochen viel zu schnell gewachsen.

«Das wird wohl schieflaufen, lieber Sander», hatte Vater in dem unbeteiligten Ton gesagt, den er immer anschlug, wenn er seine Sorgen verbergen wollte. «Das wird sogar mit Sicherheit schieflaufen. Die ganze Gerste wird ins Lager gehen – diese hochgeschossenen Triebe halten höchstens einen leichten Regen aus, aber kein Gewitter.»

Der Inspektor hatte ihn mit seinen guten blauen Augen angestrahlt und ausgesprochen fröhlich geantwortet: «Ja, Herr Brandau, da können wir gar nichts machen, gar nichts machen! Aber unser Herrgott wird es schon richten!»

«So, wird er das?» Vaters Stimme klang beißend; er hielt nichts von solchen christlichen Tröstungen. Widerspruchslose, womöglich frohgemute Fügung in das Unvermeidliche machten ihn eher ungeduldig und bissig als demütig und betroffen. «Schon gut, Sander, schon gut.»

Dann hatte er mit dem erschrockenen Inspektor über die

strapazierten Rübenschläge gesprochen, die besonders dringend Regen brauchten.

Ich konnte jetzt selbst sehen, wie klein und müde die Pflänzchen auf dem Acker standen. Dort, wo die Böden nicht so schwarzfeucht und fein waren, hatte die Trockenheit schon tiefe Risse in den Acker gegraben. Der steinharte Boden würde nur ganz sanften Regen langsam aufnehmen können, nicht aber einen Gewitterguß.

Die Mahlzeiten waren in den vergangenen Tagen sehr schweigsam verlaufen. Vaters Gedanken kreisten um den Zustand der Getreide- und Rübenschläge. Nicht einmal der mit der letzten Post eingetroffene und von ihm sehnsüchtig erwartete zweite Band von Kasimir Edschmids *Italien* hatte sein Interesse wecken können.

Statt dessen hatte er gesagt: «Wenn wir jetzt einen Wolkenbruch bekommen, werden alle Rüben auf der Chausseebreite abgerissen oder ausgeschwemmt.»

Er hatte nicht gesagt, daß das eine Katastrophe bedeuten könnte, weil er ungern über Dinge sprach, die ihn bedrückten. Doch man sah ihm an, was er dachte – eine schlechte Rübenernte würde der Betrieb nur schwer verkraften.

Ich hielt mein Fahrrad an und band mir zum Schutz gegen die Sonne das Kopftuch wie eine Schute um, wie ich es oft bei den Rübenfrauen gesehen hatte.

Der Weg durch die staubige, vertrocknete Ebene schien in der Hitze besonders weit, die Sonne stach bissiger, als ich es je erlebt hatte. Ich freute mich auf Hedwigs dämmerige Höhle, auf den kalten Waldhimbeersaft, den ich wie früher aus einem schwarz angelaufenen Silberbecher trinken würde, auf ihren ruhigen, kühlen Blick, auf die winzige, nach Bienenwachs und Birkengrün duftende Kapelle, den Gesang und ihr Gebet.

Am Fuß des Berges, im Schatten der ersten Bäume, lehnte ich das Rad wie früher an eine riesige alte Esche und setzte mich darunter, um auszuruhen. Plötzlich hörte ich merkwürdige Geräusche, die ich noch nie vorher im Magnetberg wahrgenommen hatte. Es klang wie schwerfälliges Hämmern, dann war Männergebrüll zu hören. Dabei war es ganz unwahrscheinlich, daß um diese Jahreszeit hier Waldarbeiten ausgeführt wurden; dann hätten auch Leiterwagen unten am Berg gestanden, und die schweren Gespannpferde würden sich im Schatten an der Pferdetränke drängen, die ich von meinem Platz aus sehen konnte. Aber die Tränke stand leer.

Ich ließ das Fahrrad zurück, und während ich langsam den schmalen Waldweg hinaufstieg, lauschte ich angestrengt dem dumpfen Lärm. Dabei starrte ich auf meine Schuhe, die ganz von dichtem, ockerfarbenem Lehmstaub überzogen waren. Wie ein Pelz klebte er auf dem Leder.

Oben in der Höhle würde ich die Schuhe ausziehen, dachte ich, als ich nach der ersten Wegbiegung aufsah. Erschrocken blieb ich stehen. Ein mindestens zwei Meter hohes, nagelneues Gittertor glänzte mir entgegen. Im gleichen Moment traten zwei schwarz uniformierte Männer auf den Weg.

«Halt! Hier ist kein Durchgang! Verschwinden Sie!» rief der eine zu mir herunter.

«Heil Hitler!» grüßte der andere mit einem Anflug neudeutscher Höflichkeit hinterher.

«Warum darf man hier nicht mehr weitergehen?»

Keine Antwort kam. Beide hatten sich starr wie ein Kriegerdenkmal aufgebaut, und ihr leerer Blick deutete in heldische Ferne.

«Ich möchte die alte Einsiedlerin oben im Berg besuchen. Gibt es einen neuen Weg?»

Die beiden blieben stumm. Ich starrte die Eindringlinge fassungslos an. Der Magnetberg gehörte zu Breitenbach; ein Ausflug dorthin glich einem Streifzug durch die Kinderzimmer meiner Erinnerung.

Ich griff zum letzten und am wenigsten eleganten Mittel: «Ich bin die Tochter von Carl Friedrich Brandau aus Breitenbach. Meinem Vater gehört dieser Berg. Sie müssen mich durchlassen oder mir wenigstens eine Auskunft geben.»

Die beiden sahen sich an, lockerten ihre Haltung, traten

schließlich zusammen. Ich hörte ihre leisen Stimmen und ein verstecktes, unverschämtes Lachen.

«Wenn Sie Fräulein Brandau sind, bitten Sie doch Ihren Herrn Vater um Auskunft», sagte der eine ganz höflich.

«Ja, richtig!» wiederholte der andere fast beiläufig. «Bitten Sie doch Ihren Herrn Vater um Auskunft, Fräulein Brandau! Heil Hitler, Fräulein Brandau!»

Die rechten Arme reckten sich mir entgegen, ein hämisches Lachen erstarrte auf ihren Gesichtern – wie aus Stein gehauene Gralshüter standen sie vor dem eisernen Tor und der müde herabhängenden Fahne des Dritten Deutschen Reiches. Ich bemerkte erst jetzt die neuen Stacheldrähte zu beiden Seiten des Tores, die sich gierig durch den Wald fraßen. Der Berg war abgesperrt.

Es war nichts geschehen, ich kam nicht weiter, das war alles, aber mein Gesicht brannte, als wäre ich geohrfeigt worden. Eine Welle von Wut und Beschämung lief bis in die Haarspitzen, schäumte mir schwarz und gelb vor Augen, meine Knie zitterten. Ich erreichte mein Fahrrad und fuhr wie besinnungslos die kleine Steigung hinunter auf den brütend heißen Feldweg zurück, das Tor wie eine hämische Fratze im Rücken.

«Heil Hitler, Fräulein Brandau! Bitten Sie doch Ihren Herrn Vater um eine Auskunft, Fräulein Brandau!»

Während ich heftig in die Pedale trat, dröhnten die Worte hinter mir her, spürte ich den kühlen, abweisenden Ton der Wächter. Weder den stärker werdenden Donner noch die schwarzblaue Wolkenbank, die gegen die Sonne hochzog, nahm ich wahr. Ich fuhr, so schnell ich konnte, und stieg nur einmal vom Rad, um mein Kopftuch festzubinden, das sich im Fahrtwind gelöst hatte. Erst als ich zum Berg zurückblickte, erkannte ich, daß ich mich nie aus dem Schutz des Waldes hätte entfernen dürfen.

«Heil Hitler, Fräulein Brandau!» – Zum Umkehren war es nun zu spät.

Ein weitverästelter, baumstarker Blitz teilte den dunklen Westhimmel. Donner grollte; Wind kam auf. Die ersten Wolkenberge erreichten die Sonne, die sich noch einmal befreien konnte. Ich mußte wenigstens versuchen, vor dem Gewitter die alte Strohscheune auf halbem Weg zwischen Breitenbach und dem Magnetberg zu erreichen. Die Vorstellung, mich wie ein Hase in einer Ackerfurche zu verstecken, fand ich entsetzlich, also hetzte ich vor dem Gewitter her. Weil ich die Blitze in meinem Rücken nicht sehen konnte, trafen mich die Donnerschläge völlig unvorbereitet, und kurz vor der Scheune fuhr ich vor Schreck in ein tiefes Schlagloch, stürzte, zerschrammte mir Arme und Beine, zerriß meinen Rock.

Mit den ersten schweren Regentropfen erreichte ich die Scheune und verkroch mich im gelbbraunen, dunklen Stroh des letzten Sommers. Nur langsam beruhigte sich mein rasender Herzschlag. Ich starrte hinauf in das hohe, schützende Ziegeldach, wo alte, verstaubte Spinnweben wie riesige Fledermäuse im Windzug schaukelten, und sah hinaus in den blauschwarzen Gewitterhimmel, unter dem das samtige helle Grün eines Gerstenfeldes unwirklich leuchtete. Von der heißen Junisonne der letzten Tage durchglüht, verströmte es sein sanftes Licht in das lauernde Unwetter.

Die Sonne war verschwunden. Verfolgt von krachendem Donner, zerfetzten grelle Blitzwälder den verfinsterten Himmel, der die weite grüne Landschaft dunkel überspannte und das hitzige, flirrende Licht der letzten Tage in sich aufsog und es vollends auslöschte, als endlich der Regen kam.

Wasser stürzte vom Himmel, prasselte auf das Scheunendach, schoß gurgelnd und schlammig durch die tiefen Fahrspuren und Schlaglöcher des Feldwegs, drückte die hochgewachsenen Gerstenhalme zu Boden, schwemmte Staub und Blüten, Erde und Pflanzen, Hitze und Angst in einem fort. In den gewaltigen alten Pappeln an der Nordseite der Scheune brausten Sturm und Regen mit betäubender Wucht – ich sog erleichtert den Geruch nasser Erde ein, lag sicher im warmen, stacheligen Stroh und schlief schließlich erschöpft ein.

II

Aus einem lichtlosen, ausgewaschenen Himmel floß immer noch eintöniger, müder Regen wie bleiernes Wasser aus einer alten verzinkten Wanddusche. Ich war aufgewacht; den Sinn für Zeit hatte ich verloren.

Erst nach acht Uhr abends war ich wieder zu Haus. Als ich durchnäßt in die Diele trat, hörte ich Flötenmusik aus dem Saal. Es duftete vertraut nach altem Holz, Bienenwachspolitur und Blumen. Oben spielten sie den ersten Satz aus Mozarts Flötenquartett in A-Dur, auf das ich mich schon am Morgen gefreut hatte. Ich lauschte dem Flötenthema, das, immer wenn ich es hörte, in mir eine einfache und wunderbare Welt entstehen ließ. Eine Welt, in der alle Menschen liebevoll, schön und weißgekleidet waren, nur Blumen, Bücher, Bilder um sich hatten und in der späten Dämmerung warmer Sommerabende auf schattigen Wiesen Menuette tanzten.

«Heil Hitler, Fräulein Brandau . . . Bitten Sie doch Ihren Herrn Vater um Auskunft, Fräulein Brandau . . .»

Die kalten Stimmen in mir übertönten die zierliche Rokokomelodie; Fragen, Zweifel, die auf dem endlos langen, verregneten Rückweg an mir genagt hatten, schossen mir wieder durch den Kopf. Der Feldweg war aufgeweicht, schlammig, eine kaum unterbrochene Aneinanderreihung tiefer Pfützen gewesen. Ich hatte das verbeulte, sperrige Rad schieben müssen und Zeit genug gehabt nachzudenken. Aber als ich endlich in die Allee einbog und über einen Teppich herabgeregneter weißer Kastanienblüten ging, als ich mein Fahrrad vor den Kücheneingang schob, wo Kruse schon die zerfledderten Pfingstrosenblüten zu schmutzigen, rosa schimmernden Blätterhaufen zusammengekehrt hatte, wußte ich die Antwort, wußte, auch ohne Vater zu fragen, daß wir, Brandaus in Breitenbach, ein von der SS bewachtes Arbeitslager auf unserem eigenen Land hatten – und niemand hatte es mir gesagt.

«Arbeitslager». Es gab sie, das wußte ich, aber niemand sprach darüber. Auch die *Kreuzzeitung* berichtete nie etwas.

Konzentrationslager waren bis zu diesem Abend so entfernt von meiner Welt, als gäbe es sie nur auf einem fremden Stern.

Ich vergaß, daß ich ungesehen in mein Zimmer hatte schleichen wollen, um mich umzuziehen, vergaß alles, was mir beigebracht worden war und lief direkt in den Saal. Julia sah mich zuerst, unterbrach die Musik, setzte die Flöte aber nicht ab, sondern starrte über das blitzende Instrument ungläubig in meine Richtung. Frau Pastor Hühnerfeld geigte mit wogendem Oberkörper weiter, sah erst nach einer Weile fragend zu Julia hoch und stockte. Langsam blickten sich alle um und sahen mich entgeistert an. Nur Mutter war nicht da.

Das Gewitter, dachte ich, wahrscheinlich hat sie wieder furchtbare Kopfschmerzen.

Pastor Hühnerfeld schüttelte mitleidig den Kopf, als ich näher trat. Dabei streichelte er seine goldbraun glänzende Geige, die in seinen großen Händen wie ein verirrtes Spielzeug aussah.

«Ich bin zum Magnetberg gefahren, ich war gar nicht beim Förster», sagte ich laut zu Vater. Neben ihm saß Ferdinand in Uniform. Er mußte ganz überraschend gekommen sein, und ich hätte mich darüber freuen sollen.

«Warum ist der Berg abgesperrt?» fragte ich statt dessen. «Was ist das für ein Lager?»

«Ich meine, du solltest dich für die Unterbrechung entschuldigen und dich erst einmal umziehen.»

Vater lehnte sich abweisend im Sessel zurück.

Die Ellbogen auf den Stuhllehnen abgestützt, die Handflächen gegeneinandergestellt, bildeten seine gespreizten Finger ein spitzes Tor. Er schlug die Fingerkuppen in unregelmäßigen Abständen trommelnd aufeinander. Ich kannte diese abweisende Haltung, hatte sie immer gefürchtet, aber jetzt war es mir einerlei.

«Wie konntest du das zulassen? Wo ist Hedwig? Lebt sie jetzt hinter diesem Zaun?»

Vater blickte mich kühl über seinen Fingerspitzen an.

«Sag doch endlich was!» schrie ich, obwohl ich wußte, wie sehr er Auftritte haßte.

«Ach, Hedwig ... Die haben sie doch schon vor einem Jahr abgeholt», sagte Tante Heide; dabei strich sie sich den Rock über ihren spitzen Knien glatt.

«Was heißt das, abgeholt ... Wer? Wohin? Ich bin jetzt schon seit drei Wochen wieder hier! Warum hat mir keiner etwas erzählt?»

«Du hast anscheinend nicht gefragt», mischte sich nun Ferdinand ein. «Sei doch vernünftig, Thea! Du bist schließlich kein kleines Kind mehr!»

«Ja, sprich nicht so ungehörig mit deinem Vater.» Das war wieder Tante Heide. «Anstatt dich nützlich zu machen, fährst du angeblich zum Förster, dann warst du nicht einmal da und kommst so nach Hause. Sieh doch mal auf den Fußboden! Du machst alles naß!» Ihre Stimme bekam schon wieder diesen schrillen Klang. «Wasserflecke bekommt man aus dem Parkett nur ganz schwer wieder heraus. Guck dich bloß mal um! Sie sind schon überall, wo du gestanden hast.»

«Das ist doch überhaupt nicht wichtig.» Ich wußte nicht, woher ich den Mut nahm. «Wo ist Hedwig hingekommen? Warum habt ihr den Magnetberg absperren lassen? Wer ...»

«Jetzt ist es genug!» Vater unterbrach mich eisig. «Stell keine unnützen Fragen, Thea. Geh bitte auf dein Zimmer, zieh dir etwas Trockenes an, und wenn du wieder zur Vernunft gekommen bist, kannst du dich gern noch einmal hier sehen lassen. Wir haben uns verstanden, oder?» Er zog seine goldene Repetieruhr, der Deckel schnappte auf. «Es ist schon halb neun. Wollen wir weitermachen, lieber Pastor?»

Ich stand reglos vor Wut – abgefertigt und fortgeschickt wie ein Schulmädchen. Ich sollte vernünftig sein und mich zusammennehmen. Ich hatte mich unverzeihlich laut und unbeherrscht aufgeführt. So würde er mir nicht antworten, vielleicht wollte er mir überhaupt nicht antworten.

«Bitten Sie doch Ihren Herrn Vater um eine Auskunft», wiederholte ich plötzlich laut. «Heil Hitler, Fräulein Brandau, Heil Hitler! Heil Hitler ...» Ich konnte nicht aufhören. «Bitten Sie doch Ihren Herrn Vater um eine Auskunft ...» Ich nahm den erstbesten, festen Gegenstand und warf ihn Vater vor die Füße. Es war eine alte Meißner Vase mit gelben Drachen auf weißem Grund. Entsetzt beugte ich mich über die Scherben. Gelb, gold und weiß flirrte es mir vor Augen.

Hinter mir seufzte der Pastor, schob seinen Stuhl zurück und wollte aufstehen.

«Lassen Sie nur, lieber Pastor.» Vater schien völlig ungerührt. «Ihr Temperament ist das Erbteil meiner Mutter. Wir kennen es doch alle sehr gut, oder? Allerdings kann ich mich nicht erinnern, daß sie jemals mit Vasen geworfen hätte.» Jetzt lachten sie auch noch.

Ich versuchte, die Scherben aus dem nassen, geknickten weißen Flieder herauszusammeln und fing an zu weinen, konnte mich gegen das gewaltsam hochsteigende Schluchzen nicht wehren.

Da war Julia bei mir.

«Komm, Thea», sagte sie ruhig. Sie legte ihren Arm um meine Schultern, zog mich hoch und ging rasch mit mir zur Tür.

«Ich bin gleich wieder da, C. F. Können Sie bitte meine Flöte von dem kleinen Tisch retten, Frau Pastor Hühnerfeld? Ferdinand, Lieber, kannst du Kruse Bescheid sagen und Pastors schon Wein anbieten?»

Mit ihren Fragen und Anweisungen überspielte sie meinen Rückzug, hatte mit Leichtigkeit alle abgelenkt und beschäftigt. Mich brachte sie schnell und ohne viele Worte in ihr eigenes Badezimmer, das nur durch ihr Schlafzimmer am Ende des langen Flurs zu erreichen war.

Dort schob sie mich auf einen Stuhl, ließ Wasser in die Wanne laufen, gab mir ein Taschentuch und sagte kleine, beruhigende Sätze.

«Morgen wird sich alles klären ... Du mußt erst einmal wieder warm und trocken werden ... Hast du nicht entsetzlichen Hunger ... Wenn du in der Badewanne bist, hole ich dir etwas ... Du mußt dich beruhigen ... Alles wird sich klären, da bin ich ganz sicher ...»

So redet man mit einem kleinen Mädchen, das in den Teich gefallen ist, dachte ich, wehrte mich aber nicht.

«Soll ich dir das Stroh aus den Haaren ziehen, oder machst du es lieber selbst?» Bei dieser Frage sah ich zum ersten Mal auf und starrte ungläubig in mein schmutziges, verheultes Spiegelbild.

«Um dich herum steht alles, was du brauchst», sagte Julia zufrieden, als ich endlich in der Badewanne lag. «Ich hole dir etwas zu essen, und du machst dich wieder schön – einverstanden? Und dann hat Ferdinand einen Brief für dich. Um ein Haar wäre Robert mitgekommen ...»

Sie sagte nicht: Gott sei dank hat er deinen Auftritt nicht miterlebt. Sie sagte überhaupt nichts dazu. Sie konnte meine bohrenden Fragen nicht beantworten, aber sie hatte mein Problem fortgeschoben, mich beschützt und beruhigt. In ihrer Gegenwart schrumpften die Ereignisse dieses Tages auf ein natürliches, begreifbares Maß, als fügten sie sich Julias klarem Anspruch auf Schönheit und Stille.

Allein gelassen sah ich mich zum ersten Mal in ihrem kleinen hellen Bad um. Mit verbundenen Augen hineingeführt, hätte ich an dem Duft des Parfüms sofort erraten, wo ich war. Während ich ein weißes ovales Seifenstück langsam in den Händen drehte, wanderten meine Augen durch den Raum, empfindungslos nahmen sie Bilder auf und schrieben sie in meiner Erinnerung fest. Sie sahen die glänzend weißen Porzellanbecken, die Julias Vater aus Paris geschickt hatte, die Armaturen, auf denen *froid* und *chaud* stand, die großen Spiegel in vergoldeten Stuckrahmen, die den kleinen Raum großzügig und weit erscheinen ließen und noch das graue, verregnete Abendlicht, das durch das Fenster drang, vergoldet zurückwarfen. Vor dem breiten Frisierspiegel am Fenster standen zwei blitzende Kristallflakons, der eine mit goldenem Schraubdeckel, der andere mit rundem, geschliffenem Kristallstöpsel verschlossen. Daneben reihten sich drei weiße Porzellandosen, eine schmale weißgoldene Schale, deren Inhalt ich nicht erkennen konnte, und eine kleine schwarze Kugelflasche.

«Darf ich die Flasche einmal in die Hand nehmen?» fragte ich, als ich später vor dem Spiegel saß und Julia mir half, meine Haare durchzukämmen.

«Gern. Darf ich dich dann auch um etwas bitten?»

Wir lächelten uns kurz und abwägend im Spiegel an. Ich nahm die glatte, kühle, schwere Kugel und fuhr mit dem Finger über den Perlrand der vergoldeten Verschlußkappe. Auf dem schwarzen Flaschenbauch war in goldenen Farben eine Frau in weiten Gewändern abgebildet, die den Kopf zu einem kleinen Kind hinunterneigte und es an den ausgestreckten Händen hielt.

«Das ist dein Parfüm, nicht wahr?» fragte ich, obwohl der Duft, der von der Flasche ausging, die Frage überflüssig machte.

«Ja. Hast du die Flasche noch nie gesehen?»

«Nein, noch nie. Wie heißt das Parfüm?»

«*Arpège*», sagte Julia und kämpfte vorsichtig mit meinem verfilzten Haar. «*Arpège* von Lanvin. Mein Vater schickt es mir immer, wenn er in Paris zu tun hat. Dann geht er mit seiner Freundin bei Lanvin einkaufen.»

Aus Julias Mund klang das ganz alltäglich und normal. Ich versuchte derweil, das richtige Gesicht zu machen.

«Was bedeutet der Name? Weißt du das?»

«Eigentlich habe ich mir noch nie darüber Gedanken gemacht.» Jetzt kämmte sie mein Haar mit entschlossenen kleinen Strichen. «*Arpège* – was könnte das sein? Aus der Musik kenne ich den Begriff ‹Arpeggio›. Stimmt, das muß es sein. Es bedeutet, daß man sein Instrument wie eine Harfe spielt; die Töne eines Akkordes sollen nicht zusammen, sondern nacheinander erklingen – ein arpeggio gespieltes Musikstück ist immer ausgewogen, schön und beruhigend. Paß auf, jetzt tut es sicher etwas weh.» Mit einem kräftigen Ruck zog sie den Kamm durch eine dicke Haarsträhne.

«Die Flasche ist schön. Darf ich sie haben, wenn sie leer ist?»

«Du kannst sie gleich mitnehmen. Es ist zwar noch etwas darin, aber ich habe noch zwei Flaschen in Reserve. Gestern kam ein Brief von meinem Vater. Nächste Woche fährt er schon wieder nach Paris.»

«Bist du früher einmal mit ihm gefahren?»

«Ja, vor zehn Jahren. Nach dem Abitur hat er mich mitgenommen. Wir haben im Ritz gewohnt, und er hat mir jeden Tag etwas geschenkt. Es war herrlich. Den Rock zum Beispiel, den du heute zerrissen hast, hat er mir damals bei Chanel gekauft.»

«Es tut mir so leid.»

«Was hast du nur gemacht? Mir hast du doch gesagt, du würdest zum Förster fahren. Deshalb hat sich auch niemand Sorgen gemacht.»

«Warst du eigentlich schon einmal auf dem Magnetberg?»

«Nein, es ist immer etwas dazwischengekommen. Für einen kurzen Ausritt am Vormittag liegt er zu weit entfernt, und außerdem interessiert sich C. F. nur für den Stand der Felder oder für die Forstarbeiten. Es würde ihm nie in den Sinn kommen, auf einen der Berge zu spazieren.»

«Seit wann ist denn der Berg eingezäunt? Weißt du das?»

«Ja sicher. Seit letztem November. Eines Morgens tauchte eine Menge hochrangiger SS-Leute hier auf. Ich weiß nicht, ob sie angemeldet waren oder nicht. C. F. spricht ja nicht über diese Dinge. Jedenfalls waren es viele – die Halle war ganz schwarz von Uniformen. C. F. hat sie in die Bibliothek gebeten, und nach einer halben Stunde sind sie mit ihm weggefahren. Kruse sagte, wir sollten uns keine Sorgen machen, es sei nur über einen Steinbruch geredet worden. Das wußte er, obwohl er nicht einmal in der Bibliothek gewesen war, um etwas anzubieten.»

«Kruse weiß immer alles», warf ich ein.

«Als C. F. dann zurückkam», erzählte Julia weiter, «waren nur noch zwei Offiziere bei ihm. Es dauerte eine halbe Stunde, dann gingen sie auch. C. F. selbst ließ sich sein Pferd bringen und ritt hinüber nach Bodenstein. Erst am nächsten Morgen während des Frühstücks sagte er, er sei gebeten worden, den Steinbruch für neue Bauvorhaben der Regierung zur Verfügung zu stellen. Er hat das nicht weiter erklärt. Du weißt, wie man sich fühlt, wenn er so unpersönlich redet und durch alle hindurchsieht . . .»

Ich wußte es nur zu gut. Beim Essen fror einem das Besteck in der Hand fest.

Julia kämmte noch einmal schmerzhaft durch meine Haare.

«Er hat nur noch gesagt, sie würden den Berg abriegeln, um die Übersicht zu behalten, und Baracken für die Arbeiter dort aufstellen. Besonders betont hat er, daß allen Unbefugten der Zutritt bei Strafe verboten sei – und daß das Verbot in besonderem Maße auch für unsere Familie gelte. Deine Mutter und Tante Heide haben natürlich vorsichtig protestiert. Aber C. F. sagte nur, er habe lange darüber nachgedacht und sei nach dem Gespräch mit Bernd Müller-Bodenstein überzeugt, eine Bitte der SS sei so gut wie ein Befehl. Es bleibe uns nichts anderes übrig, als das zur Kenntnis zu nehmen.»

Ich sah die Familie am Frühstückstisch nach diesem Gespräch vor mir: Mutter krauste bekümmert die Stirn und rührte in ihrer Tasse, obwohl sie gar keinen Zucker nahm, Tante Heide faltete ihre Serviette immer kleiner zusammen, keiner sagte etwas . . .

«Dabei ist er selbst so verletzlich.» Es war, als ob Julia meine Gedanken weiterführte. Sie lächelte und bürstete immer noch gedankenverloren meine Haare. «Ich habe ihn gefragt, ob wir trotzdem ausreiten, und alles war wieder wie sonst. ‹Natürlich reiten wir›, sagte er. Du hast einen wundervollen Vater, Thea. Diese Sache mit dem Steinbruch und der SS macht ihm furchtbar zu schaffen. Es tut ihm weh, darüber zu sprechen. Schlimm, wenn dir keiner etwas gesagt hat, aber bitte quäl ihn heute abend nicht weiter mit Fragen, ja? Das war es, worum ich dich bitten wollte. Der Tag heute war schon furchtbar genug.»

«Warum? Ferdinand ist doch gekommen.»

«Ja, das stimmt. Aber Mutter geht es nicht gut, das Gewitter wird schreckliche Folgen haben, und . . .»

«. . . und ich habe ihm auch noch eine fürchterliche Szene gemacht.»

«Du kannst es sicher wiedergutmachen, wenn du gleich noch einmal in die Bibliothek kommst. Außerdem freut sich Ferdinand! Kommst du? Versprichst du es mir?»

Ich nickte. Man konnte ihr nichts abschlagen.

«Hast du mit Ferdinand einmal über das Lager auf dem Magnetberg gesprochen?»

«Nein, aber ich weiß auch so, was er sagen würde», sagte Julia. «‹Jeder muß an seinem Platz stehen und tun, was er kann. Wenn diese Lager eingerichtet werden, wird es seine Richtigkeit haben›, wird er sagen, ‹und es muß uns eine Ehre sein, dem Vaterland einen Dienst zu erweisen und den Platz dafür zur Verfügung zu stellen!›»

Sie liebt ihn nicht, dachte ich. Sie kann ihn gar nicht lieben, wenn sie so über ihn redet.

«Sieh mich nicht so entsetzt an, Thea! Ich kann vor diesen Dingen keine Ehrfurcht haben – Kaiser oder Hitler, Vaterland oder Tausendjähriges Reich, ganz egal. Ich weiß, daß das seltsam klingt, aber so ist es nun einmal. Jetzt lauf und zieh dir etwas an. Nimm diesen Mantel, sonst läufst du noch dem Pastor über den Weg und bist nur in ein Handtuch gewickelt. Du kannst den Mantel behalten, ich wollte ihn dir ohnehin schenken.»

Sie holte aus ihrem Schlafzimmer einen wunderbar weichen, gefütterten Mantel mit hohem Kragen und einem Gürtel, den man nur binden mußte.

«Er steht dir wunderbar, siehst du? Dunkelhaarige sollten viel häufiger Blau tragen als Blonde. Ich sehe darin aus wie eine Klosterschülerin. Nimm gleich die Parfümflasche mit, und versprich mir, daß du schnell herunterkommst, ja?»

Ich versprach es und versenkte die schwere, schwarzglänzende Kugelflasche in der tiefen Tasche meines neuen Mantels.

Es ist wie früher, dachte ich, wenn ich ausgerissen und wieder eingefangen war und frisch gebadet und gefüttert versprochen hatte, nur noch lieb und vernünftig zu sein.

Bei dem Gedanken war mir nicht wohl.

III

Bevor ich in die Bibliothek ging, sah ich vorsichtig in Mutters hellblaues, nach Kräuterumschlägen duftendes Schlafzimmer. Auf ihrer Stirn lag ein feuchtes weißes Tuch; ihr Körper zeichnete sich gerade und angespannt unter der dünnen Decke ab, als ahnte er neuen Schmerz.

«Thea, Kind. Endlich bist du da! Mußtest du die ganze Zeit bei Försters sitzen und das Gewitter abwarten? Bißchen langweilig, was?»

Vorsichtig setzte ich mich auf die Bettkante und nahm ihre Hand. «Ich war gar nicht beim Förster. Ich bin zum Magnetberg gefahren, und während des Gewitters war ich in der Feldscheune.»

«Ach du liebe Güte – wenn ich das gewußt hätte. Zum Magnetberg dürfen wir doch gar nicht mehr. Haben wir ganz vergessen, dir das zu sagen?»

Sie stöhnte vor Schmerzen und nahm das Tuch ab.

«Es macht nichts.» Ich wollte sie nicht aufregen und machte die zwei Fenster zum Garten auf. Die abgekühlte Luft, die beruhigend nach feuchter Erde roch, drang wohltuend in den stickigen Raum.

«Weißt du, was aus Hedwig geworden ist?» fragte ich, obwohl ich sie in Ruhe lassen wollte und mußte.

«Ach, Theachen – Hedwig! Der Förster hat gesagt, sie hätten sie letzten Herbst abgeholt.»

Da war schon wieder dieses Wort.

«Abgeholt . . .» wiederholte ich. «Wer? Wohin?»

«Man weiß das nicht so genau. Der Förster will wissen, daß sie eine Politische war. Irgend etwas Furchtbares wird ihr vorgeworfen.»

«Hast du vom Förster nichts Genaues erfahren können?»

«Nein», sagte Mutter. «Aber der Förster glaubt, daß sie auch noch Jüdin ist.»

«Hedwig war so fromm! Weißt du noch, was ich dir von ihrer Kapelle und ihrem Gebet erzählt habe?»

«Ja, ja. Aber jetzt zählt wohl nur noch, daß sie eine Jüdin ist. Eine ganz lästige neue Regelung aus Berlin. Blut und Ahnen und Rasse – darauf kommt es wohl jetzt an. Das habt ihr doch alles schon in der Schule gelernt, Theachen! Mit Glauben hat das nichts mehr zu tun.»

«Natürlich weiß ich das, aber ich kann mir gar nicht vorstellen, daß Hedwig nicht mehr da ist. Ich bin so gern zu ihr gefahren –»

«Laß man, Theachen! Du hättest sie doch nicht gut besuchen können. Man darf jetzt keine Juden mehr einladen oder besuchen. Das haben sie auch verboten. Ich hab schon zu Heide gesagt: Ist ja nur gut, daß wir eigentlich keine Juden kennen – sonst wäre es ja ein grausames Gesetz, was? Stell dir nur vor, Müllers aus Bodenstein wären Juden, man dürfte sie nicht mehr einladen. Oder Kruse – den müßten wir entlassen. Ich muß Ferdinand einmal fragen, ob er weiß, was die in Berlin sich dabei denken.»

«Ich verstehe das nicht. Über Hedwig konnte doch keiner etwas wissen.»

«Ach, Theachen, mir scheint, die können alles, was sie wollen. – Nun lauf aber schnell hinunter. Sie werden schon auf dich warten. Julia macht alles so wunderbar, und Ferdinand hat einen Brief für dich, mein kleines Mädchen. Es geht mir auch schon besser – morgen ist es wieder vorbei. Ist doch immer dasselbe mit diesen dummen Kopfschmerzen.»

«Kann ich dir noch etwas bringen?»

«Nein, nein. Wunderbar, daß du die Fenster aufgemacht hast. Heide muß immer alles zumachen. Eine scheußliche Angewohnheit, was? Nun hol dir deinen Brief, mein Mädchen.»

Ich winkte ihr, weil jede Berührung ihr nur weh tat, wenn sie Kopfschmerzen hatte, und ging aus dem Zimmer auf die Galerie hinaus.

Unten in der Halle stand Vater mit Inspektor Sander.

«Alles flachgelegt, gnädiger Herr, alles flach», hörte ich den Inspektor sagen. «Die Gerste ist vollständig ins Lager gegangen, und die Rüben auf der Chausseebreite sind weg. Weg – anders kann man das nicht nennen. Zugeschlämmt oder ausgerissen – da kann man nichts machen, gar nichts machen. Es ist eine Katastrophe, Herr Brandau.»

«Nun, was man machen kann, sehen wir morgen um sieben Uhr, lieber Sander. Nur nicht aufgeben, wir haben es doch immer geschafft, oder? Diesmal schaffen wir es auch.»

«Ach, Herr Brandau – so viel Arbeit und alles umsonst. Aber mit Ihnen geht es immer weiter.»

«Schon gut, Sander. Wir sehen uns morgen, gute Nacht.»

Vater stand allein in der Halle, schob ein paar Postsachen auf dem Tisch hin und her und fing an, mit den Fingern der rechten Hand auf den Tisch zu trommeln, zögernd erst, dann heftiger, immer heftiger. Eine welke Pfingstrose in der bauchigen, jadegrünen Vase zitterte und streifte müde ihre Blätter ab. Behutsam nahm er den verlorenen rosa Blätterhaufen in seine Hände. Ich wagte nicht, mich zu rühren.

«C. F. – wo bleibst du? Ferdinand hat eine aufregende Neuigkeit und will sie nur verraten, wenn du dabei bist.» Julias klare Stimme kam aus der Bibliothek.

«Was ist?» Ich hörte ihre bestimmten, leichten Schritte auf den Sandsteinplatten der Halle. «Ist es so schlimm draußen?»

Sie war bei ihm und legte ihre Hand auf seinen Arm.

«Es gibt nichts, was ich so nicht ertragen könnte», gab Vater zur Antwort. Er nahm ihre Hand und strich langsam über die geöffnete Handfläche. Dann legte er die Blütenblätter der Pfingstrose hinein, schloß ihre Finger vorsichtig, beugte sich darüber, küßte ihre Fingerspitzen und die Innenseite ihres Handgelenks.

Mein Herzschlag dröhnte mir in den Ohren, aber sie bemerkten mich nicht.

«Na endlich, Thea», sagte Ferdinand eine Spur zu fröhlich, als ich in die Bibliothek kam. «Bist du wieder zur Vernunft gekommen? Es gibt nichts, was Julia nicht erreichen würde. Hab ich nicht recht, Vater?»

«Ja, mein Junge, da hast du wirklich recht.» Vater sah nicht auf, sondern entfernte mit der flachen Hand nicht vorhandene Staubkörner von seinem hellen Jackett.

«Ich möchte mich entschuldigen, Vater.»

«Schon gut, mein Mädchen, schon gut.» Er nickte mir freundlich zu; ich durfte mich setzen.

«Dann können wir ja endlich anfangen.»

Ferdinand wollte sicher lustig klingen, was ihm aber nie so recht gelang. Als er zu erzählen begann, saß er unbequem auf der Kante seines Sessels und sah nur Vater an, sprach nur für ihn – eine Mischung aus Angst und Suche nach Anerkennung in den Augen.

Nach dem deutsch-britischen Flottenvertrag von 1935, erfuhren wir, hatte Deutschland seine verborgenen U-Boote endlich wieder legalisieren können. In jüngster Zeit interessierte sich der Führer, dem die Marine sonst eher gleichgültig gewesen war, für vorhandene und neu zu bauende U-Boot-Stützpunkte. Ferdinand war schon im März mit einer ausgewählten, kleinen Gruppe von Marineoffizieren nach Spanien gefahren, um dort an der Atlantikküste den geheimen Flottenstützpunkt Vigo zu inspizieren. Trotz der erzwungenen Aufgabe aller U-Boote nach Kriegsende war Vigo von der Marine, die es offiziell gar nicht mehr geben durfte, gehalten worden, sanktioniert erst vom spanischen König und dann von General Franco. Ferdinand hatte einen Bericht über die Reise nach Vigo angefertigt und war gestern von Hitlers Marineadjutanten, von Puttkamer, aufgefordert worden, «dem Führer persönlich vorzutragen». Er war am Mittwoch, dem 15. Juni, um sechs Uhr abends in die Reichskanzlei gebeten und wollte Julia an diesem Tag in Berlin haben. Er war extra gekommen, um sie zu holen.

«Na, was sagst du, Vater?» Ferdinands runde blaue Augen strahlten, forderten Lob und Begeisterung.

«Schön, mein Junge, sehr schön. Du machst deinen Weg.»

Julia lehnte in dem hohen, rehbraunen Wildledersessel und betrachtete die rosafarbenen Blütenblätter in ihrer Hand.

«Großartig, Ferdinand! Es paßt auch sehr gut in meine Pläne. Ich wollte ohnehin nächste Woche nach Berlin.»

«Gut! Robert will nach dem Vortrag mit uns essen gehen. Jetzt hätte ich doch fast das Wichtigste vergessen! Thea, ich habe einen Brief für dich.»

Ich steckte den Brief in meine Rocktasche, blieb aber wie unter einem inneren Zwang sitzen und beobachtete Vater, Julia und Ferdinand, die sich darüber unterhielten, wie sein Vortrag in der Reichskanzlei wohl ablaufen könnte.

Keinem fiel auf, daß ich nichts sagte oder fragte, daß ich ratlos die Ereignisse des Tages und des Abends herunterwürgte. Niemandem schien es erstaunlich, wie brav und vernünftig ich wieder in meinem Sessel saß. Heute weiß ich: Das war nichts Besonderes, es war die Regel. Zum Fragen waren wir nicht erzogen.

Fünftes Kapitel

I

Nach jenem Abend wurde ich krank, so wie ich früher krank geworden war, wenn ich Vater ausweichen wollte, wenn der Sommer in Regen zerfloß, das Licht grau und schattenlos vor den Fenstern stand und die Eintönigkeit im Haus unerträglich schien.

Und wie früher waren die Erwachsenen erleichtert, ein krankes Kind im Haus zu haben, das – gottlob – gar nicht wirklich krank war, dessen Bedürfnisse aber dem Haushalt auf wunderbare Weise einen kleinen Nebenschauplatz bescherten, auf den sich Fürsorge, Mitleid und verschwiegene Sorgen umleiten ließen.

Nur dann, wenn wir krank gewesen waren, hatte Mutter viel Zeit für uns gehabt und vergaß im Kinderzimmer für kurze Zeit den Alltag und die hilflosen Traurigkeiten des Dorfes, die sie sonst zu den ihren machte. Um irgend etwas sorgte sie sich immer: um den Rheumatismus und die Einsamkeit der Alten; die Schnittwunden, Koliken und Furunkulosen der Männer, die in der kurzen ihnen für Lust und Erholung verbleibenden Zeit zu fett, zu viel und zu hastig aßen; die gebeugten Rücken und verkrümmten Gemüter der Frauen; die rachitischen Knochen, Durchfälle und fiebrigen Erkältungen der Kinder. Einmal im Monat half ein Arzt aus der Stadt und hielt im dunklen, verräucherten Schankraum der Gastwirtschaft Zum weißen Roß seine Sprechstunde.

So war es immer gewesen. Mutter war im Geist dieser Pflichterfüllung erzogen, tat mehr, als sie hätte tun müssen, mehr, als sie verkraften konnte. Sie hatte nicht gelernt, sich oder die Stellung ihrer Familie in Frage zu stellen. Aber schmerzhaft empfand sie das enge, mitleidlose Nebeneinander von Besitz und Armut, Macht und Abhängigkeit. In ihrer Tätigkeit fand sie eine Möglichkeit, mit diesem Gegensatz zu leben.

Es störte sie nicht, daß die NSDAP nach 1933 so tat, als hätte die arbeitende Bevölkerung auf dem Land in stumpfer, ausweglosser Knechtschaft vegetiert, als wären alle sozialen, medizinischen und hygienischen Einrichtungen ein Verdienst der Partei.

«Laßt sie nur reden», sagte Mutter, «sie wollen nicht wahrhaben, daß andere schon lange mit den Nöten kämpfen, die Hitler gerade entdeckt hat.»

Mutter nahm die Einmischung von Gauleitern und Gauleiterinnen, Jungvolk-Scharführern, HJ-Kameradschaftsführern, BDM-Untergauführerinnen, KdF-Funktionären und Frauenschaftsleiterinnen hin. Bei wem hätte sie sich auch beschweren sollen? Sie tat ihre Pflicht, wie sie es nannte, und mußte zusehen, wie die Partei althergebrachte Traditionen und Einrichtungen auf dem Land erst übernahm und ihnen dann einen neuen Namen und eine neue Fahne gab.

Trotzdem führte der Besuch des Gauleiters in Breitenbach zu einer bedeutenden Änderung im Breitenbacher Alltag, ohne daß der forsche Herr jemals etwas davon erfuhr. Telefonisch kündigte er für den Nachmittag seinen Besuch an, und Mutter suchte dringend jemanden, der diese Nachricht in den Gutskindergarten brachte.

«Kinder sind ihnen doch so wichtig, wie? Da wollen wir ihn zuerst hinschicken.»

Die Kinder sollten am Nachmittag so lange im Raum beschäftigt werden, bis der Besuch dagewesen war. Julia bot sich an, die Nachricht im Kindergarten auf dem Wirtschaftshof zu bestellen. Auf dem Weg in den Pferdestall mußte sie ohnehin dort vorbei. Ihr Interesse für die Einrichtungen und Pflichten, die sie einmal von Mutter übernehmen sollte, war sonst beunruhigend gering, so daß dieses Angebot mit hoffnungsvollem

Erstaunen angenommen wurde. Doch dann kam sie noch vor dem Ausreiten mit Tante Heide zum Haus zurück.

«Es ist nicht wegen des Gauleiters», sagte sie, «aber das Taschentuch muß sofort entfernt werden.»

«Was für ein Taschentuch?»

Mutter wußte tatsächlich nicht, wovon die Rede war. Weil die meisten Kinder weder Taschen noch Taschentücher besaßen und die Säuberung dringend putzbedürftiger Nasen nur im äußersten Bedarfsfall mit dem Ärmel erledigten, hatte Tante Heide irgendwann ein großes, ausrangiertes Handtuch als Taschentuch für alle neben der Eingangstür aufgehängt. Das war zwar kein schöner Anblick, aber in ihren Augen zweckmäßig.

«Du liebe Güte, Heide!» rief Mutter, als sie davon erfuhr. «Ich wundere mich, warum immer alle den gleichen Schnupfen haben, den ich nicht wegbekomme. Ich lasse die Kinder Solebäder und Milchkuren machen, schimpfe noch mit den Müttern, weil die Kinder immer nasse Schuhe haben, und du hängst ein Schnupftuch zum allgemeinen Gebrauch auf. Wenn das nicht zu weit geht, was?»

Das kollektive Taschentuch wurde sofort entfernt; die Kinder putzten ihre Nasen nun wieder mit einer zielsicheren, unwirschen Bewegung des Handgelenks. Julia schenkte Tante Heide sechs weiße Spitzentaschentücher, um sich für die Einmischung zu entschuldigen, Tante Heide beteuerte nachträglich ihr Einverständnis, und der Familienfrieden war wiederhergestellt.

Schon am Samstag morgen hatte ich mich durch ein halb herbeigesehntes, halb vorgetäuschtes Fieber den verschiedenen Spannungsfeldern des Hauses entzogen. Während Tante Heide mit den vielfältigen Zeremonien beschäftigt war, die auf einen Fieberkranken im Breitenbacher Haus unausweichlich zukamen – mit der Zubereitung von Lindenblütentee und klarer Kraftbrühe, der Erwärmung des großen Badezimmers auf tropische Temperaturen für das Schwitzbad, der Bereitstellung großer nasser Laken und wollener Decken, in die der

Kranke nach dem Bad gewickelt wurde –, sah ich in den sanften, weißen, von Hohlsäumen und winzigen Mottenlöchern durchbrochenen Betthimmel aus Batist, der, von einem goldenen Ring an der Decke gehalten, das nasse, bleigraue Morgenlicht filterte.

Nach und nach fiel mir wieder ein, was gestern geschehen war. Heute wünschte ich mir, alles als eine dumme Häufung ärgerlicher Zwischenfälle vergessen zu können: Die Hitze, die Anstrengung, die schwarz gekleideten SS-Wachen, ihre überhöfliche, unverschämte Zurückweisung, das Gewitter, die Rückfahrt, die weißgelben Scherben, die Angst. Warum konnte ich nicht einfach ein paar Tage im Bett liegen und träumen? Warum war für mich gestern nicht einfach nur der Tag, an dem ein Brief von Robert gekommen war – ein Amtsbogen aus dem Reichsluftfahrtministerium, auf dem in schneller, gerader Schrift zu lesen war, oft denke er an das vergangene Wochenende und ob ich nicht Julia und Ferdinand nach Berlin begleiten wolle.

«Ich bin noch eine Woche hier, bevor ich als Begleitung mit an die sudetendeutsche Grenze fahre», schrieb er. «Jeder Tag würde doppelt zählen, wenn ich wüßte, daß Sie in der Stadt sind, Thea, daß ich Sie sehen und sprechen könnte. Tun Sie einem armen Flieger einen großen Gefallen, fahren Sie mit nach Berlin . . .»

Als Julia kam, konnte sie mich kaum unter den hochgetürmten, kratzenden Wolldecken entdecken, die das Fieber nach dem rituellen Schwitzbad endgültig vertreiben sollten. Sie äußerte sich nicht zu dieser rigorosen Heilmethode, sondern legte mir nur rasch ihre Handfläche auf die Stirn, sah lächelnd in meine mühsam verschleierten Augen und machte mir ebenfalls den Vorschlag, sie nach Berlin zu begleiten.

Sie führen ohnehin erst Montag morgen, bis dahin sei Zeit genug, meinen Fieberanfall in Würde zu beenden. Mir könne ein wenig Stadtluft nur guttun, für sie sei es viel amüsanter, mich dabeizuhaben; und wenn Ferdinand Dienst habe, sei sie nicht so allein in dem weitläufigen dunklen Gebäude.

Ich konnte sie gut verstehen. Wir liebten alle unser helles altes Breitenbacher Haus und konnten uns an den dunklen wilhelminischen Prunk der Dahlemer Villa am Grunewald nicht gewöhnen. Trotzdem fuhr ich gern dorthin und fühlte mich besonders seit meiner Zeit im Potsdamer Stift bei Großmutter zu Hause.

Es macht mir nichts aus, daß Julia mich durchschaute. Es war ohnehin nicht möglich, in alter, gewohnter Weise krank zu sein, denn eine Bedingung, die unabdingbar war, um diesen Zustand zu genießen, war nicht erfüllt: Mutter war nicht gesund.

Ich war mit Mutters Kopfschmerzen so vertraut, daß ich sie manchmal selbst zu spüren glaubte. Ich ahnte sie und litt darunter, bevor sie recht begannen, und hatte jedesmal Angst, sie könnten nicht wieder aufhören. Wenn Mutters sanfte Stimme noch gar nichts verriet, sah ich schon an der plötzlichen Verengung ihrer Augen, am ohnmächtigen Zucken der Lider, was ihr bevorstand. Messerscharf durchzogen die Schmerzen ihren Kopf vom Nacken bis zu den Augen, hielten sie für Stunden erbarmungslos gepackt und entzogen sie uns und den anderen, die von ihrer besänftigenden Güte und sorgenden Zuneigung lebten.

Als kleines Mädchen lernte ich, diese ersten Zeichen zu deuten, sie auch dann zu erspüren, wenn ich Mutter nicht in die Augen sehen konnte. Wenn ich in dem kleinen blauen Eckzimmer auf ihrem Schoß saß und sie mir im letzten Dämmerlicht vorlas, stockte ihre Stimme manchmal für Sekunden unvermittelt und erschreckt. Dann spürte auch ich den zuckenden Stich, der ihren Körper durchlief, bekam Angst und Herzklopfen, ahnte den Schmerz, der sie später für Stunden umklammern würde. Ich fand heraus, daß sie das Anschalten des elektrischen Lichtes nicht aus Sparsamkeit hinauszögerte. Oft beobachtete sie mit mir, wie der Abend durch die Bäume an das Haus herantrat und scheute den plötzlichen Übergang aus dem Dämmerdunkel in grelles Licht, weil ihre Augen es als Schmerz weiterleiten würden.

Ich lernte, das Wetter zu erfühlen: Die feuchten, drückenden Sommertage, die aufziehenden Gewitter. Ich lernte, Vaters kühle Unnahbarkeit zu fürchten, und begriff, als ich größer wurde, welche Rolle sie bei Mutters Schmerzen spielte. Aber nie lernte ich, Mutter zu fragen, warum sie, die allen anderen half, sich nicht helfen lassen wollte. Sie ertrug ihre Schmerzen so, wie sie es gelernt hatte, lautlos und fraglos.

Mutter war an diesem Morgen nicht aufgestanden, was beklemmend und beunruhigend war – nicht nur für mich. Jeder im Haus wußte, daß sie sich zwang, nach einem Migräneanfall so schnell wie möglich wieder an ihre Arbeit zu gehen, so zu tun, als sei nichts gewesen. Alle litten insgeheim mit ihr, brauchten aber ihren sorgenden Blick, ihre leise Stimme, mit der sie die Aufgaben des Tages unauffällig ordnete und überschaubar machte.

«Was Fräulein Heide ist», sagte Anneliese dann zu ihrem Kruse, «die wirtschaftet ja nun einmal gerne herum, und das macht sie ja auch besser als jede andere. Aber ohne die gnädige Frau – na ja, ich sag nur, man kann den Finger da nicht so drauflegen, aber ohne die sind wir doch man alle nur wie 'n Topp ohne Deckel.»

Mutters wegen hatte ich ein schlechtes Gewissen, nach Berlin zu fahren. Die Ereignisse des vergangenen Tages dagegen machten mir keine Sorgen – die würden ohnehin totgeschwiegen werden, als wären Wegsehen und Schweigen Zauberkräfte, die schlechtes Benehmen und Scherben, Angst und Schrecken ungeschehen machen konnten.

«Schon gut, mein Mädchen, schon gut!» Damit hatte Vater mich dispensiert und sich weiteren Fragen entzogen. Jeder wußte das, erkannte es an. Damit war jedes Problem auf eine einfache Formel reduziert: auf Verweigerung oder Gewährung seiner Zuneigung.

Wegsehen und Schweigen – ahnten wir, wieviel Gemeinheit, Gewalt und Erniedrigung dadurch erst möglich wurde? Ohne die Dinge zu durchschauen, wußte ich damals nur eines: Ich wollte meine Fieberkomödie so schnell wie möglich beenden, ich wollte nach Berlin, ich wollte Robert sehen.

Julia nahm das in die Hand. Sie sprach mit Mutter, mit Vater und erreichte, daß ich mit nach Berlin fahren durfte. Kruse brachte die Lederkoffer mit dem eingeprägten Monogramm, die ich von Großmutter Ariane zum Eintritt ins Potsdamer Stift geschenkt bekommen hatte, und für einen kurzen Besuch in Berlin packte ich genausoviel Garderobe ein wie früher für ein ganzes Schuljahr.

Wir fuhren schon am späten Sonntagnachmittag. Ferdinand sagte, er müsse seinen Vortrag bei Hitler in Berlin noch einmal schriftlich vorbereiten. Jeder sah ihn ehrfürchtig an, nur aus Vaters Augen traf ihn ein heller, abschätzender Blick.

«Schon gut, mein Junge. Du kannst es halten, wie du willst, du wirst schon wissen, was du tust.»

Das bedeutete alles und nichts. Ferdinand wand sich, ich bekam für ihn Bauchschmerzen wie früher, wenn Vater vor einem Ausritt sagte: «Es steht jedem frei mitzukommen.»

Der Abschied von Mutter fiel mir nicht leicht.

«Wenn das man nicht doch zu früh ist, mein Mädchen, wie? Aber ich freu mich für dich.» In ihren Augen stand noch der vergangene Schmerz wie ratloses Erstaunen. Sie winkte neben Vater im regennassen, windigen Portal, bis der Wagen aus der Einfahrt bog, wie es in Breitenbach Brauch war, wenn Gäste kamen oder gingen, wenn Familienmitglieder fortreisten oder nach Hause kamen.

«Mutter müßte unbedingt einen Arzt in Berlin aufsuchen», sagte Julia, die vorn neben Ferdinand saß. Der Wagen holperte durch die Allee. Ich sah die Blutbuche hinter graunassen Schleiern verschwinden, ihre regenschwarzen Zweige bewegten sich unwillig im Wind.

Ja, meinte auch Ferdinand, es sei unverantwortlich, wie sie mit ihrer Gesundheit umgehe, er habe gerade heute morgen mit ihr geredet. Sie wiegele nur alles ab – ihre Mutter habe auch immer Migräne gehabt, es läge in der Familie.

Von ihrer Mutter kannten wir nur ein kleines Porträt im taubenblauen Eckzimmer: ein stilles ovales Gesicht, in den runden, erstaunten Augen Blässe und versteckter Schmerz. Sie war früh gestorben. Ihr Herz war schwach, ihr Gehör überempfindlich gewesen, schon der geringste Lärm hatte bei ihr Kopfschmerzen ausgelöst, und es wurde erzählt, daß sogar zwischen den Küchentellern und Wassertöpfen in der alten pommerschen Gutsküche gesäumte Moltondeckchen lagen, damit die Mädchen und die Mamsell beim Wirtschaften nicht so schepperten. Großmutter hatte den Krach aus der Küche, die im Keller lag, noch im ersten Stock gehört.

Julia glaubte nicht an die Vererbung von Krankheiten. Das sei Augenwischerei, habe ihr Vater immer gesagt.

Aber zwischen übernommenen Verhaltensweisen und vererbten Eigenschaften wurde kein großer Unterschied gemacht. Wenn der kleine Sohn des Breitenbacher Schmieds in schwingendem Watschelgang über die Dorfstraße platschte, sagten alle: «Das hat er vom Vater geerbt.» Unsere Familie war aber auch davon überzeugt, daß Gebärden und Sprechweisen, Geschmack und Interessen, leider auch Krankheiten und schlechte Angewohnheiten erblich, also hinzunehmen und unabwendbar wären. Es wurde nicht gefragt: «Warum macht sie das?», sondern: «Von wem hat sie das?»

War die Fährte erst einmal zurückverfolgt, konnte man entweder entzückt oder betrübt aufseufzen. Eine gute ererbte Eigenschaft war beglückend, und selbst eine schlechte Eigenschaft war nicht mehr so ganz schlecht, wenn über ihr der Trost des schon Dagewesenen lag. Peter legte seine Hände so gegeneinander wie Urgroßvater, Großvater und Vater; ich hatte das Temperament von Großmutter Ariane; Mutter hatte Kopfschmerzen wie ihre Mutter – so war das eben.

Ferdinand redete unaufhörlich: über Mutter, an der er mit der Liebe eines kleinen Jungen hing, über Vater, der seine schwärmerische Treue, seine verletzliche Natur immer wieder zurückwies, ihn nie ermutigte. Er suchte Halt, brauchte Anerkennung wie die Luft zum Atmen und hatte das, was Vater ihm nie gegeben hatte, als pflichtbewußter Offizier in der Marine gefunden. Während er von seinen Aufgaben und Plänen sprach, studierte ich die ungeschützte, leicht fallende Linie seines Profils, das sich mir zeigte, wenn er Julia anblickte, Hunger nach Bestätigung und schwärmerisches Strahlen in den Augen.

II

Regenschleier verhängten die Türme von Halberstadt, die sonst in den hohen Himmel der Magdeburger Börde ragten; sie verschluckten die weite Landschaft, die sonst wie ein rollender Bilderbogen an den Autofenstern vorbeizog. Das nasse, unregelmäßige Kopfsteinpflaster der Reichsstraße 81 zog sich durch schattenloses Grau; der Wagen holperte durch Egeln und wieder in das Land hinaus. Schließlich wurde der leichte Nieselregen heftiger, trommelte auf das Stoffdach des Wagens herab. Die Wassermassen bildeten reißende kleine Bäche und Wellenmuster auf der Windschutzscheibe zwischen den chromglänzenden Scheibenwischern des Autos und drückten die Blumen vor den fahlen kleinen Häusern der Magdeburger Vorstadt nieder. Schmutziges Wasser aus tiefen Pfützen spritzte gegen die Fenster, verfleckte noch das trübe Licht, das aus den kleinen Fenstern der Siedlungen sickerte. Der Wagen rollte durch den windigen, naßkalten Juniabend wie eine glänzende, fahrende Festung, eine Seifenblase, in der es nach Leder, Lack und ein wenig nach Julias Parfüm roch. *Arpège*, dachte ich, von Lanvin aus Paris. Die runde schwarze Glaskugel war mit dem Mantel in meinem Schrank eingeschlossen. Ich wollte mich nicht erinnern.

Ferdinand bog in der Magdeburger Innenstadt plötzlich nach rechts, parkte vor dem Hauptbahnhof und verkündete strahlend eine Überraschung. Wir sollten im Auto bleiben, wegen des Regens. Er müsse nur kurz etwas aus dem Bahnhof holen.

«Was meinst du, Thea – Blumen, Pralinés oder Cognac?» fragte Julia. Sie klang müde. Blumen kamen nicht in Frage. Tante Heide hatte uns ein ganzes Blumenbeet ins Auto gepackt, das ausgereicht hätte, den Magdeburger Dom zu schmücken.

«Nu hör'n Se man auf, Fräulein Heide, hör'n Se man auf!» hatte Kruse protestiert, «sonst tut ja das Eigentliche nich' mitkommen.» Das «Ajentliche», wie er es aussprach, waren Julias riesige schweinslederne Koffer. «Die junge Gnädige hat ja sonst nichts anzuziehen, wenn wir hier den ganzen Garten einpacken. So is' es doch, Fräuleinchen Thea, oder is' es nich' so?»

Julia nahm für eine Woche wirklich viel Gepäck mit, dachte ich.

Die Überraschung war Peter. Es war tatsächlich Peter, der plötzlich die hintere Wagentür öffnete und sich in seinem völlig durchnäßten grauen Uniformmantel auf den Rücksitz fallen ließ. Er war im Augenblick mit seinem Regiment in Dessau, erklärte er, hatte gestern mit Ferdinand telefoniert und war begeistert, daß Ferdinand «zum Führer persönlich» bestellt war. Er hatte Urlaub genommen, um die nächsten drei Tage mit in Berlin zu sein. In Breitenbach sollte keiner davon wissen.

«C. F. kriegt es sowieso heraus.» Peter war ganz unbekümmert. «Er hat ja einen siebten Sinn für alles, was ihm nicht paßt. Aber seine Mißbilligung ist mir nächste Woche lieber als jetzt.»

Wir lachten und erzählten und lachten – so war es immer, wenn Peter dabei war.

«Mißbilligung gab es gerade genug», sagte Ferdinand, als wir über die Elbbrücke fuhren, «frag mal Thea! Die hat es vorgestern richtig abbekommen.»

Die ganze furchtbare Geschichte wurde erzählt, verwandelte sich durch Peters Kommentare aber in einen Mordsspaß.

«Du hast dem alten Knaben tatsächlich eine Vase vor die Füße geworfen? Das ist gut, das ist wirklich gut! Das hat noch keiner geschafft. Das feiern wir nachher. Wir gehen zu Savarin, darauf gibt's Sekt und Toast mit Sardellenbutter . . .»

Aber was war mit dem Magnetberg? Hatte er von dem Lager gewußt?

«Ich reite anscheinend zuviel Quadrille, keine Ahnung, was

sonst noch passiert. Ist schon komisch mit dem Lager, Thea, aber das kommt sicher wieder in Ordnung. Was soll C. F. denn machen? Sich beschweren? Oder soll Ferdinand am Dienstag etwa sagen: ‹Mein Führer – Ihr Flottenstützpunkt in Vigo ist ja gut und schön, aber auf dem Gut meines Vaters ist ein Arbeitslager, und das gefällt uns nicht?› Komm, Thea, irgendwann regelt sich das von ganz allein. Das sind doch alles nur Übergänge!»

Und Hedwig – hatte er gewußt, daß sie abgeholt war?

«Ach, Thea, die ist irgendwohin, wo sie wieder ihre Ruhe hat, weiß der Himmel – wer soll denn zum Teufel was von Hedwig wollen? Der Förster hat schon immer Gespenster gesehen. Das kommt davon, wenn man zu lange im Wald lebt.»

Ferdinand und Julia lachten. Peter hatte es wieder geschafft: Als habe jemand in einem verdunkelten, stickigen Raum die Gardinen aufgezogen und die Fenster geöffnet. Später ist mir klargeworden, daß er uns immer half, unser Unbehagen zu überspielen und zu vergessen.

«Hauptsache», sagte er, «ist doch nur, daß es jetzt keinen Krieg gibt! Diese Sudetendeutschen können einen ganz verrückt machen. Als unser Regiment nach Dessau mußte, dachten wir schon, jetzt geht es los, jetzt geht unser Sommerfest baden, aus der Quadrille wird nichts, und wir müssen unsere Gäule an die sudetendeutsche Front treiben, anstatt Robert mal eben hinfliegen zu lassen, den alten Gauner! Kommt er heute abend auch zu Savarin?»

«Thea würde sich jedenfalls freuen.»

«Thea?»

«Peter, Peter. Augen wie ein Luchs, blind wie ein Fisch.»

So ging es immer weiter. Der Regen trommelte auf das Autodach, die Räder holperten über die Reichsstraße 1. Es wurde dunkel, und die Strecke zwischen Burg und Genthin, zwischen Genthin und Brandenburg dehnte sich endlos. Peter hatte das Gefühl von Schwermut vertrieben, das immer von Ferdinand auszugehen schien, doch langsam verebbte das Lachen, das Erzählen. Die monotonen Geräusche des Autos und des Regens machten müde. Ich wußte, daß ich Robert sehen würde, und überließ mich der Anziehungskraft, die der bloße Gedanke auf mich ausübte; Peter verlangte nach Breitenbacher Reisebroten, die es nicht gab, weil Julia den Geruch von ländlichem Wurstbrot im Auto verabscheute, die Scheibenwischer schlugen hart und rhythmisch hin und her, hin-her, tack-tack, wie die Küchenuhr zu Hause. Draußen war nichts mehr zu erkennen.

Zwischen Neubensdorf und Woltersdorf fing Ferdinand an zu singen. So lange ich denken kann, haben wir auf jeder Fahrt von oder nach Berlin zwischen Neubensdorf und Woltersdorf zu singen angefangen, weil irgend etwas unternommen werden mußte, um das endlose Einerlei der märkischen Reichsstraße zu unterbrechen. Wir sangen ohne nachzudenken, wie Kinder, die im Dunklen singen, wenn alle Fragespiele gespielt, alle aufregenden Geschichten von wilden Rittern und tanzenden Hexen erzählt sind. Wir sangen, weil man nicht immer reden und nicht immer schweigen kann: Abendlieder, Morgenlieder, Jagdlieder, Kanons – alles kam an die Reihe, bis das Breitenbacher Kinderrepertoire erschöpft war. Dann lauschten wir wieder dem harten Anschlag der Scheibenwischer: hin-her, tack-tack, hin-her . . .

«Was können wir denn noch?» fragte Ferdinand.

«Vorwärts, vorwärts! Thea, Julia, laßt euch noch etwas einfallen», sagte Peter.

Tack-tack, vor-wärts, hin-her gingen die Scheibenwischer, hin-her, tack-tack, vor-wärts, vorwärts . . . Ferdinand fing an zu pfeifen, und plötzlich sangen wir alle das Lied, das Vater verabscheute und das wir beim BDM oder in der HJ gelernt hatten, das Lied, das mit eben diesem Wort begann:

«Vorwärts! Vorwärts! schmettern die hellen Fanfaren.
Vorwärts! Vorwärts! Jugend kennt keine Gefahren.
Deutschland, du wirst leuchtend stehn,
mögen wir auch untergehn.

Unsre Fahne flattert uns voran.
In die Zukunft ziehn wir Mann für Mann.
Wir marschieren für Hitler durch Nacht und durch Not
mit der Fahne der Jugend für Freiheit und Brot.
Unsre Fahne flattert uns voran.
Unsre Fahne ist die neue Zeit.
Und die Fahne führt uns in die Ewigkeit!
Ja! die Fahne ist mehr als der Tod!»

«Wir sollten uns alle schämen», sagte Julia in das merkwürdige Schweigen, das sich nach dem Lied im Auto ausbreitete. Die sichere Gemeinsamkeit im Dunkel des Wagens war aufgebrochen, als hätten wir einen Fremden zu uns gebeten, der blieb, ohne daß wir es wollten.

«Ach, komm, Julia, was ist schon dabei.» Peter stieß mit dem Fuß gegen den vor der Rückbank angebrachten Klappsitz, als er seine Beine übereinanderschlug. «Natürlich ist das alles Unsinn, aber es ist ein Lied wie jedes andere. Es läßt sich eben gut singen.»

«Wie kannst du sagen, daß das alles Unsinn ist?» Ferdinand klang merkwürdig bewegt. «Ich singe und höre das Lied gern, auch wenn ich nie ein Pimpf gewesen bin – ich weiß auch nicht, warum», fügte er hinzu, und es klang, als beneide er alle jüngeren Jahrgänge, die als «Jugend des Führers» groß werden durften und von denen er durch Alter und Rangabzeichen getrennt war.

«Ich kann dir sagen, warum, Bruderherz», sagte Peter, und es klang fast tröstend. «Du warst immer schon zu romantisch. Wenn irgendwo eine Fahne hochgezogen wird, ist es doch mit dir vorbei.»

«Das klingt böse», sagte Julia.

«Wie kommst du denn darauf?» fragte Ferdinand.

Peters Profil war nur undeutlich zu erkennen. Er hatte sich zurückgelehnt, die Augen geschlossen, seine Ellbogen auf die breiten Armlehnen gestützt und die Finger wie ein spitzes Dach gegeneinandergestellt.

«Ich weiß gar nicht, warum ihr euch aufregt.» Seine Fingerspitzen schlugen langsam und unregelmäßig gegeneinander. «Vielleicht ist romantisch nicht das richtige Wort, aber Ferdinand steht doch nicht allein, oder? Irgendwie ist es doch in uns allen ...»

«Das ist Unsinn! Und warum sagst du es dann ausgerechnet zu Ferdinand?» Julia sprach ungewöhnlich erregt. Ich spürte, daß sie Ferdinand beobachtete, über ihn nachdachte wie über einen Fremden, von dem man früher einmal gehört hat. Wenn man ihn dann endlich kennenlernt, ist man ungläubig, erstaunt und im wahrsten Sinne des Wortes befremdet, weil er anders ist als erwartet, andere Wege geht als die, die man ihm in Gedanken vorgezeichnet hat, die Türen nicht durchschreitet, die man ihm weit öffnen wollte.

Warum hat sie Ferdinand nur geheiratet, dachte ich und fand keine Antwort.

Niemand sprach mehr über romantische Fahnenschwärmerei, Hingabe und Jugendopfer. Von dem Lied in den Vordergrund geschwemmt, blieb Julias Frage liegen wie Strandgut, das keiner anfassen wollte.

Als wir endlich nach Berlin hineinfuhren, unterhielten Ferdinand und Peter sich statt dessen über die Straßenbauarbeiten dort und über die enormen Veränderungen, die angeblich Hitler persönlich für die Stadt plante. Das Thema war sehr ergiebig, denn Berlin war im Juni 1938 eine einzige Baustelle.

An einen Parkplatz vor dem Restaurant an der Ecke Budapester Straße war nicht zu denken. Peter überredete den widerwilligen Ferdinand schließlich, vor dem Franziskus-Hospital zu parken, was sicher nicht erlaubt war, und gegen Wind und Regen liefen wir so schnell wie möglich zu Savarins Restaurant.

Ursprünglich war das Restaurant ein einfaches Fliegerlokal gewesen, hatte aber in den letzten Jahren mit der zunehmenden und unverhohlenen Aufrüstung der Luftwaffe an gesellschaftlicher Bedeutung gewonnen und genoß 1938 volle gesellschaftliche Anerkennung: Man ging dorthin.

Das Savarin glich nach der endlosen trüben Regenfahrt einer Oase. Über eine kleine Treppe gelangte man hinunter in einen langgestreckten, von Tischkerzen erhellten Raum. Aus dem Hintergrund filterte Klaviermusik durch das Stimmengewirr, das am dichtesten vor der Bar war, wo sich makellos frisierte Köpfe, gerade, scharfe oder stupsnasige Profile in das matte Licht der tief herabhängenden Lampen schoben. Auf den ledernen Lampenschirmen hatten sich unzählige begeisterte Flieger mit ihren Namen verewigt.

Peter bestellte den versprochenen Sekt und Toast mit Sardellenbutter; Ferdinand erweiterte das Festessen um Salzkartoffeln mit gebratener Forelle. Wir aßen und tranken, als wären wir nicht Dunkelheit und Regen auf der Reichsstraße 1, sondern einem eisigen Schneesturm entkommen.

Ich sah Robert, weil ich spürte, daß er mich ansah. Er stand auf der kleinen Treppe, die in das Restaurant hinunterführte, und beobachtete mich aus Augen, die noch im Halbdunkel des Savarin sehr blau waren. Darin lag sein Lächeln – nicht amüsiert oder abschätzend, sondern offen und sicher und nur für mich. Herzschläge lang hätte ich aufstehen können, um mit ihm hinauszugehen, irgendwohin. Das Gefühl war neu und beängstigend schön, ich spürte es bis in die Fingerspitzen. Wir sahen uns an und lächelten über den Tischkerzen von Savarins Restaurant, die sich in Weingläsern, Uniformknöpfen und sogar auf den gescheitelten, glänzenden Offiziersköpfen spiegelten.

«Du mußtest einfach kommen», sagte Robert, als wir im strömenden Regen unter seinem Mantel zum Auto liefen. «Es ist das Einfachste von der Welt. Du mußt einfach bei mir sein. Ich habe es schon am ersten Nachmittag in Breitenbach gewußt.»

Peter riß die Autotüren auf. «Beeilt euch», rief er. «Wer zum Teufel hätte am letzten Wochenende geglaubt, daß wir hier frierend und durchnäßt herumspringen müssen. Los, Thea! Robert! Trödelt nicht so herum!»

Der Regen hämmerte auf die Autodächer und platschte in

die riesigen Pfützen auf der Straße vor dem Franziskus-Hospital, er trommelte unaufhörlich und schnell auf Roberts grauen ledernen Uniformmantel, den er tief über unsere Köpfe gezogen hatte, als er mich zum ersten Mal küßte.

Die Rückfahrt nach Dahlem wurde zur Irrfahrt, weil Ferdinand von Anfang an die falsche Richtung eingeschlagen hatte. Peter rückte auf den Klappsitz hinter ihm und gab fortwährend Ratschläge, die Ferdinand gar nicht oder zu spät befolgte.

«Na, Ferdinand? Auf dem Atlantik ist das alles einfacher, was?»

«Wenn du so gut lenken könntest wie reden, würde ich dich ans Steuer lassen und sogar im Auto sitzenbleiben.»

«Wie wär's jetzt gleich?»

«Bloß nicht! Sag mir lieber, ob ich da vorne nach rechts oder nach links muß.»

Ich saß neben Robert auf dem Rücksitz, und meinetwegen hätte Ferdinand über Pankow nach Dahlem fahren können.

Sechstes Kapitel

I

Am nächsten Morgen suchte Julia ihren Arzt auf. Sie wirkte blaß und meinte, die Autofahrt oder der Sekt im Savarin seien ihr nicht bekommen. Ferdinand arbeitete im Ministerium seinen Vortrag durch; Peter fuhr zu Breitsprecher, um sich neue Reitstiefel anfertigen zu lassen. Ich hatte keine Lust, ihn zu begleiten, und floh aus dem wilhelminischen Prunk der in Schwarz und Gold gehaltenen Salons in Großmutter Arianes Räume im ersten Stock, die ich liebte und in denen ich mich immer hatte aufhalten dürfen, auch wenn sie, wie jetzt, auf Reisen war.

Sie waren klar und hell, in Rosa und sandfarbenem Beige. Auf hellen Aubusson-Teppichen standen bauchige Barockmöbel, an den Wänden hingen Bilder der Schule von Barbizon, französische Landschaftsmalerei aus der Mitte des 19. Jahrhunderts.

Stil und Qualität aller Möbel, die nach 1800 gefertigt waren, hielt Großmutter für minderwertig. Trotzdem hatte sie einmal zu mir gesagt: «Wenn ich noch jung wäre, würde ich doch alles hinauswerfen, mich von diesen Bauhausleuten einrichten lassen und diese aufregenden Expressionisten an die Wand hängen. Aber dafür bin ich ja nun Gott sei Dank zu alt.»

Aus dem weitläufigen, barocken Breitenbacher Haus war sie nach Großvaters Tod ausgezogen. In der Börde war es ihr ohne ihn zu einsam; sie sehnte sich nach Menschen, Gesprächen, nach Musik und neuen Bildern. Sie hatte Breitenbach aus Liebe zu ihrem Mann geliebt und es mit Leben gefüllt. Ein nie versiegender Besucherstrom hatte stets das Haus überschwemmt, Verwandte, Freunde, Maler, Schriftsteller, Musiker. Vater erzählte von Tagen, an denen er von zwanzig Gästen höchstens acht gekannt habe. Aber bald nach dem Jagdunfall, der Großvater Louis Brandau 1903 das Leben kostete, war sie nach Berlin in das Dahlemer Haus gezogen. Eine kinderlose Tante hatte es ihr mit dem dazugehörigen Vermögen vererbt. Sie fand das Haus scheußlich, aber wegen der guten Lage zwischen Grunewald und Stadtzentrum wollte sie es nicht verkaufen. Im Souterrain befanden sich die Küche, Wirtschaftsräume und eine Hausmeisterwohnung. Seit ich denken konnte, wohnten dort Zalinskis, die Haus, Küche und Garten besorgten. Im Parterre lagen die wilhelminisch dekorierten Salons, die Großmutter Ariane nie betrat und die jetzt von Ferdinand bewohnt wurden, im ersten Stock wohnte Großmutter, und im zweiten Stock lagen die Gästezimmer. Die Unterhaltung von Haus und Garten mußte ein Vermögen kosten. Aber von Geld sprach man nicht. Die Quelle, die das Vermögen der Tante Elisabeth begründet hatte, sprudelte; es handelte sich um berühmte Stahlwerke im Westen des Landes, denen es wieder gut und dank unaufhörlicher Regierungsaufträge immer besser ging.

Mit ihren fünfundsiebzig Jahren verbrauchte Großmutter Ariane viel von diesem Geld, um aus liberaler und gleichzeitig trotziger Geisteshaltung jene Künstler zu unterstützen, die von eben dieser nationalsozialistischen Regierung unterdrückt wurden.

An diesem Montagmorgen im Juni 1938 nahm ich die Menge von Bildern in ihrem Schlafzimmer kaum wahr, die da scheinbar achtlos überall an die Wände gelehnt standen – abstrakte Formen von Paul Klee, schwarz umrandete unglückliche Figuren von einem gewissen Beckmann, bizarre Menschen mit grünen Gesichtern von Emil Nolde. Ich wunderte mich über Bücher von Thomas Mann in ihrem Kleiderschrank, den ich öffnete, weil ich es durfte und immer getan hatte, wenn sie nicht da war. Ich nahm mir vor, Großmutter nach den Büchern zu fragen, sobald sie von ihrer Reise zurück war, und vergaß es sofort wieder, denn an diesem Morgen konnte ich nur an Robert denken.

Ich setzte mich in Großmutters blaßrosa Sofa, das noch keine Stahlfedern in der Polsterung hatte, sondern aus dicken weichen Daunenkissen bestand, sah in den windigen, verregneten Grunewald hinaus und spann mich in meinen Gedanken ein wie eine Raupe in ihren Kokon.

«Ick seh ja, det et Ihnen jut jeht, Thea, da brauch ick ja jar nich' zu fragen, ach, wenn's allen so jinge . . .»

Die immer erkältete, ein bißchen fahrige Grete Zalinski staubte mit der rechten Hand die Lampenschirme ab und strich sich mit der linken eine graue Haarsträhne aus den bekümmerten Augen. Bald hatte ich begriffen, warum Grete Zalinskis Leben traurig und bedroht war. Warum hatte sie mir während meiner Schulzeit, die ja erst seit wenigen Monaten vorüber war, nie etwas erzählt? Ihr Sohn Gerd war 1932 in die KP eingetreten und seit 1936 in einem Arbeitslager, sie wußte nicht wo. Ihre Tochter Ursula hatte 1930 nach Treptow geheiratet. Damals war ihr Mann, Josef Morgenthal, Besitzer eines florierenden Stoffladens gewesen. Heute war er nur noch «Jude».

«. . . und ick sag Ihnen, Thea, die schönsten Sachen hat er in die Fenster liegen, und nix wird mehr jekooft. Wenn ick det damals jewußt hätte, det mit die Juden . . . Und die Kinder – so nette kleene Mädchen, und nu bin ick 'ne Oma von Judenkinder. Det janze Jerede von ‹privilegierte Mischehe› oder so ähnlich, det hilft meiner Ursula nich' für 'n Jroschen. Det darf ick ja alles jar nich' laut sagen, wo mein Horst doch in de Partei is' und die Ursula nich' mehr kennen will – wie soll et nur allet werden, Theachen, man wird ja jezwungen zu hassen . . .»

Hastig und nach vorn gebückt ging Grete hinaus.

«. . . und noch nie wurde ein Deutscher von seinen Deutschen so geliebt wie dieser Führer . . .» las ich jetzt in der *Kreuzzeitung*, die neben dem Sofa lag. Das Träumen war mir vergangen, und ich mußte an das Lager im Magnetberg und an Hedwig denken. *«Aus freiem Entschluß haben wir Deutsche die geeinte Kraft und den geeinten Willen dem Führer gegeben und seinem großen Werk.»*

Aus den rosaseidenen Kissen des Sofas sah ich nachdenklich auf die Fenster, an denen der Wind die Regentropfen wie Perlen aufreihte. Es war eine Rede von Rudolf Heß, und ihr Hohn ängstigte mich: Dieselben in ihren Führer verliebten Deutschen waren ja die, die den kleinen Enkelinnen von Zalinskis auf der Straße hinterherspuckten.

Vor dem Haus hielt ein Auto. Ich stand auf und sah Julia langsam aus einem Taxi steigen.

Dann lag sie unten in dem Salon, den Ferdinand zum Schlafzimmer ernannt hatte, und berichtete, was der Arzt verordnet hatte: Sie müsse streng liegen, dürfe keine Spaziergänge und keine Autofahrten mehr unternehmen. Sie brauche strenge Ruhe, sonst wäre das Kind gefährdet, das erst im November zur Welt kommen sollte. An eine Rückreise nach Breitenbach sei gar nicht zu denken, sie müsse bis zur Geburt des Kindes in Berlin bleiben.

Das Bett, in dem sie nun monatelang liegen sollte, stand in einem Zimmer, das der vergipsten Phantasie eines wilhelminischen Innenarchitekten entsprungen war. Dunkelrote, mit Spiegeln und steifen Porträts behängte Wände, schwerer, überladener Stuck an der Zimmerdecke, zwei hohe schmale Fenster in tiefen Nischen und mit dunkelroten Samtportieren verhängt, schwarz-goldene Türen, Kommoden und Schränke machten einem das Atmen schwer. An die Stelle des schwarz-goldenen Sofas, das früher den Fenstern gegenüber gestanden hatte, hatten Ferdinand und der stämmige Horst Zalinski zwei breite Mahagonibetten gerückt, die mit ihren hohen, polierten Lehnen das ganze Zimmer auszufüllen schienen. Vom Eßzimmer, das einem mit seinen dunklen, geschnitzten Eichenmöbeln den Magen so zusammendrückte, daß man keinen Bissen hinunterbekam, sah man durch die geöffnete Tür auf einen großen Spiegel in vergoldetem Stuckrahmen, der das Schlafzimmer zeigte, ohne daß man selbst gesehen werden konnte. Während einer Soiree der Belle Époque war der Spiegel sicher sehr nützlich gewesen, weil sich der Betrachter auf die Menschen einstellen konnte, die er im Salon vorfinden würde. Jetzt wirkte der Spiegel gespenstisch.

Eine exklusive Absteige nannte Peter diese Räume. Er würde seine Frau nicht fünf Monate dort liegen lassen, sagte er zu Ferdinand.

«In diesem ausgestopften, verschnörkelten Klimbim muß man doch verrückt werden, Julia. Warum legst du dich nicht in eines unserer alten Kindergästezimmer?»

«Ich darf die Treppen nicht steigen», antwortete Julia. Ihre gefleckten Augen lächelten eigentümlich, aber nicht unglücklich. «Macht euch keine Sorgen um mich, geht lieber ins Kino oder so etwas.»

Am nächsten Tag besorgten wir alles, was Julia nicht mehr hatte erledigen können, weil der Arzt ihr jeden weiteren Schritt verboten hatte: Ferdinands neue Uniform mußte bei Holters, seine Stiefel mußten bei Breitsprecher abgeholt werden. Da wir morgen abend nicht wie geplant bei Horcher essen gehen konnten, wurden wir in die Tauentzienstraße zu Rollenhagen geschickt, um Lachs und Gänseleberpastete zu kaufen. Julia beherrschte die Szene auf ihre gewohnte ruhige Art.

Im Eßzimmer sah ich noch einmal zurück in den Spiegel, der ihr Bild zurückwarf – schön, beherrscht und sehr klein in dem viel zu großen Bett. Schon nachmittags mußte in dem hohen dunklen Raum elektrisches Licht brennen.

«Wenn ich in diesem Erbbegräbnis essen soll, müssen wir noch zwei Kisten Sekt dazu kaufen», meinte Peter später in der Stadt. Julias Maybach schluckte alle Pakete und Kisten, die wir aus den verschiedenen Läden durch trübes Nachmittagslicht, kühlen Wind und kalten Regen zum Wagen trugen.

Später parkten wir am Bahnhof Zoo, wo es mehrere Kinos gab. Der Marmor-Palast zeigte *Friesennot*, im Ufa-Palast lief *Der höhere Befehl* mit Lil Dagover, für die Peter schwärmte.

Der Kinosaal war schon erstaunlich gut besetzt.

«Merkwürdig», sagte Peter, nachdem wir uns in der Mitte einer Reihe gesetzt hatten. «Sieh dich mal um. Nichts als Kinder.»

Unsere Reihe füllte sich gerade mit einer Gruppe von Jungen in HJ-Uniform. Sie waren kaum fünfzehn Jahre alt.

«Da kannst du einmal sehen, was ein Scharführer mit seinen Schäflein an einem Regennachmittag macht», flüsterte Peter. «Erst Lil Dagover sehen, anschließend ein vaterländisches Lied singen und dann ab nach Hause.»

Der Irrtum lag leider auf unserer Seite. Der Kinosaal wurde dunkel; wir mußten einen Anschlag übersehen haben: Als Sondervorstellung zeigte das Kino an diesem Nachmittag *Triumph des Willens*. Ich hatte noch nie einen Film von Leni Riefenstahl gesehen und überredete Peter, der sofort wieder gehen wollte, sitzenzubleiben.

«Den Film mußte ich mir gerade in Schwedt ansehen. Alles, was recht ist, Thea, das kannst du mir nicht antun.»

«Doch. Bitte.»

«Nein, wirklich nicht.»

«Bitte. Wir können jetzt auch nicht mehr aufstehen. Wir sitzen in der Mitte.»

Peter war gefangen.

Bilder und Musik des Films fingen mich ein, schoben sich in meine Augen und Ohren, beeindruckten mich, wie ich es selten zuvor erlebt hatte.

Triumph des Willens – das Filmdokument des Nürnberger Parteitages 1934. Im Auftrag Hitlers von Leni Riefenstahl hergestellt, wie man am Anfang des Films erfahren konnte. Knisternde Kinomusik, dunkle Trommeln und helle Fanfaren begleiteten den Anfangstext des Filmes:

«Sechzehn Jahre nach Anfang des deutschen Leidens, neunzehn Monate nach dem Beginn der deutschen Wiedergeburt flog Adolf Hitler wiederum nach Nürnberg, um Heerschau abzuhalten über seine Getreuen . . .»

Das Flugzeug taucht durch sonnenumränderte dunkle Wolkentürme, Nürnberg steigt aus dem Dunst auf. Hitler stehend im offenen Wagen, in einem Meer von ausgestreckten Armen.

«Die Fahnen hoch, die Reihen fest geschlossen . . .» kommt als donnernde Musikbegleitung. Im Publikum stehen einige

auf und recken den Arm zum Hitlergruß. Das Horst-Wessel-Lied ist die zweite, die eigentliche Hymne der Nation. Es ist lächerlich, aber da können Hitlers begeisterte Anhänger wohl nicht sitzenbleiben.

Plötzlich ist Nacht. Blaskapellen schmettern klirrend die Lieder der Partei – Fahnen, Fahnen, Fahnen im dunklen Wind.

Ansprachen und Märsche im Fackelschein, Wind bläst Rauch in willensstarke Gesichter. Lieder von Kampf und Erde, von Jugend und Arbeit – ausgestreckte Arme als Schattenrisse im Licht des Feuers.

«Eine Jugend steht vor Ihnen», schreit Rudolf Heß, *«formt sich nach Ihnen, selbstlos und treu.»*

Brausender Beifall, Hakenkreuzfahnen wehen, die Hitler-Jugend streckt den Arm zum Gruß.

Immer wieder Gesichter im Profil und von vorn. Sie verfolgen gebannt jede Bewegung Hitlers, wie er die Fäuste ballt, sich an die Brust klopft, seine entmenschlichte Stimme wie ein Netz über die freudig lächelnden Gesichter im Stadion wirft. Hören sie den Wahnsinn nicht?

«Ihr müßt lernen, Entbehrungen auf euch zu nehmen, ohne jemals – zusammenzubrechen» – das Wort wirft er ihnen verächtlich vor die Füße –, *«denn was wir heute schaffen und was wir auch tun, wir werden vergehen – aber in euch wird Deutschland leben, und wenn von uns nichts mehr übrig sein wird, dann werdet ihr die Fahne, die wir einst aus dem Nichts hochgezogen haben, in euren Fäusten halten müssen.»*

«Sieg Heil!» schreien ein paar Hitler-Jungen, die links hinter uns sitzen. Ich sehe zurück in ihre Gesichter – sie sind erstarrt und verklärt auf die Leinwand gerichtet, bereit, in das Gesehene einzudringen, im rauschenden Taumel dort oben unterzutauchen.

«Und ich weiß, das kann nicht anders sein ...» Hitlers Stimme tönt wie eine brechende Fanfare. *«Ihr schließt euch den Kolonnen an, und wir wissen: Vor uns liegt Deutschland, in uns marschiert Deutschland, und hinter uns kommt Deutschland.»*

Dumpfe Trommelwirbel verstärken den tosenden Applaus auf der Leinwand und den Jubel bei den HJ-Jungen hinter uns. Der Wagen Hitlers fährt an endlosen Spalieren ausgestreckter Arme vorbei. Hinter ihm brandet das Lied, das wir im Breitenbacher Haus nicht singen durften, dem wir uns aber auch nie ganz entziehen konnten, dessen Text und Melodie sich in den kleinen ungeübten Seelen der Jungen hinter uns festkrallt wie der überlebensgroße Reichsadler an seiner Stange. Rauschende Fahnen und Hitlers Wagen, umbrandet von der Musik, von dem Kehrreim, den die Zwölfjährigen hinter uns nun stehend und begeistert mitsingen – als sei es nichts, gar nichts, was der Text ihnen versprach – Tod, Untergang, Vernichtung.

«Unsre Fahne flattert uns voran.
In die Zukunft ziehn wir Mann für Mann.
Wir marschieren für Hitler durch Nacht und durch Not
mit der Fahne der Jugend für Freiheit und Brot.
Unsre Fahne flattert uns voran.
Unsre Fahne ist die neue Zeit.
Und die Fahne führt uns in die Ewigkeit!
Ja! die Fahne ist mehr als der Tod.»

Mir wurde schwindelig, als wir wieder vor dem Kino standen.

«Du nimmst immer alles viel zu ernst», sagte Peter und führte mich ins Café Kranzler. Ich fühlte mich ausgebrannt von den Bildern, die ich gesehen, von dem Spektakel, das ich in mich aufgesogen hatte. Ich saß da mit Kaffee, Schwarzwälder Kirschtorte und einem dumpfen Gefühl im Magen.

«Und was ist mit den Zwölfjährigen, die hinter uns gesungen haben?» fragte ich. «Sollen die das etwa auch nicht ernst nehmen?»

«Man kann das, was in dem Film zu sehen ist, gar nicht ernst genug nehmen», sagte Robert später. «Gerade dann, wenn man an Deutschland denkt und bereit ist, dafür zu kämpfen . . .»

Er sprach leise. Die enggestellten Tische des Restaurants

waren bis auf den letzten Platz besetzt. Wenn man schwieg, konnte man ein Gespräch am Nebentisch ohne Anstrengung verfolgen.

«. . . laßt uns das nicht im Restaurant besprechen.»

Abendessen zwischen Robert und Peter im Esplanade-Hotel, Tanzen mit Robert zur seufzenden Geigenmusik Barnabas von Gezys, Rückfahrt im Taxi, meine und Roberts Finger in einem warmen, zärtlichen Gewirr. Die Bilder des Films verblaßten.

Aber nachts kamen sie zurück, und ich träumte von Jungen und Mädchen, mit denen ich auf einem Schiff stand, das in rasender Geschwindigkeit durch schwarzgrün aufspritzende Gischt fuhr. Über den nach vorn gerichteten Gesichtern und den begeistert hochgereckten rechten Armen schlugen die Segel im Wind – Segel aus Hakenkreuzfahnen. Niemand sagte etwas, und dennoch wurden die Geräusche von Wind und Wasser von Musik und Gesang übertönt.

«*Vorwärts, vorwärts . . .*» Das Lied von der Fahne.

Ich entdeckte viele bekannte Gesichter, sah Peter, Ferdinand, Robert, die Söhne von Pastor Hühnerfeld, Freundinnen aus dem Potsdamer Stift, wollte winken, grüßen, etwas sagen – es ging nicht. Kein Laut kam über meine Lippen, keinen Muskel konnte ich bewegen. Das Schiff fuhr immer schneller, und vor uns tauchte ein Berg aus dem Wasser, in rötliches Licht getaucht. Das Schiff fuhr geradewegs darauf zu, es flog fast, ich wollte schreien, ich schrie, aber sie hörten mich nicht, ich wollte zu ihnen laufen, sie schütteln und konnte mich nicht rühren. Ihre Arme streckten sich dem Berg entgegen, schienen sich von den Körpern zu lösen, nach dem Fels zu greifen . . . Entsetzen und Ohnmacht packten mich, ich bekam keine Luft mehr, der Berg war ganz nah, war über uns.

Peter stand verschlafen vor meinem Bett. «Was machst du für einen verteufelten Lärm mitten in der Nacht, Thea?»

«Ich habe geträumt.»

Er holte ein Glas Wasser und öffnete weit beide Fenster.

«Das ist ja wie früher.»

«Es war auch derselbe Traum . . .»

«Kann ich weiterschlafen, oder mußt du nun auch wie früher in mein Bett kommen?»

«Nein, nein . . . vielen Dank . . . gute Nacht.»

Ich versuchte, wieder einzuschlafen, lauschte dem Regen auf den Dachziegeln, in den Bäumen und in der verstopften Regenrinne unter meinem Fenster. Ich wehrte mich gegen die Bilder, die der Traum in mir wachgerüttelt hatte, und versuchte, an andere zu denken, an Robert, an Breitenbach, an Julias Baby . . . Als ich wieder einschlief, färbte ein neuer Junimorgen den Himmel über der Stadt.

II

Am Mittwochmorgen bekam Grete Zalinski einen Brief von Großmutter Ariane aus Köln. Darin befand sich ein verschlossener Umschlag für Zalinskis Tochter Ursula, der so schnell wie möglich nach Treptow gebracht werden sollte.

«Machen Sie sich auf den Weg, sobald Sie können, Grete», las ich, als sie mir den Brief zeigte. «Es darf keine Zeit verloren werden.»

Grete Zalinski war verzweifelt.

«Ick bin dem nich' jewachsen, Thea, ick kann nich', ick darf ooch nich' wieder hin. Horst hat's verboten. Letztes Mal, als ick in Treptow war, haben se mir schon so anjesehen, und man muß durch all die Höfe, und ‹Judenschweine› schreien die Kinder, ooch die, mit denen se sonst jespielt haben. Nee, ick kann nich', Thea. Und nu muß ick ooch noch die junge Jnädige versorgen . . .»

«Was kann denn so Wichtiges in dem Brief stehen?» fragte ich.

«Ach, die jnädige Frau meint, Ursula soll die Kinder aus'm Land schaffen. Weil et so bergab jeht mit die Juden. Aber der Josef, Ursulas Mann, der meint, det wird allet schon wieder.

Det dauert nur ’n bißchen, bis se jemerkt haben, wat se an die Juden haben. Und wo soll’n se denn schließlich ooch hin?»

«Und was meint Ihr Mann dazu, Grete?»

«Er meint, et wär besser, wenn wir Ursula und die Kinder nich’ mehr kennen, det meint mein Horst, jedenfalls fürs erste. Er is’ nämlich in die Partei einjetreten, müssen Se wissen. Nu schämt er sich und sagt, er war schon immer jegen die Heirat, und der Josef is ’n Blutsauger, dabei is’ er doch nur ’n juter Jeschäftsmann. Wenn ick hinjehe, dann verjißt er sich, Thea. Ick darf et ja jar nich’ sagen, aber meine Mutter, Jott hab se selig, die war ja ooch ’ne Jüdin, aus’m Polnischen, und der Horst will da nix mehr von wissen. Aber der Brief, du liebe Zeit, der muß doch hin. Wat soll ick sonst der jnädigen Frau sagen, wenn se nächste Woche wiederkommt?»

Gegen Abend fuhr ich nach Treptow, um den Brief für Grete abzugeben. Schon Stunden vorher war Ferdinand in seiner neuen, maßgeschneiderten Uniform zur Reichskanzlei aufgebrochen.

«Du siehst sehr hübsch aus, Liebster, mach deine Sache gut», hatte Julia zum Abschied gesagt. Aber es hatte eher so geklungen, als würde sie ihn vor den Vorhang schicken, damit er den Prinzen in einem Kindertheater spiele. Sie verstanden sich nicht, teilten nicht den Glanz oder die Komik eines Augenblicks. Er arbeitete und liebte bis zur Selbstaufgabe. Sie war abwartend, kontrolliert. Seine persönliche Vorstellung bei Hitler bedeutete ihm alles; Julia blieb verhalten und amüsiert.

Ich litt für Ferdinand und bewunderte gleichzeitig Julia, hätte gern mit ihr gesprochen, aber das ließ sie nicht zu. Sie baute durch Blicke und Lächeln Barrieren auf, die ich nicht mehr übersteigen konnte.

Während ich mit der Elektrischen nach Neu-Kölln fuhr, vergaß ich diese beunruhigenden Gedanken. Ich merkte, daß ich Berlin gar nicht richtig kannte. Von Neu-Kölln und Treptow schienen die Grunewaldseen und Dahlemer Villen, die eleganten Läden am Kurfürstendamm und in der Tauentzienstraße so weit entfernt, als lägen sie in einer anderen Stadt.

Es wurde schon Abend, als ich mir am weitläufigen Hermannplatz einen Weg aus der überfüllten Tram bahnte, durch müde, abgearbeitete Gesichter und feuchtkalt riechende Jacken hindurch. Das trübe Licht des Juniabends ertrank in den dunklen Regenpfützen, die den Hermannplatz bedeckten, und in den dunklen, hohen Straßenschluchten, die von dem Platz ausgingen. Der alte Pharus-Plan von Central-Berlin, den Grete Zalinski mir mitgegeben hatte, nützte mir nichts, weil er an eben diesem Punkt endete. Kaiser-Friedrich-Straße, Ecke Treptower, von dort könne ich Josef Morgenthals Stoffgeschäft schon sehen. Ich schlug erst die falsche Richtung ein, merkte an der Unions-Brauerei, daß ich in der Urbanstraße war, mußte den ganzen Weg zurücklaufen, an endlosen hohen Häusern vorbei, trostlosen Hinterhöfen und grauen, mißtrauischen Gesichtern, wagte niemanden zu fragen.

«Tun Se immer so, als wüßten Se janz jenau, wo Se hinwollen, Thea. Sonst fallen Se uff, da stehen immer welche. Ein Engel sind Se, det Se mir det tun, muß ja ooch keener erfahren.»

Julia hatte ich gesagt, ich müsse nur rasch einen Brief aufgeben. Ich hatte gehofft, so schnell wieder zu Hause zu sein, daß keinem auffiel, was ich für Grete Zalinski erledigte.

Endlich kam ich an einem Geschäft vorbei, das in einem auffälligen, bodentiefen Schaufenster dicke Stoffrollen, weißes Spitzenmaterial und einen großen Ballen glänzend karierter Seide ausstellte. Ich versuchte, energisch, aber etwas langsamer daran vorbeizugehen. Am Fenster klebte ein Plakat: «Deutsche! Wehrt Euch! Kauft nicht bei Juden!» Ein dickes Hakenkreuz war auf das Firmenschild geschmiert:

Josef Morgenthal
Feinste Stoffe, Seiden und Spitzen

Da war ich schon vorbei und fand im Nachbarhaus den Torbogen, den Grete Zalinski mir beschrieben hatte, trat rasch hindurch und lief bis in den vierten Hinterhof, wo Josef Morgenthal mit seiner Frau und seinen kleinen Töchtern wohnte. Vorsichtig pochte ich Gretes Klopfzeichen an die verschmierte Tür: Lang – lang – viermal kurz – und wartete. Es wurde nicht geöffnet. Hinter mir spürte ich die lauernde Stille der Hinterhöfe. Eine Katze schlich an der Wand entlang, ihr Gesicht war zweifarbig, eine Hälfte schwarz, eine weiß. Ein Fensterflügel klappte auf, ich klopfte noch einmal und noch einmal, laut, viel zu laut für jemanden, der unauffällig einen Brief abgeben will. Dann hörte ich endlich Schritte, der Schlüssel drehte sich knackend und zögernd im Schloß, Ursula Morgenthal, geborene Zalinski, öffnete die Tür einen schmalen Spalt breit. Sie erkannte mich, und ich schob mich in den hohen, engen, schwach beleuchteten Flur. Josef Morgenthal war erst vor einem halben Jahr seine schöne Parterrewohnung in der Kaiser-Friedrich-Straße gekündigt worden, und er hatte diese finstere Hinterhofwohnung nehmen müssen, um in der Nähe seines Geschäfts bleiben zu können.

Ursula war das Ebenbild ihrer Mutter. Auch sie sah mich aus wäßrig-blauen Augen bekümmert an, strich eine Haarsträhne nach hinten und betupfte die etwas aufwärtsstrebende Nase mit einem zerknitterten Taschentuch. Beide hatten etwas Rührendes, Hilfloses. Mit zitternden Händen nahm Ursula den Brief entgegen. Zwei kleine Mädchen mit braunen Locken und lustigen blauen Augen sahen durch einen Türspalt, der sofort wieder zugezogen wurde.

«Viele Grüße von meiner Großmutter. Sie dürfen keine Zeit verlieren. Es steht alles in dem Brief.»

«Ach, Fräulein Thea, uns kann doch keener helfen. Nu geh'n Se um des Himmels willen wieder! Keene Ruhe hätt' ick, wenn Sie wat passiert. Aber ick kann nich' mehr, ick kann nich' mehr. Ick könnte schon lange nich' mehr, wenn der Josef nich' wär'. Aber det wird vorbeijehen, sagt der Josef. Eines Tages werden se uns wieder in Ruhe lassen. Nu jeh'n Se, Fräulein Thea, jeh'n Se schnell!»

Die Tür wurde vorsichtig hinter mir geschlossen, hastig verriegelt – ich stand wieder zwischen den kleinen, schäbigen

Höfen, die sich leer und hinterhältig vor mir dehnten. Plötzlich zerschellte neben mir eine Flasche. Die kleinen Splitter spritzten bis vor meine Füße. Kinderstimmen schrien aus einem oberen Stockwerk: «Judensau, Judensau!» und kicherten. Ich dachte an Vater, an Mutter, an alle gleichzeitig – und rannte nicht. Statt dessen nahm ich mein Kopftuch ab und ging durch die Hinterhöfe hinaus.

Erst spät am Abend trafen wir alle kurz nacheinander im Dahlemer Haus ein. Peter hatte einen Freund besucht, Ferdinand kam von seinem Vortrag bei Hitler. Julia hatte auf mich gewartet und schließlich Grete Zalinski nach mir gefragt, die alles beichtete. Zum ersten Mal, wie Julia mir später sagte, hatte sie furchtbare Angst gehabt.

«Dich darf man auch keine Sekunde aus den Augen lassen», meinte Peter, als ich endlich klingelte. Ich hatte mich in Treptow verlaufen, war am Görlitzer Bahnhof und nicht am Hermannplatz angelangt und hatte mir ein Taxi genommen, um so schnell wie möglich diesem Alptraum zu entkommen, der nur aus fremder, nasser Dunkelheit bestand. Kalter Regen und aufkommender Westwind schienen die Menschen von der Straße vertrieben zu haben. Mir war nichts geschehen, ich hatte mich nur verlaufen.

Peter bezahlte den Taxichauffeur.

«Du bist wohl völlig verrückt geworden», sagte Ferdinand, als ich ins Haus trat. Er war Peter in den Flur gefolgt und half mir schimpfend aus dem durchnäßten Mantel. Julia habe sich fast zu Tode geängstigt. Wie hatte ich so etwas tun können? Wußte ich denn nicht, was mir passieren konnte, wenn ich Juden half?

«Aber es geht doch nur um Ursula», sagte ich. «Großmutter will ihr doch auch helfen.»

«Thea . . .» sagte Peter, «misch dich doch da nicht ein. Mein Gott, ich bin fast verrückt geworden. Glaubst du vielleicht, es kräht ein Hahn nach dir, wenn dich in einem Hinterhof dieses braune Schlägerpack aus der Vorstadt findet und dich fertigmacht? Die schlagen dich zusammen, blind oder taub, was weiß ich, dann werfen sie dich in den Kanal, und keiner hat was gesehen. Robert hat eben angerufen. Er kommt gleich, wir wollten dich schon suchen.»

Jahre später, als ich endlose Tage und schlaflose Nächte lang versuchte, Leere, Angst und Hunger mit Erinnerungen zu vertreiben, dachte ich oft an diesen Abend. Ich erinnerte die Aufregung, die Nähe meiner Brüder, erinnerte Robert, wie er im offenen Mantel, ohne Hut, an das Glas der Eingangstür klopfte, durch das er uns sehen konnte. Sein Haar, sonst glatt über der breiten Stirn zurückgekämmt, war durcheinandergeraten, seine Augen lächelten nicht, und ohne auf die Brüder zu achten, hatte er mich in die Arme genommen und erst nach einer Weile gesagt: «So etwas darfst du nie wieder tun, Thea. Ich hätte keine ruhige Minute mehr. Du mußt es mir versprechen . . .»

Hungrig und frierend wünschte ich mir später, diesen warmen Schutz des Mantels zu träumen, seine Augen, seinen Mund und seine Hände – aber ich träumte immer etwas anderes.

Viel später erst habe ich begriffen, daß Ferdinand, Peter, Robert und ich einen anderen Zorn, andere Sorgen hätten haben müssen.

Keiner von uns fragte an diesem Abend nach Zalinskis oder Josef Morgenthal. Wir sahen zu wie Menschen, die einer Straßenschlägerei zusahen und dann weitergingen: verächtlich, mit dem Vorsatz, sich in derlei Gemeinheiten nicht einzumischen; angeekelt darüber, daß so etwas geschehen konnte; ratlos und abwartend, weil keiner den wirklichen Grund der Schlägerei kannte oder kennen wollte und weil niemand zu sehen war, dem man das Unrecht vortragen konnte. Wir gingen rasch weiter, sparten die unheilvolle Stelle aus wie eine Bruchstelle im Eis, suchten die andere, ruhige Straßenseite. So traten wir in die Sorgen und Ängste zurück, die wir kannten und einordnen konnten. Wir waren Straßenpassanten, Vorbeigehende.

III

«*Vision wird Wirklichkeit*» – so überschrieb die *Kreuzzeitung* die Ereignisse vom Nachmittag des 15. Juni 1938 in Berlin, an dem ich nach Treptow und Ferdinand zu Hitler gefahren war.

Die Zeitung meinte damit den planmäßigen, an sechzehn Baustellen gleichzeitigen «*Arbeitsbeginn zum Umbau Berlins*». Die Reden Hitlers und Goebbels' bei diesem Festakt waren auf alle Baustellen übertragen worden.

Nachdem sich die Aufregung über meine Fahrt nach Treptow endlich gelegt hatte, drängte Peter uns ins Eßzimmer.

«Los, los! Thea, Ferdinand! Julia wartet. Robert, zieh deinen Mantel aus. Ich hab seit Stunden nichts mehr gegessen. Ferdinand soll endlich erzählen ...»

Hitler war durch die Eröffnung der Baustellen länger aufgehalten worden als vorhergesehen und kehrte erst spät in die Reichskanzlei zurück. Ferdinand hatte fast zwei Stunden in der Eingangshalle warten müssen und wurde erst kurz nach acht Uhr von dem Marineadjutanten Hitlers, von Puttkamer, abgeholt.

Er werde noch empfangen, hieß es. Es werde um Kürze und Präzision des Vortrags gebeten. Der Führer habe noch andere wichtige Termine wahrzunehmen. Ferdinand werde im Wintergarten von Hitlers Wohnung empfangen.

Wie es dort aussah, wollten wir wissen.

Ein großer Raum im Abendlicht. Gerade Formen, helle Farben, breite, tiefe Sessel, großzügig um einen niedrigen Tisch geordnet, in der Nähe der Fenster.

«Und der Führer? Wie sah er aus?»

Braune Uniformjacke, schwarze Hose, schwarze Stiefel – das Übliche. Er hatte zurückgelehnt in einem Sessel gesessen, die Beine übereinandergeschlagen. Ferdinand wurde gemeldet und grüßte, Hitler nickte seinem Adjutanten zu, beachtete Ferdinand aber erst gar nicht, sondern blickte aus dem Fenster, in Gedanken noch mit anderen Dingen beschäftigt.

Unvermittelt straffte er seine Haltung. Ferdinand möge sich bitte setzen. Er erwarte seinen Vortrag.

Den Bericht über den Flottenstützpunkt an der nordspanischen Atlantikküste hörte er sich konzentriert an, kommentierte aber nichts. Als Ferdinand geschlossen hatte, musterte ihn Hitler mit weit geöffneten Augen, bedankte sich für die Ausführungen und überraschte ihn mit persönlichen Fragen.

«Wie heißen Sie? Woher kommen Sie? Haben Sie Familie?»

Aufmerksam, freundlich erkundigte er sich nach Einzelheiten, interessierte sich für Breitenbach, für Julia und den zu erwartenden Sohn. Er zweifelte nicht daran, daß es ein Sohn werden würde.

Ferdinand aß nur wenig von der bei Rollenhagen gekauften Leberpastete und trank kaum von dem Sekt, den wir geöffnet hatten, um ihn zu feiern. Statt dessen sah er benommen in die Kerzen, von denen Peter so viele angezündet hatte, wie er hatte auftreiben können, um die Historienbilder und die wuchtigen Möbel des Eßzimmers möglichst in den Hintergrund zu drängen.

Julia war vorsichtig aufgestanden und saß in dem breiten Armstuhl am Kopf des Tisches. Im Kerzenlicht schienen ihre Augen übernatürlich groß.

«Und dann?» fragte Peter. «Hat er dich hinausbegleitet?»

Ob Ferdinand gern in Berlin sei, ob er ein gutes Quartier gefunden habe, hatte Hitler schließlich gefragt.

Im Haus seiner Großmutter am Grunewald?

Dann erhob er sich unvermittelt und forderte Ferdinand auf, mit ihm an einen Stadtplan von Berlin zu treten, der auf einem Tisch ausgebreitet lag. Ferdinand mußte ihm zeigen, auf welchen Straßen er von Dahlem in die Innenstadt fuhr. Hitler nickte und erklärte dann, wieviel einfacher und schneller man in Berlin vorankommen könnte, wenn erst alle geplanten Bauvorhaben umgesetzt worden wären.

Mit leiser, kehliger Stimme redete er mehr zu sich als zu Ferdinand. Es war, als benutze er einfach die Gegenwart des begeisterungsfähigen jungen Offiziers, um sich selbst alle Pläne für den Umbau Berlins noch einmal zu vergegenwärtigen.

Ferdinand wurde erst entlassen, nachdem Hitler ihm all die

gigantischen Neubauten genau beschrieben hatte, von denen er träumte: ein Triumphbogen, dreimal so groß wie der Arc de Triomphe in Paris, ein großer Kuppelsaal, der sich zweihundert Meter höher als der Reichstag über den Berliner Dächern wölben sollte, Prachtstraßen und Stadtautobahnen, um Berlin zur Metropole der Welt von morgen zu machen.

Ferdinand hatte die Leidenschaft, mit der Hitler ihm die Zukunft Berlins und Deutschlands ausgemalt hatte, in sich aufgesogen, war hingerissen von den Visionen des Mannes, der an der Spitze Deutschlands stand und der mit Nachdruck verlangte, daß Deutschland «wieder stark und mächtig» werden müsse.

«Dieses Ziel haben wir alle», sagte Robert. «Dafür hat jede deutsche Regierung gearbeitet – auch vor 1933. Vergiß das nicht, Ferdinand.»

Ferdinand sprang auf und lief erregt hin und her, während er weiterredete: «Deutschland ist 1918 verraten worden. Seine Ehre und seine Fahnen sind in Versailles in den Dreck gezogen worden. Der Führer hat das Reich aus dem Rinnstein aufgelesen! Er hat Deutschland Würde und Stärke und dem Volk Arbeit und Selbstbewußtsein zurückgegeben, das kann keiner bestreiten. Da kann auch Vater sagen, was er will. Er hat doch selbst unter der Erniedrigung Deutschlands gelitten, denn er ist ein Patriot, auch wenn er nicht darüber spricht. Jeder muß stolz sein auf das, was der Führer in nur fünf Jahren geschaffen hat. Als ich aus Spanien nach Hause kam und in Wilhelmshaven die ersten deutschen Fahnen sah, fühlte ich ein tiefes Glück ... Begreift ihr das nicht? Julia? Ist es nicht wunderbar, zu einem Volk zu gehören, das unendlich viel erreichen kann, wenn nur jeder sein Bestes gibt?»

Alle schwiegen.

«C. F. meint nur, daß die meisten zu leichtgläubig, zu schwärmerisch sind», sagte Julia schließlich. «Sie lassen sich vom Erfolg blenden, sie berauschen sich maßlos, sagt er.»

Sie saß nun kerzengerade in ihrem Stuhl.

«Warum denkt ihr nur so eng?» brauste Ferdinand auf. «Ihr

könnt nicht das Wesentliche vom Unbedeutenden trennen, nicht das Kleine vom Großen, Unendlichen. Ihr blickt nie darüber hinaus . . .»

«Immer aus dem Nichts ins Unendliche. Das ist zu schwammig», unterbrach ihn Julia. «Ihr habt doch keinen Boden unter den Füßen, das mußt auch du zugeben, Ferdinand.»

«Du redest wie Vater», sagte Ferdinand. «Du willst nicht verstehen.»

«C. F. hat gar nicht so unrecht», warf Peter ein.

«Wie meinst du das?»

«Na ja, wie Julia gesagt hat. Auf jeden Fall ist ihm alles zu schwammig, zu laut und unbescheiden.»

«Für Vater gibt es nur Stilfragen. Das war immer schon so.»

«Nein», sagte Robert. «Da tust du deinem Vater unrecht, jedenfalls soweit ich ihn kennengelernt habe. Er ist auch für ein starkes, freies Deutschland, aber es müßte für ihn anders aussehen. Peter hat recht. Er möchte es bescheidener, leiser. Er will nichts befürworten, was die persönliche und geistige Freiheit einschränkt, nicht die unterstützen, für die eine Freiheit des Gewissens gar nicht existiert. Wenn du so willst, ist er zu preußisch, um mitzumachen.»

«Aber das ist unsinnig!» Ferdinand erregte sich immer mehr. «So kann und wird er niemandem weiterhelfen. Er hat sich immer zurückgezogen, er lehnt jede Begeisterung ab. Damit gewinnt man keine Gefolgschaft, wie der Führer sie hat und braucht . . .»

«Du hast immer schon so geschwärmt», sagte Robert, und es klang fast liebevoll. «Hast immer sehnsüchtig gehofft, daß etwas passiert, was dich ganz ausfüllt und mitreißt, solange ich dich kenne. Du hast immer Heldensagen und Balladen gelesen und Fahnen gemalt, weißt du noch? Fahnen, Fahnen – auf jedem losen Blatt . . .»

«Vater hat nie zugehört. Nur Mutter hat versucht, mich zu verstehen, meine Aufsätze zu lesen. Sogar Gedichte habe ich ihr vorgetragen.»

«Was denn für Gedichte?» fragte Julia und beugte sich ein wenig vor.

«Das kann man gar nicht alles aufzählen.» Ferdinand lachte vor sich hin. «Balladen hatte ich am liebsten, je länger, desto besser . . .»

«Er hatte ein unglaubliches Gedächtnis», sagte Robert. «In der Unterprima, das erinnere ich genau, wollte der alte Semper uns den Unterschied zwischen sachlicher und lyrischer Prosa nahebringen. Es war in der ersten Stunde, irgendwann im November. Draußen war es noch dunkel, und alle versuchten, unauffällig weiterzuschlafen.

‹Jetzt werde ich Ihnen etwas vorlesen, das Sie aufweckt, meine Herren Primaner›, sagte der alte Semper, ‹gerade gesessen und zugehört! Wenn man vollendete lyrische Prosa hört, schläft man nicht. Ich kündige an: *Die Weise von Liebe und Tod des Cornets Christoph Rilke* von Rainer Maria Rilke.›

Er suchte in seiner Tasche, kramte herum, fand das Buch nicht und war fast den Tränen nahe. Ferdinand meldete sich und sagte, er könne den Text auswendig, ob er ihn vortragen solle. Und dann hast du es gemacht, Ferdinand, weißt du noch? Von Anfang bis Ende, ohne einmal zu stocken.»

«Ich kann es heute noch», sagte Ferdinand leise. Er stand vor dem dunklen Fenster der Verandatür und sah hinaus.

«*Der von Langenau schreibt einen Brief*», sagte er vor sich hin, «*ganz in Gedanken. Langsam malt er mit großen, ernsten, aufrechten Lettern:*

> ‹*Meine gute Mutter,*
> ‹*seid stolz: Ich trage die Fahne,*
> ‹*seid ohne Sorge: Ich trage die Fahne,*
> ‹*habt mich lieb: Ich trage die Fahne –*›»

«Weiter», sagte Julia tonlos. Wir sahen in die herabgebrannten Kerzen und hörten zu bis zum Ende. Ferdinand sprach immer sicherer, kräftiger, strahlend fast, als er den Höhepunkt deklamierte:

«Er läuft um die Wette mit brennenden Gängen,
durch Türen, die ihn glühend umdrängen,
über Treppen, die ihn versengen, bricht er aus aus dem
rasenden Bau. Auf seinen Armen trägt er die
Fahne wie eine weiße, bewußtlose Frau. Und er
findet ein Pferd, und es ist wie ein Schrei: über
alles dahin und an allem vorbei, auch an den
Seinen. Und da kommt auch die Fahne wieder
zu sich und niemals war sie so königlich; und
jetzt sehn sie sie alle, fern voran, und erkennen
den hellen, helmlosen Mann und erkennen die
Fahne . . .
Aber da fängt sie zu scheinen an, wirft sich hinaus
und wird groß und rot . . .
— Da brennt
ihre Fahne mitten im Feind und sie jagen ihr nach.»

Ferdinand wandte sich zu uns um.

Julia weinte. Sie weinte leise, fast lautlos, und ich habe nie erfahren, ob Ferdinand ihre Tränen begreifen konnte.

Siebtes Kapitel

I

Die Bäume warfen pfahlgerade Schatten über Straßen und Rasenflächen, als ich Anfang November nach Berlin zurückkam. In der tiefstehenden Mittagssonne leuchteten die herabgefallenen goldgelben Ahornblätter. Auch das Kupfer der schwarzgrünlich angelaufenen, mit stilisiertem Blätterrand verzierten elektrischen Klingel schimmerte. Ungeduldig drückte ich auf den Knopf, um so schnell wie möglich an Grete Zalinski vorbei zu Julia zu kommen.

Ich klingelte noch ein zweites Mal, obwohl ich genau wußte, daß Grete erst ihre Hände abtrocknen und bekümmert auf die roten, zerarbeiteten Finger sehen, ihre Arbeitsschürze abnehmen und die Träger der weißen Spitzenschürze über den Kopf streifen würde. Nachdem sie die weiße Schleife auf dem Rücken gebunden hatte, nach ihrem Taschentuch gekramt, sich die Nase geputzt und mit einem seufzenden Blick in den Spiegel eine Haarsträhne zurückgestrichen hatte, ging sie hastig durch den Küchenflur, stieß die Schwingtür zur Halle auf und sah leicht vorgebeugt und fragend auf die Person, die im Eingang darauf wartete, daß sie endlich öffnete.

«Für mich müssen Sie sich nicht erst schick machen, Grete.»

«Kann ja nich' wissen, det Sie es sind, Theachen. Könnt' ja ooch der Kaiser von China sein. Die Jnädigen sind beide oben mit dem Kind. Det is' vielleicht 'n Niedlicher!»

Julias Baby war schon Ende September geboren worden. Natürlich war es ein Junge, und natürlich hieß er Carl Friedrich, weil Brandaus, seit sie ihre Traditionen ernst nahmen, ihre

Erstgeborenen abwechselnd immer Carl Friedrich oder Louis Ferdinand nannten.

«Ich habe sofort beschlossen, ihn Fritz zu nennen wie Deinen Vater», hatte Großmutter Ariane mir nach Obernkirchen geschrieben. «Julia findet auch, daß der Name gut zu dem kleinen Burschen paßt, der im übrigen genauso aussieht, wie Dein Vater als Baby ausgesehen hat. Man möchte sagen – aufs Haar. Großvater und Enkel werden gut zusammenpassen. Außer Dir ist Dein Vater der einzige, der noch nicht hier war, um Fritzchen zu bewundern. Anne und Heide mußten ohne ihn kommen, weil Euer tüchtiger Inspektor ausgerechnet jetzt vom Pferd stürzen mußte und sich dummerweise ein Bein gebrochen hat. Nicht gerade zum Totlachen für ihn und furchtbar lästig.

Ich fühle mich um mehr als fünfzig Jahre zurückversetzt und genieße es, Mutter und Kind hier zu haben. Julia muß noch einen Monat in Berlin bleiben. Sie ist etwas schwach nach der Geburt, aber eine wunderbare Mutter. Sie macht alles einfach fabelhaft.

Fritzchen wiegt sechs Pfund, ist zart, aber für ein Siebenmonatskind erstaunlich gesund und fidel. Dein Vater kam auch etwas zu früh, was ihm aber nie geschadet hat.

Julias alte Anja ist aus Hamburg gekommen und versorgt den Kleinen. Eine unbeschreiblich liebe Person, aber strikt und ohne Firlefanz im Kopf. Peter war auch da, um Julia und das Kind zu besehen. Wir hatten ein anregendes Wochenende. Er wird Deinem Großvater immer ähnlicher. Ferdinand ist ein rührender Vater . . .»

Von Mutter wußte ich, daß sie Ferdinand nie stolzer und glücklicher erlebt hatte als mit dem Wickelkind auf dem Arm. Zu seinem großen Kummer hatte er nun eine dreiwöchige Dienstreise antreten müssen und konnte Julia und Fritzchen Anfang November nicht selbst nach Breitenbach bringen.

Als Carl Friedrich Brandau junior Ende September 1938 geboren wurde, packte ich meine Koffer, um als «Herbstmaid» in der Obernkirchner Landfrauenschule zu beginnen. Die Abende wurden dunkler, und die Ängste vor einem Krieg wegen der deutschen Gebietsansprüche in der Tschechoslowakei wuchsen.

In diesen Monaten las Vater die *Kreuzzeitung* gründlicher als früher.

Draußen regnete es. Ein gleichmäßiger Spätsommerregen durchnäßte den geschnittenen, auf Hocken gestellten Weizen und verzögerte den Ernteschluß um viele Tage.

Wir saßen nach dem Mittagessen in Mutters blauem Eckzimmer, tranken Kaffee und aßen die letzten Pralinés, die Julia von Hamann aus Berlin hatte schicken lassen.

«Ich habe mir ein paar Zeitungsartikel ausgeschnitten, um sie mit dem Pastor zu besprechen, wenn er wieder da ist», meinte Vater.

Pastor Hühnerfeld war im Juli verhaftet worden. Die Gestapo hatte ihm vorgeworfen, die Politik des Führers zu verleumden. Ihm wurden Sätze vorgelesen, die er im Gespräch unter vier Augen in seinem Amtszimmer wohl wirklich gesagt hatte – neben dem Telefon.

Man mußte aufpassen, auch auf dem Land.

Vater blätterte den Zeitungsstapel durch. «Mir sind die Reaktionen des Auslands unbegreiflich. Erst wird dieser Staat» – er sprach von der Tschechoslowakei – «aus dem Boden gestampft, und nun wird nichts zu seinem Schutz unternommen.» Vater war empört über die Nachgiebigkeit der Engländer und Franzosen. «Was werden sie sagen, wenn dieser Mann in Berlin» – Vater bezeichnete Hitler ungern anders – «die Wolgadeutschen ‹heim ins Reich› holen wird?»

«Wer soll denn auf so eine Idee kommen, wie?» Mutter goß Kaffee in alle Tassen.

«Danke. Ich wollte keinen Kaffee mehr, Anne.»

«Ach, wie dumm von mir! Aber du machst den Führer schlimmer, als er ist, Fritz!»

«Hitler, Anne. Wir wollen Hitler sagen.»

Ich stand auf und legte ein Kissen auf das Telefon. Das

hatten wir uns angewöhnt, nachdem Pastor Hühnerfeld festgenommen worden war.

Wochen später, am Tag nachdem ich an Kruses Radio vom Zustandekommen des Münchner Abkommens erfahren hatte, fuhr ich in die Landfrauenschule nach Obernkirchen, durch ein Land, in dem die Menschen glaubten, in Zukunft keine Angst mehr haben zu müssen.

Die Wälder ruhten dunkel und sommermüde im dunstigen Septemberlicht, über ihnen der Herbst wie ein trauriges Versprechen.

Es war der 30. September 1938, der Geburtstag von Carl Friedrich Brandau junior, den wir Fritzchen nannten.

II

Julia schien mir nach der Geburt durchsichtiger, aber noch schöner, strahlender und ausgeglichener als vorher.

Wir freuten uns wie die Kinder über das Wiedersehen. Ich bewunderte Fritzchen, der schlief wie die meisten Babys, die ich kannte. Sie berichtete von dem Moment, in dem sie Fritzchen frisch gebadet und gewickelt in den Arm gelegt bekommen hatte. Über die Geburt selbst sprach sie nicht. Sie redete nie von Dingen, die ihr unangenehm oder schmerzhaft erschienen. Ruhig und selbstbeherrscht leistete sie, was geleistet oder gelitten werden mußte, doch sie fand es keiner Erwähnung wert. Störungen oder Problemen, die sie unmittelbar betrafen, ging sie auf den Grund; sie räumte ihnen aber keinen erkennbaren Platz in ihrem Leben ein; sie gaben keinen hörbaren Klang in dem Akkord ihrer Tage.

«Schön, daß du gekommen bist, mein Mädchen.» Großmutter begrüßte mich an ihrem Schreibtisch. «Wie geht es dir? Gut? Nun, man kann es sehen.»

Sie dagegen sei noch mitgenommen von den vergangenen Tagen, in denen Julias Vater ihr Gast gewesen war.

Drei Wochen bevor Julia Berlin verlassen und nach Breitenbach zurückfahren wollte, war unerwartet ihr Vater gekommen, um seinen Enkel zu sehen.

Hans-Wilhelm Georgi war ein breitschultriger weißhaariger Herr mit hellgefleckten, unruhigen braunen Augen. Er hatte das ganze Haus aus dem Dornröschenschlaf gerissen, in den es gefallen war, als Julia sich im Juni in das verschnörkelte Mahagonibett gelegt hatte.

Er hatte alle mit einer Flut von Plänen und Unternehmungen überschwemmt. Anja residierte mit dem Baby oben in unseren alten Kinderzimmern. Er ging mit Julia und Ferdinand in die Oper, hörte die Philharmoniker, sie waren bei Horcher, bei Savarin, im Jockey-Club, besuchten Ausstellungen, Auktionen und Museen, er kaufte ihr bei Michels Rollen von Samt, Seide und Spitzen, von denen er bei Romanowski Kleider, Kostüme und Mäntel schneidern ließ.

«Er ist wirklich ein erstaunlicher Mensch», hatte Großmutter Ariane mir schon nach Obernkirchen geschrieben. «Er schont weder sich noch andere, diktiert Unternehmungen und Festlichkeiten und bringt sehr viel Unruhe in unseren Haushalt. Julia ist abends regelrecht erschöpft, sagt aber, daß sie alle zwei Jahre den Wirbel für eine Woche gut ertragen könne. Übermorgen reist er wieder ab und fährt über sein Hamburger Kontor zurück nach Brasilien. Er liebt Julia abgöttisch und würde sie und Fritzchen am liebsten mitnehmen oder in Gold fassen, was er ja auch tut, wenn man es genau nimmt. Für Ferdinand fehlt ihm das Verständnis, was ich schade finde. Seinen Enkel bestaunt und bewundert er.

Da ist noch etwas, mein Mädchen. Zusammen mit Peter mußt Du mich am 5. November auf die Hochzeit von Rieke und Hans Ulmendorff begleiten. Dein Vater hat das so verfügt. Es ist eine Familienhochzeit, und es muß jemand von uns erscheinen. Ihr seid mit eingeladen, weil sie so wenig junges Volk haben. Ich habe Dein Fräulein von Dinklage schon angerufen und Dich für ein paar Tage befreien lassen. Sie ist eine bewundernswerte, geradlinige Persönlichkeit und außerordentlich tüchtig. Sei dankbar, daß Du solch ein Vorbild täglich vor dir hast. Sieh aber auch hin!

Die Fahrkarte ist im Briefumschlag. Gute Reise, mein Mädchen. Mach dir um dein Kleid keine Sorgen. Julia und ich haben das schon geregelt.»

Zu nichts hatte ich damals weniger Lust. Ich fühlte mich in Obernkirchen unerwartet wohl. Glücklicherweise wurde mir eines der nettesten Mädchen als Zimmernachbarin zugeteilt, Beate Martinius. Sie hatte ein feines, doch zugleich freches Gesicht, war schnell, realistisch und witzig, hatte aschblondes Haar und Augen von einem ungewöhnlich hellen Blau.

Mit ihr zusammen kochte ich Pflaumenmus in riesigen Kupferkesseln, buk Danziger Kaffeebrot nach Reifensteiner Rezeptbuch, wurde in die Mysterien der Federviehhaltung eingeweiht und mistete Hühnerställe aus. Neben ihr saß ich auch während der Mahlzeiten.

Im Bett neben ihr wachte ich eines Nachts schweißgebadet auf, denn aus einer dunklen Nische meines Bewußtseins war wieder jener Traum heraufgeschwemmt, der nicht zu diesen glücklichen Tagen passen wollte.

Wieder stand ich zwischen zahllosen anderen Menschen auf dem Schiff, wieder knatterten über mir die Hakenkreuzsegel, wieder rasten wir atemlos dahin, und ich verzweifelte, weil ich die schönen, strahlenden Gesichter nicht erreichen, nicht warnen konnte. Gebannt sahen sie auf den dunklen Berg, der immer näher kam, der sie vernichten würde und den sie doch mit erhobenem Arm begeistert grüßten.

Beate schlief. Ich erzählte ihr nichts von dem Traum, stand in Maidenuniform am nächsten Morgen neben ihr und streckte stehend den rechten Arm zum Hitlergruß, als die schwarzgekleidete Leiterin der Schule, Fräulein von Dinklage, ebenfalls mit ausgestrecktem Arm und gefolgt von den grüßenden Lehrerinnen den Eßsaal betrat.

Beates Familie lebte in Pommern, und sie war genauso widerwillig nach Obernkirchen gegangen wie ich. Sie war eine

Freundin, wie ich sie vorher noch nie gehabt hatte. Wir erzählten uns alles, lachten und schwiegen über dieselben Dinge, und außer den Briefen, die ich von Robert bekam, teilte ich alles mit ihr. Zum Silvesterfest, spätestens zum Pfingstfest 1939 hatte ich sie nach Breitenbach eingeladen. Ich war froh, mit ihr in Obernkirchen zu sein, und hatte gar keine Lust, nach Berlin zu fahren. Ich wußte nämlich, daß Robert nicht in der Stadt sein würde.

«Die Hochzeit wird sicher ermüdend.»

«Du wirst es überstehen, Großmutter.»

«Wer sich dabei am unauffälligsten langweilt, bekommt am Sonntag einen Preis.»

«Wenn meine Tischdame so hübsch ist wie meine Schwester, könnte ich es überleben.»

Peter, Großmutter und Julia saßen in Großmutters Ankleidezimmer, während mein Kleid vor dem hohen Spiegel bei der letzten Anprobe zurechtgesteckt wurde.

Julia und Großmutter Ariane hatten einen schweren rosafarbenen Seidensatin bei Michels ausgesucht, und Julias Schneiderin hatte ein enganliegendes Kleid mit tiefem Ausschnitt entworfen. Während der ersten Anproben hatte Julia mich ersetzt, weil wir eine ähnliche Figur hatten. Nach Fritzchens Geburt hatte sich das ein bißchen geändert.

«Das Kleid muß in Richtung Bohnenstange zurückgesteckt werden, aber sonst ist es sehr annehmbar, Thea», sagte Peter.

«Das Kind wird immer hübscher», sagte Großmutter und steckte mir eine herzförmige, mit Perlen gesäumte Rubinbrosche an den Ausschnitt.

«Übermorgen muß ich nach Köln, aber ich glaube, daß ich danach Robert Ostenfeld bald wiedersehen werde», meinte sie beiläufig, als uns Zalinski später zur Kirche chauffierte.

«Kennst du ihn?» fragte ich.

«Ja, er ist mir früher einmal vorgestellt worden», antwortete sie, «ein sehr netter, kluger Junge.»

«Was machst du bloß immer in Köln?» fragte Peter.

«Dort wird eine Ausstellung geplant», antwortete sie kurz und sah aus dem Fenster.

Zalinski fuhr auf der Avus nach Nikolassee, wo die Ulmendorffsche Trauung stattfand.

Er fuhr langsam, und ich sah in die vorübergleitenden Bäume. Aus einem weichen, hellgrau verhangenen Novemberhimmel regneten Blätter, drehten sich langsam, kreisten und stürzten plötzlich zu Boden. Als Zalinski abbremsen mußte, öffnete ich ein Fenster und hörte die Krähen in der lautlosen, weichen Luft des Grunewalds.

«Man merkt noch nichts, aber jetzt wird es kalt, Kinder», sagte Großmutter.

Ich wickelte mich fest in den warmen dunkelblauen Kaschmirmantel ein, den Julia mir im Frühjahr geschenkt hatte. In seiner rechten, tiefen Tasche hatte ich noch immer die kleine schwarze Kugelflasche mit dem Rest ihres Parfüms.

Nach der Trauung fuhr die Hochzeitsgesellschaft zurück in die Stadt, wo in einem kleinen Saal des Hotels Adlon gefeiert wurde.

Mit Rieke und Hans Ulmendorff waren wir ersten Grades verwandt, womit sich die Beziehung aber schon erschöpfte. Sie waren das langweiligste Geschwisterpaar, das wir in der Verwandtschaft kannten, genauso alt wie Peter und ich.

«Schön, aber dumm wie die Weihnachtskarpfen», hatte Großmutter schon vor vielen Jahren gesagt.

Vor lauter Langeweile fiel ihnen nichts anderes ein, als sich auch noch am selben Tag zu verheiraten. Riekes Bräutigam war ein geschniegelter Kavallerie-Offizier, an dem alles schnarrte und knackte; Hans' Braut dagegen wirkte etwas plump und sehr praktisch, war aber «von Familie», wie gesagt wurde.

Während ich das erlesene Festessen genoß und danach zur todlangweiligen Musik der Kapelle tanzte, mußte ich immer wieder meine Cousine Rieke ansehen. Sie hatte ein schönes

Gesicht. Aber wenn sie aufstand und sich bewegte, fiel ihre Gestalt trotz des Schleiers fast auseinander. Alles bewegte sich schwerfällig gegeneinander. Von hinten erinnerte sie mich an Kruse, wenn er einen Korb voller Kaminholz die Treppe hochschleppte.

Komisch, daß diese Arme und Beine an diesem Rumpf hängen, dachte ich, nichts paßt zusammen. Wie auf manchen Bildern dieser verbotenen Maler, die Großmutter immer kaufte und unter den Barbizon-Landschaften an die Wand lehnte.

«Also, grüne Fratzen mit gelben Zähnen finde ich wirklich hart an der Grenze», sagte Peter, als wir die Bilder am Tag nach der Hochzeit zusammen betrachteten.

«Du bist wie dein Großvater», antwortete Großmutter liebevoll, was bedeutete, daß Peter sagen konnte, was er wollte.

«C. F. würde schreien, wenn er sich so bizarre Geschichten aufhängen müßte.»

«Das würde er nicht tun, Peter.» Julia griff ein. «Es ist eine neue Kunst – und er würde sich bemühen. Im Februar waren wir hier in Berlin in der Ausstellung ‹Entartete Kunst›. Es ist nicht einfach, die Bilder zu verstehen oder schön zu finden, aber warum läßt man die Künstler nicht in Ruhe arbeiten, wenn man sie schon nicht unterstützen will?»

«Julia, da fällt mir etwas ein», sagte Großmutter ganz langsam. «Du könntest mir einen Gefallen tun, wenn du am nächsten Donnerstag noch in der Stadt bist –»

Sie stockte etwas, sprach dann aber doch weiter. Wir sollten gleich wieder vergessen, was sie gerade sage, aber es sei sehr wichtig: Es gehe um Goldschmieds, wir würden doch alle die große Villa am Grunewald kennen. Sie wolle nicht lange herumreden, Goldschmieds müßten, wenn alles gutgegangen sei, schon in den Vereinigten Staaten sein. Aber sie habe ihnen etwas versprechen müssen. In der nächsten Woche, am 10. November, sei die Versteigerung der Goldschmiedschen Bilder. Sie habe eine Einladung und müsse ein Madonnenbild von Botticelli ersteigern – um jeden Preis wollten Goldschmieds das Bild behalten. Es habe eine lange persönliche Geschichte, und dem alten Goldschmied läge sehr viel daran. Wenn Vater nach Berlin käme, um Julia abzuholen, könnten sie es vielleicht schaffen hinzugehen. Das würde niemanden wundern. Es sei sogar viel besser, als wenn sie selbst ginge. Wer Vater kenne, wisse, daß er eine Schwäche für die italienische Renaissance habe und Haus und Hof für einen Botticelli opfern würde . . .

«Ich glaube, du spielst ein gefährliches Spiel, Großmutter», sagte Peter in unser betroffenes Schweigen hinein.

«Es ist ein wichtiges Spiel», erwiderte sie bestimmt. «Außerdem ist alles fabelhaft in Ordnung: Mein Hausmeister ist Parteimitglied und braun bis aufs Hemd, mein Enkel hat mit dem Führer persönlich gesprochen, auf dem Familienbesitz befindet sich ein Arbeitslager der SS – und ich bin fünfundsiebzig Jahre alt. Da kann ich mir doch ein paar Spielchen erlauben, oder? Es ist zwar schon spät, aber wer hat noch Lust auf eine Partie Bridge?»

III

Vater kam am Dienstag nach Berlin. Er hatte geschäftlich dort zu tun und die Reise so gelegt, daß er Julia und das Baby mit nach Breitenbach nehmen konnte. Großmutter war nach Köln abgereist, und ich hätte eigentlich zurück nach Obernkirchen fahren müssen. Ich hatte aber nach der Ulmendorffschen Hochzeit Zahnschmerzen bekommen, und Großmutter hatte mir für Montag und Mittwoch zwei Termine beim Zahnarzt besorgt.

«Zähne sind lebenswichtig, damit darf man nicht spaßen», hatte sie gesagt. «Und Füllfederhalter und Zahnärzte wechselt man nicht.»

Vater bewunderte das Baby. Er hielt das kleine Wesen, das seine Augen hatte und seinen Namen trug, erstaunt im Arm und betrachtete es schweigend.

«Es ist ein Wunder, Julia», sagte er abwesend. «Es ist ein Wunder.»

«Ja», antwortete sie, «ich weiß.»

Ich bekam kein Wort heraus, wie immer, wenn ich mit ihnen zusammen war. Glücklicherweise begann Fritzchen zu schreien. Anja kam herein und nahm ihn Vater ab.

«Da gibt's gar kein Tüdel und Kram, nu wird geschlafen», hörten wir sie in ihrem beruhigenden Hamburger Missingsch sagen, als sie hinausging.

Vater ging durch die Räume, die er lange nicht gesehen hatte. Beeindruckt blieb er vor dem Grammophon stehen, das Julias Vater zusammen mit einer großen Anzahl von Schallplatten als Abschiedsgeschenk für Julia mitgebracht hatte.

Es bestand aus einem schmalen Mahagonischrank, dem neuesten Modell der Firma Telefunken, in dem sich auf einer mit schwarzem Samt bezogenen Scheibe die schwere schwarze Schallplatte drehte. Von geheimnisvollem Knacken und Knistern begleitet, kam die Musik aus dem großen Lautsprecher, der unten im Schrank eingebaut war.

Vater lernte, mit vorsichtigen Händen die Schallplatten aufzulegen und den Mechanismus zu bedienen. Er ließ sich von der Musik wie von einem erlösenden warmen Bad umfluten, in dem er sich nach einem langen, arbeitsreichen Sommer reckte und dehnte.

Es war ein anderer Mann, der in die Stadt fuhr und noch bevor er seine Reitkleider bei Holters abholte, alle Beethoven-Sinfonien, Klavier- und Violinkonzerte kaufte, deren er habhaft werden konnte. Stolz stapelte er seine Einkäufe neben dem Grammophon.

Vater und Julia hörten Musik, aßen die Herrlichkeiten, die Vater von Hamann, Rollenhagen und Borchert mitgebracht hatte, lachten, redeten, schwiegen und sahen sich an, als könnten sie von dem Wunder ihrer Gegenwart nicht genug bekommen.

Ich war dabei und auch wieder nicht; träumte mich mit einem Brief von Robert in der Tasche fort aus dem klaren, vollkommenen Glück dieser Stunden des Wiedersehens zwischen meinem Vater und Julia.

Zur gleichen Zeit wurde in den führenden, sauber gescheitelten Köpfen der Partei das vorbereitet, was man bald die «Kristallnacht» nennen sollte. Die Diffamierung der Juden erweiterte sich zum geplanten landesweiten Pogrom.

In der Nacht zum 9. November, dem *«Gedenktag für die Gefallenen der Bewegung»*, wurde überall in Deutschland im Schutz der Dunkelheit geschlagen, geraubt und gequält. Sie steckten die Synagogen und Wohnhäuser der Juden an, schlugen die Fensterscheiben ihrer Geschäfte ein, die sie erst plünderten, bevor sie das Feuer legten. Es gab viele Juden in Deutschland – der Himmel über dem Land war rot.

«Daß sie sich nicht schämen –» sagte mein Vater angewidert und empört, als er von dem nächtlichen Verbrechen hörte. «Laß uns spätestens Freitag abfahren, Julia.»

«Man muß sich ja schämen, ein Deutscher zu sein», flüsterte in der Zahnarztpraxis ein breitschultriger Offizier und sah aus dem Fenster. Im Haus gegenüber lag ein großes Juweliergeschäft, das schon am Montag, als ich zum ersten Mal beim Zahnarzt gewesen war, die hölzernen Rolläden nicht mehr hochgezogen hatte. Am 9. November hingen sie, von Äxten zerhackt, in ihren Gleitschienen; die Fenster dahinter, das gesamte Mobiliar waren zerschlagen und verwüstet.

Ich saß neben dem Mann im Wartezimmer, und er flüsterte, weil inzwischen jeder wußte, daß lautes Reden schaden konnte; aus Vorsicht wurde Angst, und Angst ist ein schlechter Ratgeber.

Wir dachten nicht weiter, versteckten uns hinter Empörung und Ablehnung, wählten Distanz statt Kampf – emigrierten in die stillen Vorhöfe des Gewissens, um zu überleben.

IV

Bevor Vater mich am Donnerstag morgen zum Potsdamer Bahnhof brachte, ging ich zu Zalinskis, um mich zu verabschieden. Grete saß mit verweinten Augen, hochroter Nase und aufgelösten Haaren am Küchentisch.

Großmutter hatte mir gleich am Freitag vor der Hochzeit dafür gedankt, daß ich Grete im Juni geholfen hatte, mir dann aber furchtbar den Kopf zurechtgerückt, weil ich allein nach Treptow gefahren war. Sie verstand mich besser als die Brüder und gab zu, daß sie in meinem Alter wohl das gleiche getan hätte. Genau wie Robert hatte sie mir aber das Versprechen abgenommen, nie wieder etwas Ähnliches zu tun. Grete habe ihr außerdem versichert, mit Ursula und den Kindern sei nun alles in Ordnung, sie seien in Sicherheit.

Heute aber, zwei Tage nach dem Sturm auf die jüdischen Geschäfte, war es mit Gretes Fassung vorbei. Sie weinte und raufte sich die Haare, denn Ursula war mit den Kindern keineswegs in Sicherheit.

«Ick konnte doch der jnädigen Frau nich' sagen, det se ihre Hilfe nicht anjenommen haben», schluchzte sie. «Der Josef hat ja nich' jlauben wollen, det et soweit kommen kann. Hat ja immer jemeent, allet wird wieder wie früher. Schließlich hat sein Jroßvater schon det Jeschäft jegründet, und wo wollen se denn hin, se sind doch hier zu Hause.»

«Vielleicht ist ihnen ja nichts passiert, Grete», versuchte ich sie zu trösten.

«Ach, Thea, wenn ick det nur wüßte, wenn ick nur wat wüßte, aber mein Horst hat mir streng verboten, det Haus zu verlassen. Nur zum Laden darf ick. Er sagt, in der Ecke wär' die Hölle los, war ja selbst mit draußen – aber det darf ick wohl jar nich' sagen.»

Weil ich so lange mit Grete geredet hatte, fuhren Vater und ich zu spät zum Bahnhof. Er schien aber nicht ärgerlich über meine Unpünktlichkeit, machte keine beißenden Bemerkungen, schwieg mich nicht an. Statt dessen erzählte er während der Fahrt von Breitenbach, von Pastor Hühnerfeld, der wieder frei war. Morgen würden er und Julia zurückfahren; heute abend wollten sie noch für Großmutter auf die Auktion gehen, um mit ihrem Geld die Madonna von Botticelli zu ersteigern. Er fand keinen Parkplatz und setzte mich einfach vor dem Potsdamer Bahnhof ab. Zum Schluß schenkte er mir fünfzig Reichsmark, was noch nie vorgekommen war.

«Steck es schnell in die Tasche, und verrate es niemandem», sagte er lächelnd. «Gute Reise, mein Mädchen, bis Weihnachten.»

Ein Kuß, ein letztes Nicken – ich stand erstaunt und allein vor dem Bahnhof. Er war wirklich nicht wiederzuerkennen.

Ich nahm meinen Koffer und sah mich noch einmal um. Über der Stadt grub die Sonne ein blutrotes Loch in einen unausgeschlafenen Himmel. Graues Licht stand über den Häusern und in den Gesichtern. Leute liefen eilig an mir vorüber. Eine hübsche Frau mit zwei kleinen Mädchen an der Hand eilte zum Taxistand. Es waren niedliche Mädchen mit braunen Locken und aufgenähten Spitzenkragen an den Mänteln. Zwillinge.

Alles geschah rasch, wie von selbst, als müsse es so sein. Ich brachte meinen Koffer zur Gepäckaufbewahrung, ging zurück auf den Bahnhofsplatz und nahm ein Taxi.

«Kaiser-Friedrich-Straße bitte.»

Der Chauffeur fuhr schweigend los. Ab und zu blickte er sich nach mir um. Ich beobachtete die Häuserfronten, suchte nach Spuren der Gewalt, aber es war nicht viel zu sehen in der Königgrätzer Straße, Blücherstraße, Hasenheide.

«Also», fing der Taxichauffeur schließlich an, «also ick möchte da ja nix zu tun haben, wo Sie gerade hinwollen, Fräuleinchen.»

«Warum denn nicht?»

«Ach, ick mein nur so, wär' nur besser, denk ick mir so.» – «Da sieht's böse aus», fing er nach einer Pause wieder an, «mußte jestern erst da durchfahren. Ick tät' da im Augenblick lieber keenen kennen, Fräuleinchen.»

Er war klein, weißhaarig, und seine Augen lächelten im Rückspiegel. Schließlich erzählte ich ihm einfach, was ich vorhatte. Ich bat ihn, auf mich zu warten, während ich mich nach Ursula erkundigte. Er war entsetzt, fuhr an den Straßenrand und redete auf mich ein. Schließlich machten wir es so, wie er es vorgeschlug.

«Denn janz ohne Hilfe kann ick Ihnen ja nich' lassen, Fräuleinchen. Ick heiß Willem – Willem Bincke, nur damit Se ooch wissen, wer ick bin.»

Das Geschäft von Josef Morgenthal in der Kaiser-Friedrich-Straße war völlig zerstört. Willem Bincke steuerte das Taxi langsam und vorsichtig an dem Geschäft vorbei. Nur noch einzelne Glasscherben hingen wie riesige Haifischzähne im Fensterrahmen. Die Stoffballen waren verschwunden, der Geschäftsraum war ausgebrannt. Ein paar Spitzenkragen, die zur Dekoration angenagelt gewesen waren, hingen verkohlt an der Seitenwand, der glänzende Ballen karierter Seide war auf die Straße gerollt und in einer Pfütze gelandet.

«Schade um den schönen Stoff», sagte Willem Bincke. «Wenn ick nich' so'n anständiger Mensch wär', würde ick ihn mir einfach mitnehmen. Gäb' 'n schönes Weihnachtskleid für meine Enkelchen.»

Er fuhr weiter bis zur Toreinfahrt, stieg aus und ging, ohne sich umzusehen, in die Hinterhöfe, beide Hände in den Taschen.

«Ick mach det schon, bleiben Se bloß sitzen, Fräulein! Wenn Se meine Tochter wär'n, würde ick Sie verbieten, hier auszusteigen.»

Ich wartete. Am Ende der Straße sah ich einen grauen Lastwagen. Seine Ladefläche war mit schwärzlicher Zeltplane überspannt. Die Rückwand war heruntergelassen. Leute mit Koffern und Taschen wurden aus einem Haus getrieben und mußten auf die Ladefläche steigen, die viel zu hoch war. Sie wurden mit Stöcken geschlagen, weil es nicht schnell genug ging. Ich steckte beide Hände in die Manteltaschen, mein Herz hämmerte einen wilden und ängstlichen Galopp. Ich umklammerte in der rechten Manteltasche die Parfümflasche, als könne mich die kühle schwarze Kugel beruhigen.

Willem Bincke kam bald zurück, setzte sich ans Steuer und fuhr sofort davon.

«Ratten! Wie die Ratten sind se. Zum Heulen is' et, Fräuleinchen – det ick so wat erleben muß – det so wat passieren kann, Fräuleinchen, det sick de Leute nich' 'n bißchen schämen.»

Er hatte im Durchgang zum vierten Hinterhof die Tür zu Morgenthals Wohnung offen gefunden, die Zimmer voller Leute, die an sich rissen, was in Taschen und Netzen unterzubringen war. Morgenthals waren wenige Stunden zuvor verhaftet worden. Die Frau hatten sie mit ihren Kindern fortschicken wollen, weil sie ja keine richtige Jüdin war, aber sie hatte sich nicht von ihrem Mann trennen wollen, hatte geweint und gebettelt und war mit den Kindern auf den Lastwagen gestiegen.

Die Frau, die ihm das alles erzählt hatte, sei wütend gewesen, meinte Willem Bincke. Sie habe ein Foto vom Buffet genommen, es auf die Erde geworfen und immer wieder «Judenhure» geschrien.

«‹So'n schönes Rähmchen›, hab ich jesagt und et uffjehoben.»

Er gab mir das Bild, auf dem Ursula mit den beiden kleinen Mädchen zu sehen war, zu einer Zeit, als sie noch Berliner, als sie noch Deutsche und nicht nur Juden waren, als sie noch von einem Fotografen am Kurfürstendamm bedient wurden, ohne sich ihres Namens schämen zu müssen.

Ich gab Willem Bincke die fünfzig Mark von Vater. Ich hatte nichts anderes, um mich zu bedanken. Aber er schüttelte heftig den Kopf und nahm nur das, was ihm zustand.

«. . . keenen Pfennig nich' mehr, so wahr ick Willem Bincke heiße . . . Nee, nee, det et so wat jibt, Fräulein», sagte er noch bevor ich ausstieg. «Aber wat soll man ooch machen. Mein

Schwager is' bei de Schupo. Netter Kerl, aber er muß ja mitmachen. Wenn er 'n falschen Ton sagt, kann er doch gleich mit uff de Laster springen. Weeß der Kuckuck, wo se de armen Leute hinbringen.»

Ich hatte mich von ihm an der Ecke Grunewaldstraße und Kaiserallee absetzen lassen. Langsam ging ich durch die Anlagen und stahl mich durch den Keller in Großmutters Haus. Ich erzählte Grete Zalinski von der Verhaftung ihrer Tochter und gab ihr das Foto, über dem sie zusammenbrach. Ich konnte ihr nicht helfen. In Selbstanklage und Selbstmitleid zerflossen, ließ sie kein Wort, keine Hoffnung gelten, überließ sich hemmungslos weinend dem Schmerz ihrer in Angst verkümmerten Seele. Sie beweinte ihre Tochter, nach der sie später nie gesucht und niemanden jemals gefragt hat.

Ich ging aus Zalinskis Wohnung nach oben, um mit Julia zu reden oder mit Vater. Den Ärger über meine eigenmächtig verschobene Abreise und über die Fahrt nach Treptow wollte ich gern in Kauf nehmen, suchte nur jemanden, der mir zuhörte, dem ich erzählen konnte, was ich in Treptow gesehen hatte.

Es war still im Treppenhaus, in der Eingangshalle, in der Bibliothek – Mittagsstille. Eine Uhr im oberen Stockwerk schlug zweimal, die letzten Ahornblätter vor den Fenstern vergoldeten das graue Licht des Tages, bevor sie es hereinließen, gelbe Rosen verströmten ihren sanften Duft in alle Zimmer. Ich ging auf Zehenspitzen, um niemanden zu stören, wollte leise nach Julia rufen – als mein Blick durch die geöffnete Tür des Eßzimmers auf den Spiegel im Schlafzimmer fiel.

Vater stand vor Julia. Er sah so jung aus, daß ich ihn kaum erkannte. Sein Jackett, sein Schlips fehlten. Er beugte sich zu Julia hinunter, seine Hände verschwanden in ihrem offenen, blonden Haar, umschlossen ihr helles Gesicht, seine Finger suchten jede Linie nachzuziehen, jede Höhlung und Wölbung der Augen, Ohren, des Mundes zu ertasten, um sie endlich zu küssen; und langsam, wie befreit, tauchte er ein in die leuchtende Schönheit ihres Körpers.

Das Bild im Spiegel hätte durch die Hammerschläge meines Herzens zerspringen müssen, aber es blieb da, ruhig und vollkommen. Es war schön, wunderschön – nur ganz falsch, verwirrend, bestürzend.

Ich stand wie festgenagelt und sah, daß sie sich liebten.

V

Ich schlich den Weg zurück, den ich gekommen war. Auf Zehenspitzen ging ich durch die dunkle Halle zum Kücheneingang, auf dem knirschenden Kiesweg hinaus in den Grunewald.

Worte, Blicke, Momente dieses Sommers fieberten durch meinen Kopf – lauter Skizzen, die sich plötzlich zu einem Bild verdichteten. Meine Füße schoben kleine Berge raschelnder, fleckiger Blätter vor sich her. Ich versenkte meinen Blick in das Kaleidoskop ihrer runden, gezackten, länglichen Formen, der gelben, roten, grünbraunen Farben und sah in den wechselnden Flächen immer wieder nur das eine Bild im Spiegel.

Ein Baumstamm hielt mich auf, silberbraun wie die Blutbuche im Breitenbacher Garten, kühl und glatt an der Stirn; breit und gut war der Stamm, um in seinem Schutz Tränen, Leere und Verlassenheit herunterzuwürgen. Ich war gar nicht empört, nur erstaunt über meine eigene Blindheit und noch immer erstarrt von den Ereignissen in Treptow, erstarrt von dem, was ich gesehen hatte, allein in dieser riesigen Stadt, deren Lärm durch die stumpfe, graue Luft in den Grunewald drang.

Niemand wußte, daß ich noch in der Stadt war. Robert wurde erst spät in dieser Nacht zurückerwartet. Ich hätte irgendeinen Zug nach Hannover nehmen müssen, aber ziellos lief ich stundenlang durch den Grunewald und schob Blätter vor mir her, bis ich ihre Farben und Umrisse nicht mehr unterscheiden konnte.

Es war schon dunkel, als ich am Hundekehlesee entlanglief,

endlich Straßenlampen und beleuchtete Häuser sah. Die regenschwere Luft ließ das Licht kaum aus den Fenstern heraus. Es war warm, dunstig, ein merkwürdiger Novemberabend. Wie ein feiner, silbrig glänzender Vorhang hing die Luft zwischen den Bäumen, lag auf dem dunkelblauen Mantel, den Julia mir geschenkt hatte.

Vor mir bemerkte ich jetzt eine kleine, redende, lachende Gruppe von Menschen, auch hinter mir hörte ich Schritte und Stimmen. Ich war zwischen Menschen, die eilig einem Ziel zustrebten, ich blieb zwischen ihnen, übernahm ihre Schnelligkeit, fühlte mich eingeschlossen und mitgezogen. Kies knirschte unter meinen Füßen, ich ging zwischen den Unbekannten eine hohe Steintreppe hinauf, stand in einer hell ausgeleuchteten, holzgetäfelten runden Halle, die zwei Galerieflure hoch war. Es roch ein bißchen wie in Breitenbach – nach altem Holz, Bienenwachs und Blumen, doch jetzt vermischt mit dem Geruch nasser teurer Mäntel und Uniformen. Man mußte an einem jungen Offizier vorbei, der die gleichen Abzeichen wie Robert trug. Er sah in eine gedruckte Liste und fragte jeden nach seinem Namen. Ich wußte, wo ich war, und ich frage mich heute noch, ob diese erleuchtete Villa am Grunewald nicht schon den ganzen Nachmittag mein eigentliches Ziel gewesen war. Zum Umkehren war es zu spät.

«Ziebe, Fabrikant, mit Familie», sagte der kleine Herr mit Doppelkinn vor mir und stieß seine dünne Frau keckernd in die Seite.

In Windeseile bemühte ich mich, das Gesicht einer höheren Tochter zu machen, die unauffällig hinter den Eltern hergeht. Schon war der Name abgehakt, ich wurde weitergeschoben, stand mitten in der großen, hellen Halle.

Einige Menschen gingen auf und ab, redeten, lachten, betrachteten Bilder, die an die Wand gelehnt waren, kleine und größere Plastiken, die auf den Tischen standen. Ich sah mich auch um, heuchelte Interesse, merkte, daß die Bilder keinen besonderen Schwerpunkt des Sammlers erkennen ließen. Es schien alles vertreten, von der italienischen Renaissance bis zu den verpönten Expressionisten.

Schließlich entdeckte ich eine kleine Madonna. Sie hatte ein junges, wunderschönes Gesicht und strahlte eine tiefe Ruhe aus. Das mußte das Bild von Botticelli sein, das Vater für Großmutter ersteigern sollte, und in diesem Moment wußte ich, daß es ihm schwerfallen würde, sich jemals wieder davon zu trennen. Es war Julias Ebenbild.

Gleichzeitig wurde mir bewußt, in was für eine ausweglose Situation ich mich schon wieder gebracht hatte. Ich befand mich auf der privaten Auktion in der konfiszierten Goldschmiedschen Villa, wo in wenigen Minuten mein Vater und Julia erscheinen mußten.

Vater war von Julia überredet worden.

«Wenn ich gehe», hatte er schließlich gesagt, «dann bestimmt nicht, um meiner Mutter einen Gefallen zu tun.»

Ich sah noch das Lächeln zwischen ihnen.

Ich konnte unmöglich wieder fortgehen. Ich hätte Vater und Julia in die Arme laufen können. Also trat ich die Flucht nach vorn an und stieg die breite, geschwungene Treppe zum ersten Stock hinauf, wo noch weitere Bilder zu besichtigen waren. Die Treppe im zweiten Stock war durch zwei Lehnstühle verstellt, aber ich schlängelte mich vorbei. In dem unbeleuchteten Galerieflur der zweiten Etage fand ich eine dunkle Nische, von der aus ich die Halle gut beobachten konnte. Es waren nur wenige Leute zu sehen, und ich entdeckte Vater und Julia sofort, als sie durch das Portal traten. Da standen sie, einander zugewandt, vor dem Botticelli-Bild, redeten und lachten. Beide hatten kamelhaarfarbene Mäntel an, wirkten aus der Höhe wie verschmolzen, untrennbar. Ich sah ihre Profile, Vaters weit vorspringende Nase, Julias dagegen zart und gerade, auf ihren Lippen, die sonst so beherrscht waren, ein Lächeln, das ich noch nie gesehen hatte, ein Lächeln, das nichts verbarg.

Alles, was Mutter über Julia gesagt und geschrieben hatte, fiel mir ein, ich mußte an die Liebe, die Bewunderung denken, die ihr alle entgegenbrachten, an die Wärme, das Licht, die Liebe, die sie ausstrahlte, von der sie überall umgeben schien. Ich achtete auf nichts anderes, auch nicht auf die breitspurige, dickleibige Figur in Uniform, die sich gerade in die Halle schob, gefolgt von einem Schwarm weiterer Uniformen. Eine Welle aus Wut, Enttäuschung, Kälte und Einsamkeit überspülte mich. Ich stand da, beide Hände in den Manteltaschen vergraben, im hintersten Winkel dieses fremden Hauses. Meine Knöchel stießen gegen die harte Glaskugel.

Plötzlich war sie in meiner Hand, und ich warf die kleine schwarze Kugelflasche mit Julias Parfüm zwei Stockwerke tief auf das glänzende, kostbare Parkett der Goldschmiedschen Villa.

Ich selbst erschrak fürchterlich, als sie unten zersplitterte. Bis hinauf in die Galerie strömte der kostbare Duft, der alle für Sekunden zu bannen schien. *Arpège* von Lanvin, dachte ich unsinnigerweise, *Arpège, Arpège* . . .

Es war still wie im Auge eines Orkans – dann brach ein Tumult los. Pfeifen schrillten, laute Stimmen riefen Befehle.

«Da! Im ersten Stock!» schrie jemand. Stiefel polterten die geschwungenen Flügeltreppen hinauf. Gesprächsfetzen drangen bis zu mir.

«Attentat . . .»

«. . . das ist die Antwort für gestern nacht . . .»

«. . . die schrecken vor nichts zurück . . .»

Die Stimmen verloren sich in den Zimmerfluchten des ersten Stocks.

Ich kauerte in einer Nische und hörte, wie unten die Stühle vor der Treppe zum zweiten Stock beiseite geschoben, Stufen übersprungen wurden.

«Such lieber unten, Konrad! Hier oben ist nicht viel zu tun, ich kenne das Haus.»

Mein Herz setzte einen Schlag aus – es war Roberts Stimme. Langsam kam er näher, sah in jedes Zimmer, schlug die Türen hörbar zu. Am Ende des Flurs griff er mit harter Hand in die kleine, dunkle Abseite, in der ich mich versteckte, und zog mich hervor. Es verschlug ihm die Sprache, als er mich erkannte.

«Thea, mein Gott – was zum Teufel ...» flüsterte er, öffnete hastig eine Tür und schob mich hindurch. In dem Zimmer roch es, wie es in vielen Jungenzimmern riecht: Nach ersten langen Lederstiefeln, Tabak, Tennisschlägern, letzten Teddybären und Klebstoff für die Schule.

«Sag jetzt kein Wort und komm», flüsterte Robert. Er nahm meine Hand und öffnete eine weitere Tür, die offenbar in ein hinteres Treppenhaus führte. Er tastete sich die lange Wendeltreppe hinunter, führte mich auf Zehenspitzen durch eine große Küche, vorbei an einem riesigen Herd. Die Chromstangen blitzten noch in der Dunkelheit, als ich mich daran entlangtastete. Im Zimmer über uns polterten Schritte. Robert öffnete die Tür zu einem Vorratsraum; von dort aus ging es in eine alte Waschküche. Er schloß eine Tür auf und zog mich hinaus, drückte mich in einen Winkel, der von einem Vorsprung in der Mauer gebildet wurde, und sagte: «Warte, bis ich dich hole. Rühr dich nicht, wenn dir dein Leben lieb ist.»

Dann war er verschwunden; der Schlüssel wurde von innen wieder umgedreht. Kurze Zeit darauf hörte ich, wie er fluchend gegen ein paar Zinkwannen trat, die scheppernd auf dem Zementboden hin- und herrollten. Dann war Stille.

Wieder waren Stimmen zu hören, die Tür wurde erneut aufgeschlossen, und eine Stimme sagte dicht neben mir: «Gute Idee, hier unten zu suchen, Ostenfeld. Leider kein Erfolg zu melden, was? Wenn Sie mich fragen – der ist längst durch das Fenster im ersten Stock. Da stand nämlich eins offen.»

«Der Dicke hätte böse verletzt werden können», sagte ein anderer.

Wieder fiel die Tür ins Schloß, die Schritte entfernten sich, und nun blieb wirklich alles still. Zwei endlose Stunden stand ich dort, hatte Zeit, über alles nachzudenken und dachte an nichts. Ich wartete und sah in den Garten, in die silbrig glänzende warme Nacht, über der der Mond aufging.

Es war keine Nacht, um Angst zu haben, aber mein Herz klopfte wild.

Endlich kam Robert. Leise schlich er von hinten durch den Garten, wortlos zog er mich aus meinem Versteck, nahm meine Hand, führte mich schnell quer über den nassen Rasen zu einer kleinen hölzernen Laube am Ende des Gartens. Er schob mich durch eine schmale Tür im Zaun, die von einer großen Tanne verdeckt war. Wir zwängten uns durch die stacheligen Zweige und standen auf der Straße. Robert sagte noch immer kein Wort, spähte vorsichtig nach rechts und nach links, nach rechts, nach links.

«Siehst du das Auto da vorne», flüsterte er dann, «meinen schwarzen DKW?»

«Ja.»

«Ich gehe jetzt hinüber, setze mich hinein, zünde und mache das Licht an. Wenn mich jemand beobachtet hat, kann er meinetwegen dann kommen. Dafür habe ich noch eine Ausrede. Wenn du siehst, daß sich niemand dem Wagen nähert, kommst du in einer Minute nach, aber renne nicht, renn' um Himmels willen nicht.»

Es gelang. Ich stieg ins Auto, und er fuhr sofort los.

«Dreh dich nicht um», sagte Robert. «Ich sehe im Rückspiegel, ob es gutgegangen ist.»

Dann schwieg er wieder. Als er auf die Avus bog, sah ich im Schein der Straßenlampen kurz sein Gesicht. Seine Augen waren hart, nach vorn gerichtet, seine Miene wie versteinert, so abweisend, wie auch Vater wirken konnte.

Ich war kalt, steif und hungrig, hatte Fragen, Mitleid, Wärme erwartet – aber er saß am Steuer wie ein Fels.

«Wohin bringst du mich jetzt?»

«Wohin ich dich bringe? Nach Obernkirchen, wo du hingehörst! Ich habe um sechs Uhr heute nachmittag mit deinem Vater telefoniert, und er hat mir gesagt, daß du heute morgen zurückgefahren bist. Und wenn du morgen früh nicht in Obernkirchen bist, wird das eine Katastrophe geben.»

«Warum?»

«Warum?» Seine Stimme war leise und schneidend. «Du bringst uns alle in Lebensgefahr und denkst nicht für zwei Groschen nach. Warum auch immer du diese Flasche heruntergeworfen hast, weiß ich nicht. Aber es gilt als Attentat – als Attentat auf Göring. Weißt du, was das bedeutet? Du wirst gesucht, Thea. Du hast versucht, Göring zu ermorden. Was meinst du, was da drinnen vorhin los war! Alle sind befragt worden. Sie wissen längst, daß ein dunkelhaariges junges Mädchen in dunkelblauem Mantel nicht zu den Ziebes gehörte. Du hast dich vorsätzlich eingeschlichen, um eine schwere Glaskugel auf Göring zu werfen. So sieht das aus. Sie denken, daß sich jemand rächen wollte für letzte Nacht.»

Seine Hände umkrampften das Lenkrad.

«Was glaubst du denn? Was sollen sie denn denken, wenn in der konfiszierten Villa eines Juden mit Glaskugeln geworfen wird? Wenn herauskommt, daß du es warst, wird dein Vater sofort eingesperrt, und Julia, Peter, Ferdinand und deine Großmutter gleich mit – was mit dir passieren würde, wage ich gar nicht zu denken. Kannst du nicht ein einziges Mal nachdenken, bevor du mit Dingen um dich wirfst?»

Ich sagte nichts, um nicht weinen zu müssen.

«Zieh diesen Mantel aus, und stopf ihn unter den Vordersitz. In den nächsten Tagen darf kein junges Mädchen mit einem dunkelblauen Mantel herumlaufen, weder in Berlin noch sonst irgendwo. Auf dem Rücksitz liegt mein Ledermantel und auch ein großer Schlafsack. Wickel dich ein, sonst erkältest du dich auch noch und fängst an zu niesen und zu husten.»

«Du bist genau wie Vater.» Nun stiegen mir doch Tränen hoch, gleichzeitig aber wurde ich wütend. «Immer muß alles glattgehen, immer muß an der Oberfläche alles stimmen. Ich soll mich nicht erkälten, weil das Husten und Niesen meine Mitmenschen belästigen könnte. Ich hasse euch alle! Aber warum ich die Flasche hinuntergeworfen habe – das fragst du nicht?»

«Thea, bitte.» Roberts Stimme klang abwesend. «Ich habe

in den beiden letzten Nächten bis fünf Uhr morgens Dienst gehabt. Ich habe den ganzen Tag nichts gegessen. Ich bin zum Umfallen müde, und auf jeden Fall zu müde, um Fragen zu stellen. Ich weiß nur, daß ich dich liebe und eine verrückte, wahnsinnige Angst um dich gehabt habe. Dir darf nichts passieren, Thea – und schon gar nicht in diesem Haus», sagte er tonlos. Woher sollte ich wissen, warum er sich in der Villa so gut auskannte?

Die warme, helle Nacht über der Reichsstraße 1 umgab Roberts Auto und bewahrte die Geschichten, die wir einander erzählten.

Schon als Schuljunge war Robert in dem Haus am Grunewald ein und aus gegangen. Fried Goldschmied, der ältere der beiden Söhne, war sein bester Freund, den er auf dem Internat in Holstein kennengelernt hatte. Fried litt damals wie Ferdinand an chronischen Bronchienbeschwerden. Sein elf Monate jüngerer Bruder Levin besuchte ein Gymnasium in Berlin. Zu dritt verbrachten sie jahrelang die Ferien in Berlin oder in Holstein und versuchten, sich gegenseitig in Sport, Ausdauer, Wissen und allen anderen Dingen, die Jungens wichtig erscheinen, zu übertreffen. Zusammen mit Levin studierte Robert in Berlin Jura, während Fried eine Banklehre begann. Im Haus der Goldschmieds wurde Robert auch meiner Großmutter vorgestellt.

Die Anfänge der nationalsozialistischen Bewegung, die öffentlichen Hetzkampagnen gegen die Juden verfolgten sie zuerst lächelnd, dann immer ernster, bis es zur Katastrophe kam. 1935, nach Bekanntgabe der Rassengesetze des Nürnberger Parteitags, nahmen sich Fried und Levin das Leben, erschossen sich in der alten Waschküche, durch die Robert mich geführt hatte.

In seinem Briefkasten fand Robert einen Abschiedsbrief von Levin, einen Aufruf vielmehr.

«Von Deutschen an Deutsche», war er überschrieben, und beigefügt war eine letzte Bitte an Robert, ihn in der Berliner

Universität aufzuhängen. Er hatte es getan – im Gewühl nach Vorlesungsschluß um sechs Uhr abends hatte er ihn an das Reißbrett der Universität geheftet. Am nächsten Morgen war das Blatt verschwunden.

Die Eltern von Fried und Levin hatten Robert nie wieder empfangen. Mit Hilfe meiner Großmutter war ihnen dann im Juli dieses Jahres die Emigration nach Amerika geglückt. Er, Robert, hatte gehofft, Haus und Grundstück nie mehr betreten zu müssen. An diesem Abend aber mußte er für einen Adjutanten einspringen, der plötzlich Sonderurlaub beantragt hatte.

Ich konnte sein Gesicht in der hellen Nacht gut erkennen. Es war weit entfernt und wie versteinert.

Was ich von Zalinskis, Morgenthals und Treptow zu erzählen hatte, interessierte ihn weit mehr als der sparsame Bericht über Julia und Vater.

«Arme Thea», sagte er dazu nur, «schlimm, daß du es so erfahren mußtest.»

Seine Gedanken waren anderswo. Ich wagte nicht, ihn zu fragen, seit wann er es wußte. Wir schwiegen lange, der Motor des Wagens schien unerträglich laut.

Die Reichsstraße 1 dehnte sich endlos. Robert kurbelte die Fensterscheibe herunter, um wachzubleiben. Hinter Genthin fuhr er in einen Feldweg.

Wir würden es auf jeden Fall schaffen, pünktlich in Obernkirchen zu sein. Jetzt müsse er schlafen, wenigstens eine Stunde, auf dem Rücksitz.

Milde Nachtluft drang durch das Fenster. Der Wind strich fast unmerklich durch die Kiefern, die sich buschig am hellen Nachthimmel abzeichneten. Ein beruhigender hohler Ton lag über der Landschaft – ein Ton, den man nur hören kann, wenn leiser Wind durch Kiefernwälder weht. Es roch nach Sand und Erde und Kiefernnadeln.

Wir vergaßen den vergangenen Tag, den Zorn, die Angst, sogar den Hunger, und schliefen ein – aneinandergedrängt wärmten wir uns wie frierende Kinder.

Achtes Kapitel

I

Die nächsten Wochen flossen vorüber wie ein breiter Strom, dessen dunkles Wasser von weitem ruhig scheint und die Strömungen und Strudel kaum ahnen läßt, die sich in seiner Tiefe verbergen.

Tagsüber ließ ich mich von dem strengen Stundenplan der Schule vorwärtsschieben; nachts aber kam ich nicht zur Ruhe. Erinnerungen an die Ereignisse in Berlin zuckten wie grelle Lichtbilder durch meinen Schlaf.

Neben mir schlief Beate. Ich hörte ihre ruhigen Atemzüge.

Ich stand auf, tappte vorsichtig durch das Zimmer, öffnete das Fenster und setzte mich auf die breite Fensterbank, um den Mond zu beobachten.

«Früher habe ich immer geglaubt, der Mond jagt die Wolken», sagte Beate hinter mir.

«Ja.» Ich war etwas erschrocken, weil sie doch noch nicht schlief. «Das dachte ich auch. Ich hatte darüber sogar eine Wette mit meinem Bruder Peter abgeschlossen.»

«Konntest du gut verlieren?»

«Eigentlich nicht. Aber bei Peter hat es mir nie etwas ausgemacht.»

«Mein Bruder ist furchtbar. Er weiß immer alles besser, macht mich unsicher und genießt es auch noch.»

Sie setzte sich im Bett auf, und eine gebrochene Feder sprang mit dumpfem Knall.

«Du mußt Peter kennenlernen, du mußt zur Silvesterjagd nach Breitenbach kommen.»

«Du frierst, Thea. Warum gehst du nicht wieder ins Bett?»

«Ich weiß nicht», sagte ich und beugte mich noch einmal

vor, um das atemlose Spiel zwischen Wolken und Mond zu betrachten. Die Novemberluft prickelte eisig auf meiner Haut. Früher war ich in solchen hellen Mondnächten aufgeregt und grundlos glücklich gewesen – Mond, Wind und Wolken hatten mich oft für Stunden wachgehalten.

«Thea! Willst du dir den Tod holen? Komm ins Bett!»

Beate fragte nicht, was in Berlin geschehen war, was mich verändert hatte. Aber ich spürte ihren aufmerksamen Blick.

Ich hatte ihr von dem zersplitterten, ausgebrannten Tuchwarengeschäft der Morgenthals erzählen können, von den dunklen Lastwagen, auf die gehetzte Menschen geschoben und geprügelt worden waren, von dem steingrauen, unbeteiligten Himmel über der Stadt, der sein Licht teilnahmslos über die Verzweiflung der Verfolgten und die hämische Genugtuung ihrer Nachbarn gesenkt hatte.

Beate hatte mich ungläubig angesehen und: «Ach, die armen Leute!» gesagt. Doch sie spürte, daß noch etwas anderes geschehen sein mußte, wovon ich noch weniger sprechen wollte. Ich führte eine Art Doppelleben, buk Pfeffernüsse und faltete Servietten, während meine Gedanken mit anderen Dingen beschäftigt waren.

Ich war dankbar, daß sie nicht fragte.

Was hätte ich sagen können von dem Bild im Spiegel, von der glücklichen Stille, die meinen Vater und Julia schützend umgab und die Welt um sie herum ausschloß? Was hätte ich sagen sollen von den endlosen Stunden im Grunewald? Ich sah noch immer die bunten Herbstblätter, die sich über meine Schuhe schoben, sah noch die von Licht und Stimmengewirr erfüllte Halle der Goldschmiedschen Villa, spürte die schwarze Kugelflasche in meiner Hand, hörte noch, wie das Glas zwei Stockwerke tiefer splitterte, spürte immer wieder die hämmernde Angst, die Erleichterung und die hilflose Schwäche der darauffolgenden Stunden.

Vorsichtig ging ich zurück zum Bett, denn die Dielen unseres Zimmers waren trocken, alt und rissig. Ich hatte mir schon einmal, als ich mich nachts zwischen unseren Waschtischen und Stühlen hindurch zum Bett tastete, einen dicken Splitter in den Fuß gezogen. Vor Schreck hatte ich mich an meinem Waschtisch festgehalten, die große geblümte Wasserkanne war polternd in die Waschschüssel gefallen und das Wasser über meinen Stuhl mit der bereitgelegten Maidenuniform geflossen. Schürze, Schlips und weißer Kragen waren verdorben, unten wachten die Mädchen auf und kamen herauf, es war weit nach Mitternacht und heller Aufruhr.

«Ich bin immer froh, wenn du heil im Bett bist», sagte Beate jetzt. «Dann erst kann ich wirklich einschlafen.»

Es klang scherzhaft, doch ich spürte durch die Bemerkung hindurch, daß sie über mich nachdachte. Merkwürdigerweise störte es mich nicht – im Gegenteil, es war eher beruhigend.

Ich versuchte, in dem ausgekühlten Bett warm zu werden, rieb meine eiskalten Füße aneinander, zog das riesige Federplumeau über mich und dachte an Robert, an die Nachtfahrt von Berlin nach Obernkirchen, wußte, wie glücklich ich sein könnte, wenn sich nur der Gedanke an Vater und Julia nicht immer wieder lähmend dazwischenschieben würde.

Wärme und Müdigkeit stiegen langsam in mir hoch, und ich erinnerte mich, wie Robert und ich nachts im Auto aufgewacht waren. Regen hatte auf das Autodach getrommelt, während wir weiterfuhren.

Bevor Robert mich rechtzeitig in Obernkirchen absetzte, fuhr er den Wagen noch einmal an den Straßenrand und stellte den Motor ab. Im ersten gelbroten Morgenlicht lagen dunkelblaue Wolkenbänder wie langgestreckte Raubtiere, die sich dehnten und reckten, als ruhten sie sich aus von einer wilden Jagd. Robert kurbelte langsam seine Fensterscheibe herunter. Im Morgenwind lag der Geruch feuchter, frischgepflügter Erde.

«Ich habe es von Anfang an gewußt», sagte Robert und schob seine rechte Hand vorsichtig in meine Haare.

Jahre später sollte ich versuchen, in Gedanken diese Minuten heraufzubeschwören, sollte ich diese Flamme in meiner Erinnerung aufreißen, um mich gegen Kälte und Angst zu wehren.

«Du weißt es genausogut wie ich», sagte Robert. «Oder weißt du nicht, daß ich dich schon im ersten Moment in Breitenbach geliebt habe – daß ich dich noch an dem gleichen Abend heiraten wollte? Und jetzt werden wir das auch tun, so schnell wie möglich. Das heißt, wenn du willst.»

Er war meine Rettung. Wann immer ich an Berlin, an Julia und Vater, an das Baby, an Mutter, an Breitenbach denken mußte, war Roberts Liebe wie ein weiter Mantel, in dem ich vor der Kälte meiner eigenen Gedanken Schutz suchte.

II

In der folgenden Woche wurden wir zur Gartenarbeit eingeteilt. In unserer Gruppe war auch Christa von Weiningshofen, die eine schwärmerische Liebe zu Beate gefaßt hatte. Während die Arbeit eingeteilt wurde, stand ich neben ihr, und sie flüsterte mir zu: «Sieh doch mal, was Beate für Augen hat. Sie ist eine wunderbare Freundin, oder?»

Christa war schwer zu ertragen, aber ich konnte ihr nur zustimmen. Beates große Augen leuchteten in einem strahlenden Aquamarinblau. Während sich der dunkle Ring um die Iris in meinen Augen so weiten konnte, daß sie fast schwarz wirkten, blieben Beates Augen auch bei Kerzenlicht kühl und hell wie klares Wasser, das einen ungetrübten Himmel widerspiegelt.

Christa klammerte sich mit verzehrender Hingabe an jedes Wort, das Beate zu ihr sagte, und versuchte, sie in allem nachzuahmen: die sichere, abwartende Haltung, den kühlen Blick, die helle spröde Stimme, den Hauch von Witz und Spott, mit dem Beate Unangenehmes von sich wies.

Wir arbeiteten in dem schattigen Häusergeviert des Klosterhofes, fegten die Blätter zusammen, trugen die letzten Holzklappstühle, die unter der Buche standen, in die Remise. Der eisige Wind fegte den Himmel frei, schnitt in unsere unbehandschuhten Finger und blähte manchmal unsere grünen

Arbeitsschürzen und rot-weiß gepunkteten Kopftücher. Das kalte Sonnenlicht beleuchtete die schweren Türme der Stiftskirche und zog eine gerade, helle Spur über den groben Kies des Klosterhofes.

«Du willst mir jetzt sicher helfen, diesen Tisch zu tragen», sagte Christa zu ihrer Nachbarin und benutzte damit eine Redewendung, die wir alle nur von Beate kannten und über die wir häufig lachten. Mit dem Tisch in den Händen kam Christa an uns vorbei und streifte Beate mit einem rührenden Blick.

«Ich halte es nicht mehr aus», stöhnte Beate und stützte sich auf ihren Besenstiel. «Ich gehe in eine andere Gruppe! Christa macht mich noch verrückt.»

«Laß doch», meinte ich. «Sie himmelt dich doch nur an.»

«Das ist es ja eben», sagte Beate. «Dabei ist sie klug und weiß viel mehr als ich! Aber ganz langsam hat sie sich verändert, oder ich habe mich verändert oder, ach, ich weiß auch nicht – benimmt sie sich denn normal?»

«Ich denke schon», sagte ich und fegte winzige, goldene Buchenblätter über den Kies. «Als ich meine Schwägerin Julia kennenlernte, muß ich mich auch ganz merkwürdig benommen haben. Unwillkürlich mußte ich sie dauernd nachahmen. Es war wie eine Sucht. Ich wollte sein wie Julia.»

Beate schob eine Schubkarre an unseren Blätterhaufen heran, hielt mit der rechten Hand den Rechen, schob mit der linken Hand das Laub dagegen, hob die zusammengepreßten Blätter hoch und ließ sie langsam herunterrieseln wie gelbe Flocken.

«Und?» fragte sie. «Wie ist es jetzt?»

«Es ist wieder ganz normal», sagte ich und bückte mich ebenfalls nach dem Laubhaufen, um Beate nicht ansehen zu müssen.

«Spürt man solche Veränderung langsam kommen, oder passiert so etwas über Nacht?» fragte Beate. Ich wußte, daß sie mich ansah.

«Es hat sich ganz unmerklich verändert», log ich und sah die Blätter aus dem Grunewald in jedem Blatt, das ich aus dem Kies herausfegte.

In Wahrheit war mein Verhältnis zu Julia mit jener schwarzen Glaskugel auf einen Schlag zerbrochen, und ich stand hilflos vor den Scherben. Wie sollte ich jetzt ihr oder meinem Vater begegnen, wie Mutter in die Augen blicken? Ich hatte schon jetzt Angst davor, Weihnachten nach Breitenbach zu fahren.

Beates Stimme riß mich aus meinen Gedanken. «Nimm die andere Schubkarre, Thea. Diese ist fast schon zu voll für die Steilabfahrt in den Kreuzgang.»

Zwei Planken, die der Hausmeister bereitgelegt hatte, führten vom Klosterhof durch ein tiefes Fenster in den Ostflügel des Kreuzgangs. Es war ein Kunststück, die schweren Schubkarren dort hindurchzubalancieren, ohne das sperrige Rad zwischen die Planken zu steuern, ohne sich den Kopf in der tiefen Fensterhöhlung zu stoßen oder die Blätterfracht aus der Karre zu verlieren. Diesmal gelang es.

«Gut gemacht, die jungen Damen.» Der Hausmeister hatte ein verschmitztes Lächeln und versuchte, Teerflecke aus achthundert Jahre alten Grabsteinplatten zu entfernen, die im Kreuzgang an der Wand lehnten.

Vor dem Kreuzgang riß der Ostwind Beate das Tuch vom Kopf und wirbelte die Buchenblätter aus der Karre durch die Luft. Wir mußten uns richtig dagegenstemmen. Beate rannte hinter ihrem Tuch her bis zu dem romanischen Torbogen, der ins «Paradies» führte; so nannten wir das Gelände der Stiftsdamen, das wir nicht betreten durften. Sie band das Kopftuch über ihrem glatten aschblonden Haar wieder fest und winkte zwei hochgewachsenen älteren Damen zu, die in hellen Mänteln auf das Haus zugingen und lachend zurückwinkten.

«Sie sehen doch wunderbar aus, Thea, findest du nicht? Manchmal möchte ich auch schon so alt sein», sagte Beate plötzlich.

«Warum?»

«Alt zu sein stelle ich mir schön vor. Ich möchte jetzt noch drei oder fünf Jahre älter werden – und dann eines Morgens aufwachen und einundsiebzig Jahre alt sein.»

Wir sahen uns kurz an und mußten lachen, wie immer, wenn Beate eine ihrer verrückten Ideen äußerte.

«Aber es wäre doch schön, Thea, wirklich!»

«Unsinn», sagte ich. «Was für eine komische alte Dame würdest du sein, wenn du fünfzig Jahre lang nur schläfst und träumst? Dann hättest du ja nichts erlebt und nichts erfahren, und du könntest –»

«Aber genau vor dieser Zeit habe ich doch Angst.»

«Du? Du hast doch keine Angst?»

«Vielleicht nicht genug. Was heißt denn das, erleben und erfahren? Das klingt so schön. Wahrscheinlich schmerzt es nur und macht traurig.»

«Vielleicht», sagte ich.

Am selben Tag erhielt Beate eine Einladung meiner Eltern zur Silvesterjagd in Breitenbach. Sie freute sich und fragte mich nach den kleinsten Einzelheiten. Ich mußte ihr den genauen Ablauf des Jagdtages schildern, während ich selbst vor dem bloßen Gedanken an Breitenbach zurückschreckte.

«Ich habe von Deinen Eltern eine Einladung zur Silvesterjagd bekommen», schrieb Robert einige Tage später. «Wenn ich Dich nur vorher sehen könnte, um alles mit Dir zu besprechen! Aber bis Weihnachten habe ich keine Sekunde Urlaub; dann muß ich sofort nach Ostenfelde, weil es meinem Vater nicht gutgeht.

Du schreibst, Du möchtest Weihnachten und Silvester am liebsten in Berlin sein, weil Du ein Familienweihnachten in Breitenbach nicht aushalten könntest. Bist Du sicher, daß das der richtige Weg ist, Thea?

Natürlich kannst Du nicht vergessen, was Du in Berlin gesehen hast. Aber ich glaube, Du hilfst weder Dir noch den anderen, wenn Du Dich jetzt ausschließt. Damit ziehst Du nur die Aufmerksamkeit auf Dich, oder willst Du das?

Vielleicht quälst Du Dich nicht mehr so, wenn Du Deine Familie wiedergesehen hast. Vielleicht brauchen sie Dich ja? Es ist so schwer zu ermessen. Ich glaube, Du mußt hinfahren –

schon um Dich Silvester mit mir zu verloben. Vergiß das nicht. Denk an unsere Nachtfahrt, denk daran, daß ich Dich liebe. Ich nehme Dich in die Arme. Dein Robert.

P.S. Vorgestern war ich bei Deinem Bruder Ferdinand und habe Deine Großmutter getroffen. Sie fährt schon am zweiten Weihnachtstag nach Breitenbach, um auch zur Silvesterjagd dazusein.»

Ich lebte von Roberts Briefen, lebte von Erinnerungen und von einem Gefühl, das ich zum erstenmal an jenem Juniabend in Berlin bei Savarin gespürt hatte: Daß alle fehlen könnten, wenn er da wäre, daß ich aufstehen und mit ihm fortgehen könnte, ganz gleich, wohin. In Berlin hatte mich dieses Gefühl erschreckt, jetzt schützte es mich.

Ich fuhr Weihnachten nach Hause, buk Zimtsterne, aß Karpfen, blies die Christbaumkerzen aus, sprach mit Julia, bewunderte das Baby und spielte das Spiel mit, das sie spielten. Nichts hat sich geändert – alles ist in Ordnung, hießen die Spielregeln. Es tat weh, aber ich konnte es ertragen.

«Thea ist erwachsen geworden», hörte ich sie sagen.

III

Die Silvesterjagd in Breitenbach unterschied sich von anderen Jagden dadurch, daß die meisten der angereisten Gäste gar nicht schießen konnten oder wollten. Sie wurden aus alter Tradition oder Freundschaft eingeladen, Silvester in Breitenbach zu verbringen. Das Hasentreiben war eher ein lustiges Gesellschaftsspiel rund um Haus und Garten, ein langer Spaziergang vor dem Silvesterfest.

Großmutter Ariane kam schon am zweiten Weihnachtstag und bezog ihre Zimmer in der ersten Etage. Zusammen mit ihr traf Heinrich Liebenburg aus Berlin ein. Er war ein alter Schulfreund von Vater und Privatdozent für Kunstgeschichte. Von dem Reichtum seiner Eltern war nur eine große, mit Kunstschätzen vollgestopfte Villa in Dahlem übriggeblieben, die er zum Museum erklärt hatte. Er selbst widmete sich seinen Renaissance-Studien und schrieb seit Jahren an einem kunsthistorischen Reiseführer für Florenz und die Toskana. Er redete über den Zustand der oberitalienischen Straßen im 16. Jahrhundert, als sei er gerade dort gewandert, von den Bankettsälen der Medici, als habe er am Abend zuvor dort gespeist. Unentwegt konnte ich ihm zuhören, war gebannt von seinen beweglichen braunen Augen, seiner gewählten Ausdrucksweise und den energischen Gesten, mit denen er seinen Vortrag begleitete.

Wie gewöhnlich reiste auch Tante Nora Brandau an. Zweimal im Jahr verließ sie den fliederfarbenen Salon ihrer Stadtwohnung in Dresden. Georg Brandau, ihr Mann – ein Onkel meines Vaters –, war 1916 gefallen, aber Tante Nora liebte uns, besonders mich, liebte unser Haus und unseren Garten. Sie kam stets pünktlich zur Silvesterjagd und zur Fliederblüte nach Breitenbach. Sie war groß, immer dunkel gekleidet und hatte eine Hakennase. Als Kind hatte ich mich immer ein wenig vor ihr gefürchtet. Ich konnte auch nie verstehen, warum sie gerade mich bevorzugte, und was sie sagte, klang für mich seltsam und geheimnisvoll. Erst später begriff ich, daß Tante Nora meistens etwas rezitierte, wenn sie sprach. Sie las täglich mehrere Stunden in Goethes oder Schillers Werken und lebte ständig in einer Gestalt ihrer Dramen. Manchmal verkörperte sie auch ein Gedicht, aber nur bei warmem Frühlingswetter oder in der Dämmerung.

Silvester fiel auf einen Samstag, und Tante Nora war am Donnerstagnachmittag angekommen. Am Abend ihrer Ankunft erschien sie eine Stunde nach dem Essen in der Bibliothek, um ihre Geschenke zu verteilen. Das war schon immer so gewesen. Bis auf Tante Heide waren wir alle in der Bibliothek versammelt. Ich saß auf einem Hocker am Feuer und verfolgte mit halbem Ohr ein Gespräch zwischen Vater und Heinrich Liebenburg. Sie sprachen über die Voraussetzungen des Machiavellismus. Pastor Hühnerfeld saß mit Ferdinand am

Schachtisch unter der Stehlampe, und ich hatte den Eindruck, daß er das Gespräch mit größerem Interesse verfolgte als das Spiel. Wenn Heinrich Liebenburg zu Besuch war, kam der Pastor so oft wie möglich zu uns.

Julia saß zusammen mit Großmutter Ariane auf dem dunklen Ledersofa zwischen den Fenstern. Vater setzt sich stets so, dachte ich, daß er Julia ansehen kann. In ihrem cremefarbenen Wollkleid mit dünner goldener Blattstickerei an Ärmel- und Halsbündchen sah sie wunderschön aus.

Mutter saß in ihrem Gobelinsessel neben dem Schreibtisch und stickte. Ab und zu sprach sie mit Peter, der sich mit der Tischordnung für das Silvesterfest beschäftigte.

«Thea», sagte er zu mir herüber, «wie wäre es, wenn du am Silvesterabend den alten Pregel zu Tisch bekommst? Oder willst du etwa jemand anderen haben?»

«Ja natürlich», sagte ich, «natürlich will ich jemand anderen haben.»

Ferdinand unterbrach sein Schachspiel: «Na, Thea? Jetzt sind wir aber alle gespannt –»

In diesem Moment kam Tante Nora. Alle sahen sie erwartungsvoll an, denn ihr Erscheinen war immer ein Auftritt. In grauer Seide rauschte sie herein, nickte uns allen hoheitsvoll zu und verteilte mit großen Gesten und vielsagenden Blicken ihre Geschenke. Mit einem Buch in den Händen blieb sie zuletzt vor mir stehen.

«Thea», sagte sie mit ihrer dunklen Stimme, «viel Furchtbares wird geschehen, und du wirst es festhalten, mein Kind! *Wie von unsichtbaren Geistern gepeitscht, gehen die Sonnenpferde der Zeit mit unsers Schicksals leichtem Wagen durch; und uns bleibt nichts, als mutig gefaßt die Zügel festzuhalten und bald rechts, bald links, vom Steine hier, vom Sturze da, die Räder wegzulenken. Wohin es geht, wer weiß es? Erinnert er sich doch kaum, woher er kam.*»

Sie übergab mir das Buch, drehte sich um und ging mit hocherhobenem Haupt und langen Schritten hinaus.

Keiner sagte etwas. Alle blickten fast erschrocken auf mich, während ich ratlos durch die leeren Seiten des Buches blätterte.

«Unsere gute Nora, was?» Mutter löste das bedrückende Schweigen.

Peter schüttelte sich wie ein nasser Hund.

«So ein Schreck!» sagte er. «Am Abend noch düstere Schicksalssprüche –»

«Na, mein Junge», sagte Vater, «ein bißchen Goethe nach dem Essen kann auch dir nicht schaden.» Dabei lächelte er Julia an.

«Ich war während des Abendessens der festen Überzeugung, daß Nora die Isabella aus dem *Carlos* spielt», sagte Großmutter. «Nun ist sie aber plötzlich umgestiegen, oder?»

«*Egmont*», sagte Heinrich Liebenburg höflich. «*Egmont*, zweiter Aufzug.»

«Wie auch immer – so schnell hat sie früher zwischen Goethe und Schiller nicht herumgewechselt», konstatierte Großmutter Ariane. «Aber aus Nora bin ich nie so recht schlau geworden.»

«Das scheint zu den wenigen Dingen zu gehören, die dir einfach nicht gelingen, Mutter.» Vater erhob sich, ging zu einem kleinen Schrank, der in die Bücherwand eingearbeitet war, und sagte: «Ich glaube, wir brauchen jetzt alle etwas zu trinken.» Er nahm eine Flasche Portwein heraus und verteilte kleine Gläser. Dabei ließ er sich nie helfen.

«Ich finde es sehr beeindruckend, wie Tante Nora rezitiert», sagte Ferdinand. Die Schachpartie war längst unterbrochen. «Sie kann beneidenswert viel auswendig.»

«Früher hast du auch dauernd etwas aufgesagt», sagte Peter. «Gott sei Dank bist du jetzt aus dem Alter heraus . . .»

Er stockte plötzlich, und ohne einander anzusehen, dachten wir an den fernen Juniabend in Berlin, an Ferdinands leuchtende Augen, *Die Fahne des Cornets* und Julias Tränen.

«Also – wem gebe ich jetzt Tante Nora Silvesterabend zu Tisch?» sagte Peter schnell in das unangenehme Schweigen.

«Es gibt zwei Möglichkeiten», meinte Julia. «Entweder

gibst du ihr jemanden, der gern viel ißt, ohne dabei zu reden; das Gespräch führt Tante Nora, und Antworten erwartet sie selten . . .»

«Oder?» fragte Vater lächelnd.

«Oder du nimmst jemanden, der so glücklich ist, daß er sogar mit Kassandra zu Abend essen würde.» Alle lachten.

«Das ist nur zu wahr, Julia», seufzte Mutter. «Gerade bei festlichen Anlässen wählt Nora immer so lästige Figuren, was?» Sie zog die Nadel aus ihrer Gobelinstickerei und schnitt einen langen roten Seidenfaden ab.

«Sie wählt sie nicht, Anne, es spricht aus ihr!» sagte Vater.

«Du verstehst sie – also bekommst du sie, C. F.», beschloß Peter. Wieder lachten alle.

«Warum nicht?» sagte Vater und sah Julia an.

«Es ist schon lange nicht mehr so schön bei euch gewesen. Trotzdem muß ich nun nach oben gehen.» Alle erhoben sich mit Großmutter Ariane, sie ging zur Tür, winkte mit der ihr eigenen energischen Grazie noch einmal zurück und war verschwunden.

Es ist rätselhaft, aber es stimmt, dachte ich. Es ist schon lange nicht mehr so schön zu Hause gewesen; wenn ich im November nicht Vater und Julia in Berlin gesehen hätte, wäre ich jetzt vollkommen glücklich. Vater war noch nie so freundlich, Mutter lange nicht mehr so fröhlich und ohne Kopfschmerzen. Morgen kommen Robert und Beate . . .

«Was hat sie dir denn eigentlich gegeben, mein Mädchen?»

Vater unterbrach meine Gedanken, und ich reichte ihm das Tagebuch, das Tante Nora mir geschenkt hatte.

«Sehr schön», sagte er. «Kostbar.» Mit vorsichtigen Fingern strich er über das matte dunkelblaue Leder und die goldenen Anfangsbuchstaben meines Namens, die auf dem Buchdeckel eingraviert waren.

Er hat schöne Hände, dachte ich. Laut sagte ich: «Viel zu schön, fürchte ich. Zu schade, um –»

«Schreibst du denn Tagebuch, Thea?»

«Ich habe manchmal etwas aufgeschrieben.»

Der Pastor und Ferdinand waren mit ihrer Schachpartie fertig und rückten ihre Sessel wieder in die Runde.

«Dann solltest du aber unbedingt damit fortfahren, Thea», sagte Pastor Hühnerfeld. Er nahm seine hellbraune Hornbrille ab und putzte die kleinen runden Gläser mit einem großen Taschentuch aus weißem Batist. Das tat er immer, wenn er mit wichtigen Gedanken, Gesprächen oder Beschäftigungen fertig war.

«Finden Sie?»

Seine kurzsichtigen blauen Augen blinzelten mich an. «Ich kann mir sehr gut vorstellen, daß du aufschreibst, was passiert und wie du es erlebst. Ich tue es auch. Es hilft auf seine Weise.»

Er setzte die Brille wieder auf und sah Julia an, die Mutter gute Nacht gesagt hatte und auf uns zukam. Vater stand auf und küßte ihre Hand, wobei er wie immer seine linke Hand auf ihr Handgelenk legte. Auch Pastor Hühnerfeld neigte sich über ihre Hand; mich küßte Julia auf beide Wangen. Ferdinand begleitete sie zur Tür, und wir folgten ihr mit den Augen. Peter stand von seiner Arbeit an der Tischordnung auf, sie sagten noch etwas, lachten. Als sich die Tür hinter ihr schloß, war es, als habe Julia Licht mit hinausgenommen.

Ich dachte: Hat sie nun Ferdinand geheiratet, um in Vaters Nähe zu sein? Liebt sie Ferdinand, oder liebt sie Vater oder beide?

«Durften Sie denn Tagebuch führen, als Sie inhaftiert waren?» fragte ich den Pastor, um das Gespräch wieder in Gang zu bringen.

«Ich habe viel geschrieben», sagte er ganz fröhlich. «Tagebuch, Briefe, Predigten . . .»

«Wurde das nicht kontrolliert oder eingezogen?»

«Natürlich. Aber ich erhielt das meiste wieder. Es hätte schlimmer kommen können.»

«So?» fragte Vater und legte seine Fingerspitzen gegeneinander.

«Es ist nicht überall so – man hört die furchtbarsten Dinge», antwortete der Pastor leise.

«Was für Menschen sind eigentlich auf dem Magnetberg eingesperrt, C. F.? Was tun sie dort?» Peter fragte ganz beiläufig vom Schreibtisch herüber, als habe er nie davon gehört, daß Vater über das Lager am Magnetberg nicht sprechen wollte. Einen Augenblick herrschte Stille in der Bibliothek.

«Angeblich arbeiten sie im Steinbruch», antwortete Vater langsam; seine Finger klopften gegeneinander, und er sah ins Feuer. «Aber man sieht oder hört nie, daß Steine abgefahren werden. Es ist nichts in Erfahrung zu bringen.»

«Eine Unverschämtheit ist es, wenn man nicht mal wissen darf, was auf dem eigenen Grund und Boden passiert ...»

«Peter», sagte Mutter gedehnt und mahnend, sah ihn vorwurfsvoll an und zog einen blauen Faden durch ihre Stickerei. «Es wird alles schon wieder in Ordnung kommen, was, lieber Pastor? Man kann doch wohl davon ausgehen, daß die Menschen, die dort eingesperrt sind, auch zu Recht da sind, oder?»

«Wir wollen es hoffen ...» Pastor Hühnerfeld putzte schon wieder seine Brille. «Als Ihre verehrte Tante vorhin so eindrucksvoll vortrug, bekam ich eine merkwürdige Angst. Obwohl ich schon von Amts wegen nicht abergläubisch sein darf.»

So schnell wie ein Funke in den Kamin hinaufflog, so schnell war der Magnetberg, war das Schicksal der Gefangenen wieder aus dem Gespräch verschwunden.

«Ach, was kann denn schon noch passieren», sagte Peter und schob ein Tischkärtchen mit langem Finger in die obere linke Ecke seines Plans. «Der Führer hat sich doch mit dem Münchner Abkommen genügend Respekt verschafft. Außerdem hat er ausdrücklich gesagt, das Sudetenland sei sein letzter Gebietswunsch – und der ist ihm ja erfüllt worden, oder nicht?»

Im Kamin stürzte ein durchglühtes Holzscheit um und rollte nach vorn. Vater stand schnell auf, nahm die Kaminzange und schob das Scheit zurück in die Glut.

«Es bleibt noch Polen ...» sagte Vater leise.

«Da sei Gott vor», murmelte Pastor Hühnerfeld.

«Wie können Sie das sagen, lieber Pastor», sagte Mutter. «Das ist aber nicht nett, wenn Sie an meine Familie denken. Wenn Hitler diesen entsetzlichen Korridor beseitigen würde, wäre das wohl das erste Mal, daß er sich etwas Vernünftiges vorgenommen hätte, was?»

«Anne», sagte Vater ungläubig, «das ist doch nicht dein Ernst?»

«Ich habe selten etwas so ernst gemeint.» Mutter fädelte ganz ruhig einen roten Faden durch die Gobelinrose, die unter ihren Händen entstanden war. «Eigentlich mische ich mich ja nicht in Politik, was? Aber daß unser schönes Pommerellen jetzt polnisch ist, das will ich nicht einsehen. Ich kann gar nicht mehr richtig nach Hause fahren – ich bin Preuße und muß jetzt nach Polen! Ihr könnt das nicht verstehen, was?»

Das Gut ihrer Familie, das jetzt von ihrem älteren Bruder bewirtschaftet wurde, lag nördlich von Neustadt, mitten im polnischen Korridor.

«Anne – bis 1796 war Pommerellen polnisch und nicht preußisch. Polen ist damals aufgeteilt worden wie eine Erdbeertorte.»

«Ach, Fritz, das ist doch schon lange her, was?»

Pastor Hühnerfeld räusperte sich. «Mit dieser Ansicht ist Ihre Frau nicht allein, Herr Brandau», sagte er beschwichtigend. «Ich kenne viele, die so denken, sogar meine eigene Frau, die ja auch aus dem Korridor kommt. Im Herbst, während der Sudetenkrise, als wir alle Angst vor einem Krieg hatten, hat sie noch gesagt: ‹Was die da unten in der Tschechoslowakei machen, das mag ja gut und schön sein. Aber als nächstes kann doch wohl der Korridor weg!› Das ist vielen ein Pfahl im Fleisch – vorher gibt es doch keine Ruhe . . .»

«Aber vor hundertfünfzig Jahren ist ein Unrecht geschehen, und in Versailles haben sie versucht, das Unrecht wiedergutzumachen. Wir haben den Krieg verloren, und deshalb haben sie es auf unsere Kosten getan. Durch den Friedensvertrag wird nur wieder Unfrieden entstehen.»

«Wie meinst du das, Vater?» fragte Ferdinand.

«Es wäre ein gefährliches Spiel, diesen Irrsinn wieder zurechtzurücken.»

«Hitler versucht es doch ganz erfolgreich», warf Peter ein.

«Hitler will sicher keinen Krieg», meinte Ferdinand. «Wer solche Baupläne für Berlin hat, der will keinen Krieg.»

«Um einen Krieg zu führen, braucht man auch eine Armee im Rücken, nicht nur eine Partei von ...» sagte Vater leise.

«Um Gottes willen, Herr Brandau», unterbrach ihn der Pastor.

«Hitler hat Deutschland wieder stark gemacht, das kann doch keiner bestreiten», sagte Ferdinand mürrisch.

«Was meinst du dazu, Onkel Heinrich?» fragte ich schnell, um eine Mißstimmung zwischen Ferdinand und Vater zu verhindern.

Heinrich Liebenburg schlug das Buch zu, in dem er gelesen hatte, und sah uns alle etwas abwesend an.

«Ach, weißt du, Thea», sagte er, «wenn ich ehrlich bin, habe ich gar keine Meinung zu diesen Sachen. So lange Hitler Herrn Mussolini nicht ärgert und ich ungestört nach Florenz fahren kann, bin ich ganz zufrieden ... Fritz!» Er wandte sich Vater zu. «Ich suche ein Buch über einen Fußweg von Florenz nach Lucca, und ich weiß, daß du es hast.»

«Ich habe es oben, und dort steht auch das Bild von Botticelli, das du sehen wolltest.»

Vater stand erleichtert auf.

«Kommen Sie auch mit, Herr Pastor?»

Heinrich Liebenburg und Pastor Hühnerfeld folgten ihm hinaus.

«Man kann mit Vater nicht reden», sagte Ferdinand und räumte kopfschüttelnd die Schachfiguren zusammen.

«Es hilft nichts, Ferdinand!» sagte Peter. «Du mußt einfach Else Liermann zu Tisch haben!»

«Warum wird sie überhaupt eingeladen?» fragte ich.

«Weil ihr Mann so gut schießt», lachte Peter. «Er war schon zweimal Jagdkönig und ist stolz darauf.»

«Das ist mir völlig egal», sagte Ferdinand. «Warum weicht Vater mir immer aus?»

«Ferdinand», stöhnte Peter, «warum denkst du nur immer, Vater hätte etwas gegen dich? Er interessiert sich einfach nicht für die Nazis! Begreif doch endlich, daß eine Fußwanderung von Florenz nach Lucca tausendmal attraktiver für ihn ist als Hitlers neue Reichskanzlei.»

«Meinst du wirklich?» fragte ich.

«Er will einfach in Ruhe gelassen werden», sagte Peter. «Er kann dieses ganze Getöse nun mal nicht leiden. Er will mit den Leuten nichts zu tun haben, das ist alles.»

«Er stellt sich nicht den wirklichen Problemen», sagte Ferdinand. «Er entzieht sich allem, versteckt sich hinter seinen Büchern. Wir leben im Jahr 1938, und er wandert in Gedanken von Florenz nach Lucca! Er ist gegen das neue Deutschland, nur weil Hitler so laut spricht und nach sechs Uhr abends noch braune Jacketts trägt.»

«Na, das ist ja auch nicht ganz der feine Stil, was?» sagte Mutter und legte ihre Sticksachen zusammen. «Kinder, hört jetzt auf. Es ist schon spät. Es führt ja auch alles ein bißchen weit, wie?»

IV

Der Silvestermorgen stieg aus einer klaren Frostnacht auf. An den Fensterscheiben meines Zimmers hatten sich die ersten Eisblumen gebildet, ein funkelnder Kranz um das blau- und rosafarbene Stückchen Himmel, das ich von meinem Bett aus sehen konnte.

Ich lauschte den vertrauten Morgengeräuschen im Haus. Erste Türen und Fenster wurden geöffnet, die Dielen knackten, und Kruse schüttete die Kohle in den Kachelöfen auf. Am deutlichsten hörte ich ihn immer am Ofen im gelben Salon, weil der Kaminzug durch mein Zimmer führte. Die Ofentür wurde aufgehakt, und er stocherte in der Glut herum. Die

Aschenschublade klemmte wieder, und Kruse gab ihr einen kurzen Tritt, dann saß sie wieder am richtigen Platz. In drei energischen Schüben prasselten die Kohlen auf die Glut, dann wurde die Ofentür wieder geschlossen, und Kruse ging in die Bibliothek. Oft genug hatte ich ihm dabei zugesehen, als ich klein war.

Danach würde er sich seine graue Arbeitsjacke ausziehen und in gestreiftem Hemd und Weste bei Anneliese und Elfriede in der Küche frühstücken, bevor unser Frühstück gemacht wurde.

Es war also noch Zeit. So lange wie möglich zögerte ich aufzustehen und dachte an den vergangenen Abend, an dem Robert und Beate angekommen waren.

Während der vergangenen Weihnachtstage hatte ich mich gezwungen, Peter nichts von Beate zu erzählen. Sie sollte eine Überraschung für ihn werden, weil ich wußte, wie sehr sie ihm gefallen würde.

Beate war mit dem letzten Zug aus Magdeburg gekommen. Es war eisig kalt, dunkel, und sie stand ganz hinten auf dem Bahnsteig; der Zug, in dem sie gesessen hatte, fuhr schon wieder an, als wir in den Halberstädter Bahnhof rannten. Sie wartete in dem blauen Mantel ihrer Maidenuniform mit der Baskenmütze auf ihren aschblonden Haaren neben dem großen schweinsledernen Koffer, den ich schon aus Obernkirchen kannte. Wir begrüßten uns, stellten die üblichen Fragen nach Reisedauer und Befinden, nach Hunger und Durst, machten Bemerkungen über die Hitze in den Waggons und die Kälte auf dem Bahnsteig. Dann nahm Peter Beates Arm, führte sie zur Ausgangstreppe und vergaß den Koffer.

Ich fühlte mich unendlich wohl an diesem Silvestermorgen. Mein Plan für Peter war geglückt, und Robert war da. Spätabends – erst nach halb elf – war sein Auto endlich in die Einfahrt gerollt.

Gleich würde ich aufstehen, vorsichtig meine Füße aus dem Schutz der Daunendecke in die eiskalte Luft schieben, mir so schnell wie möglich den dicken Bademantel überziehen und durch den Kranz von Eisblumen in den weißglitzernden Garten hinuntersehen. Ich würde zum Frühstück hinuntergehen und Robert sehen – zwei Tage lang würde ich mit Robert zusammensein. Bei dem Gedanken wußte ich plötzlich, warum die Stimmung im Breitenbacher Haus so rätselhaft verändert war.

Was hatte Großmutter Ariane am Donnerstag gesagt? «Es ist schon lange nicht mehr so schön bei euch gewesen.»

Alle spürten, daß sich in Breitenbach etwas verändert hatte, und erst jetzt – aufgehoben in meinem eigenen Glück – konnte auch ich es mir eingestehen. Es war die Liebe zwischen Julia und Vater, die sich allen im Haus mitteilte. Eine tiefe, ruhige Schwingung ging vom Glück dieser beiden Menschen aus. Sie lebten in dem Bewußtsein, sich jederzeit sehen, hören und berühren zu können. Nichts konnte ihnen geschehen, solange das Wunder ihrer Gegenwart bestand. Diese märchenhafte Sicherheit durchflutete das Haus und die Gemüter. Auch ich hatte mich in den vergangenen Tagen davon treiben und wiegen lassen.

Mit einem Schlag war mir wieder bewußt, wie ungeheuerlich, wie grotesk die Situation in Breitenbach war. Mir wurde kalt, ich sprang aus dem Bett und fühlte wieder diese schmerzende Angst, die ich aus Obernkirchen kannte. Warum wirkt Mutter so ausgeglichen und glücklich? fragte ich mich. Ist es möglich, daß sie nichts merkt? Merkt niemand etwas?

Ich wusch mich, zog mein kariertes Kostüm an, das Vater mir zum letzten Geburtstag geschenkt hatte, und ging zum Frühstück hinunter.

In der Halle lagen fremde Jagdhunde, und Tante Heide schimpfte gerade mit einem Neffen des alten Pregel, dessen Hund gegen einen Tischpfosten gepinkelt hatte.

«Das tut er immer, wenn er woanders ist. Er regt sich dann so auf», sagte Wilhelm.

«Das nächste Mal läßt du ihn zu Hause», sagte Tante Heide bestimmt.

In diesem Moment kamen Anneliese und Elfriede ganz

aufgeregt aus dem Kücheneingang und riefen: «Gucken Sie sich das an, Fräulein Heide! Theachen, gucken Sie! Bodensteins kommen in der Troika!»

Wir liefen alle vor die Haustür und sahen gerade noch, wie Kurt Müller-Bodenstein sein Dreiergespann in scharfem Trab vors Portal kutschierte. Die Schellen läuteten, und Barbara schälte sich aus den dicken Wagendecken.

Es wurde ein herrlicher Jagdtag. Noch in der Dämmerung zogen sich weitgeschwungene Treiber- und Schützenketten wie dunkle Perlenschnüre über die verschneiten Felder, bis das letzte Treiben durch den Garten geführt und vor dem Haus eine Strecke von dreißig Hasen und siebenundzwanzig Fasanen verblasen wurde.

Peter hatte herausgefunden, daß Beate Jagdhorn blasen konnte, und nachdem das Wild verblasen war, bliesen sie zusammen alle Jagdsignale, die ihnen auffordernd und begeistert zugerufen wurden.

«Das ist zwar nun gar nicht waidmännisch», bemerkte der alte Pregel, «aber hübsch ist sie.»

Als ich später durch den Küchenflur ging, sah ich unter einem Stuhl eine kleine Katze. Anneliese hatte sie sicher aus der Remise in die warme Küche geholt, obwohl Mutter keine Katzen im Haus erlaubte. Ich bückte mich, um sie zu streicheln, und hörte Elfriede sagen: «Und is' es nich' ein schönes Paar, Anneliese? Tät es nich' gut passen?»

«Ach, ich muß immer nur unser Theachen angucken», sagte Anneliese, «die hat so was Trauriges im Blick. Kruse sagt noch die Tage zu mir: ‹Was haben se bloß im Herbst mit unserm Kind gemacht›, hat er gesagt. Aber als der Herr Robert sie eben in den Arm genommen hat, da tat sie ganz glücklich aussehen, und ich hab zu Kruse gesagt: ‹Das wär doch mal was, wenn das was würde!›»

Robert und Vater verkündeten unsere Verlobung vor dem großen Essen im Saal, die Wappengläser wurden mit Sekt gefüllt, es gab Jubel, Küsse und Glückwünsche von allen Seiten.

Kruse balancierte ein silbernes Tablett auf seinen großen, weiß behandschuhten Händen, als er mir gratulierte: «Theachen», sagte er, «gnädiges Fräuleinchen, Theachen, du ahnst ja gar nicht, wie Anneliese und mich das freuen tut.»

Großmutter Ariane sagte: «Ich wußte es schon im November.»

Tante Nora drängte sich mit dunklen, schicksalsschweren Versen von Goethe nach vorn, worauf Großmutter bemerkte: «Ich habe Nora eigentlich noch nie als Urwort erlebt.»

Pastor Hühnerfeld legte eine schwere Hand auf meine, die andere Hand auf Roberts Schulter und sagte: «Das ist eine große Freude, kleine Thea.»

Als Julia – eingehüllt in rehbraunen Seidensamt, kostbare teefarbene Spitze und den Duft ihres Parfüms – mich umarmte, ließ Robert meinen Arm nicht los.

Arpège, dachte ich wieder, *Arpège* von Lanvin aus Paris. Ich sah in ihre Augen, die von Glück leuchteten. Wut und Empörung hätten in mir aufsteigen müssen, aber nichts geschah. Sie weiß, daß ich etwas weiß, dachte ich. Aber es macht ihr nichts aus, gar nichts macht ihr etwas aus, solange Vater nur da ist.

Ich spürte Roberts Hand auf meinem Arm, sagte nichts und küßte sie auf beide Wangen. Warum sollte ich nicht meinem wirklichen Gefühl nachgeben und glücklich sein, wenn sogar Mutter glücklicher wirkte, als ich sie je gesehen hatte? Sie wußte schon seit Weihnachten, daß ich mich mit Robert verloben würde. Jetzt wirkte sie zehn Jahre jünger, während sie sich mit gütigen, fragenden Augen um jeden Gast und alle Einzelheiten des Haushalts kümmerte.

Es war eine schöne Jagd gewesen; zum Essen gab es Salmpastete, Rehrücken und Welfenspeise – und fünf Minuten nach Anbruch des Jahres 1939 eine zweite Verlobung.

Den ganzen Tag über hatte Peter Beate nicht aus den Augen und von seiner Seite gelassen, und das war das Ergebnis.

«So war das bei uns auch», sagte Großmutter Ariane zufrieden. «Er ist eben wie sein Großvater.»

Alle waren hingerissen von Beate, begeistert von Robert und beglückwünschten uns und die Eltern.

«Euch geht es wirklich viel zu gut», sagte Barbara Müller-Bodenstein zu Vater. «Dieser Robert ist ja wunderbar, und mit deinen Schwiegertöchtern hast du auch solch unverschämtes Glück. Wie machst du das nur?»

Es wurde das schönste und längste Fest, das Breitenbach je erlebt hatte. Wir tanzten Walzer und Tango und Tango und Walzer, bis die Kronleuchter sich zu drehen schienen.

Keiner ahnte die Leere, das schweigende Entsetzen und die Verzweiflung, die wie Schatten auf das helle Breitenbacher Haus zukrochen und nicht mehr weichen sollten.

Das Tagebuch Thea Brandaus
1939 – 1945

Neuntes Kapitel

Sonntag, 1. Januar 1939

In der Silvesternacht ist die Wasserpumpe in der Küche eingefroren, und Peters Fuchsstute hat ein Fohlen bekommen. Er und Beate haben nicht eine Sekunde geschlafen, sondern sind mit Krüger bis zum Frühstück im Stall gewesen. Das Fohlen heißt Theo. Peter hat es mir zur Verlobung geschenkt. Robert und Ferdinand mußten schon um zwei Uhr mittags fahren.

Montag, 2. Januar 1939

Vater sprach lange mit mir in der Bibliothek. Die Eltern möchten nicht, daß wir schon in diesem Jahr heiraten, und haben Robert gebeten, mir nach dem Abschluß in Obernkirchen noch Zeit für ein weiteres Ausbildungsjahr zu lassen. Sie sind nicht umzustimmen, und wir werden erst 1940 heiraten können.

Ich habe eine merkwürdige Abneigung gegen alle Zahlen mit vier – es ist eine gelbe, grelle Zahl.

Wenn ich Vater gegenüberstehe, vergesse ich immer wieder, was ich ihm vorwerfen könnte oder müßte. Er hat eine erstaunliche Macht über uns alle.

Peter und Beate dürfen 1941 heiraten, wenn Peter das Gut Augustenhof übernehmen kann, was bisher noch verpachtet ist. Im kommenden Sommer schickt Vater ihn für zwei Jahre zum alten Pregel. «Dort wird er erstklassige Landwirtschaft lernen», sagt Vater. «Manieren bringen wir ihm dann schon wieder bei.»

Dienstag, 3. Januar 1939

Nachmittags war ich im Stall. Krüger meint, daß Theo ein großer Hengst wird. Sein jüngster Sohn Erwin kam begeistert von einer HJ-Veranstaltung und half ihm beim Füttern. Die beiden älteren Krügersöhne leisten ihren Wehrdienst und werden im Herbst entlassen. Alles weitere hat Krüger schon mit Vater besprochen. Beide sollen auf dem Hof anfangen, denn der Alte quält sich mit Rheuma in den Schultern und muß entlastet werden.

Mutter war den ganzen Nachmittag im Dorf, weil viele Kinder Masern haben.

Nach dem Abendessen forderte Tante Nora Peter zu einer Partie Schach heraus und verkörperte die Adelheid aus dem *Götz*. Nicht einmal Vater konnte ernst bleiben.

Donnerstag, 5. Januar 1939

Großmutter Ariane schenkte mir heute das Rubinherz mit dem Perlenrand, das ich zur Ulmendorffschen Hochzeit tragen durfte. Es ist wunderschön.

Sie findet, Beate und ich sollten nach Abschluß der Landfrauenschule Kinderkrankenpflege in Berlin lernen. Es sei eine nützliche Ausbildung, Vater wäre zufrieden, ich lebte mit Robert in derselben Stadt, und Peter könnte an den Wochenenden vom Pregelschen Gut nach Berlin kommen – wir hätten ein wundervolles Jahr.

Alle waren von der Idee begeistert, und Vater spendierte seinen ältesten Portwein zur Belohnung dafür, daß wir tun, was er will. Beate trug ein jadegrünes Samtkleid und sah wie eine Meerjungfrau aus. Fast den ganzen Nachmittag verbrachte sie mit Julia und Fritzchen, weil Vater sich endlos lang mit Peter in der Bibliothek unterhielt. Als wir zum Abendessen hinuntergingen, schwärmte sie so von Julia, daß meine Schweigsamkeit fast aufgefallen wäre; glücklicherweise kam Peter hinter uns her und lenkte sie ab.

In der Bibliothek war es abends wieder sehr fröhlich. Ich habe das Gefühl, hinter einer Glaswand zu stehen und allen nur zuzusehen.

Robert rief an.

Freitag, 6. Januar 1939

Heute nachmittag stand plötzlich der Rothe-Heinrich in der Diele und rief zornig nach Hilfe. Mutter und Tante Heide waren nicht aufzufinden.

«Dann kommen Sie mit, Fräulein Thea», rief er. «Sehen Sie sich das an!»

Damit war er auch schon aus der Tür und humpelte vor mir her den vereisten Schloßberg hinunter. Schon als wir an der Kirche vorbeikamen, hörte ich seine Frau schreien. In dem kleinen Häuschen schlug mir beißender Kohlgeruch entgegen. Else klammerte sich an den Treppenpfosten der engen Wendeltreppe. Ihr Gesicht war ganz entstellt, der Mund eckig vor Schmerz.

Ich habe Mutter oft genug ins Dorf begleitet oder ihr zugehört, wenn sie Tante Heide von einem Krankenbesuch berichtete. Ohne viel nachzudenken, bat ich Heinrich, das Fenster zu öffnen, sofort den Kohltopf vom Feuer zu nehmen und statt dessen den Wasserkessel über die Flamme zu schieben. Else preßte ich die Hand ganz fest auf die Stirn, legte ihr den Arm um die Schultern und redete so lange auf sie ein, bis sie mir zeigte, wo sie Schmerzen hatte. Genau war das aber nicht auszumachen. Ich entschied mich für die Nierengegend, führte sie auf das Sofa in der Stube und machte ihr mit Hilfe von Heinrich, der ständig um mich herumhumpelte und fluchte, einen heißen Umschlag. Als Mutter nach einer halben Stunde kam, war schon alles vorbei. Else mußte erzählen, was sie alles gegessen hatte, und Mutter meinte, daß Else zu viel, zu schnell und viel zu fett äße, es sei sicher eine Gallenkolik gewesen.

Else konnte schon wieder erstaunlich viel und schnell reden. Zum Doktor ginge sie aber nie und nimmer, meinte sie.

«Gut, daß Sie uns geholt haben, Heinrich», sagte Mutter zum Abschied. «Morgen sehen wir weiter.»

«Nur im Notfall!» antwortete er fast böse. Keiner kennt ihn anders, aber sein ruppiges Verhalten war für mich doch enttäuschend.

Übermorgen müssen wir zurück nach Obernkirchen.

Obernkirchen, Sonntag, 8. Januar 1939

Noch im Dunkeln in Breitenbach aufgebrochen. Die Familie hatte sich zum Frühstück versammelt, um uns zu verabschieden, obwohl es noch sehr früh war. Krüger brachte uns in Julias Wagen zum Bahnhof und meinte schließlich, er müsse wohl mitfahren, um uns beim Umsteigen zu helfen. Glücklicherweise halfen auf allen Bahnsteigen ein paar kräftige Männer, unsere schweren Koffer zu tragen.

Abends hatten wir gleich Küchendienst. Beate schläft schon, sagte aber noch, ich solle nicht wieder mit diesen mitternächtlichen Sitzungen am offenen Fenster anfangen. Ich hätte doch gar keinen Grund mehr dazu. Sicher denkt sie, daß meine Schweigsamkeit vor Weihnachten mit Robert und der bevorstehenden Verlobung zusammenhing. Nur gut!

Keinem scheint aufzufallen, was zwischen Julia und Vater vorgeht. Nicht einmal Großmutter, was verwunderlich ist. Sie hat sonst sehr scharfe Augen und eine spitze Zunge. Aber Julia ist auch für Großmutter unantastbar.

Beate scheint auch überwältigt von Julia. «Weißt du, wie Julia heute morgen mit Fritzchen aussah?» sagte sie eben, als sie fast schon schlief. «Wie eine Madonna mit Kind. Sie sieht einem Bild ähnlich, das ich als kleines Mädchen über dem Bett hängen hatte . . .»

Donnerstag, 12. Januar 1939

Heute abend bekam Beate einen schweren Verweis. Nach dem Abendessen mußten wir an den Tischen sitzenbleiben, weil noch irgend etwas angekündigt werden sollte. Wir saßen und warteten auf die Lehrerinnen, und es wurde langweilig.

Auf der Anrichte neben unserem Tisch lagen ein paar Zeitungen. Eine Überschrift lautete: *Pflichtjahr für weibliche Arbeitskräfte erweitert. Gesamte weibliche Jugend wird erfaßt.*

«Paßt mal auf», sagte Beate, «das wird ein Spaß.» Sie griff nach den Zeitungsblättern und ließ sich von Renate Reinsberg, die neben ihr saß, die runde Hornbrille geben. Mir zog sie das Gummi aus den Haaren und band damit ihre eigenen zu einem engen Dutt zusammen; dann stieg sie auf ihren Stuhl, strich sich die Schürze pedantisch glatt und begann mit einer hohen fremden Stimme zu sprechen: «Deutsche Mädels – angehende deutsche Frauen! Heute kann ich euch endlich die heißersehnte Nachricht überbringen, auf die wir vom Bund Deutscher Mädel schon so lange gewartet haben. Unser geliebter Führer zeigt uns einen Weg – einen wunderbaren Weg, uns unserem Volk wirklich nützlich zu machen.»

Dann las sie den ganzen langen Artikel vor. Sie machte strenge Grimassen, hob beschwörend die Hand oder den Arm – unterbrach sich und wies noch einmal extra auf einen Satz hin, in dem es hieß, schwere Hausarbeit sei das Wichtigste und Gesündeste für die Entwicklung eines jungen Mädchens. Wir krümmten uns vor Lachen.

Der Spaß war furchtbar schnell vorbei, als die Lehrerinnen in Begleitung einer sehr strengen, aber schönen Obergauführerin hereinkamen. «So stelle ich mir Kriemhild vor», flüsterte Renate Reinsberg mir zu. Alle Lehrerinnen sahen aus, als hätten sie Beate schon vor der Tür zugehört, denn die meisten machten sehr angestrengte Gesichter, als ob sie sich das Lachen verkneifen müßten – auch Fräulein von Dinklage. Aber natürlich mußte sie furchtbar ärgerlich tun und Beate in strengem Ton zurechtweisen. Zur Strafe für ihre Respektlosigkeit muß Beate eine schriftliche Arbeit anfertigen. Auf Vorschlag der Obergauführerin, die auch bei diesem eisigen Wetter mit weißer Bluse und weißen Söckchen herumlief – als läge Obernkirchen in Afrika –, lautet das Thema: «Mit welchen Gesetzen sorgt der Führer für die Reinheit und Gesundheit unseres Volkes?»

Freitag, 13. Januar 1939

Beate hat sich heute entschuldigt. Wir alle wissen, daß Fräulein von Dinklage vor einiger Zeit große Schwierigkeiten wegen ihrer Einstellung zur Partei hatte. Sie wurde sogar für ein halbes Jahr suspendiert. Es wäre wirklich schlimm, wenn wir sie durch unser unvorsichtiges Verhalten gestern abend noch einmal ins Gerede gebracht hätten. Die schöne Obergauführerin wollte herausfinden, ob die Obernkirchner Landfrauenschule für ihre jüngere Schwester in Frage kommt. Das wird sich durch unseren Auftritt im Speisesaal wohl erübrigt haben.

Fräulein von Dinklage war zwar zuerst streng, aber eigentlich sehr liebevoll und einsichtig mit Beate. Sie ist eine großartige Frau.

Montag, 23. Januar 1939

Diese Woche ist Küchendienst. Letztes Jahr um diese Zeit haben wir uns auf das Abitur vorbereitet. Nächstes Jahr im Januar werden wir Krankenschwestern sein. Im Dunkeln unterhielten wir uns gestern lange darüber, was für unser Leben eigentlich wichtig werden wird: *Faust* lesen, Integralrechnung oder Ställe ausmisten, Bechamelsauce rühren und kranke Kinder pflegen?

«Das ist es alles nicht, Thea», sagte Beate. «Es wird etwas ganz anderes sein – zusammen mit Peter. Ich weiß es.»

Dienstag, 24. Januar 1939

Brief von Robert. Am 18. Januar gab es eine Veranstaltung für junge Offiziere in der Reichskanzlei. Robert sah Hitler zum ersten Mal und war recht beeindruckt. Hitler hielt eine lange Rede über die Geschichte des Deutschen Reiches und über preußische Ideale. Robert schreibt, die Offiziere hätten Anweisung erhalten, während der Rede Beifall zu klatschen und sie nicht stumm zur Kenntnis zu nehmen, wie es sonst Vorschrift ist. Merkwürdig.

Das Ende des Abends muß peinlich gewesen sein. Hitler ging früh, aber danach wurde noch sehr viel getrunken. Zuviel. In den riesigen Marmorsälen und Gängen der neuen Reichskanzlei konnten einige die Klos nicht finden und haben in dem großen Marmorsaal, der protzige Mosaiken an den Wänden und auf den Fußböden haben muß, in die Ecken gekotzt.

Robert umschreibt das Ganze sehr viel zurückhaltender, aber genau das muß er meinen.

Samstag, 28. Januar 1939

Brief von Mutter. Die Masernwelle im Dorf ist vorbei, und sie hatte eine unangenehme Auseinandersetzung mit dem Rothe-Heinrich, der nicht will, daß Else sich ärztlich untersuchen läßt. Er ließ Mutter kaum zur Tür herein und schrie, daß Ärzte auch nur Herrenknechte seien; sie wollten Else doch nur untersuchen, damit sie wieder auf dem Gut schuften könne.

Wenn Heinrich wüßte, daß er nur deshalb noch nicht verhaftet ist, weil Vater sich beim Gauleiter für seine Harmlosigkeit verbürgt hat. –

Fritzchen hat seinen ersten Zahn bekommen.

Montag, 30. Januar 1939

Der BDM in Obernkirchen hat Beate aufgefordert, heute zum Tag der Machtergreifung ihre Arbeit über die «Reinhaltung des deutschen Volkes» vorzulesen. Die Obergauführerin, die das Ganze miterlebt hat, muß die Geschichte weitererzählt haben. Wir begleiteten Beate. Nachdem sie ihren Aufsatz vorgelesen hatte, ging die Scharführerin an die Tafel, um Beates Arbeit in einigen Punkten zu ergänzen. «Kaltstellung des jüdischen Bevölkerungsteils» und «Reinhaltung der arischen Rasse» waren ihr zu kurz gekommen. Abschließend las sie die Rassengesetze vor, die 1935 auf dem Nürnberger Parteitag beschlossen worden waren, und redete über den Sinn der verschärften Paß- und Ausweisbestimmungen für Juden, die seit dem vergangenen Herbst gelten.

Beate mag davon nichts wissen. Als ich abends mit ihr darüber sprechen wollte, sagte sie nur: «Ach, laß doch, Thea, was soll schon passieren?»

Montag, 6. Februar 1939

Hühnerstall ausgemistet und furchtbar gefroren. Beate liegt mit einer Erkältung im Bett.

Brief von Robert. Er hat mir Hitlers Reichstagsrede vom 30. Januar ausgeschnitten und einiges unterstrichen. Demnach herrscht keine besonders friedliche Stimmung in Berlin. Hitler fühlt sich nicht mehr an den Versailler Vertrag gebunden, weil die westlichen Demokratien den Vertrag seiner Meinung nach längst gebrochen haben. Frankreich und England würden selbst nicht abrüsten, uns aber das Selbstbestimmungsrecht verweigern.

Den Juden droht er regelrecht. Wenn sie die Völker noch einmal in einen Weltkrieg hetzten, dann würde *«das Ergebnis nicht die Bolschewisierung der Erde und damit der Sieg des Judentums sein, sondern die Vernichtung der jüdischen Rasse in Europa»*.

Robert hat den Absatz nur angestrichen und nichts dazugeschrieben. Sicher wäre es zu gefährlich.

Was soll man von einer so absurden Drohung halten?

Mittwoch, 8. Februar 1939

Brief von Mutter.

Seit einer Woche sind sie in Breitenbach ohne Zeitung. Die *Kreuzzeitung* hat ihr Erscheinen am 31. Januar 1939 einstellen müssen. Vater las den langen Abschiedsbrief der Redaktion vor, der in der Zeitung abgedruckt war. Mit Hühnerfelds haben sie Freitag lange darüber gesprochen. Leider hat Mutter währenddessen gestickt und nicht aufgepaßt. So weiß ich nur, daß ihr kleiner Sessel mit dem fertigen Gobelinrosenstoff bezogen werden kann und daß die Stimme von Frau Pastor bei der Diskussion ein bißchen schrill wurde.

Donnerstag, 9. März 1939

Der Winter schleicht sich langsam davon. In der kältesten Februarwoche waren wir glücklicherweise zum Bügeln und Mangeln eingeteilt. In manchen Ecken dieses Klosters wird es niemals warm. Wir frieren mit Hingabe.

In einem Monat ist Ostern, und ich werde mit Robert nach Mecklenburg fahren, um Ostenfelde kennenzulernen. Sein Vater ist schon achtundsiebzig Jahre alt, sein ältester Bruder wird am Ostermontag fünfzig. Robert hat mir ein Foto der Familie geschickt. Alle Männer sehen aus wie ältere Roberts, und die Frauen wirken sehr groß und kräftig. Seine Nichten sind schon älter als ich. Ein wenig beängstigend.

Pfingsten sind alle in Breitenbach eingeladen.

Mittwoch, 15. März 1939

Brief von Großmutter. Beate und ich bekommen einen Ausbildungsplatz im Kaiserin-Auguste-Viktoria-Krankenhaus, das in Charlottenburg gleich neben dem Schloß liegt.

Sicher ist es nicht verkehrt, Kinderkrankenpflege zu lernen. Ich bin in Roberts Nähe, und außerdem umgehen wir so die neue Arbeitsdienstregelung für Mädchen. Keine von uns fühlt sich berufen, auf irgendwelchen Höfen zu arbeiten, in dunklen Kellern faule Kartoffeln zu sortieren oder das ganze Jahr über Kühe zu melken. Das kann einem im Arbeitsdienst alles passieren.

Nur ärgerlich, daß wir nun genau das tun, was die Partei

von uns erwartet: Wir lernen Haushaltsführung, Krankenpflege, und dann heiraten wir. Beate meint, ich solle mir darüber nicht so viele Gedanken machen. Sie tut ohnehin nur das, was sie will.

Herrliches Märzwetter – kalt, sonnig und stürmisch. Leider ist keine Zeit hinauszugehen.

Sonntag, 19. März 1939

Im Kreuzgang hat jemand die *Bückeburger Zeitung* liegenlassen. Die «Rest-Tschechei» ist von uns besetzt worden. Jetzt heißt das Gebiet «Protektorat Böhmen und Mähren». Merkwürdig unauffällige Berichterstattung, wenn man bedenkt, daß es noch vor einem halben Jahr wegen der Tschechoslowakei fast Krieg gegeben hätte.

Sonntag, 26. März 1939

Gestern abend waren wir wieder vom BDM Obernkirchen eingeladen. Singen, Tanzen und Filmvorführung. Als erstes hielt die Scharführerin einen Vortrag über das ideale deutsche Mädchen, das blond, blauäugig, kräftig und sportlich sei und früh eine «für die Volksentwicklung wertvolle» Ehe eingeht, um dem Führer viele Kinder zu schenken. Wir hatten Fräulein von Dinklage versprochen, uns gut zu benehmen, um ihr nicht noch mehr Schwierigkeiten zu machen. Wirklich nicht einfach.

Nach ein paar Liedern und Volkstänzen wurde wieder *Triumph des Willens* gezeigt. Der Film beeindruckte mich genauso wie im vorigen Sommer. Abschließend sangen wir auf Wunsch der Scharführerin mit erhobenem Arm das Horst-Wessel-Lied.

Nachts hatte ich den gleichen Traum wie im Sommer in Berlin: Ich stand wieder mit vielen anderen Jungen und Mädchen auf einem Schiff, das durch schwarzgrünes Wasser auf den dunklen Berg zuraste. Wieder sagte niemand ein Wort; alle hielten stumm den Arm emporgereckt. Gischt spritzte auf, der

Berg kam näher, und darauf hatte sich der Reichsadler festgekrallt und starrte mich mit böse funkelnden Augen an. Ich konnte mich nicht rühren, kein Wort herausbringen. Die anderen schienen nichts zu bemerken. Aber Beate wachte auf und schüttelte mich, genau wie Peter früher. Ich lag lange wach, dachte über den Film nach und über meinen neuen alten Kindertraum. Wenn ich Pfingsten zu Haus bin, muß ich das Märchenbuch heraussuchen und die Geschichte vom Magnetberg noch einmal lesen. Ich glaube, irgendein besonderer Satz hat mich damals sehr beeindruckt. Aber ich habe ihn vergessen.

Donnerstag, 30. März 1939

Heute trifft Beate Peter in Hannover, und zusammen fahren sie nach Pommern, in die Nähe von Stolp, wo Beates Familie lebt. Leider ist auch noch eine Tante von Beate dabei, weil Verlobte nicht so lange allein in einem Auto fahren dürfen. Die Armen! Noch nicht einmal Beate habe ich meine Nachtfahrt mit Robert gebeichtet. Dann müßte ich ihr ja die ganze Geschichte erzählen, was unmöglich ist.

Peter soll Beates Familie kennenlernen, was mir nicht so erstrebenswert erscheint. Ihr Bruder Werner muß ein ewiger Besserwisser sein. Beates Mutter ist vor fünf Jahren gestorben, weil sie mit einem entzündeten Blinddarm nicht rechtzeitig operiert werden konnte. Ihr Vater kümmert sich angeblich nur noch um seine Pferde.

Das allerdings könnte eine Chance für Peter sein, die Ostertage doch zu genießen.

Freitag, 31. März 1939

Brief von Robert.

Vor dem 20. April bekommt er keinen Urlaub, und wir können nicht nach Ostenfelde.

Für Hitlers fünfzigsten Geburtstag werden gigantische Vorbereitungen getroffen, auch eine Militärparade mit Demonstrationen der Luftwaffe. Irgend jemand ist krank geworden, Robert muß einspringen und eine Staffel mitfliegen, was er jetzt unentwegt trainiert. Ich fahre Ostern nach Berlin und sehe ihn jeden Abend.

Trotzdem schade. Ostenfelde liegt nur fünfzehn Minuten von der Ostsee entfernt. Ich hätte so gern das Meer gesehen.

Ostersonntag, 9. April 1939

Robert hatte den ganzen Tag frei. Zum Ostergottesdienst waren wir mit Großmutter in der Dahlemer Kirche. Robert ist als Student zusammen mit Fried und Levin Goldschmied oft dort gewesen, um Pastor Niemöller zu hören, den er sehr bewundert. Dann wurde der Pastor 1937 suspendiert, weil er sich zu deutlich gegen die Partei äußerte. Während des Mittagessens haben wir noch darüber gesprochen. Großmutter schätzt Pastor Niemöller sehr und hat ihn gut gekannt. Schon im September 1933 hat er einen Pfarrernotbund gegründet, der sich gegen die nationalsozialistische Kirchen- und Religionspolitik stellte. Jetzt ist Niemöller inhaftiert. Mehr weiß Großmutter auch nicht. Pfingsten muß ich Pastor Hühnerfeld nach ihm fragen.

Außerdem haben wir uns erinnert, daß Großmutter mich 1935 einmal mit in den Gottesdienst nahm, um Niemöller zu hören. Ausgerechnet an diesem Sonntag vertrat ihn ein anderer Pastor. So habe ich ihn leider nicht kennengelernt. Merkwürdige Vorstellung, daß ich schon damals Robert begegnet sein könnte.

Nachmittags besuchten wir Freunde von Robert am Schlachtensee, Hasso Wilmershain und seine Frau Maria. Sie ist nett, klug und sehr hübsch. Maria hat auch Kinderkrankenpflege im Kaiserin-Auguste-Viktoria-Krankenhaus gelernt. Sie nennen es hier nur KAV.

Es kamen noch andere Freunde. Sie sprachen lange über die jüngsten Ereignisse, über die Einrichtung des Protektorats

Böhmen und Mähren und über die Besetzung des Memel-Gebietes am 23. März. Die Atmosphäre war sehr erwachsen, und ich mußte mich ein wenig strecken, um mir nicht anmerken zu lassen, was für ein Geschnatter ich aus Obernkirchen gewöhnt bin.

Die Männer redeten noch einige Zeit über personelle Umbesetzungen in der Luftwaffe, die Göring anscheinend neu gegliedert hat. Er muß ein sehr willkürlicher Chef sein. Großartige Vorstellung, daß ich ihn im November fast erschlagen hätte! Robert wird immer noch ganz blaß, wenn wir davon sprechen.

Wir machten einen langen Spaziergang am Schlachtensee. Abendessen bei Horcher.

Mittwoch, 12. April 1939

Robert ist tagsüber in Döberitz, um «exakten Vorbeiflug in Staffelformation» zu üben.

Für Hitlers Geburtstag am 20. April ist eine pompöse Militärparade geplant, und alle Waffengattungen und Wehrmachtsteile werden an der dann neu eröffneten Ost-West-Achse vorbeifahren, -marschieren, -reiten oder -fliegen. Für Hitler wird dort eine Tribüne aufgebaut.

Schade, daß ich dann schon wieder in Obernkirchen bin. Natürlich darf ich nicht so lange bleiben, um es mir anzusehen. Großmutter findet den Einfall albern.

Ferdinand redet auch nur noch vom Geburtstag des Führers. Er ist seit Ostermontag aus Breitenbach zurück. Abends rief er mich herunter, weil Mutter ihm einige Sachen für mich mitgegeben hatte. Sie lagen auf dem großen Mahagonibett, und ich bekam rasendes Herzklopfen und weiche Knie, als ich vor dem Bett stand und zum erstenmal seit dem letzten Herbst wieder in den Spiegel sah.

«Was ist los mit dir?» fragte Ferdinand. «Freust du dich nicht?»

Samstag, 15. April 1939

Letzter Abend in Berlin. Mit Robert bei Savarin gegessen.

Um zehn Uhr tauchten plötzlich Peter und Ferdinand auf, und Peter erzählte von seinem Treffen mit Beates Familie. Es klang sehr witzig, muß aber eine ziemliche Prüfung für ihn gewesen sein.

Beim Hinausgehen trafen wir an der Bar Gottfried Liebenburg, einen Neffen von Vaters Freund Heinrich. Er betrank sich gerade, weil er zu kurzsichtig ist, um Jagdflieger zu werden. Sie nehmen ihn nicht. Wir haben ihn auf dem Rückweg bei seinem Onkel Heinrich abgesetzt und sind noch eine Ewigkeit dort geblieben. Die Männer haben fast zwei Flaschen Portwein getrunken.

Obernkirchen, Montag, 17. April 1939

Zurück in Obernkirchen. Es regnet und regnet, ist kalt und langweilig. In Berlin habe ich immer das Gefühl, auf einer Rakete durch den Tag zu rasen, und hier dreht sich die Welt im Schneckentempo. Beate ist noch nicht wieder hier.

Donnerstag, 20. April 1939

Führergeburtstag. In Berlin war sicher der Teufel los.

Wir haben heute gelernt, wie man Butter macht.

Donnerstag, 25. Mai 1939

Gestern mit Beate gegen Mitternacht in Breitenbach angekommen. Vater und Mutter erwarteten uns mit einem kalten Abendbrot in der Bibliothek. Heute morgen durften wir ausschlafen und später frühstücken. Mittagessen, Teetrinken, Sherry im Salon – alles auf die Minute pünktlich wie immer, aber herrlich. Fritzchen kann jetzt schon stehen. Julia kam vom Ausreiten in einer neuen beigebraun karierten Reitjacke und sah überwältigend aus. Beate himmelt sie an und fühlt sich jetzt schon in Breitenbach wohler als jemals bei ihrer Familie, sagt sie.

Pfingstsonntag nach der Kirche wird es kein Konzert, sondern einen großen Verlobungsempfang für uns vier geben. Schreckliche Vorstellung, daß Robert und Peter plötzlich keinen Urlaub bekommen könnten.

Nach dem Tee entführte Tante Heide Beate in den Garten, weil sie herausbekommen hat, wie sehr Beate sich für Rosenzucht und Gartenbau interessiert. Alle anderen hatten auch noch etwas vor, und ich fuhr zum erstenmal seit jenem Gewitter im letzten Sommer auf der Chausseebreite Richtung Magnetberg. Als ich vor der Feldscheune hielt, kam der Rothe-Heinrich herausgehumpelt und erschreckte mich fast zu Tode. Ich fragte ihn, was er um Himmels willen allein in der Scheune zu tun habe.

«Ich steh nun zwar in Lohn und Brot beim Vater, gnädiges Fräulein Thea, aber es geht Sie nichts an, was ich abends tue!» Er spricht immer so hämisch und böse. Sicherlich war es nicht richtig, ihn in solchem Ton zu fragen, aber ich entschuldigte mich und sagte, daß ich mich so furchtbar erschrocken hätte.

Er riß sein Fahrrad hoch und stierte an mir vorbei zum Magnetberg.

«Ich will Ihnen was sagen, Fräulein Thea, was da auf dem Berg passiert, das will ich wissen, das geht mich was an. Außerdem geht's der Alten schlecht. Wenn die was an der Galle hat, schreit sie, wie wenn sie krepieren wollte. Das halt ich nicht aus. Sie haben's ja erlebt.»

Heinrich fuhr weiter zum Magnetberg, und ich hatte Angst um sein klappriges Fahrrad, weil er so wütend in die Pedale trat. Ich hatte keine Lust, hinter ihm herzufahren, und kehrte um. Im Dorf sah ich noch nach Else, die wieder zuviel Griebenschmalz gegessen hatte.

Als ich nach Hause kam, stand die Sonne in einem wäßrigen Rot hinter den blühenden Goldlackbüschen am Wäscheplatz. Merkwürdig häßlicher Abend.

Pfingstsonntag, 28. Mai 1939

Morgens um sieben Uhr Spaziergang mit Robert durch den Garten. Vor der Bank am Teich stand Tante Nora und deklamierte *Grenzen der Menschheit*. Selbst die Enten schienen ergriffen.

Der Gottesdienst war sehr feierlich. Eine Freundin von Frau Pastor Hühnerfeld sang zwischen Liturgie und Predigt ein wunderschönes Halleluja von Mozart.

Der Verlobungsempfang war überwältigend. Roberts Eltern konnten leider nicht kommen, weil sein Vater zu herzkrank ist, um die lange Reise zu unternehmen. Aber endlich habe ich seine Brüder kennengelernt. Der ältere, Georg, ist ein kantiger fünfzigjähriger Herr mit ruhigen Augen. Seine Frau Gudrun ist groß und blond, aber klug. Die Töchter sind schon einundzwanzig und neunzehn Jahre alt, haben wundervolle, dicke Zöpfe und einen bedächtigen Blick. August, Roberts jüngster Bruder, ist das blonde Gegenstück zu Peter. In diesem Jahr geht sein Wehrdienst zu Ende, und er will in Berlin Jura studieren. Es wird sicher ein lustiges Jahr für uns alle. Beates Familie ist mühsam, aber darauf waren wir ja vorbereitet.

Aus Berlin kamen viele Freunde von Robert, die ich noch nicht kannte, aber auch Maria und Hasso Wilmershain. Maria, überwältigend hübsch in einem hellgrauen, engen Schneiderkostüm, war fast eine Konkurrenz für Julia in ihrer bernsteinfarbenen Seide. Beate und ich trugen geblümte Seidenkleider – ein kleines Nebengeschenk von Großmutter zur Verlobung.

Wir sind jetzt im Besitz unzähliger Meißner Mokkatassen und Väschen. Ich habe schon einige mit Beate getauscht. Sie mag keine Blumen auf Porzellan.

Pfingstmontag, 29. Mai 1939

Langer Ausritt mit Robert. Auf der Brücke über den Bach, die am Ende der Galoppstrecke liegt, stand Pastor Hühnerfeld. Nach dem Gottesdienst geht er oft spazieren. Wir wären gern allein gewesen, aber dann blieben wir doch lange bei ihm auf der Brücke stehen und redeten.

Er gehört zur Bekennenden Kirche und erzählte, daß es heute morgen im Gottesdienst zu einem peinlichen Auftritt gekommen ist, der Folgen für ihn haben kann. Kalle Kruse, der ihn schon Weihnachten wegen parteifeindlicher Äußerungen beschimpft hat, war wieder in SS-Uniform in der Kirche und saß ganz vorn in der ersten Bank. Der Pastor hatte ihn natürlich gesehen und meinte, er hätte vorsichtig sein müssen. Dann ist es aber mit ihm durchgegangen, und er hat die Fürbitte für Kranke, Verfemte und Verfolgte sehr eigenmächtig verlängert und erweitert. Gleich nach dem Gebet ist Kalle aufgestanden und hinausgegangen.

Pastor Hühnerfeld sagte, man müsse etwas tun, wenn man wisse, daß seit Jahren Menschen in Konzentrationslagern und anderswo ohne Prozeß festgehalten würden. Die Gestapo entzöge ihre Maßnahmen jeder richterlichen Nachprüfung; den Juden würde das Leben in unserem Land unmöglich gemacht. Und es sei noch nicht abzusehen, wohin das führen solle.

Robert erzählte dann auch von einem Problem, das ihn sehr bedrückt. Levin Goldschmieds Freundin Gertrud hatte damals einen schweren Nervenzusammenbruch, als sie von Levins Selbstmord erfuhr. Sie ist wohl nie wieder ganz gesund geworden und war lange in psychiatrischer Behandlung. Mehrmals hat sie sich aus dem Haus geschlichen und wurde auf dem Anhalter Bahnhof aufgegriffen. Immer trug sie einen Koffer, in dem ein Kostüm und Schuhe für eine Beerdigung waren. Sie hatte keine Fahrkarte und konnte den Polizisten, die sie nach Hause brachten, nicht sagen, wohin sie wollte. Vor ein paar Monaten ist sie wieder verschwunden, und ihren Eltern ist mitgeteilt worden, daß sie zu einer notwendigen Behandlung in eine psychiatrische Klinik gebracht worden sei. Den Namen der Klinik sagte man ihnen nicht. Die Eltern haben sich jetzt verzweifelt an Robert gewandt, der versuchen soll, herauszufinden, wo Gertrud geblieben ist.

Pastor Hühnerfeld ist sehr besorgt. Er sagt, es gibt keine

allgemeinen Regeln, wie man sich in dieser Situation christlich oder verantwortlich verhält. Ihm sei es wichtig, für seine Gemeinde dazusein, dort arbeiten und helfen zu können. Jetzt fürchtet er, daß ihm sein Gebet heute morgen mehr geschadet als genützt hat. Wenn er wieder eingesperrt wird, kann er gar nichts mehr tun. Man dürfe nicht mutwillig auffallen, sagte er.

All das hörte sich so fremd an, nahezu absurd, als wir auf der kleinen Brücke standen und die Forellen springen sahen. Wir blieben noch lange dort unter den Pappeln, nachdem der Pastor gegangen war. Sie rauschten so stark, als käme ein Sturm.

Seltsam, wie glücklich man sein kann, obwohl es so viel Unglück gibt.

Obernkirchen, Donnerstag, 1. Juni 1939

Noch vier Monate in Obernkirchen! Es gibt jetzt viel Gartenarbeit und herrliche Pausen im Klosterhof, der immer hell, warm und windgeschützt ist.

Mittwoch, 21. Juni 1939

Beate bekam einen Brief von Peter, der uns sehr erschreckt hat. Peter wird nach Beendigung seines Wehrdienstes nicht entlassen, sondern muß beim Regiment bleiben. Er schreibt, daß im Augenblick niemand entlassen wird. Im Gegenteil – sie ziehen Reservisten ein.

Donnerstag, 29. Juni 1939

Brief von Mutter. Auch in Breitenbach werden Reservisten eingezogen. Vater ist entsetzt, weil er während der Ernte, die in zwei Wochen beginnt, auf niemanden verzichten kann. Die großen Krügerjungens werden, genau wie Peter, nicht aus der Wehrmacht entlassen. Nun muß der Alte mit seinem Rheuma weiterschuften.

Hier wird wenig von politischen Ereignissen gesprochen. Im Klosterhof summen die Bienen, und die Welt ist in Ordnung.

Peter ist davon überzeugt, daß es keinen Krieg gibt. Er schreibt: «Letztes Jahr hat es mit der Tschechoslowakei funktioniert, und in diesem Jahr klappt es auch mit dem Korridor. Der Führer wird es schon schaffen.»

Am 1. September will Peter mit zweimonatiger Verspätung beim alten Pregel anfangen, 1941 nach der Ernte Augustenhof übernehmen und heiraten. Er ist sich ganz sicher.

Beate läuft mit einem Ausdruck im Gesicht herum, als wäre Peter neben ihr oder müßte gleich kommen. Wir haben heute noch länger geredet als sonst jeden Abend. Ich sitze dann in der tiefen Fensterbank, und sie hockt im Bett. Der Blick vom Kloster in die Ebene ist weit und wunderschön. Beate sagt, sie kann sich auf nichts mehr konzentrieren, und manchmal wird ihr ganz schwindelig, wenn sie an Peter denkt.

Ich weiß, wie das ist.

Dienstag, 25. Juli 1939

Wir ertrinken in Himbeeren und verarbeiten nichts anderes mehr in der Küche. Heute habe ich Muskelkater in den Schultern, weil wir zehn Pfund Beeren in kaltgerührte Marmelade verwandelt haben. Leider konnten wir beim Rühren nicht im Klosterhof sitzen, weil es dort zu viele Wespen gibt. Irgendwo muß ein Nest sein, meint der Hausmeister.

Mittwoch, 26. Juli 1939

Brief aus Breitenbach. Julia lernt jetzt beim alten Krüger kutschieren. Die Gerstenernte beginnt. Der Rothe-Heinrich hat von Krüger verlangt, ihn zum ersten Gespannführer zu machen. Krüger hat lange mit ihm geredet, aber abgelehnt. Daraufhin hat Heinrich sich sinnlos betrunken und Else verprügelt. Pastor Hühnerfeld ist dazwischengegangen.

Tante Heide kocht auch Tag und Nacht Kompott, Saft und Marmelade ein.

Donnerstag, 3. August 1939

Rosen von Robert zum neunzehnten Geburtstag, neun rosarote, neun dunkelrote und eine weiße. Beate hat sie für ihn besorgt und mir mit seinem Brief heute morgen überreicht. Überwältigend schön! Unser kleines Zimmer ist wie ein Garten, und ich werde kaum schlafen können.

Samstag, 5. August 1939

Julia hat auch an meinen Geburtstag gedacht. In dem Paket aus Breitenbach war ein flacher rosafarbener Karton, darin eine langärmlige Bluse aus weißer Seidenduchesse mit Knöpfen, die mit dem gleichen Stoff bezogen sind. Ich habe mir geschworen, nichts mehr zu tragen, was mich unnötig an sie erinnert. Sehr schwer durchzuhalten! Es ist genau die Bluse, die ich mir immer gewünscht habe.

Freitag, 25. August 1939

Brief von Robert. Berlin muß ein Hexenkessel sein. Ein Gerücht jagt das andere. Gibt es Krieg mit Polen oder nicht?

Mit der Situation im letzten Jahr ist es schon lange nicht mehr zu vergleichen. Voriges Jahr hatten auch viele Angst vor einem Krieg. Aber das war eine stille Furcht – eher ein dumpfes Abwarten. In diesem Jahr scheint die Gefahr offener, bedrohlicher zu sein. Eine Stimmung wie in der Breitenbacher Küche, wenn Anneliese ganz besonders energisch mit dem Geschirr klappert: Dann geht mit Sicherheit etwas kaputt.

Katharina T. mußte heute während unserer Nähstunde mit ihrer Großmutter in Paris telefonieren. Die Großmutter ist Deutsche, der Großvater Franzose, und Katharina wohnt bei ihnen in Paris. Ihre Eltern leben nicht mehr. Der Großvater arbeitet im französischen Außenministerium und hat angeordnet, daß Katharina sofort Obernkirchen verläßt. Sie stammelte etwas von einem Zeitungsbericht, der ihre Großeltern sehr erschreckt hat. Angeblich hat Hitler einen Nichtangriffspakt mit Stalin geschlossen. Die ganze Stadt redet von nichts anderem.

Wenn Hitler sich mit Stalin verbindet, will er den polnischen Korridor besetzen, ohne daß Stalin ihn daran hindert. Schlimm für Polen – aber dann können sie das leidige Korridorproblem vielleicht ohne Krieg aus der Welt schaffen.

Hier haben sie heute im Klosterhof endlich das Wespennest in einer Mauerlücke entdeckt und ausgeräuchert. Ich habe zum hundertsten Mal geübt, wie man einen Flicken mit Doppelnaht in ein Bettuch einsetzt. Trotzdem werde ich in der Prüfung schlecht abschneiden.

Freitag, 1. September 1939

Es ist Krieg, unsere Truppen sind in Polen einmarschiert. Den ganzen Tag wurde gekämpft. Beate und ich haben versucht, in Breitenbach anzurufen – keine Verbindung. Hoffentlich ist Peters Regiment nicht dabei. Heimlich hatten wir alle gehofft, die Krise würde ohne Krieg vorübergehen, wie letztes Jahr in der Tschechoslowakei.

Das Wetter ist wunderbar. Still, warm und dunstig, sogar die Schwalben sind zu faul zum Fliegen. Absurder Gedanke, daß in Polen Panzer rollen, Flugzeuge abgeschossen werden, Menschen sterben und Tiere krepieren.

Sonntag, 3. September 1939

England und Frankreich haben uns den Krieg erklärt. Keine Verbindung nach Breitenbach. Ganz Deutschland scheint zu telefonieren.

Mittwoch, 6. September 1939

Brief aus Breitenbach. Peters Regiment ist in Polen.

«Angst hilft keinem eurer Brüder, Väter oder Freunde», sagte Fräulein von Dinklage heute, «ihr müßt beten. Gebete sind Gedanken, die freimachen und Wege vorbereiten, auf denen ihr später gehen könnt.»

Mutter schreibt, daß Julia auf ihrer ersten selbständigen Kutschfahrt die Pferde durchgegangen sind. Sie streiften einen ausgerissenen Bienenschwarm, der an einem Pflaumenbaum an der Chaussee hing. Julia sprang vom Wagen ins Feld und hat sich nichts gebrochen. Ein Segen, daß der Weizen auf der Chausseebreite noch nicht geschnitten war! Die Pferde schleiften den umgestürzten Wagen bis zur Feldscheune hinter sich her und wurden von den Männern gebremst, die dort Hocken aufstellten. Nachdem Julia die Vesperbrote, die sie den Männern bringen wollte, wiedergefunden und ausgeteilt hatte, kutschierte sie allein zurück. Nur der Tee war leider verschüttet. Ganz Breitenbach ist begeistert von ihrer Geistesgegenwart während des Unfalls.

Das Ereignis hat das Dorf anscheinend mehr erregt als der Kriegsanfang.

Freitag, 8. September 1939

Wir machen jetzt unsere Abschlußprüfungen und dürfen früher als geplant nach Hause. Christa von Weiningshofens Vater ist in Polen gefallen. Sie fuhr schon gestern. Katharina kommt nicht mehr aus Paris zurück. Eine Schwester von Renate Reinsberg sollte schon Ende August von ihrem Arbeitsdienstjahr in Ostpreußen zurück sein. Sie ist noch immer nicht da, und ihre Eltern können nichts in Erfahrung bringen.

Überall eine aufgeschreckte und angespannte Stimmung.

Nur das Wetter ist noch das gleiche wie vor einer Woche.

Breitenbach, Dienstag, 26. September 1939

Zurück in Breitenbach. Vor der Reise bekamen wir noch unsere Lebensmittelmarken ausgehändigt. Alles ist jetzt rationiert und nur gegen Karten erhältlich. Es gibt verschiedenfarbige Marken für Fleisch, Milchwaren, Eier, Fett, Nährmittel und Kleider. Die Farben der Lebensmittelkarten wechseln jeden Monat, damit man sie nicht horten kann.

Seit Kriegsbeginn besitzen wir ein Radio in Breitenbach. Unvorstellbar nach den Diskussionen, die noch im letzten Jahr geführt wurden! Das Radio steht in der Bibliothek neben dem Grammophon, und Vater hört regelmäßig die OKW-Berichte. Peters Regiment steht vor Warschau. Im Bericht wurde gesagt, sie hätten sich vergeblich bemüht, den polnischen Kommandanten von der Nutzlosigkeit des Widerstands zu überzeugen. Ein Teil der Vorstadt ist schon genommen.

Mittwoch, 27. September 1939

Mutter bekam Post von ihrem Bruder. Der Korridor ist wieder deutsch, und es werden Feste gefeiert. Sie ist sehr still und sagt, daß sie sich schämt, weil sie noch im vorigen Jahr für die Besetzung des Korridors war.

«Lieber den Korridor als Krieg», meinte sie eben, als wir meinen Koffer für Berlin packten. «Stell dir nur vor, mein Mädchen, Peter würde etwas passieren. Das wäre es doch nicht wert, was?»

Donnerstag, 28. September 1939

Sondermeldung: Warschau hat bedingungslos kapituliert. Noch keine Nachricht von Peter. Die Stimmung im Haus ist gespannt, als würden alle heimlich die Luft anhalten und auf irgendein erlösendes Zeichen warten. Aus dem Radio kommt viel vaterländisches Getöse.

Endlich mit Robert telefoniert. Morgen fahren Beate und

ich nach Berlin. Am 2. Oktober müssen wir unseren Dienst im Krankenhaus antreten. Merkwürdiger Zeitpunkt, eine Ausbildung anzufangen.

Julia telefonierte mit Ferdinand und sprach anschließend sehr erregt mit den Eltern in der Bibliothek. Uns haben sie leider nichts gesagt.

Berlin, Freitag, 29. September 1939

Mühsame Bahnfahrt. Wir mußten lange stehen. Alle Züge waren überfüllt. Robert holte uns vom Potsdamer Bahnhof ab. Während des Abendessens mit Großmutter und Ferdinand kam gegen zehn Uhr ein Anruf aus Breitenbach: zuverlässige Nachricht, daß Peter den Feldzug heil überstanden hat. Großmutter spendierte Sekt, und Grete Zalinski trank ein Glas mit, was wir noch nie erlebt haben. Großmutter ist sonst sehr strikt mit dem Personal.

Später gingen wir noch ins Savarin. Ferdinand verhielt sich merkwürdig schweigsam.

Im Restaurant und auf der Straße war eine Stimmung, als hätten wir den Krieg schon gewonnen.

Mittwoch, 4. Oktober 1939

Nach zwei Tagen Bitten und Flehen schlafen Beate und ich wieder in einem Zimmer. Meine ursprüngliche Zimmernachbarin hieß Helga, war sehr nett und schüchtern. Beate dagegen traf es ziemlich arg mit Susanne, einer Hundertfünfzigprozentigen, BDM-Mädel von Kopf bis Fuß. Auf ihrem Nachttisch steht ein Bild Hitlers, und morgens wacht sie schon mit ausgestrecktem Arm auf – sagt Beate.

Obwohl das KAV mehrere hundert Jahre jünger sein muß als das Obernkirchner Kloster, ist es dunkler und noch kälter. Unsere Zimmer sind hoch und schmal. Aus dem Fenster sehen wir nur auf andere Krankenhausgebäude. Kein Ausblick auf weite Landschaft wie in Obernkirchen, das uns – von hier aus betrachtet – hell, freundlich und gemütlich erscheint. Unsere Schwesterntracht ist auch noch ein bißchen scheußlicher als unsere Maidenuniform. Das Kleid hat dunkelblaue Streifen, und wir müssen ein weißes Kopftuch tragen. Der Dienst beginnt um sieben Uhr – im Winter wird das Aufstehen sicher mühsam werden.

Unsere Oberschwester Else wirkt auf den ersten Blick etwas unscheinbar, hat aber sehr freundliche Augen und geht wunderbar mit den kranken Kindern um. Die meisten Kinder auf unserer Station leiden an entzündlichen Hautausschlägen und kratzen sich unaufhörlich. Es gibt sogar einen Quarantäneraum, in dem Kinder liegen, die Krätze haben. Sie werden von ausgesuchten Schwestern in steriler Kleidung betreut. Unsere wichtigste Nebenbeschäftigung ist das Aufwickeln von Mullbinden, denn alle Kinder werden unaufhörlich gesalbt und verbunden. Ebenso unaufhörlich reißen sie sich die Verbände wieder ab.

Freitag, 6. Oktober 1939

Spaziergang mit Robert durch den Schloßgarten bis zur Spree.

Das Laub hat sich in diesem Jahr schnell verfärbt, der Krieg geht weiter. Hinter unseren dicken Krankenhausmauern und Bergen von Mullbinden sind wir ganz aus der Welt. Sonntag haben wir frei und Robert auch!

Beate bekam einen Brief von Peter.

Sonntag, 8. Oktober 1939

Mit Robert und Beate in der Kirche. Anschließend lud uns Robert zum Essen ein. Nach einer Woche Krankenhausessen bekamen wir schon Herzklopfen bei dem Gedanken an ein Menü bei Horcher. Aber heute war Eintopfsonntag. Für einen Eintopf kann man unmöglich seine Lebensmittelmarken opfern! Also fuhren wir zum Schlachtensee, bekamen bei Maria und Hasso Pflaumenkuchen, saßen faul in der Oktobersonne, redeten über den Krieg und darüber, was wir tun werden, wenn er vorbei ist. Gestern sind zum ersten Mal französische Aufklärungsflugzeuge bei Bonn über den Rhein geflogen. Eins wurde abgeschossen.

Peter bewegt sich mit der Armee auf die sogenannte deutsch-russische Interessengrenze zu. Immer wieder stoßen sie auf versprengte polnische Verbände, die sich zur Wehr setzen. Die Gefahr ist also noch nicht vorbei, und Beate wurde ganz still, als davon gesprochen wurde. Robert will uns einen kleinen Volksempfänger besorgen, damit wir besser informiert sind. Maria bekommt ein Baby und ließ sich von unserer ersten Woche im KAV genau berichten, weil sie es doch vor zwei Jahren alles selbst erlebt hat.

Montag, 16. Oktober 1939

Seit gestern besitze ich ein eigenes Radio – einen kleinen schwarzen Bakelitkasten mit beigemeliertem Lautsprechertuch. Der Empfang ist gut – auch unter der Bettdecke. Wir werden niemandem von dem Radio erzählen, denn mit ziemlicher Sicherheit dürfen wir kein eigenes Radio in unseren Zimmern haben. Der OKW-Bericht meldete, daß die Truppenbewegungen mit Besetzung des deutschen Interessengebietes in Polen beendet sind und daß es vorläufig keine OKW-Berichte aus Polen mehr geben wird. Peter schrieb, daß er dort stationiert bleibt – wenn er Glück hat, kann er Weihnachten nach Breitenbach kommen.

Donnerstag, 19. Oktober 1939

Heute ist ein Kind eingeliefert worden, bei dessen Anblick mir fast schlecht wurde. An seinem Körper gab es keine Stelle, die nicht entzündet, vereitert oder aufgekratzt gewesen wäre. Zum Glück habe ich mich überwinden können, habe es angefaßt, gebadet und verbunden. Schwester Else beobachtete mich genau.

Wie können Eltern ein Kind nur in einen solchen Zustand geraten lassen? In Breitenbach wäre das unmöglich.

Nach dem Verbinden sah mich der kleine Bursche ganz glücklich aus kleinen braunen Augen an. Er heißt Kai, und ich wünschte, ich könnte mit ihm auf den Magnetberg zur alten Hedwig laufen. Sie hätte sicher ein Kraut gefunden, das ihm helfen könnte. Wo sie nur geblieben ist? Nächstes Mal frage ich Robert, ob man es nicht doch herausbekommen kann.

Samstag, 28. Oktober 1939

Briefe aus Breitenbach. Fritzchen kann laufen. Vater ist endgültig «uk» gestellt, das bedeutet, er kann nicht eingezogen werden. Er hat im letzten Krieg nicht gedient, wird schwerhörig und führt einen für die «Volksernährung» wichtigen Betrieb. Inspektor Sanders Knie ist leider wieder so gesund, daß er irgendwann eingezogen werden soll. Vielleicht ist der Krieg ja vorher zu Ende.

Im OKW-Bericht wird hauptsächlich vom Handelskrieg in Nord- und Ostsee berichtet. Man müßte in siebenstelligen BRT-Zahlen denken, um sich darunter etwas vorstellen zu können.

Dienstag, 21. November 1939

Peters Regiment kommt zurück! Am Wochenende wird er hier in Berlin sein! Beate hat vor Freude zwei Babys vertauscht und nach dem Baden und Verbinden in verkehrte Betten gelegt. Dann hat sie mit Schwester Else auf dem Flur getanzt, und die war nicht einmal böse, weil sie sich so für Beate freute.

Sonntag, 3. Dezember 1939

Mit Großmutter im Adventsgottesdienst. Der Chor sang sehr schön.

Pastor Hühnerfeld schrieb mir. Er war beim Förster, weil

Agnes an einer Lungenentzündung gestorben ist. Der Förster weinte und weinte, bis er Pastor Hühnerfeld schließlich sagte, warum er so verzweifelt war. Er berichtete, er habe 1937 den SS-Leuten den Weg zu Hedwigs Höhle gezeigt, anstatt die Männer aufzuhalten oder Hedwig zu warnen, die seiner Tochter so oft geholfen hatte. Nun betrachtet er Agnes' Tod als Strafe Gottes und bat Pastor Hühnerfeld, ihm zu helfen. Er möchte es wiedergutmachen. Der Brief hat mich sonderbar berührt. Ich lege ihn hinten in mein Tagebuch.

Robert meint, es sei aussichtslos, Hedwig zu finden. Juden könne man vielleicht helfen, so lange sie noch da seien, sagt er, wie Großmutter es mit Goldschmieds getan und mit Ursula Morgenthal versucht habe. Alles andere sei im Augenblick nutzlos und gefährlich. «Wir müssen abwarten, Thea», sagte er zum Schluß. Manchmal habe ich Angst.

Sonntag, 17. Dezember 1939

Seit Wochen freuen wir uns auf Weihnachten in Breitenbach, und jetzt bekommt Robert nur zwei Tage Urlaub. Ich werde trotzdem nach Hause fahren, weil es das letzte Weihnachtsfest vor unserer Hochzeit ist.

Breitenbach, Samstag, 23. Dezember 1939

Wir kamen rechtzeitig an, um bei den letzten Vorbereitungen für die Bescherung der Dorfkinder zu helfen. Dieses Jahr wurde siebzig Kindern beschert. Zehn davon werden Ostern eingeschult und bekamen von Mutter ihren Schulranzen, gefüllt mit allem, was sie brauchen werden. Das war immer schon so, und früher waren wir furchtbar eifersüchtig auf die Dorfkinder; wir bekamen nie einen Ranzen, weil wir Hausunterricht hatten.

In der Mitte der Halle stand ein riesiger Weihnachtsbaum, den Peter schmückte. Rund um den Baum waren die weißgedeckten Geschenktische mit Namenskarten aufgestellt, und wir halfen, die Spielsachen, Bücher und riesigen Mengen Plätzchen darauf zu verteilen. Tante Heide, Mutter und Anneliese hatten auch in diesem Jahr wieder für jedes Kind etwas gestrickt. Später sangen die Kinder eine Viertelstunde im dunklen Küchenflur, bis Peter die letzte Kerze angezündet hatte.

«So mit unserm Herrn Peter wieder im Haus ist es doch ein ganz friedensmäßiges Weihnachten», sagte Kruse später zufrieden in der Küche.

«... und wenn Kalle nich' kommt, bleibt's auch so», seufzte Anneliese. Die beiden schämen sich unbeschreiblich für Kalles lautes Parteigedröhne und sein hinterhältiges Betragen dem Pastor gegenüber.

«Von wem hat er's nur – von mir nich'», sagen beide.

Dienstag, 26. Dezember 1939

Ein bedrückender Abend. Wahrscheinlich waren die Weihnachtstage zu schön – trotz des Krieges. Während der Teestunde in der Bibliothek eröffnete uns Ferdinand, daß er schon im Herbst um seine Versetzung in den aktiven Dienst gebeten hat. Sein Gesuch wurde angenommen, und am 1. Januar tritt er seinen Dienst als Erster Offizier auf einem U-Boot an. Wir haben ihn mit Fragen bestürmt, Mutter hat ihn angefleht, Peter ihn beschimpft. Julia stand am Fenster und sagte nichts. Für sie war es sicher keine Überraschung mehr.

Ferdinand ließ sich nicht davon abbringen. Er hatte Fritzchen auf dem Schoß, wirkte sehr gelassen und sagte, er halte es in Berlin nicht länger aus. Stimmung und Arbeitsweise im Ministerium seien nichts für ihn. Draußen könne er mehr leisten, er wolle Deutschland mit Körper und Seele und nicht am Schreibtisch dienen.

«Du wirst einmal stolz auf deinen Vater sein», sagte er zu Fritzchen, der während des ganzen Gesprächs auf seinen Knien schaukelte.

Vater schwieg lange. Schließlich ging er zu Ferdinand und legte ihm eine Hand auf die Schulter. «Du wirst wissen, was du tust, mein Junge. Ich versuche, dich zu verstehen», sagte er.

Zehntes Kapitel

Berlin, Montag, 1. Januar 1940

Kriegssilvester in Berlin. – Zum ersten Mal seit zwanzig Jahren gab es keine Silvesterjagd in Breitenbach.

Unser Krankenhausdienst fängt morgen um sieben Uhr wieder an. Peter mußte schon am Freitag zu seinem Regiment zurück, und Robert hatte ausgerechnet am Silvesterabend Dienst. Trotzdem war es sehr schön mit Großmutter. Wir aßen den Karpfen, den wir aus Breitenbach mitgebracht hatten, und redeten lange über Ferdinand. Großmutter ist nicht sehr vaterländisch gesonnen und findet seinen Entschluß idiotisch. Keiner spricht bedauernd über Julia, was doch eigentlich normal wäre. Seit den Weihnachtstagen bin ich sicherer denn je, daß außer mir niemand von Vater und Julia weiß. Aber die anderen scheinen doch zu spüren, wie wenig Julia Ferdinand braucht.

Nach Mitternacht standen wir lange auf der Terrasse, um die Neujahrsglocken läuten zu hören.

Montag, 15. Januar 1940

Wir haben furchtbar viel zu tun und fallen abends todmüde in die Betten. Schwester Else spricht sehr selten davon, daß wir noch lernen; wir bekommen unsere Aufgaben zugeteilt, erledigen sie selbständig, und Schwester Else lobt oder kritisiert später. Sie bemerkt alles.

Die übereifrige Susanne, die mit Beate anfänglich das Zimmer teilen sollte, ist eine besonders gute Krankenschwester und darf jetzt zwei Wochen lang hauptverantwortlich das

Quarantänezimmer betreuen. Sehr angenehm, weil sie dann nicht mit uns zusammenarbeitet. Ihr parteitreues Geschwätz geht uns entsetzlich auf die Nerven, und wir haben den Eindruck, daß Schwester Else das ebenso empfindet – manche Gedanken sind ihr an den Augen abzulesen. Aber in Susannes Gegenwart darf nichts laut gesagt werden.

Der kleine Kai kann nächste Woche entlassen werden. Eine einfache Hamamelissalbe und regelmäßige Kamillenbäder haben ihm schon geholfen. Er hat nie Besuch bekommen – auch Weihnachten nicht. Was muß das für eine Mutter sein!

Samstag, 20. Januar 1940

Spaziergang mit Robert zum Belvedere. Das Krankenhausgelände hat eine eigene Pforte zum Schloßpark. Dort wartet er immer auf mich. In diesen Tagen bin ich sehr pünktlich, weil es so unglaublich kalt ist.

Am 5. Oktober wollen wir heiraten.

Sonntag, 18. Februar 1940

Heute morgen war Großmutters Garten mit Papier übersät. Die Engländer fliegen offensichtlich nachts über die Stadt und lassen Flugblätter fallen wie Konfetti. Robert findet es beängstigend, wie ungestört die feindlichen Flugzeuge die Stadt erreichen können. Ein unguter Gedanke, daß sie eines Tages vielleicht Bomben statt der Zettel abwerfen! Heute stand auf den Flugblättern in großen Buchstaben:

WARNUNG!
GROSSBRITANNIEN AN DAS DEUTSCHE VOLK!

Hitler wurde beschuldigt, ganz Europa, besonders aber uns Deutsche, mit seinen friedfertigen Erklärungen jahrelang angelogen zu haben. Niemals habe eine Regierung ihre Untertanen unter geringerem Vorwand in den Tod geschickt. Leider kam Horst Zalinski dazu.

«Jeben Se den Schmutz her, Fräulein Thea», sagte er und nahm mir das Flugblatt weg. «Det is allet nur Verleumdung vom Führer. Jeben Se her, die Jnädige hat jesagt, ick soll den Schmutz wegbringen.» Vor Robert knallte er die Hacken zusammen und schnarrte mit ausgestrecktem Arm: «Heil Hitler, Herr Hauptmann!» Er verehrt jede Uniform. Seit er Blockwart ist, muß man sich noch mehr vor ihm in acht nehmen.

Montag, 11. März 1940

Gestern abend stand eine sehr elegante Dame auf unserem Stationsflur. Sie brachte Schwester Else einen fünfjährigen Jungen, der sehr hoch fieberte, und tat so, als sei er angemeldet. Dann rief sie, der Chauffeur habe die Koffer wohl auf eine falsche Station gebracht, sie würde schnell danach sehen, und lief hinaus. Sie ist nicht wiedergekommen. Der kleine Junge hat eine schwere Gürtelrose. In seiner Jackentasche fanden wir einen Ausweis, auf den ein großes «J» gestempelt war, ausgestellt auf den Namen Israel Wilhelm Lange.

«Ein kleiner Jude», sagte Beate ganz ungläubig.

«Ein abgeschobenes Kind», meinte Schwester Else.

«Warum hat die Dame den Ausweis nicht vernichtet?» fragte ich.

«Es würde nichts nützen – er ist beschnitten», sagte Schwester Else. Sie muß den Fall melden, aber da unser Stationsarzt im Augenblick krank ist, hat sie es verschoben. Lange darf sie die Meldung nicht zurückhalten: Das KAV behandelt ausdrücklich keine Juden.

Dienstag, 12. März 1940

Brief aus Breitenbach. Gute Nachrichten von Ferdinand. Sein Schiff blieb bisher ohne Feindberührung. Mutter hatte einen schlimmen Migräneanfall, was mich auch krank macht. Tante Heide hat sich den Knöchel verstaucht, und Fritzchen will nicht «bitte» sagen.

Schwester Else schiebt immer noch die Anmeldung von Israel Wilhelm Lange vor sich her.

Mittwoch, 13. März 1940

Beate hat sich am Wochenende erkältet und liegt mit Fieber im Bett. Ihre Arbeit hat heute Schwester Susanne übernommen, die sich linientreu weigerte, Wilhelm Lange zu pflegen. Sie lerne nicht in einem angesehenen Krankenhaus, um ein schmutziges Judenbalg zu waschen. Der Oberarzt kam, Schwester Else berichtete über den Vorfall und entschuldigte sich damit, daß der Stationsarzt und zwei Schwestern krank seien und sie wegen Überarbeitung den Fall nicht gleich habe melden können.

Wilhelm wurde sofort verlegt. Schwester Else meinte, das sei nicht zu verantworten – mit vierzig Grad Fieber sei er nicht transportfähig.

«Das lassen Sie nur unsere Sorge sein», sagte eine Schwester, die mit dem Arzt gekommen war.

Es war zum Heulen, und Schwester Else weinte auch wirklich, als Wilhelm abgeholt wurde.

Was würde passieren, wenn ich zum Chefarzt ginge, um dagegen zu protestieren? Würde ich eingesperrt, wenn ich mich weigerte, in einem solchen Krankenhaus zu arbeiten?

Mittwoch, 20. März 1940

Ich bin nicht gegangen.

Beate hatte einen schlimmen Rückfall, weil sie zu früh nach ihrem Fieber aufgestanden ist. Großmutter kam heute, um sie nach Dahlem zu holen. Peter wird über Ostern Urlaub haben und nach Berlin kommen. Da kann er Beate gleich gesund pflegen. Ich habe von Karfreitag bis Ostersonntag Dienst, weil insgesamt drei Schwestern krank sind. Ein harter Schlag, denn am Ostersonntag ist die Taufe von Hassos und Marias Baby. Robert wird Pate, und es kommen so viele Menschen, die ich durch ihn kennengelernt habe.

Ostersonntag, 24. März 1940

Kurzer Osterspaziergang mit Robert im Schloßpark. Ich habe ein wunderschönes Tauffest bei Wilmershains verpaßt.

Während der Rückfahrt blieb Roberts Auto auf der Avus stehen. Es ist nicht mehr zu reparieren. Er meint, wir müssen uns sowieso daran gewöhnen, ohne Auto zu leben, weil angeblich alle Privatwagen eingezogen werden sollen. Hoffentlich bleibt das ein Gerücht.

Samstag, 6. April 1940

Der OKW-Bericht meldet keine besonderen Ereignisse. Dabei haben wir in dieser Woche Dänemark und Norwegen besetzt! Robert sagt, wir bekommen Erz aus Schweden, das über den norwegischen Hafen Narvik verschifft wird. Hitler will durch die Besetzung Skandinaviens nur die Erzeinfuhr sichern. Die Luft vibriert von großartigen Erklärungen. Alles klingt nach noch mehr Krieg.

Mir geht es nicht besonders gut. Vor zwei Wochen hatten wir sechs Scharlachkinder auf der Station, aber das stellte sich erst heraus, nachdem ich schon eine ganze Weile mit ihnen zu tun gehabt hatte. Hoffentlich habe ich mich nicht angesteckt. Morgen wollen Robert und ich nach Potsdam fahren.

Sonntag, 7. April 1940

Seit gestern abend habe ich Fieber.

Donnerstag, 16. Mai 1940

Ich war noch nie so krank. Es war Scharlach, und Dr. Gershoff sagt, ich kann froh sein, daß ich es überlebt habe. Immer noch bin ich bei Großmutter und muß morgens im Bett bleiben. Grete kocht mich gesund. Während der vergangenen Wochen habe ich so viel abgenommen, daß Robert mich ohne große Anstrengungen hochheben kann. Eigentlich müßte ich an die See oder in die Schweiz zur Erholung, meint Dr. Gershoff, aber ich möchte lieber versuchen, mein Krankenpflegejahr zu Ende zu bringen.

Inzwischen hat sich der Krieg ausgebreitet wie die verschüttete Milch auf meinem Frühstückstablett heute morgen. Wir sind in Holland, Belgien und Frankreich einmarschiert. Die Front verläuft von der Nordsee bis ins Elsaß. Peters Regiment ist seit den ersten Tagen im Westen dabei. Ferdinands Boot kreuzt angeblich vor Norwegen. Im Radio wird immer nur von «Blitzkrieg» und «überraschenden, vernichtenden Schlägen» der Luftwaffe gesprochen. Vielleicht ist auch dieser Feldzug schnell vorbei.

Ich werde noch furchtbar schnell müde.

Mittwoch, 22. Mai 1940

Heute nachmittag hatte Beate frei und kam mit Schokolade von Hamann und allerlei Krankenhausklatsch zu mir. Sie muß jetzt immer mit der BDM-Susanne zusammenarbeiten, was sehr an ihren Nerven zehrt.

Vor Roberts Blumenstrauß stand Beate wie gebannt. Dreißig rosa Tulpen! Als er sie gestern abend brachte, suchte er im falschen Schrank nach Vasen und brachte die Tulpen schließlich in einem silbernen Sektkühler nach oben. Es sieht wunderbar aus.

In den letzten Wochen haben mich alle sehr verwöhnt. Vater, Mutter, Julia und Tante Heide – alle waren im Krankenhaus. Als ich zum ersten Mal nach dem Fieber zu mir kam, standen Mutter und Vater im Raum. «Was machst du aber auch für Sachen, mein Mädchen, was?» hörte ich Mutter sagen, genau wie früher. Sie hat Tage an meinem Bett gewacht. Eigentlich war sie nach Berlin gekommen, um meine Wäscheaussteuer einzukaufen. Sie kehrte aber ganz erschüttert aus der Stadt zurück, weil nun auch Bettwäsche rationiert ist. Wir werden also ohne das obligate Dutzend Bettbezüge, Kopfkissenbezüge und Überschlaglaken heiraten müssen.

Julia mußte schon um eine Sondergenehmigung bitten, um nach Berlin zu fahren, weil inzwischen tatsächlich alle privaten Autos eingezogen worden sind. Sie durfte ihren Maybach nur noch dieses eine Mal chauffieren. Kurt Müller-Bodenstein hatte ihr die Sondergenehmigung besorgt. Nun müssen sie sich in Breitenbach mit Pferden oder Fahrrädern bewegen. Julia hat hier ihren Vater getroffen, der sie und Fritzchen am liebsten mit nach Brasilien genommen hätte, bis der Krieg vorbei ist.

Donnerstag, 23. Mai 1940

Nach dem Abendessen drehte ich vor lauter Langeweile am Radio herum und traf auf den deutschsprachigen englischen Sender: «Hier spricht London . . .» Großmutter kam dazu und stellte sofort das Radio ab, weil mein Fenster offen war und Horst Zalinski unten im Garten den Kiesweg harkte.

Sie hört den Bericht seit zwei Jahren, obwohl es verboten ist. 1938 hat die BBC das deutschsprachige Rundfunkprogramm eingerichtet, sagt sie, auf dem Höhepunkt der Sudetenkrise. Großmutter meint, es sei die einzige verläßliche Informationsquelle. Wegen Horst Zalinski muß man aber sehr vorsichtig sein, deswegen hört Großmutter die Nachrichten aus London meist erst um Mitternacht.

Montag, 10. Juni 1940

Endlich arbeite ich wieder. Dr. Gershoff war dagegen, daß ich vor Ende Juni wieder im Krankenhaus anfange, aber ich hielt das Herumliegen und Gretes gutes Essen nicht mehr aus.

Peters Regiment steht vor Paris; Ferdinands U-Boot versenkt so erfolgreich englische Schiffe, daß es sogar im OKW-Bericht genannt wurde. Ich darf gar nicht darüber nachdenken, daß dabei auf der anderen Seite Menschen umkommen.

Italien hat heute England und Frankreich den Krieg erklärt.

Mittwoch, 12. Juni 1940

Robert sagt, Paris würde in den nächsten Tagen besetzt. Ganz Nordfrankreich ist schon überrollt. Hoffentlich zerstören sie Paris nicht so entsetzlich wie Rotterdam. Es gehen Gerüchte um, Rotterdam sei bombardiert worden, obwohl die Stadt sich schon ergeben hatte. Unsere Piloten sollen die Signale der eigenen Bodentruppen nicht richtig erkannt haben.

Freitag, 14. Juni 1940

Unsere Truppen sind in Paris einmarschiert. Peter lebt!!! Am Wochenende haben wir frei. Robert will versuchen, Theaterkarten zu bekommen. Ich möchte so gern einmal Gustaf Gründgens sehen. Seine Stimme macht einem eine Gänsehaut, sagt Beate.

Dienstag, 25. Juni 1940

Waffenstillstand mit Frankreich, und das nach ganzen zwei Monaten Kampf! Der endlose OKW-Bericht endete gerade mit den Worten: «Es gibt keine Alliierten mehr. Es bleibt nur noch ein Feind: England.»

Das bekommen wir immer mehr zu spüren. Die Engländer fliegen jetzt regelmäßig nächtliche Bombenangriffe in Nord- und Westdeutschland. Heute hatten wir im Krankenhaus eine Luftschutzübung.

Horst Zalinski hat Großmutter am Wochenende erklärt, daß sie im Fall eines Luftangriffs in den Keller muß. Grete stellte im Abstellraum neben der Waschküche schon Betten auf. Großmutter findet es lächerlich. «Krieg hin, Krieg her», sagt sie, «ich schlafe nicht im Keller. Wenn es zu schlimm wird, ziehe ich eben ins Parterre.»

Samstag, 6. Juli 1940

Susanne hat mir ewige Freundschaft geschworen, weil ich heute ihren Nachmittagsdienst übernommen habe. Hitler kam von der Westfront zurück nach Berlin, und Susannes Seligkeit hing daran, seine Ankunft zu erleben. Um neun Uhr abends fiel sie müde und heiser in ihr Bett. Nach seiner Ankunft am Anhalter Bahnhof ist Hitler im offenen Wagen stehend zur Reichskanzlei gefahren. Tausende haben an den Straßenrändern gewartet, gewinkt und «Sieg Heil!» geschrien. Susanne lief bis zur Reichskanzlei hinter dem Wagen her und konnte das Auto sogar berühren. Dann stand sie noch zwei Stunden in der Menschenmasse, schrie auch «Sieg Heil!« und wartete auf den Anblick Hitlers, der sich noch dreimal auf dem Balkon der Reichskanzlei zeigte.

Morgen höre ich Roberts Version des Nachmittags.

Sonntag, 7. Juli 1940

Langer Spaziergang mit Robert am Schlachtensee. Anschließend bei Wilmershains.

Die Stimmung war sehr gedrückt. Im Ministerium will man wohl die Sonderabteilung auflösen, in der Hasso und Robert arbeiten. Dann müßten beide zurück zu ihrem Geschwader – also an die Front. Nicht auszudenken!

Maria bekommt ihr zweites Kind und hat Beate gefragt, ob sie als Kinderschwester zu ihr kommen kann, wenn das Ausbildungsjahr beendet ist.

Wir wollen Schwester Else fragen, wie wir uns in den letzten zwei Monaten besonders in der Säuglingspflege ausbilden können. Beate würde es Spaß machen, Maria zu helfen, sie könnte mit gutem Grund in Berlin bleiben und müßte nicht nach Hause, wovor ihr graut. Im Augenblick ist sie allerbester Stimmung, weil Peter Urlaub hat. Im August muß er zurück nach Frankreich. Sein Regiment liegt südwestlich von Paris, wo er noch vor einer Woche Roberts Bruder August getroffen hat. Nächsten Samstag gibt Großmutter für uns alle ein Abendessen.

Samstag, 13. Juli 1940

Das Abendessen bei Großmutter wurde zu einem Abschiedsessen für Robert. Hasso Wilmershain hat recht behalten.

Morgen fahren Robert und er nach Norwegen, wo eine Luftflotte stationiert ist. Auch von dort werden Einsätze gegen England geflogen.

Mittwoch, 17. Juli 1940

Auf unserer Station wurden sechs Kinder neu eingeliefert. Dabei ist ein Zwillingspaar, das schon mit einem entzündlichen Ekzem geboren wurde. Schwester Else, der wir von Beates Plan erzählt hatten, setzte uns beide hauptverantwortlich für die Säuglinge ein. Es sind zwei kleine Mädchen. Die Mutter ist schon aus der Entbindungsstation entlassen, darf ihre Babys besuchen, aber nicht stillen. Sie ist sehr schüchtern, lieb und traurig. Ihr Mann ist im Mai in Frankreich gefallen.

Beate und ich waren einen Tag auf der Entbindungsstation, um uns einweisen zu lassen. Es sieht nach einer Beschäftigung rund um die Uhr aus, die wir uns aber gut teilen können. Außerdem besser, wenn jetzt viel zu tun ist.

Dienstag, 13. August 1940

Heute nachmittag hatte ich frei und war mit Großmutter Ariane einkaufen. Bei Michels durfte ich, ohne auf Preise oder Kleidermarken zu achten, den Stoff für mein Hochzeitskleid aussuchen. Wir haben uns für mattglänzende Seidenduchesse entschieden. Das Kleid soll sehr schlicht werden, weil ich unseren alten Familienschleier aus Brüsseler Spitzen tragen will, der sehr prächtig ist. Es wirkt sonst überladen. Danach sahen wir uns bei Stiller weiße Satinschuhe an, aber meine Größe war leider nicht da.

Spätes Abendessen bei Großmutter. Heinrich Liebenburg kam auch dazu. Sein Reiseführer über die Toskana ist fast fertig, aber er meint, im Augenblick sei das Interesse daran wohl nicht sehr groß.

Zurück im KAV, sah ich schnell nach unseren Zwillingen. Sie schliefen. Noch während ich mich mit der Nachtschwester unterhielt, gab es Bombenalarm. Für die Zwillinge war schon ein Wäschekorb bereitgestellt, und ich blieb bei ihnen, bis um drei Uhr morgens endlich die Entwarnung kam. Sie haben durchgeschlafen. Jetzt ist es vier Uhr, und ich bin immer noch aufgeregt.

Seit gestern werden schwere Luftangriffe gegen England gemeldet. Der Angriff heute nacht war sicher eine Revanche.

Sonntag, 25. August 1940

Gestern kam ein Brief aus Breitenbach. Ferdinand ist seit zehn Tagen zu Hause, er hat Urlaub. Die Ernte ist in vollem Gang. Kalle Kruse war auch zu Besuch und prahlte wie immer, schreibt Mutter. Er ist angeblich mit einer neuen, verantwortungsvollen Aufgabe in Polen betraut. Gott sei Dank ließ er diesmal Pastor Hühnerfeld in Ruhe.

Vater hat einen neuen Inspektor eingestellt, Heinz Strecker. Er ist Parteimitglied und kerngesund. Unerfindlich, warum so ein Mann nicht eingezogen wird! Mutter mag seinen Blick nicht.

Montag, 26. August 1940

Gestern nacht gab es den ersten wirklich schweren Bombenangriff auf Berlin. Wir mußten mit den Babys wieder in den Keller. Leider waren sie diesmal nicht so friedlich!

Freitag, 6. September 1940

Wir sind völlig übermüdet. Jede Nacht gibt es Bombenangriffe, und vor vier Uhr sind wir kaum einmal in unseren Betten. Die Zwillinge legen wir abends gleich in ihrem großen Wäschekorb schlafen, damit sie durch das Umbetten und den Transport in den Keller nicht aufgeweckt werden. Es funktioniert wunderbar! Beate und ich sitzen neben dem Korb und spielen Schach. Heute habe ich gewonnen.

Samstag, 7. September 1940

Das OKW berichtet hauptsächlich von Bombenangriffen auf England. Wir haben unter der Bettdecke den Deutschen Dienst aus London gehört. Es muß verheerend sein. Keine Nachricht von Robert.

Dienstag, 10. September 1940

Anprobe. Mein Kleid wird sehr schön. Leider habe ich gar keine Hochzeitsgefühle. Ständig werden Luftangriffe auf die Ostküste Schottlands gemeldet. Da muß Robert sein.

Mittwoch, 11. September 1940

Brief von Robert aus Calais. Er ist zu einem Geschwader an die französische Küste abkommandiert worden. Anscheinend gab es dort schwere Verluste. Sein Urlaub ist bis auf weiteres gestrichen. Unsere Hochzeit im Oktober muß verschoben werden. Traurig, aber ziemlich unwichtig, wenn er nur zurückkommt. Ich habe sofort in Breitenbach angerufen.

Montag, 16. September 1940

Brief von Mutter. Als ich letzten Mittwoch abend anrief, war gerade Tante Nora in Breitenbach eingetroffen, eine enorm große Korbtruhe im Gepäck. Darin liegt die unbenutzte Wäscheaussteuer ihrer Mutter. Ein großes Wäscheaussteuergeschäft in Dresden hatte vor unendlich vielen Jahren in die Aussteuer statt der Grafenkrone eine Freiherrnkrone gestickt, deshalb wurde die Truhe von Tante Noras Mutter nie angerührt. Offenbar herrschte damals kein Wäschemangel! Aber die Anfangsbuchstaben stimmen genau – *ADB*. Die Freiherrnkrone werden wir schon verkraften. Tante Nora schenkt mir die Truhe zur Hochzeit, und Mutter und Tante Heide sind glücklich, weil sie endlich die Sorge um die Aussteuer los sind.

Freitag, 27. September 1940

Letzter Tag im Krankenhaus. Die Abschlußprüfungen waren schnell vorbei und sind gut gelaufen. Leider können die Zwillinge noch nicht entlassen werden, und so haben Beate und ich das Gefühl, eine Arbeit unfertig liegenzulassen. Beate fährt für zwei Wochen nach Hause. Ich ziehe erst einmal zu Großmutter, obwohl Vater möchte, daß ich nach Hause komme. Aber wenn am 5. Oktober eigentlich unsere Hochzeit wäre, kann ich unmöglich in Breitenbach herumsitzen und mich bemitleiden lassen.

Montag, 30. September 1940

Wieder ein Bombenangriff. Großmutter geht grundsätzlich nicht in den Keller, sondern benutzt jetzt Ferdinands Schlafzimmer. Bei Angriffen schlafe ich neben ihr.

Erst wurde mir übel bei dem Gedanken, in dem Mahagonibett vor dem großen Spiegel liegen zu müssen, aber in dem grellen Licht und dem dumpfen Krachen der Bombenangriffe ist es weniger schlimm, als ich dachte.

Großmutter liegt immer kerzengerade auf dem Rücken, hält meine Hand fest und sagt ab und zu: «Diese Hornochsen – diese Idioten.» Sie meint damit nicht die Engländer.

Mittwoch, 2. Oktober 1940

Schwere Luftangriffe auf England. Ich denke an Robert und mag kaum etwas unternehmen. Die letzten Wochen im Krankenhaus waren anstrengender, als ich wahrhaben wollte. Ich schlafe unaufhörlich und viel zu lange, meint Großmutter.

Grete sieht mich immer mitleidig an, beteuert, wie elend ich aussehe, und empfiehlt mir, mich für «Herrn Robert» ein bißchen runder zu essen. Ihrem Horst streicht sie nur noch Schmalzbrote, damit ich seine Butterration bekommen kann. Er merkt es gar nicht, meint sie.

Samstag, 5. Oktober 1940

Wundervolles Herbstwetter und ein Brief von Robert. Mein Kleid hängt im Schrank, und ich kann nicht recht glauben, daß ich es je tragen werde. In Breitenbach sind solche Herbsttage besonders schön. Die Luft ist blau und gläsern, die Kastanienallee wie ein goldgelbes Kirchenschiff; wenn man still ist, hört man manchmal ein großes Blatt oder eine Kastanie fallen. Es wäre ein schöner Hochzeitstag gewesen.

Brief von Mutter und Vater. Sie bitten Großmutter und mich, nach Breitenbach zu kommen, weil es in Berlin zu gefährlich werden könnte; aber ich möchte hierbleiben, für den Fall, daß Robert plötzlich Urlaub bekommt.

Montag, 7. Oktober 1940

Unsere Luftangriffe auf England müssen verheerend sein. Wenn ich kann, höre ich den Deutschen Dienst aus London. Wo soll das nur hinführen?

Beates Schwägerin ist krank geworden, deshalb kommt Beate nicht sofort zurück nach Berlin. Maria hat mich angerufen, um zu fragen, ob ich jetzt an Beates Stelle zu ihr kommen kann, wenn das Baby da ist. Ihr Hausmädchen ist bei einem Bombenangriff im Keller ertrunken, weil die einschlagenden

Bomben einen Rohrbruch verursacht haben. Der Eingang war verschüttet und alle Hausbewohner sind im Keller ertrunken. Großmutter fühlt sich in ihrer Abneigung gegen Keller nur bestätigt.

Sonntag, 13. Oktober 1940

Nach vier ruhigen Tagen gab es gestern abend einen furchtbaren Bombenangriff. Der Himmel war taghell erleuchtet und die Bomber direkt über uns. Das Stadtzentrum wurde eine Stunde lang bombardiert. Großmutter erlitt einen Herzanfall. Dr. Gershoff ist sehr besorgt und sagt, daß sie jetzt auf keinen Fall allein bleiben darf. Ich habe Maria schon angerufen.

Nachmittags saß ich an Großmutters Bett und suchte auf ihren Wunsch ein angekündigtes Bachkonzert im Radio. Als ich über den englischen Sender drehte, war dort mitten am Nachmittag, außerhalb der Berichtszeiten, die Stimme eines jungen Mädchens zu hören. Das Englisch war so klar und deutlich, daß Großmutter und ich gebannt zuhörten und verstehen konnten, was sie sagte. Später wurde es noch einmal für uns übersetzt. Es war die erste Radioansprache der vierzehnjährigen Kronprinzessin Elisabeth von England. Mit einer hellen, selbstbewußten Stimme sprach sie zu den Kindern, die jetzt England verlassen müssen und zum Teil nach Amerika, Australien und Afrika gebracht werden, bis der Krieg vorbei ist. Ihr letzter Satz geht mir nicht aus dem Kopf: «*And when peace comes, remember, it will be for us, the children of today, to make the world of tomorrow a better and happier place.*»

Großmutter war sehr beeindruckt. «Hoffentlich wissen die Engländer, was für ein Glück sie mit ihren Windsors haben», sagte sie. «Gar nicht auszudenken, wie es in Deutschland aussehen könnte, wenn wir solche Charaktere auf dem Thron gehabt hätten.»

Montag, 14. Oktober 1940

Brief von Roberts Mutter mit einer Todesanzeige. Sein Vater ist nach einem Herzinfarkt gestorben. Die Beerdigung ist am Mittwoch, und sie hofft, daß Robert Sonderurlaub bekommt, um dabeizusein. Sie fragt, ob ich kommen möchte, schon um Robert zu sehen. Aber ich darf Großmutter jetzt nicht im Stich lassen. In diesem Herbst gerät alles aus den Fugen. Nur erstaunlich, wie schnell man sich daran gewöhnt.

Freitag, 18. Oktober 1940

Großmutter hatte eine sehr schlimme Herzattacke. Dr. Gershoff ließ sie noch abends in ein Krankenhaus bringen. Ich saß sehr lange bei ihr. Als ich nach Hause kam, war Robert gerade zehn Minuten fort. Grete gab mir einen Brief von ihm. Er hatte mich aus Ostenfelde nicht erreichen können und war nur nach Berlin gekommen, um mich kurz zu sehen. Nachdem er fast zwei Stunden gewartet hatte, mußte er fort, um rechtzeitig wieder in Calais zu sein. Erst war ich wie versteinert, dann habe ich die ganze Nacht geweint. Während des Bombenalarms bin ich im Bett geblieben.

Montag, 28. Oktober 1940

Großmutter ist aus dem Krankenhaus zurück. Sie muß sehr vorsichtig sein, darf keine Treppen steigen und ist wegen der Luftangriffe in die unteren Räume gezogen. Den nächsten Herzanfall bekommt sie bestimmt nicht wegen der britischen Bomber, sondern wegen der wilhelminischen Möbel, meint sie.

Wenn sie reisefähig ist, will sie bis zum Kriegsende nach Breitenbach umsiedeln, wann auch immer das sein mag.

Im Augenblick sieht es so aus, als griffe der Krieg auch auf Südosteuropa über. Heute sind die Italiener in Griechenland einmarschiert. In Nordafrika kämpfen sie schon den ganzen

Sommer. Der OKW-Bericht meldet täglich schwere Bombenangriffe auf England. Gestern Antwort von Robert auf meinen Brief vom 18. Oktober.

Freitag, 1. November 1940

Beate kam Mittwoch nach Berlin, und Peter hat Urlaub. Endlich gibt es wieder so etwas wie ein normales Leben, obwohl in der vergangenen Nacht gleich zweimal Bombenalarm war. Die letzte Entwarnung kam erst um sechs Uhr morgens. Peter und Beate haben mit Horst Zalinski im Keller Skat gespielt. Im besetzten Frankreich lebt man sehr viel ungefährlicher und gemütlicher in diesen Tagen, meint Peter.

Sonntag, 10. November 1940

Großmutter ist während Peters Urlaubswoche sichtlich aufgelebt, obwohl er eigentlich nur mit Beate unterwegs war. Seit Freitag ist er nun wieder fort. Beate zieht morgen zu Maria. Ihr Baby wurde am 5. Oktober geboren und schreit jede Nacht stundenlang. Maria ist völlig entnervt, und Beate wird die Nächte übernehmen, damit Maria schlafen kann. Hasso ist nach wie vor bei dem Geschwader in Norwegen, zu dem eigentlich auch Robert gehört.

Sonntag, 17. November 1940

Robert hatte eine Woche Urlaub! Zum Abschied tafelten wir gestern bei Savarin und haben uns tatsächlich an Hummer satt gegessen, weil der nicht rationiert ist. Kaum zu glauben.

Mittwoch, 18. Dezember 1940

Großmutter liegt mit einer fiebrigen Erkältung im Bett. Wir können Weihnachten nicht in Breitenbach sein, Dr. Gershoff hat es endgültig verboten. Von Ferdinand gab es vor drei

Wochen den letzten Brief aus Lorient. Das ist der Stützpunkt der Kriegsmarine an der französischen Atlantikküste. Er sollte Weihnachten eigentlich Urlaub bekommen. Peter und Robert wurde kein Urlaub genehmigt. Horst Zalinski besorgte heute einen Baum und Grete einen Karpfen, der im Keller in einer Badewanne schwimmt. Schließlich ist trotzdem Weihnachten.

Freitag, 20. 12. 1940

Ich war im Krankenhaus, um Schwester Else einen Weihnachtsgruß zu bringen. Unsere Zwillinge sind längst entlassen. Schwester Elses Wohnung in Moabit wurde ausgebombt, ihre Mutter kam bei dem Luftangriff um. Else wohnt jetzt in der Klinik.

Weihnachten, Dienstag, 24. Dezember 1940

Großmutter konnte aufstehen, um mit mir den Karpfen stilvoll zu verspeisen. Sie war sehr wach und fröhlich, und wir haben lange darüber gesprochen, wie Berlin zu Anfang der dreißiger Jahre war, haben über Robert und Goldschmieds geredet. Gertrud, die Freundin von Levin Goldschmied, muß ein unglaublich zartes, begabtes Mädchen gewesen sein. Großmutter zeigte mir ein Blumenaquarell, das Gertrud gemalt hat.

Elftes Kapitel

Mittwoch, 1. Januar 1941

Zweites Kriegssilvester in Berlin. Ich habe mit Großmutter und Heinrich Liebenburg zu Abend gegessen und Post aus Breitenbach gelesen.

Ferdinand ist am 24. Dezember gerade rechtzeitig zum Karpfenessen in den Saal gekommen. Fritzchen hat bei der Bescherung schon mitgesungen, und Pastor Hühnerfeld hat wunderbar gepredigt. Theo ist inzwischen ein ausgewachsener zweijähriger Hengst. Mutter legte einen Brief von Peter dazu, und Großmutter ließ ihn sich zweimal von mir vorlesen. Ich bewahre ihn jetzt in meinem Tagebuch auf, damit ich ihn Mutter zurückgeben kann.

Sonntag, 15. Dezember 1940 (dritter Advent)

Ihr Lieben,
wir sind auf dem Landsitz eines Herzogs untergebracht, ungefähr anderthalb Stunden südwestlich von Paris. Eine riesige Anlage! Das Schloß ist um zwei Stockwerke höher als unser Haus, aber steif und kein bißchen gemütlich! Die herzogliche Familie nutzt diesen formidablen Kasten nur im Sommer.

Der Wirtschaftshof ist allerdings der schönste, den ich je gesehen habe. Daneben wirkt unser Amtshof wie eine Ansammlung mausgrauer, lumpiger Katen, C. F.

Mauern, Türen und Fenster der Wirtschaftsgebäude sind hier so gut gestrichen wie die des Schlosses. In den Pferdeställen bleibt einem die Luft weg, so sauber und edel ist alles. Ich würde lieber dort übernachten als im Verwalterhaus. Wenn ich wieder in Breitenbach bin, müssen wir unbedingt etwas für die Ställe tun, C. F.

Unsere Weihnachtsfeier gestern war allerdings etwas merkwürdig – auf keinen Fall in Eurem Sinn. Unser Oberst hat einen richtigen Adelstick. Sein eigener Name ist so bürgerlich, daß er sich nur mit Adel umgibt, wenn es irgend möglich ist. Das «von» vor dem Namen knallt er immer heraus, als schösse er eine Pistole ab. Ständig redet er von irgendwelchen Adligen, die er kennt, und wirft mit Titeln und Namen nur so um sich.

Nun treibt es ihn völlig um, daß unser Winterquartier in dem Schloß eines lebenden Herzogs liegt, und es schmerzt ihn sehr, daß sich niemand von der herzoglichen Familie blicken läßt. Den Herzog und seine Frau haben wir nur ein einziges Mal auf dem Wirtschaftshof aus dem Auto steigen sehen.

Unser Oberster war nun ganz wild darauf, den Herzog in seinen hochkarätigen Bekanntenkreis einzureihen, und lud ihn ganz offiziell mit seiner Familie zur Weihnachtsfeier ein.

Eine unbeschreibliche Veranstaltung! Er wollte es ihnen so richtig zeigen: Erst ein Essen, daß sich die Tische bogen, und danach eine musikalische Einlage mit den Damen des Moulin Rouge vom Montmartre in Paris. Stellt Euch vor, die Franzosen hätten Breitenbach besetzt und Ihr wäret in unserem eigenen Haus, in unserem Saal zu einer Weihnachtsfeier geladen, bei dem eine Varietétruppe aus Berlin tanzt – mitten im Krieg! Was würdest Du tun, C. F.?

Der Herzog jedenfalls hat seinen zwölfjährigen Sohn mit Gouvernante geschickt. Unser Oberst wäre vor Entsetzen fast die Treppe hinuntergekippt, als er den Knirps sah. Aber es half nichts. Der kleine Prinz – in schwarzem Samt mit weißem Spitzenkragen, wie es sich gehört – wurde als vollwertiger Monsieur Le Duc behandelt, aß mit großem Appetit, trank Rotwein und parlierte wie ein aufgezogenes Uhrwerk. Der Höhepunkt war die Cancan-Vorstellung der Damen aus Paris. Der Kleine saß in einem riesigen vergoldeten Sessel, klatschte und lachte so laut, daß wir alle angesteckt wurden. Der Can-

can war herrlich anzusehen, Beine und Rüschen flogen, und zum Abschluß sanken alle die tiefdekolletierten Damen in einen Spagat vor dem Herzogsessel. Was die Gouvernante davon hielt, war nicht zu erkennen. Es war schon halb eins, als sich der kleine Prinz verabschiedete, und er war noch genauso munter und höflich wie am Anfang des Abends.

Unser Oberster wütet, aber er kann nichts machen. Der Herzog hat auf eine unbestreitbar elegante Art und Weise gezeigt, was er von uns hält. Diese Weihnachtsfeier werden wir nicht vergessen …

Hoffentlich geht es Euch allen gut!
Seid umarmt und gegrüßt
von Eurem Peter

Freitag, 3. Januar 1941

Robert ist da! Eine ganze Woche Urlaub. In den letzten Tagen des vergangenen Jahres haben wir – unsere Luftwaffe – halb London in Brand geschossen. Wenn England sich davon erholt, wird das Bombardement zurückkommen wie ein Bumerang, sagt Robert. Ich habe ihn noch nie so müde, ernst und bedrückt erlebt. Nächste Woche kehrt er zu seinem Geschwader nach Norwegen zurück.

Sonntag, 5. Januar 1941

Über Heinrich Liebenburg bekamen wir Karten für das große Karajan-Konzert. Die Musik war wunderbar. Karajan strahlt einen sonderbaren Hochmut aus. Wir kamen uns vor wie Würmer im Parkett, gerade eben gut genug, die Musik zu hören.

Großmutter sagt, wir sollen uns nicht so anstellen. Karajan sei der begabteste junge Dirigent, den sie je gesehen habe, und natürlich sehr von sich überzeugt – eben ein Genie. Man dürfte nicht kleinlich sein und Verbindlichkeiten von ihm erwarten wie von einem Taxichauffeur.

Dienstag, 7. Januar 1941

Die Heizung in Roberts Wohnung funktioniert nicht. Es ist unglaublich kalt.

Donnerstag, 9. Januar 1941

Beates Geburtstag. Wir besuchten sie und machten einen Spaziergang am Schlachtensee. Hasso Wilmershain hat auch Urlaub, und wir saßen um den Kamin und tranken Tee – fast wie im Frieden. Beate hatte Post von Peter aus dem herzoglichen Schloß. Marias Babys sind sehr oft krank. Ohne Beate wäre sie sicher nur noch ein Schatten.

Freitag, 10. Januar 1941

Robert traf in der Stadt die Mutter von Gertrud, Levin Goldschmieds Freundin. Im letzten Sommer hatte er Gertruds Sanatorium nicht mehr ausfindig machen können, bevor er an die Front mußte. Vor Weihnachten haben ihre Eltern einen Brief bekommen. Gertrud sei in der Klinik an einer Grippe gestorben. Am 20. Dezember wurde den Eltern ihr Koffer zugestellt.

Dieser Vorgang ist beängstigender als jeder englische Bombenangriff, sagt Robert.

Samstag, 11. Januar 1941

Robert ist fort. Irgendwie müssen wir in diesem Jahr heiraten.

Er hat mich und Großmutter beschworen, nach Breitenbach zu ziehen. In Berlin könne es nur noch gefährlicher werden, meint er. Alles wäre in Ordnung, wenn wir ein Auto hätten. Aber eine Bahnfahrt könnte Großmutter jetzt nicht durchstehen.

Mittwoch, 15. Januar 1941

Grete liegt mit Fieber im Bett. Deshalb war ich einkaufen, was im Augenblick stundenlanges Schlangestehen in eisiger Kälte bedeutet. Alles ist rationiert. Großmutters Vorräte an Lavendelseife gehen zu Ende, und die einzige Seife, die man bekommen kann, stinkt entsetzlich.

Ich habe noch nie so gefroren wie auf dieser Einkaufstour. Großmutter befahl mir, umgehend heiß zu baden, obwohl man eigentlich nur noch samstags und sonntags ein Vollbad nehmen darf. Gar nicht auszudenken, wie kalt und dunkel es jetzt in Norwegen sein muß.

Mittwoch, 14. Mai 1941

Endlich wird es wärmer. Seit zwei Wochen kein Brief von Robert. Peters Regiment wird demnächst an die russische Grenze verlegt. Unsere Furcht wächst. Wird es auch mit Rußland Krieg geben? Leider sprechen alle Zeichen dafür.

Wenn man die Berichte hört, führen wir schon gegen halb Europa und Nordafrika Krieg. Wo soll die zusätzliche Kraft für einen Feldzug gegen Rußland herkommen?

Ferdinand schrieb einen Brief an Großmutter aus Lorient. Sein Boot kreuzt meistens im nördlichen Atlantik. Aber seine Schilderungen klingen nicht mehr so begeistert wie am Anfang. Wochenlang sind sie immer unterwegs und lauern zusammengepfercht auf Angriffe feindlicher Boote. Es muß eine ungeheure Prüfung für Mannschaft und Offiziere sein.

Samstag, 17. 5. 1941

Rudolf Heß ist vor einer Woche unter mysteriösen Umständen verschwunden und angeblich in England gelandet. Heute morgen kam der Postbote Schwienecke mit in die Halle, weil Großmutter etwas unterschreiben mußte. Weil Horst Zalinski draußen die Straße fegte, erzählte Schwienecke rasch den neuesten Witz: Aus dem 1000jährigen Reich ist plötzlich ein 100jähriges geworden; eine Null ist weg. Er wollte sich totlachen.

Heinrich Liebenburg erzählte nachmittags beim Tee noch einen anderen Witz. Heß trifft in England endlich auf Churchill, der ihn fragt: «Sie sind also der Verrückte?» Heß antwortet: «Nein, nur der Stellvertreter!»

Später kam ein alter Freund von Großmutter, und wir sahen uns kleine Aquarelle von Emil Nolde an, die er aus seiner Aktentasche zog. Nolde nennt sie «ungemalte Bilder». Es sind Entwürfe für große Arbeiten in Öl, die er jetzt wegen des Malverbots nicht verwirklichen kann. Nun muß er seine Skizzen verkaufen, weil er dringend Geld braucht. Was an den Bildern «entartet» sein soll, ist schwer auszumachen, es sind wunderschöne Stilleben, Blumen und Landschaften. Großmutter kaufte fünf Blätter, und ich legte sie in ihre Kommode im Ankleidezimmer.

Montag, 19. Mai 1941

Brief von Julia mit Kleidermarken. Ich soll mir etwas kaufen, weil sie ohnehin genug hat und nicht jetzt im Krieg nach Berlin kommen kann, um sich neu einzukleiden. Ich kann die Marken sehr gut gebrauchen und mir endlich ein Kostüm bei Gerson kaufen, das ich schon lange im Auge habe. Pfingsten fahren wir hoffentlich nach Breitenbach.

Sonntag, 25. Mai 1941

Sondermeldungen berichten von schweren Seegefechten vor Island. Hoffentlich passiert Ferdinand nichts.

Die *Bismarck* hat ein englisches Schlachtschiff versenkt und wird jetzt gejagt, berichtet zumindest der Deutsche Dienst aus London.

Ein Blockwart aus der Nachbarschaft hat eine Auszeichnung bekommen, weil er Familien aufgespürt und gemeldet hat, die abends die BBC hörten. Wir müssen vorsichtiger sein! Robert hat auch gemeint, daß es mit Zalinskis Loyalität Großmutter gegenüber nicht sehr weit her ist.

Mittwoch, 28. Mai 1941

Die *Bismarck* ist gesunken, «mit wehender Flagge», wie es im OKW-Bericht heißt.

Freitag, 30. Mai 1941

Ich muß immerzu an Ferdinand denken, an seine Leidenschaft für wehende Fahnen, und träume schlecht.

Peter ist aus Frankreich zurück. Er erzählt von einem geheimen, gleichzeitig aber offenen Propagandakampf in Frankreich: Überall taucht neuerdings ein einfaches «V» auf, für *victoire, victory*. Es verbindet alle, die gegen Deutschland kämpfen. Peter war noch in Paris, bevor er zurückkam. Die Blumen im Jardin du Luxembourg und in Versailles sind in manchen Beeten als «V» gepflanzt. Das Morsezeichen für das «V» ist dreimal kurz, einmal lang. Sie pfeifen es in Paris auf der Straße, applaudieren in diesem Rhythmus nach Konzerten und im Theater. Seit ein paar Tagen verwendet auch der Deutsche Dienst aus London das Zeichen, um seine Sendungen einzuleiten. Sinnigerweise benutzen sie den Anfangstakt der fünften Sinfonie von Beethoven.

Donnerstag, 12. Juni 1941

Peters Abschied gefeiert. Er war Pfingsten mit Beate in Breitenbach. Großmutter wird immer schwächer, und ich kann sie unmöglich mit der fahrigen Grete allein lassen. Horst ist schon gar nicht zu trauen. Im Juli fährt Maria aufs Land, und Beate kann mich bei Großmutter ablösen. Dann fahre ich endlich nach Hause.

Freitag, 20. Juni 1941

Mit Beate in der Stadt. Ich habe mir das hellgraue Kostüm bei Gerson gekauft. Beate ist sicher, daß es Robert gefällt. Er mag meine Kleider sonst nicht besonders. Dazu habe ich mir gleich Strümpfe und drei Hüte gekauft, denn für Hüte braucht man keine Kleidermarken.

So ist es uns gelungen, für ein paar Stunden die politische Lage zu vergessen. Der Krieg gegen Rußland scheint unausweichlich.

Sonntag, 22. Juni 1941

Wir sind in Rußland einmarschiert. Jeder hat es erwartet. Trotzdem ist es wie ein dumpfer Schlag.

Peters Regiment ist bei der Heeresgruppe Süd.

Dienstag, 24. Juni 1941

Großmutters Atlas ist aus dem Jahr 1890, deshalb habe ich heute einen neuen gekauft: Velhagen & Klasings *Großen Volksatlas*. Nun können wir wenigstens auf dem Papier verfolgen, was zwischen dem Nordatlantik und Südrußland passiert.

Im Buchladen traf ich Georg Hühnerfeld, der Ostern sein Abitur gemacht hat. Er wollte Musik studieren und Cellist werden. Jetzt geht er in ein Ausbildungslager der SS. Georg nahm mir den Atlas aus der Hand und schlug eine doppelseitige Karte von Mitteleuropa auf.

«Alles Deutschland – von Tilsit bis Paris!» sagte er. «Darauf können wir stolz sein! Heil Hitler, Thea!»

Armer Pastor Hühnerfeld.

Donnerstag, 10. Juli 1941

Peter ist zurückgekommen. Er liegt mit einem glatten Schulterdurchschuß im Krankenhaus. Sein eigener Bursche hat ihn aus

Versehen angeschossen, als er eine geladene Pistole reinigte. Peter will ihn trotzdem behalten, denn den Fehler, sagt er, macht der Junge sicher nicht noch einmal. Fünf Zentimeter weiter und die Kugel hätte ihn getötet.

Großmutter regte sich furchtbar auf. Man darf ihr nichts mehr sagen, aber sie merkt trotzdem alles. Das Wetter macht ihr furchtbar zu schaffen. Es ist stickig und schwül. In Breitenbach wäre es leichter auszuhalten. Inzwischen habe ich richtiges Heimweh, aber Beate kann ich jetzt natürlich nicht fragen, ob sie mich bei Großmutter vertritt.

Freitag, 18. Juli 1941

Vater war da, um Peter zu sehen. Er selbst sieht blendend aus. Die Ernte steht gut; nur der neue Inspektor Strecker macht ihm Schwierigkeiten. Vater mag seinen Stil nicht.

Donnerstag, 24. Juli 1941

Der deutsche Einmarsch in Rußland geht schwindelerregend schnell. Die Truppen sind bald in Moskau.

Samstag, 26. Juli 1941

Peter ist heute aus dem KAV entlassen; die Wunde ist vollständig verheilt. Er bleibt eben ein Glückskind!

Die Luftwaffe bombardiert Moskau. Furchtbarer Gedanke, daß all diese wunderschönen Städte von uns zerstört werden.

Der neue Atlas liegt immer aufgeschlagen neben dem Radio. Wenn ich zwischen den verschiedenen Seiten hin- und herblättere, um den Frontbericht zu verfolgen, wird mir ganz schwindelig. Zu denken, daß wir unzählige Orte, Städte und Dörfer überfallen haben, überall in Europa! Manchmal tanzt die kleine Kursivschrift richtig vor meinen Augen.

Sonntag, 3. August 1941

Mein einundzwanzigster Geburtstag verlief gedämpft. Seit drei Wochen keine Nachricht von Robert. Die Luftwaffe beschießt an der britischen Ostküste Handelsschiffe und Tanker. Hoffentlich passiert ihm nichts. Ein rührender Geburtstagsbrief von Roberts Mutter.

Donnerstag, 7. August 1941

Die halbe Nacht saß ich an Großmutters Bett und schlief dafür heute nachmittag auf der Veranda.

Robert hat mich geweckt. Er ist tatsächlich da! Sonderurlaub: Morgen wird ihm das Eichenlaub zum Ritterkreuz verliehen, weil er «mit vierzig Luftsiegen an den genannten Erfolgen der Luftwaffe hervorragend beteiligt» war.

Donnerstag, 21. August 1941

Am Freitag, dem 8. August, feierten wir Roberts Eichenlaub bei Savarin. Auf dem Rückweg war Bombenalarm. Wir mußten aus dem Taxi steigen. Einen Moment lang sahen wir gebannt auf die Leuchtkugeln, die den Himmel über Berlin taghell erleuchteten, beängstigend, gefährlich und schön zugleich. Dann rannten wir in die nächste U-Bahn-Station und warteten stundenlang, unter Roberts Regenmantel gekauert, auf der Treppe. Peter und Beate saßen zwei Stufen tiefer.

Als um fünf Uhr morgens die Entwarnung kam, hatten Robert und ich zwei Entschlüsse gefaßt: Wir wollten sofort frühstücken und sofort heiraten. Um zehn Uhr morgens hatte Robert alle Papiere für eine Nottrauung zusammen. Als erstes Hochzeitsgeschenk überreichte uns der fischäugige Standesbeamte eine Prunkausgabe von *Mein Kampf*, dunkelblaues Leder mit Goldschnitt.

Mittagessen im Hotel Adlon. Um drei Uhr nachmittags telegrafierten wir nach Breitenbach und Ostenfelde, und um neun Uhr abends waren wir schon in einem kleinen Hotel an der Havel, zwischen Sand und Kiefern.

Vor einer Woche mußte Robert wieder zurück nach Norwegen.

Ich drehe an meinem Ring und liege wieder auf der Veranda, als wäre das alles nicht wahr.

Robert trug die Ringe schon seit einem Jahr bei sich und hat am vergangenen Samstag morgen noch die Gravur ändern lassen. Peter fand das überflüssig, aber Robert meinte, das Datum müsse stimmen.

Der Bombenangriff in jener Nacht zum 9. August 1941 war der erste sowjetische Luftangriff auf Berlin. Rache für Moskau, sagt der Deutsche Dienst aus London.

Sonntag, 24. August 1941

Peter muß sich erst am 15. September bei seinem Regiment melden, Großmutter geht es erstaunlich gut, morgen fahren wir nach Breitenbach! Maria und die Babys nehmen wir mit. Es wird eine richtige Karawane.

Breitenbach, Donnerstag, 28. August 1941

Endlich wieder zu Hause. Erst jetzt merke ich, wie sehr mir Breitenbach gefehlt hat. Am Montag abend wurde ich wunderbar empfangen und als Braut und verheiratete Frau gleichzeitig gefeiert. «Wie in Friedenszeiten», sagte Elfriede, «leider ohne Bräutigam, Fräulein Thea.» Anneliese boxte sie furchtbar hart in die Rippen, dann weinten sie beide für mich, und ich versuchte, sie zu trösten.

Am Samstag heiraten Peter und Beate. Es lag ein wenig in der Luft, nachdem Robert und ich es vorgemacht hatten. Sie können gar nicht anders, wenn man an das wochen- und monatelange Warten denkt, das wieder vor uns liegt.

Auf den ersten Blick hat sich in Breitenbach nichts, auf den zweiten Blick alles geändert.

Die alten Schnitterkasernen hinter dem Wirtschaftshof sind mit polnischen Kriegsgefangenen belegt, die in den Ställen, im Wald und auf den Äckern unsere eingezogenen Arbeiter ersetzen sollen. Wie widersinnig! Warum bleibt nicht einfach jeder da, wo er herkommt! Alles steht auf dem Kopf.

Der neue Inspektor, Herr Strecker, ist mehr Gefangenenaufseher als Gutsinspektor, aber ihm scheint es Spaß zu machen. Er leistet gute Arbeit, sagt Vater, benimmt sich aber oft dreist und unverschämt. Vater ist sehr beunruhigt über die Atmosphäre, die er im Betrieb verbreitet, und überlegt, ob er Strecker kündigt. Wo soll er aber in diesen Tagen einen zuverlässigen Inspektor hernehmen?

Auf dem Wirtschaftshof ist die alte Gesindeküche wieder eingerichtet worden. Dort wird für die Kriegsgefangenen gekocht, und sie essen auch dort. Bis auf den siebzigjährigen Lohmann sind alle Gärtner eingezogen; Tante Heide hat die Organisation übernommen. Auch im Garten arbeiten Polen. Tante Heide kann einige polnische Sätze.

Mutter wirkt sehr angestrengt und leidet ständig unter Kopfschmerzen. Gestern abend gab sie es zu, als ich sie um Mitternacht noch am Schreibtisch in ihrem blauen Eckzimmer fand, wo sie an Ferdinand schrieb. Sein Schiff kreuzt immer noch irgendwo im Nordatlantik.

Krüger, verantwortlich im Pferdestall, Meyer im Schafstall, Karlchen Strothe im Schweinestall – alle sind über sechzig und auf die polnischen Zwangsarbeiter angewiesen. Gott sei Dank haben sie uns den Schweizer gelassen. Der Rothe-Heinrich ist nun doch zum ersten Gespannführer aufgestiegen. Keiner hätte sich das vor zwei Jahren träumen lassen.

Julia kommt aus den Reitsachen nicht heraus. Sie erledigt viele Kutschfahrten für den Betrieb und kutschiert besser als Vater, meint der alte Krüger. «Geht schon eher nach mir hin», sagte er gestern im Stall, als ich Theo besuchte.

Inspektor Strecker kam dazu, und ich konnte beobachten, wie er mit den Leuten und den Tieren umgeht. Einfach vulgär!

Er ist der einzige Mensch hier, der mich mit meinem neuen

Nachnamen ansprechen muß. Schade um den schönen Namen!

Fritzchen wird nächsten Monat drei Jahre alt. Er ist schnell, klug und sehr niedlich. Wenn er in Ferdinands altem hellblauem Samtanzug mit Spitzenkragen herumläuft, wie an unserem Empfangsabend, sieht er aus wie das Kinderbild von Vater, das in Großmutters Wohnzimmer hängt.

Nachtangriffe unserer Luftwaffe gegen englische Flugplätze. Abends weiß ich kaum, was ich den Tag über getan habe – ich denke nur an Robert.

Freitag, 29. August 1941

Hochzeitsvorbereitungen. Die Tafel im Saal ist gedeckt. Anneliese hat das Meißner Porzellan mit dem gelben Drachen hervorgeholt, Tante Heide die Rosenbeete geplündert und überall Sträuße schwarzroter Rosen aufgestellt. Es duftet wunderbar.

«Das hätte ich so gern für dich gehabt, mein Mädchen», meinte Mutter.

Wenn der Krieg vorbei ist, werden Robert und ich uns von Pastor Hühnerfeld trauen lassen. Hier in Breitenbach mit Rosen, Silber, Meißner Porzellan und allem, was dazugehört. Das steht ohnehin fest.

Samstag, 30. August 1941

Wetter, Brautpaar, Pastor Hühnerfelds Predigt, die Feier – alles war wunderschön. Nur Fritzchen (in Peters erstem Matrosenanzug) weigerte sich, Blumen zu streuen. Er schrie und stampfte, bis Vater ihn überredete. Dann klappte es genauso schnell wie früher, wenn Vater uns zurechtwies.

Beate trug Großmutters uraltes, etwas vergilbtes Hochzeitskleid, weil ihr mein neugeschneidertes zu eng und zu kurz ist. Mit dem alten Brüsseler Spitzenschleier sah es wundervoll aus.

Ihr Vater kam allein und in letzter Minute. Ein knorriger alter Herr, der sich rührend freute und Beate die märchenhafte dreireihige Perlenkette ihrer Mutter schenkte. Dank der Butter und der Sahne, die Barbara Müller-Bodenstein uns zwei Tage vorher gebracht hatte, konnte das Essen so gekocht werden wie vor dem Krieg. «Endlich is' es mal wieder so üppig wie früher», seufzte Anneliese in der Küche. «Wenn nur der Herr Ferdinand und der Herr Robert da wären, mein Theachen.»

Am späten Nachmittag brachen Peter und Beate zusammen mit dem alten Pregel auf. Sie verbringen die nächste Woche in seiner Jagdhütte. Der Alte wird schon dafür sorgen, daß es ihnen an nichts fehlt.

Immer noch keine Nachricht von Ferdinand.

Montag, 8. September 1941

Der letzte Erntewagen ist eingefahren. Die Kinder liefen nebenher, die Frauen, die die Feldarbeit beendet hatten, schritten in einer Kette hinter dem Wagen. Vor dem Amtshof wartete Vater mit Fritzchen und nahm den Garbenstrauß in Empfang. Ein schönes Bild – so wie immer, aber mir gefällt es nicht, wie Inspektor Strecker Julia ansieht.

Der Rothe-Heinrich fuhr den Bindewagen in den Hof und verzog keine Miene, um Vater zu grüßen. Vater war nachsichtig wie immer mit Heinrich.

Heute abend berichtete Kruse in der Küche, daß die polnischen Kriegsgefangenen kein Erntebier bekommen haben, obwohl Vater es angeordnet hatte.

«Kein Tropfen für das slawische Pack!» hat Inspektor Strecker angeblich gesagt. Vater trommelte lange mit den Fingern auf der Stuhllehne. Morgen wird es wieder eine unangenehme Auseinandersetzung geben.

Sondermeldung: Der Ring um Leningrad ist geschlossen. Schon wieder eine Stadt von uns bedroht.

In der Küche fragte mich Anneliese: «Theachen, was haben wir eigentlich in Rußland oder in Schottland zu suchen? Mein

Kruse will nix wissen, und Kalle redet nur geschwollenen Kram von Rasse und slawischen Untermenschen und so. Mir wird das langsam unheimlich.»

Kalle soll jetzt einen sehr verantwortlichen Posten in Polen haben, in irgendeinem kleinen Dorf, in dem sie eine Fabrik bauen. Aber zu Annelieses Kummer schreibt er nie.

Nächste Woche muß Peter zurück nach Rußland.

Freitag, 12. September 1941

Der Abschied von Peter ist uns furchtbar schwergefallen. Beate und Großmutter sind mit ihm zurück nach Berlin gefahren. Beate will bei Großmutter bleiben, die von der Rückreise nicht abzubringen war. Sie hält es hier – Krieg hin, Krieg her – nie lange aus und braucht die Berliner Luft.

Maria bleibt noch mit den Kindern. Keine Nachricht von Ferdinand.

Sonntag, 5. Oktober 1941

Erntedankfest! Pastor Hühnerfeld sagte vielleicht drei Sätze zu dem vorgeschriebenen Predigttext, las dann einen anderen Vers vor und hielt eine kurze, aber gefährliche Predigt. Der Bibeltext steht im fünften Buch Mose: «Nicht hat euch der Herr angenommen und euch erwählt, darum daß euer mehr wäre als alle Völker – denn du bist das kleinste unter allen Völkern –; sondern darum, daß er euch geliebt hat.»

Pastor Hühnerfeld war sehr fröhlich und erleichtert, als er zum Essen bei uns war. Seine Frau wirkte bedrückt und meinte, die Predigt könne böse Folgen haben.

Keine Nachricht von Ferdinand.

Dienstag, 28. Oktober 1941

Die zwei ältesten Söhne von Krüger sind gefallen. Zum ersten Mal habe ich den Brief gesehen, vor dem wir alle Angst haben.

«... am 17. 10. 1941 bei der Doppelschlacht von Drgansk und Wjasma den Heldentod fürs Vaterland gestorben.»

Krüger weinte, als Vater zu ihm kam.

Mittwoch, 29. Oktober 1941

Briefe von Robert und Peter. Keine Nachricht von Ferdinand. Ich fühlte mich trotz der Briefe steif und elend und ritt nach dem Tee noch aus. Der Himmel war gelb, über dem Magnetberg standen hohe dunkle Wolkentürme. Sie wuchsen und reckten sich wie Riesentiere, die drohend ihre großen Mäuler aufreißen. Der Wind war eisig. Ein Segen, daß man hier auf dem Land ein heißes Bad nehmen kann, wann man will.

Donnerstag, 30. Oktober 1941

Vom Deutschen Dienst aus London wissen wir, daß in Rußland schlimmste Wetterverhältnisse den Feldzug behindern. Die Nachschubfahrzeuge versinken im Schlamm, die Pferde krepieren. Nichts davon im OKW-Bericht! Unsere Rübenernte ist immer noch nicht beendet, aus den gleichen Gründen. Vor lauter Nässe versacken die Arbeiterkolonnen und die Fahrzeuge im Ackerboden. Wir müssen auf den ersten Frost warten, um die letzten zwei Schläge zu ernten.

Freitag, 21. November 1941

Mutter hat entsetzliche Kopfschmerzen und ist nicht aufgestanden.

Samstag, 22. November 1941

Julia kam erst spät aus Bodenstein zurück. Ich sah sie von Elses Fenster aus in die Hofeinfahrt kutschieren. Else hatte wieder eine Kolik.

Später wollte ich durch den Garten zum Haus hinaufgehen,

sah noch Licht in der Remise und ging hinein. Julia stand mit der Peitsche in der Hand gegen einen Wagen gedrängt und vor ihr Inspektor Strecker. Trotz des schlechten Lichtes erkannte ich Angst in Julias Gesicht. Ich stieß schnell einen alten Eimer um und fragte Julia, ob sie mit mir nach oben käme. Strecker lachte frech und ging mit einem widerlichen Ausdruck im Gesicht an mir vorbei.

Nach dem Abspannen hatte sie sich noch mit Krüger unterhalten, und auf dem Weg durch den Garten war ihr eingefallen, daß sie die zwei Liter Sahne von Barbara für Tante Heide in der Kutsche vergessen hatte. Strecker muß sie gesehen haben und ihr in die Remise nachgegangen sein.

Im Haus haben wir nichts davon gesagt. Julia will Vater nicht beunruhigen und meint, sie wird mit Strecker allein fertig.

Mutter geht es ein wenig besser.

Dienstag, 25. November 1941

Ferdinands Boot wird seit sechs Wochen vermißt. Vater hat es heute nach endlosen Telefongesprächen erfahren.

Es kann gar nicht sein!

Freitag, 28. November 1941

Ein Brief von Ferdinand, der vier Monate unterwegs war. Nach der allerersten Erleichterung sind unsere Angst und Verzweiflung nun noch gewachsen.

Freitag, 5. Dezember 1941

Inspektor Sander ist vor Moskau gefallen. Mutter besuchte heute Frau Sander, die völlig verzweifelt ist. Die ganze Zeit drehte sie ein Paket mit Stricksachen in den Händen, das sie ihm gerade hatte schicken wollen. «Er friert doch so leicht, gnädige Frau, erinnern Sie sich, wie leicht er immer friert?» hat sie gesagt.

Es muß unvorstellbar kalt in Rußland sein. Sanders Sohn Ernst ist an der südrussischen Front, genau wie Peter.

Sonntag, 7. Dezember 1941

Wenigstens Anneliese bäckt Plätzchen und singt mit Fritzchen Weihnachtslieder. Brief von Robert. In zwei Wochen bekommt er Urlaub!

Montag, 8. Dezember 1941

Gestern ist die amerikanische Pazifikflotte in Pearl Harbour von den Japanern ohne Kriegserklärung überfallen und fast völlig vernichtet worden. Diese Seiten in meinem Atlas klebten noch zusammen. Heute erklärte Amerika Japan den Krieg.

Mittwoch, 10. Dezember 1941

Heinrich Liebenburg ist nach endloser Bahnfahrt in Breitenbach angekommen und wird wohl auch bleiben. Sein Haus ist zerstört, aber nicht durch Luftangriffe, sondern von mehreren Rohrbrüchen. Er hat sich in den letzten Jahren um nichts mehr gekümmert. Sofort kam Pastor Hühnerfeld, und sie sprachen lange am Kamin über die neue Lage und die Reaktion Amerikas auf den japanischen Angriff.

Freitag, 12. Dezember 1941

Gestern haben auch Italien und wir Amerika den Krieg erklärt. Jetzt ist es unausweichlich ein Weltkrieg.

Dienstag, 23. Dezember 1941

Ferdinand kommt nie wieder. Der Brief liegt auf Mutters Schreibtisch.

Das Boot wurde nordwestlich von Island im Atlantik versenkt. Robert ist bei mir.

Dienstag, 30. Dezember 1941

Totenfeier für Ferdinand. Wir sind wie versteinert. Mutter hielt sich bewundernswert. Abends las Vater uns noch einmal Ferdinands letzten Brief vor.

«Wie wunderbar, daß Sie wenigstens diesen Brief noch haben», sagte Pastor Hühnerfeld danach. «Aber ein Wunder, daß er unzensiert durchgekommen ist.»

«Ich hätte viel öfter mit ihm sprechen müssen», sagte Robert, während Vater den Bogen langsam zusammenfaltete.

«Er ließ nicht mit sich reden», meinte Julia.

«Traurig, wenn Ferdinands Ideale ausgehöhlt und seine Befürchtungen wahr sein sollten», sagte Heinrich Liebenburg. «Traurig für uns alle.»

Lorient, 31. Juli 1941

Lieber Vater, liebe Mutter,

bei Euch weiß ich Julia und Fritzchen, den ich mehr liebe als mein Leben, in guter Obhut. Nach Gesprächen, die ich in letzter Zeit führte, und nach Einsicht in einige Schriftstücke, die ich vorher nicht kannte, trete ich meine nächste Feindfahrt mit dem traurigen Bewußtsein an, daß es Menschen gibt, die meinen, dieser Krieg müsse nicht nur gegen äußere, sondern auch gegen innere Feinde geführt werden.

Ich liebe Deutschland so, wie ich Euch liebe. Und ich kann nicht glauben, daß wir von Menschen regiert werden, die vergessen haben, was sie dem Vaterland, unserem Volk und unserer Fahne schuldig sind.

Ich kann und will nicht glauben, daß wir uns Menschen verschrieben haben, die unsere Ehre aufs Spiel setzen und die Würde vieler Menschen mißachten, die in unserem Land leben.

Ich bin hier umgeben von Männern, die sich unter großen Entbehrungen für unser Vaterland aufopfern. Wenn wir daran zweifeln müßten, daß sich diejenigen, die uns hinausgeschickt haben, dem preußischen Geist so verpflichtet fühlen wie wir, könnten wir die großen Anstrengungen nicht ertragen. Dieser Geist ist es, der uns hier aufrecht und zusammenhält: Treue zum Eid und zur Fahne, Pflichterfüllung, unverbrüchlicher Gehorsam und eine vornehme Gesinnung.

Ich sehne mich danach, Euch wiederzusehen und mit Euch zu sprechen.

In Liebe

Louis Ferdinand

Zwölftes Kapitel

Donnerstag, 1. Januar 1942

Robert ist fort.

Mittwoch, 14. Januar 1942

Mutter fährt zu einem Spezialisten nach Berlin. Ich begleite sie. Ihre Kopfschmerzen müssen unerträglich sein.

Trotzdem beaufsichtigte sie in der letzten Woche unaufhörlich die Gesindeküche im Wirtschaftshof, um dafür zu sorgen, daß die Polen besseres Essen bekommen. Auf Streckers Anordnung essen sie seit Wochen nur faule Kartoffeln und schimmeligen Kohl; trotz aller Anweisungen werden sie schlimm behandelt. Vater hat Strecker nach einer furchtbaren Auseinandersetzung fristlos entlassen.

Strecker grinste unverschämt und zog sein eigenes Kündigungsschreiben aus der Tasche. Vater könne ihn gar nicht mehr entlassen, er werde an anderer Stelle dringender gebraucht. Seit Jahresbeginn ist er eingetragenes Mitglied der SS, wo er sofort Verwendung findet. «Warum nicht gleich so, Herr Strecker», sagte Vater zum Abschied.

Ich fühle mich unsinnig erleichtert. Seitdem Strecker Julia in der Remise bedroht hat, trug sie eine Pistole in der Jackentasche. Und sie hätte auch geschossen.

Berlin, Freitag, 16. Januar 1942

Fast empfindungslos vor Kälte sind wir in Berlin angekommen. Wegen der Verdunklung konnte man kaum etwas von der Stadt sehen. Großmutter und Beate waren fassungslos über Mutters Zustand. Morgen kommt Dr. Gershoff.

Trauriges Wiedersehen mit Berlin!

Samstag, 17. Januar 1942

Maria kam, um mich zu besuchen. Sie sieht blendend aus und bekommt ihr drittes Kind. Ich bin fast ein bißchen eifersüchtig.

Sonntag, 18. Januar 1942

Mutter blieb heute im Bett, was ihr schon unbeschreiblich guttat. Morgen wird sie zu einer gründlichen Untersuchung in die Privatklinik von Professor K. nach Charlottenburg fahren.

Ich war mit Großmutter im Gottesdienst. Sie hat sich erstaunlich gut erholt.

Montag, 19. Januar 1942

Heute morgen begleitete ich Mutter zu Professor K. und hatte einen sehr guten Eindruck von der Klinik. Mutter soll bis morgen abend dort bleiben und gründlich untersucht werden. Eine Erleichterung, daß endlich etwas geschieht!

Ich wollte mir anschließend Schuhe kaufen, aber Stiller gibt es nicht mehr. Die Tauentzienstraße ist völlig zerbombt. Bei Bally am Kurfürstendamm fand ich endlich, was ich suchte, und habe jetzt keine einzige Kleidermarke mehr.

Breitenbach, Sonntag, 15. März 1942

Mutter ist seit fast zwei Monaten tot. Ich kann es noch immer nicht begreifen!

Heute war ich zum ersten Mal seit langer Zeit im Garten.

Alle Schneeglöckchen und Winterlinge, die ich in den geschützten Ecken finden konnte, habe ich zu ihrem Grab gebracht.

Mutter wurde am Dienstag, dem 20. Januar, nachmittags von Professor K. verabschiedet und ließ sich von einem Taxi zur Potsdamer Straße fahren, weil sie bei Benedikt noch eine Bestellung abholen wollte. Der Taxichauffeur hielt auf der dem Geschäft gegenüberliegenden Seite. Während Mutter die Potsdamer Straße überquerte, wurde sie von einem andern Taxi überfahren. Sie starb noch in der gleichen Nacht im Krankenhaus, ohne das Bewußtsein wiedererlangt zu haben.

Der Taxichauffeur, der selbst unter Schock stand, beteuerte, Mutter sei plötzlich einfach auf der Straße stehengeblieben. Unvorstellbar! Die Tage und Wochen, die folgten, sind nicht zu beschreiben.

Der Untersuchungsbericht von Professor K. liegt noch immer auf Vaters Schreibtisch: Extrem schwere Migräne aufgrund körperlicher und seelischer Überlastung. Ansonsten kein Befund! Dringende Empfehlung eines längeren Kuraufenthaltes.

Sie könnte leben.

Montag, 16. März 1942

Lehrer Biermann ist schwer verletzt aus Rußland zurückgekommen. Im November letzten Jahres ist ihm ein Bein amputiert worden. Nach Ostern will er den Unterricht wieder übernehmen. Bisher hat ihn ein junger, schüchterner Hilfslehrer vertreten, der wegen immenser Kurzsichtigkeit nicht kriegstauglich ist.

Dienstag, 17. März 1942

Brief von Robert.

Donnerstag, 19. März 1942

Vater beginnt die Feldarbeiten ohne Inspektor. Im Dorf und unter den Kriegsgefangenen gibt es viele Erkältungs- und Fieberkranke. Wir versuchen, Mutter zu ersetzen.

Mittwoch, 1. April 1942

Der BBC-Bericht aus London und der OKW-Bericht klaffen immer weiter auseinander. Gestern stritten sich Anneliese und Elfriede, weil Anneliese etwas gegen die Kriegskunst des Führers einwandte, den Elfriede zutiefst verehrt.

Schließlich gab Anneliese nach, hatte aber wie immer das letzte Wort: «Wenn es alles wahr is', was die da immer berichten ... das hab ich schon zu Kruse gesagt – wenn das alles wahr wäre, dann hätten wir den Krieg schon längst gewonnen.»

Donnerstag, 2. April 1942

Robert ist von einem Nachtflug über Schottland nicht zurückgekehrt. Hasso Wilmershain hat den Abschuß von Roberts Maschine selbst beobachtet. Er schreibt, die Maschine sei nicht explodiert. Eine Bruchlandung könnte Robert überlebt haben.

Er muß leben. Ich weiß, daß er lebt.

Ostersonntag, 5. April 1942

Pastor Hühnerfeld zeigte mir auf einem Spaziergang die Denkschrift von Bischof Galen, die ihn sehr bewegt. Schon im letzten Jahr hat er mit Robert darüber gesprochen. Galen erhebt Anklage wegen Mordes an «unproduktiven Volksgenossen». Die SS soll angeblich Geisteskranke umbringen. Es ist entsetzlich. Pastor Hühnerfeld will mich ablenken von meinen Sorgen, er will mir zeigen, daß es weit Schlimmeres gibt als meine Angst. Aber ich kann an nichts denken als an Robert. Ich bin wie gelähmt.

Dienstag, 9. Juni 1942

Robert lebt. Die Nachricht kam heute über das Rote Kreuz: Er ist verwundet und in englischer Gefangenschaft. Nichts Genaues, keine weiteren Angaben. Keine Adresse. Aber er lebt!!!

Mittwoch, 10. Juni 1942

Es ist warm und trocken. Abends bleibt es lange hell, die Farben im Garten werden dunkler. Die Blutbuche wirkt fast schwarz in diesem Jahr.

Jedes einzelne Blatt scheint in Bewegung, und die Vögel lärmen im Wind. Der Garten wiegt sich im Sommer.

Ein unerträglicher Gedanke, nicht zu leben.

Donnerstag, 11. Juni 1942

Georg Hühnerfeld ist gefallen. Am 20. Juni wäre er einundzwanzig Jahre alt geworden.

Freitag, 31. Juli 1942

Die Ernte läuft auch ohne Inspektor, weil Julia an seine Stelle getreten ist. Sie hat erstaunlich viel gelernt und eine überzeugende, klare Art. In diesem Sommer muß Vater sich auch noch um Bodenstein kümmern, weil Barbara ebenfalls ohne Verwalter ist.

Montag, 3. August 1942

Brief von Peter, der noch nie zuvor rechtzeitig zu meinem Geburtstag geschrieben hat. Er hofft, bald Urlaub zu bekommen. Die südrussische Front bewegt sich auf den Don zu und soll bis zur Wolga vorstoßen.

Vor Einbruch der Dunkelheit war ich noch im Garten und ging an Mutters Grab. Dort stand Julia. Wir schwiegen lange, bis sie sagte: «Du weißt alles, Thea, oder?»

«Ja», antwortete ich. «Genug.»

Julia: «Du mußt mich hassen.»

Ich: «Ich habe es versucht.»

Julia: «Sie hat nichts gewußt. Bestimmt nicht.»

Ich: «Sie hat darunter gelitten, ohne es zu wissen.»

Julia: «Das glaube ich nicht.»

Ich: «Kann man damit leben?»

Julia: «Du weißt, daß ich es kann.»

Über Vater haben wir nicht gesprochen.

Mittwoch, 5. August 1942

Das Haus ist bis zum letzten Gästebett belegt. Alle Berliner sind da und drei mit Großmutter befreundete Familien aus dem Rheinland: Lehmanns mit drei Kindern, Oldenbrinks, die schon älter sind, und Kampenburgs mit einer Tochter. Mutter und Tochter Kampenburg laufen durch die Welt, als seien sie in BDM-Uniform geboren. Lehmanns sind sehr musikalisch und würden gern täglich stundenlang musizieren, nehmen aber Rücksicht auf uns. Seit dem vergangenen Herbst hat es in Breitenbach keine Musik mehr gegeben.

Auf Köln, Bonn und Düsseldorf werden so schwere Luftangriffe geflogen, daß es Selbstmord wäre, jetzt dorthin zurückzufahren. Fritzchen hat auf diese Weise mehr Spielkameraden, als wir es jemals hatten. Beate und Tante Heide organisieren Küche und Gartenarbeit, ich bin die Krankenschwester für Haus, Hof und Dorf und auch verantwortlich für den Hofkindergarten. Vater und Julia führen den Betrieb.

Donnerstag, 6. August 1942

Heute abend gab es ein Pilz-Festessen. In diesem Jahr wachsen unbeschreiblich viele Champignons. Wir hatten seit langem wieder einmal das Gefühl, im Überfluß zu leben.

Freitag, 7. August 1942

Heute morgen kam ich an der Schule vorbei. Biermann hielt bei geöffneten Fenstern seine Morgenansprache. Danach sangen die Schüler wie seit Jahren das Lied von der Fahne:

> *Deutschland, du wirst leuchtend stehn,*
> *mögen wir auch untergehn . . .*

Ich mußte an Ferdinand denken und hätte heulen können. Gleichzeitig hätte ich hineingehen mögen, um Biermann zu würgen.

Mittwoch, 30. September 1942

Der Schäfer prophezeit einen schweren Winter. Wir müssen dringend mit der Rübenernte beginnen. Der Schäfer hat immer recht.

Brief von Peter. Er hat um Urlaub gebeten. Sie stehen vor Stalingrad an der Wolga.

Freitag, 2. Oktober 1942

Eine Katastrophe! Die polnischen Arbeiter sind abgezogen worden. Sie werden während des Winters in kriegswichtiger Industrie eingesetzt. Vater war erst in Blankenburg und hat dann den ganzen Tag telefoniert.

Wie sollen wir die Rübenernte ohne die Polen schaffen? Er hofft, sie wenigstens noch für vier Wochen behalten zu können.

Alle Frauen werden im Augenblick dringend im Speicher

beim Dreschen gebraucht, weil die größte Getreidemiete warm wird. Ab sofort muß fast rund um die Uhr gedroschen werden. Wir können den Weizen nicht verderben lassen, um Rüben zu ernten.

Montag, 5. Oktober 1942

Die Polen kommen nicht wieder. Das Wetter ist trocken, und wir müssen Getreide dreschen, statt Rüben zu ernten! Die Standdruschmaschine in der Scheune läuft ohne Unterbrechung. Beim Dreschen und in den Ställen werden wirklich alle verfügbaren Männer und Frauen benötigt. Vater telefoniert ununterbrochen.

Peter ist jetzt in Stalingrad. Das OKW berichtet von hartnäckigen Häuserkämpfen.

Sie müßten es bald geschafft haben. Sicher kann man das erst nach den BBC-Nachrichten aus London sagen.

Dienstag, 6. Oktober 1942

Die Dreschmaschine ist kaputt, und die durchgebrannte Sicherung kann nicht ersetzt werden. Jetzt wird das Getreide mit Dreschflegeln auf der Tenne ausgedroschen wie früher, und es wird noch länger dauern, bis die Leute zum Rübenroden frei werden.

Als Vater heute in der Scheune stand, sagte die dicke Else zu ihm: «Na ja, gnädiger Herr, so isses nun mal mit die Maschinen. Immer geh'n se kaputt . . .» Else hat alle Langmut, die Heinrich abgeht. Sie ist außerdem eine ganz wendige und schnelle Drescherin, meint Vater.

Mittwoch, 7. Oktober 1942

Das Wetter schlägt um, und es beginnt zu regnen. Für morgen sind Vater neue Arbeiter zugesagt worden. Dann kann endlich die Rübenernte beginnen.

Donnerstag, 8. Oktober 1942

Wir sind aufgeschmissen und verzweifelt!

Heute morgen kamen die neuen Arbeiter auf den Hof. Besser gesagt: Sie wurden auf den Hof getrieben. Vierzig ausgemergelte, blasse Gestalten in schwarzweiß gestreifter, dünner Drillichkleidung. Es sind Häftlinge aus dem Lager am Magnetberg, von zwei SS-Männern beaufsichtigt.

Der Rothe-Heinrich und Krüger hatten die Gespanne schon fertig. Sonst werden die Frauen der Rübenkolonne immer auf den Wagen hinausgefahren, beim Aufsteigen gibt es gewöhnlich lautes Juchzen, Kreischen und Lachen. Besonders dann, wenn die dicke Else auf den Wagen muß, schreien alle im Takt: «Hau ruck, hau ruck!» und klatschten laut, wenn sie es geschafft hat.

Die Häftlinge mußten laufen – hinter ihnen die SS-Männer. Ich stand im Hofkindergarten am Fenster und sah, wie sie gebückt, ausdruckslos und stumm hinter den leeren Wagen herliefen. Unsere Arbeiter und Frauen hörten auf zu dreschen und traten vor das Scheunentor. Keiner sagte etwas. Auf dem weiten Wirtschaftshof herrschte Totenstille, bis der letzte Häftling aus der Einfahrt gestolpert war. Mein Herz schlug so laut und schnell, daß ich zitterte.

Mittags wurde es noch schlimmer, Julia fuhr Brot und Tee für die Rübenkolonne hinaus, wie wir es immer getan haben, aber die Häftlinge durften unser Essen nicht nehmen. Die SS-Aufseher schickten Julia wieder fort: Die Männer bekämen morgens und abends im Lager genug zu essen – ohnehin schon zuviel für das minderwertige Pack. Kein Gramm der lebenswichtigen Volksernährungsmittel dürfe darüber hinaus an sie verschwendet werden.

Julia hatte während dessen Zeit, die Arbeiter zu beobachten. Zwei Häftlinge, die beim Rübenaufladen nicht schnell genug waren, wurden mit der Peitsche geschlagen.

Nach ihrem Bericht fuhr Vater sofort nach Blankenburg, um bei der SS-Lagerverwaltung zu erwirken, daß wir die Häftlinge verköstigen dürfen, solange sie bei uns arbeiten. Sein Vorschlag wurde abgelehnt.

Freitag, 9. Oktober 1942

Die Häftlinge werden bestialisch behandelt. Heute beobachtete Vater die Rübenkolonne und fuhr sofort danach nach Blankenburg, um die Lagerverwaltung davon in Kenntnis zu setzen, daß er unter diesen Umständen auf den Einsatz der Häftlinge verzichten würde. Nachmittags traf ein hoher SS-Kommissar in unserem Haus ein, um Vater im Namen des Führers und des deutschen Volkes mitzuteilen, er sei nicht befugt, über den Einsatz der Häftlinge zu entscheiden. Die Häftlinge würden angemessen verpflegt und behandelt. Die Rübenernte sei lebenswichtig für die Volksernährung. Für persönliche Gefühle, die ihm sogar gefährlich werden könnten, sei jetzt kein Platz.

Wir saßen lange in der Bibliothek und besprachen alle Möglichkeiten – und kamen zu dem Ergebnis, daß wir völlig machtlos sind.

Julias Einfluß auf Vater grenzt ans Wunderbare. Früher wäre er in einer so schwierigen Situation unansprechbar gewesen und hätte alles in eisigem Schweigen mit sich allein ausgefochten.

Dienstag, 20. Oktober 1942

Es regnet in Strömen. Die Rübenernte kommt nicht voran. Dennoch werden die Häftlinge jeden Morgen auf den Hof getrieben, immer völlig durchnäßt in ihren verdreckten Anzügen, die ihnen anscheinend in Fetzen vom Leib fallen müssen, bevor sie neue bekommen. Vom Hof werden sie auf den Rübenschlag getrieben, wo sie die Rüben einzeln aus dem Boden ziehen müssen. Die Gespanne können nicht auf die Felder, sie würden im Schlamm versinken.

Die Nachrichten aus Stalingrad sind beunruhigend. Der

OKW-Bericht meldete, in einem nördlichen Vorort der Stadt hätten unsere Truppen den Sowjets einen weiteren Häuserblock entrissen.

Merkwürdige Dimensionen für einen Weltkrieg!

Vater wird nun doch immer schweigsamer.

Freitag, 23. Oktober 1942

Furchtbares Gespräch mit dem Rothe-Heinrich. Else und er haben gestern die Fleischmarken für einen ganzen Monat in frischen Speck umgesetzt und ihn aufgegessen, um Elses Geburtstag zu feiern. Der Erfolg war eine Gallenkolik, und Heinrich holte mich abends um neun, weil er dachte, Else müsse sterben. Er selbst hatte noch einen fettigen Mund von dem Festmahl und Magendrücken. Angetrunken war er auch. Als ich Else einen heißen Umschlag gemacht hatte, setzte ich mich zu ihm an den abgegessenen Tisch und fragte ihn, ob er schon einmal versucht hätte, einem der Häftlinge heimlich etwas zu essen zu geben. Schließlich ist er ja jeden Tag mit ihnen auf dem Acker.

Er schrie mich urplötzlich an: Wir seien die kränkesten, überflüssigsten Menschen, die es auf der Welt gäbe. Wir lebten da oben im Schloß und dächten noch, wir könnten helfen, wenn wir Pflaster auflegten und Brote austeilten. Die armen Schweine aus dem Lager müßten sowieso verrecken, ob sie nun Schmalzbrote von uns bekämen oder nicht.

«Nichts könnt ihr euch vorstellen von dem, was ich da auf dem Acker höre», schrie Heinrich. «Das feine Fräulein Thea – die schöne junge Frau – der gnädige Herr! Hilfreich wollt ihr sein! Brote könnt ihr schmieren! Daß ich nicht lache!

Dabei habt ihr es zugelassen, daß das Lager dahinkommt! Euer Land ist es, auf dem sie verrecken! Euer Berg, wo sie krepieren wie die Schweine. Die liegen in den nassen Höhlen in ihrer eigenen Scheiße, die kriegen faules Wasser und schimmelige Brotrinden, wenn's hochkommt!

Wenn einer den Mund aufmacht, wird er aufgehängt und gedroschen, bis er tot ist. Was bei euch auf den Acker geschickt wird, das ist doch schon der Ausschuß. Die taugen nicht mehr für die Arbeit in der Fabrik, die sie da am Berg haben. Bei euch sollen sie verrecken.»

Julia und Vater gaben mir einen doppelten Cognac. Heinrich kann man nicht ernst nehmen, meint Vater.

«Er war betrunken, Thea», sagte Julia, «er weiß nicht, was wir schon alles versucht haben.»

Aber was haben wir eigentlich versucht?

Samstag, 24. Oktober 1942

Regen und wieder Regen. Die Pilze vermodern, bevor sie überhaupt aus dem Boden schießen. Es hängen noch Äpfel draußen, und Kartoffeln liegen auch noch in der Erde. Alles ist jetzt wichtig, um Vorräte für all die Menschen im Haus und auf dem Hof zu sammeln.

Tante Heide vollbringt wahre Wunderwerke.

Heute morgen weinte Briefträger Riedel in der Halle. Sein Sohn Gerhard ist im Kaukasus gefallen. Riedel selbst haben sie in den ersten Tagen des Westfeldzugs in Belgien ein Bein lahm- und ein Auge ausgeschossen. Es war, als fielen auch aus seinem toten Auge Tränen.

Beate wird immer stiller. Nicht auszudenken, daß auch Peter etwas passiert.

Sie hat ihn seit einem Jahr nicht mehr gesehen.

Mittwoch, 18. November 1942

Es wird kalt. In Rußland schneit und friert es schon lange. Wir saßen abends ganz nah am Kamin und versuchten, über lauter belanglose Dinge zu reden: über Kleider, Schnittmuster und Parfüms. Am Schluß zählten wir alle französischen Parfüms auf, die wir kennen. Julia wußte die merkwürdigsten Namen: *Je reviens* und *Ma griffe*.

Mir fiel nur *Arpège* ein. «*Arpège* von Lanvin aus Paris», sagte ich, «in einer runden schwarzen Glasflasche.»

Julia sah mich verwundert an und sagte: «Daß du das behalten hast, Thea! Gestern habe ich meine letzte Flasche angebrochen. Hoffentlich ist der Krieg vorbei, bevor sie leer ist.»

Dabei denken wir alle nur an Peter.

Mittwoch, 2. Dezember 1942

Bei Frost und Schnee werden in diesen Tagen die letzten Rüben aus dem Boden geholt. Die Häftlinge sehen so elend und verkommen aus, daß ich wegsehen muß, wenn sie auf den Hof kommen.

Letzte Woche hat die Frau von Lehrer Biermann eine Tüte mit altem Brot auf die Straße geworfen, als die Kolonne vorüberzog. Wie die Wölfe sind die Unglücklichen über die Tüte hergefallen. Von den SS-Aufsehern wurde Frau Biermann angeschnauzt, weil sie «dem lebensunwerten Pack» kostbares Volksernährungsgut hingeworfen hat.

Zwischen Wolga und Don gibt es eine russische Großoffensive. Das wissen wir vom Deutschen Dienst aus London. Das OKW meldet verdächtig wenig.

Abends war ich noch im Stall bei Theo. Krüger berichtete mir, daß heute während der Arbeit auf dem letzten Rübenschlag drei Häftlinge zusammengebrochen sind. Sie blieben liegen, wo sie gerade hingefallen waren – kleine gestreifte Häufchen im Schnee. Nach Arbeitsschluß wurden sie auf einen Bollerwagen geworfen und mit ins Lager geschleppt.

Donnerstag, 3. Dezember 1942

Der alte Schäfer hat Fieber. Er will erst wieder aufstehen, wenn sein Enkel Erich aus Rußland zurück ist. Waschen will er sich so lange auch nicht. Das macht die Krankenpflege anstrengend.

«Lassen Sie mich ruhig verrecken, Fräulein Thea», sagt er immer wieder. «Meinen Erich lassen sie in Rußland ja auch verrecken.»

Freitag, 4. Dezember 1942

Stalingrad ist wahrscheinlich eingeschlossen. Im OKW-Bericht wird die Stadt kaum noch genannt. Aus London wissen wir, daß unsere Armee in Stalingrad nur noch durch die Luft versorgt werden kann. Und die Jagdflieger der Roten Armee schießen unsere Versorgungsflugzeuge ab.

Samstag, 19. Dezember 1942

Brief von Peter, der aber schon vier Wochen alt ist. Wir haben ihn immer wieder gelesen.

«Wenn wir hier nicht bald herausgeprügelt werden», schreibt er, «kann aus meinem Weihnachtsurlaub wohl nichts mehr werden. Wir sitzen ganz schön im Dreck, anders kann man es nicht nennen: Zweihunderttausend Mann, ringsherum nur Schnee und Russen, und niemand darf zugeben, daß wir eingeschlossen sind . . .»

Vater wundert sich, daß solche Briefe überhaupt durchgelassen werden.

Beate ist sicher, daß die Armee aus dem Kessel herausgeholt wird. «Peter passiert nichts», sagt sie. «Ihm kann gar nichts passieren!»

Mittwoch, 23. Dezember 1942

Bescherung der Dorfkinder ohne Mutter. Tante Heide war großartig.

Freitag, 25. Dezember 1942

Sprachlose Weihnachten! Der Südoststurm fegte so stark durch die Ritzen der Saaltüren, daß sich unsere Rocksäume im Wind bewegten. Dieser eisige Wind kommt aus Rußland.

Roberts Mutter schrieb mir einen wundervollen Weihnachtsbrief. August, Roberts jüngster Bruder, ist auch in Stalingrad.

Dreizehntes Kapitel

Dienstag, 12. Januar 1943

Ich ging früh nach oben. In der Bibliothek sitzt Beate wortlos über dem Atlas und wartet mit Vater auf die Nachrichten.

Vor ihr liegt eine Europakarte, auf der Stalingrad so nah ist. Ihre schmale Hand bedeckt die Fläche zwischen Elbe und Wolga, langt fast bis zum Kaspischen Meer. Immer wieder legt sie ihre Hand auf die Seiten, als könne sie Peter damit erreichen, ihn herausziehen aus dem endlosen russischen Winter.

Donnerstag, 28. Januar 1943

Vater sitzt in der Bibliothek, wartet auf den OKW-Bericht und hört die neue Schallplatte mit der dritten Sinfonie von Beethoven, die Heinrich Liebenburg ihm zu Weihnachten geschenkt hat, jeden Tag aufs neue. Ich kann es kaum noch aushalten.

Heute verkroch ich mich im gelben Salon und beobachtete einen schwarzblauen Wolkenring, der sich über den Bäumen zusammenzog. Das eingekesselte Stück Himmel färbte sich giftig grün, bis es ganz verschwunden war und ein eisiger Schneesturm über Haus und Garten herfiel.

Freitag, 29. Januar 1943

Im Haus ist es unheimlich ruhig, draußen reißt der Sturm an den Fensterläden und heult in den Kaminen. Unsere Nerven sind bis zum Zerreißen gespannt.

Vater hört immer wieder die Sinfonie. Als heute abend der zweite Satz begann, klopfte mein Herz so laut, daß ich aus dem Zimmer gehen mußte. Aber die Töne folgten mir durch die Ritzen der Türen bis in den gelben Salon, als käme mit ihnen die Angst gekrochen.

Ich stand am Fenster und starrte in den dunklen Garten. Die Musik erhob sich in großen Bögen, die sich bis zum Zerspringen übereinanderschichteten, zerfielen, zerbrachen – und wie aus Trümmern krochen düster und langsam die Anfangstöne: wie dunkle, gebeugte Schatten, wie schwarze Kolonnen im Schnee.

Ich preßte meine Stirn gegen die kalte Fensterscheibe. Mir war, als könnte ich die Häftlingskolonne sehen, die abends durch den Schnee zum Magnetberg zurückgetrieben wird – oder jenen endlosen, dunklen Menschenzug, der sich vor einem Jahr bei eisigem Frost durch den Garten schob, als Mutter beerdigt wurde.

Peter muß leben. Es kann gar nicht anders sein.

Als ich zurück in die Bibliothek kam, standen Vater und Julia auch vor dem dunklen Fenster und sahen hinaus. Ich ging zu ihnen.

Montag, 1. Februar 1943

Es ist soweit. Der OKW-Bericht meldet, daß ein Teil der sechsten Armee unter Paulus der Übermacht erlegen ist. Die schlimmsten Befürchtungen bestätigen sich.

Beate ist überzeugt, daß Peter lebt. Sie muß recht haben! Ich habe es bei Robert auch gewußt!

Mittwoch, 3. Februar 1943

Stalingrad ist gefallen. Es war ein langer OKW-Bericht. *«Das Opfer der Armee war nicht umsonst»*, hieß es darin, und: *«Sie starben, damit Deutschland lebe.»*

Vater schaltete das Radio ab.

Wir können nicht mehr miteinander sprechen.

Mittwoch, 10. Februar 1943

Riedel brachte heute den Brief. Peter ist am 1. Februar 1943 in Stalingrad gefallen. Alle Worte zerbrechen, bevor man sie sagen oder schreiben kann.

Freitag, 12. Februar 1943

Ich habe furchtbare Angst um Beate! Sie weint nicht, ißt und trinkt nicht; redet von Peter, als hätte Riedel den Brief nicht gebracht. Sie kann nicht glauben, daß Peter tot ist.

Großmutter liegt mit Fieber im Bett.

Sonntag, 14. Februar 1943

Beate ist fort. Wir haben es viel zu spät gemerkt, weil heute morgen Füchse im Hühnerstall waren. Anneliese, die den Lärm hörte, weckte das ganze Haus.

Erst nach dem Gottesdienst fiel uns auf, daß Beate fehlte. Ihre Sachen hat sie alle zurückgelassen. Anscheinend trägt sie nur ihren blauen Maidenmantel und Reitstiefel. Bei diesem Frost und Schnee kann sie gar nicht weit kommen. Julia war den ganzen Tag mit dem Pferdeschlitten unterwegs, um sie zu suchen, kam aber unverrichteter Dinge um neun Uhr abends zurück.

Donnerstag, 18. Februar 1943

Keine Spur von Beate, trotz aller Anstrengungen.

Was ist, wenn sie nicht begreifen will, daß Peter gefallen ist? Wenn sie wirres Zeug redet und irgendwo aufgegriffen wird? Ich muß immerzu an Gertrud denken, Levin Goldschmieds Freundin, und habe schreckliche Angst um Beate. Wir dürfen gar nicht laut darüber sprechen, daß sie verschwunden ist.

Nachmittags kam Lehrer Biermann. Angeblich wollte er für die drei Kinder von Lehmanns Bücher bringen, da sie jetzt bei ihm in die Schule gehen müssen. Schließlich tat er so, als wolle er wieder gehen, zog seine Taschenuhr und wurde ganz aufgeregt. Im Radio würde eine wichtige Rede von Goebbels übertragen. Bis er zu Hause sei, habe er das Wichtigste verpaßt – ob er die Rede bei uns hören könne? Es sei seine vaterländische Pflicht.

Dieser Spitzel wollte uns nur zwingen, das Geschrei anzuhören. Es dauerte eine Ewigkeit, bis Goebbels fertig war.

Fritzchen saß bis zum Schluß auf Julias Schoß, und als Vater abgeschaltet hatte, fragte er: «Mami, was ist totaler Krieg? Warum wollen die Leute im Radio den so gern haben?»

Großmutter geht es gar nicht gut.

Freitag, 19. Februar 1943

Brief von Beate aus Berlin. Sie bittet um Verzeihung für die große Sorge, die sie uns gemacht hat. Sie habe geahnt, daß wir sie nicht fortgelassen hätten. Bis Halberstadt ist sie zu Fuß gelaufen, und von dort haben Offiziere sie im Wagen mit nach Berlin genommen. Vom Roten Kreuz läßt sie sich als Krankenschwester an die Ostfront schicken.

«Ich komme erst aus Rußland zurück, wenn ich Peter gefunden habe», schreibt sie. «Er lebt! Ich weiß es, und ich finde ihn.»

Tante Heide weinte furchtbar. Großmutter konnte heute abend wieder aufstehen. «Heide», sagte sie, «sie muß tun, was sie tun muß. Wenn Louis damals nach der Jagd nicht mit gebrochenem Genick in die Diele getragen worden wäre – ich hätte niemandem geglaubt, daß er tot ist.»

Montag, 22. Februar 1943

In der großen Obstscheune sind Ratten. Sie fressen nur die besten Äpfel. Ein furchtbares Schlachtfeld! Rattengift ist nicht zu bekommen.

Dienstag, 23. Februar 1943

Im Register des Lesebuches, das der Lehrer für Clara Lehmann gebracht hat, ist der Name Heinrich Heines durchgestrichen. «Jude», hat Lehrer Biermann danebengeschrieben.

Donnerstag, 25. Februar 1943

In München sind am Montag Studenten durch das Fallbeil hingerichtet worden. Es ist entsetzlich. Angeblich haben sie Parolen an Häuser geschmiert und Flugschriften verbreitet, die die Wehrkraft des deutschen Volkes lähmen und zersetzen sollten. Pastor Hühnerfeld kennt ihre Namen. Zwei von ihnen waren Geschwister, Hans und Sophie Scholl.

Langes Gespräch mit Pastor Hühnerfeld. Jeden Abend, etwa zur Zeit der Londoner Nachrichten, kommt jemand unter irgendeinem Vorwand in sein Haus. Er meint, daß Biermann dahintersteckt.

Auf das Abhören des englischen Senders steht Todesstrafe. Trotzdem hört der Pastor den Bericht um Mitternacht unter der Bettdecke, während seine Frau aufpaßt.

Der Krieg ist überall. Er hat sich jeder Größenordnung entzogen.

Die Sorge um das tägliche Essen für die vielen Menschen, die nie endende Arbeit in den Ställen, Scheunen und Gewächshäusern, unser Kampf gegen Ratten, Füchse, Krankheiten und eingefrorene Wasserleitungen ist eine Art Privatkrieg, der all unsere Zeit und Kraft verschlingt. Manchmal bin ich froh darüber.

Montag, 15. März 1943

Post! Ein abgerissener Zettel in einem verknitterten, schmutzigen Briefumschlag, der in Hannover aufgegeben wurde. In fremder Handschrift kann ich folgende Sätze entziffern: «Ich lebe. Ich komme wieder. Ich denke an Dich, ich liebe Dich. Robert Ostenfeld.»

Neben seinem Namen ein winziges Kreuz, das er vielleicht selbst gezeichnet hat. Kein Datum, keine Adresse. Ich kann an nichts anderes denken als an diese Sätze.

Dienstag, 16. März 1943

Beim Mittagessen beichtete Fritzchen, daß er mit Mariechen Lehmann in Vaters Ankleidezimmer Versteck gespielt habe.

«Und dabei», sagte er, «habe ich deinen Schrank aufgemacht, Großvater, und mich hinter den Kleidern versteckt – und weißt du, was da steht? Ein Bild, und die Frau darauf sieht genauso aus wie Mami. Warum hängst du das nicht auf, Großvater?»

Donnerstag, 18. März 1943

Neue polnische Arbeiter sind eingetroffen. Sie sehen furchtbar heruntergekommen aus. Vater entwirft Arbeitspläne, die auch den letzten Arbeitsfähigen im Dorf einbeziehen. Auf keinen Fall darf es wieder soweit kommen, daß sie uns die Häftlingskolonne vom Magnetberg aufzwingen.

Pfingstsonntag, 13. Juni 1943

Gestern haben wir Großmutter beerdigt. Seit Peters Tod ist sie immer schwächer geworden, und in der Nacht zum Mittwoch starb sie ganz still. Auch Pastor Hühnerfelds Predigten können kaum über die große Leere hinweghelfen. Es sind so viele, die nicht mehr wiederkommen.

Mittwoch, 24. November 1943

Ende der Rübenkampagne. Wieder waren Lagerhäftlinge auf dem Feld. Es war noch grauenvoller als letztes Jahr.

Freitag, 10. Dezember 1943

In der vergangenen Woche wollte ich nach Berlin, um verschiedene Dinge zu ordnen. Großmutter hat mir das Dahlemer Haus vererbt. Aber auf Berlin wurden schwere Luftangriffe geflogen, und Vater und Julia beschworen mich hierzubleiben.

Heute kam ein Päckchen von Grete Zalinski. Das Haus steht noch, Gott sei Dank. Grete schickte drei alte Blockflöten, um die ich sie gebeten hatte. Rund um die Flöten war der kleine Karton mit Papier ausgestopft. Wir verbrannten es sofort – es waren alte englische Flugblätter von 1940: *«Denk bei jeder Bombe dran, diesen Krieg fing Hitler an.»*

Mit ihrem parteitreuen Horst an der Seite hat Grete anscheinend kein Gespür für Gefahr entwickeln können. Wenn Lehrer Biermann «zufällig» die Diele betreten hätte – was immer häufiger der Fall ist –, hätte der Anblick dieses Flugblatts ausgereicht, uns wegen «Defätismus» anzuzeigen.

Neujahr, Samstag, 1. Januar 1944

Es war die erste glückliche Silvesternacht seit Jahren, weil Fritzchen gesund wird. Am Montag vor Weihnachten wettete er mit Clara Lehmann, daß er den Teich bis zum Schwanenhaus überqueren könnte, ohne einzubrechen. Er brach ein, und als Julia ihn mit Hilfe von Krüger und langen Leitern aus dem Teich zog, dachten wir erst, er wäre schon tot. Für endlose Minuten hockte Krüger über ihm und preßte und pumpte mit Fritzchens Armen das Wasser aus dem kleinen Körper. Er hat ihn tatsächlich gerettet. «Das kann ich noch von meinen Jungens», sagte er später in der Küche. In der folgenden Nacht bekam Fritzchen sehr hohes Fieber und die schlimmste Lungenentzündung, die ich je erlebt habe. Er hat sie überlebt – das ist die Hauptsache.

Dienstag, 11. Januar 1944

Bei klarem Frostwetter wurde heute unsere Region bombardiert, Halberstadt, Oschersleben, Braunschweig und Magdeburg.

Das Ausmaß der Zerstörung, unsere Angst und Machtlosigkeit sind zum Verzweifeln! Dabei müssen wir dankbar sein – wir leben und unser Haus steht.

Pfingstsonntag, 28. Mai 1944

Die drei Lehmanntöchter, Ella Kampenburg und die fünf Mädchen von Barbara Müller-Bodenstein gaben ein Blockflötenkonzert im Saal. Heinrich Liebenburg unterrichtet die Mädchen seit anderthalb Jahren. Er ist ein wunderbarer Lehrer, was er selbst nicht gewußt hat, sagt er. Alle gaben sich große Mühe, und wir Zuhörer waren richtig ergriffen, wenn auch weniger von der Musik. Aber wer von uns hatte zu hoffen gewagt, daß es jemals wieder ein Pfingstkonzert in unserem Saal geben würde?

«Für die Kinder muß es weitergehen, Fritz», sagte Heinrich Liebenburg zu Vater. Julia rührt ihre Flöte nicht mehr an.

Dienstag, 6. Juni 1944

Sondermeldung des OKW: Die Invasion der Briten und Nordamerikaner hat in der letzten Nacht begonnen.

Wie viele Menschen müssen noch sterben, wie viele Städte und Dörfer werden noch zerstört, bis dieser aberwitzige Krieg endlich aufhört?

Donnerstag, 20. Juli 1944

Heute abend kam Pastor Hühnerfeld aufgeregt und bleich zu uns und sagte, wir müßten dringend das Radio anstellen, es gingen große Dinge vor.

Hohe Offiziere hätten heute im Führerhauptquartier in Ostpreußen ein Attentat auf Hitler verübt und planten offensichtlich einen Staatsstreich. Stundenlang herrschte große Verwirrung. Dazu war es unbeschreiblich heiß, und der Pastor putzte unaufhörlich seine Brille. «Endlich», sagte er immer wieder.

Wir warteten zum äußersten gespannt bis in die Nacht am Radio. Dann aber sprach Hitler selbst im Rundfunk. Er nannte den Attentäter: Claus Graf von Stauffenberg, Stabschef beim Befehlshaber des Ersatzheeres, Generaloberst Fromm. Hitler sagte, um Graf Stauffenberg habe man es nur mit einer *«ganz kleinen Clique ehrgeiziger, gewissenloser und zugleich verbrecherischer, dummer Offiziere»* zu tun.

Der Pastor war verzweifelt. Wir fühlten uns leergebrannt von den Hoffnungen, die stundenlang durch unsere Gedanken gejagt waren: keine Bomben mehr, keine Toten, keine Angst.

«Es hätte nichts mehr genützt», sagte Vater, doch es klang unsicher. «Die Alliierten können jetzt nicht mehr aufhören. Sie wollen uns auf die Knie zwingen – oder noch tiefer.»

Es ist schon bald drei Uhr. Ich kann nicht schlafen und denke unaufhörlich darüber nach, wo Robert wohl ist. Und wo stünde er, wenn er diesen Tag hier in Deutschland erlebt hätte?

Mittwoch, 26. Juli 1944

Eine Hetzjagd gegen die Attentäter vom 20. Juli ist im Gang. Es scheint doch ein großer Kreis von meist adligen Offizieren gewesen zu sein. Sie suchen einen gewissen Goerdeler, der eine zentrale Rolle bei dem versuchten Putsch gespielt haben muß. Eine Verhaftungswelle geht durch Deutschland, auch viele Mitglieder der Bekennenden Kirche sind davon betroffen. Wir fürchten um Pastor Hühnerfeld.

Samstag, 29. Juli 1944

Mariechen Lehmann wird von ihrer Mutter für eine außerordentlich begabte Klavierschülerin gehalten. Sie bekommt bei Lehrer Biermann Unterricht, dessen musikalische Vorstellungen mit seiner Vorliebe für die Partei Hand in Hand gehen. Mariechen übt im Augenblick «Unsre Fahne» und hat große Schwierigkeiten mit dem Strophenende. Zur eigenen Unterstützung singt sie die Melodie, und alle in diesem hellhörigen Haus singen und summen mit:

«Unsre Fahne flattert vor uns voran.
Unsre Fahne ist die neue Zeit.
Und die Fahne führt uns in die Ewigkeit!
Ja! die Fahne ist mehr als der Tod.»

Julia hielt mich heute zurück, als ich Mariechen den Klavierdeckel über den Fingern zuklappen wollte. Sie hat recht. Wenn Mariechen dem Lehrer erzählt, daß sie das Lied nicht üben darf, ist die Hölle los.

Sonntag, 30. Juli 1944

Pastor Hühnerfeld ist während des Gottesdienstes von der Gestapo verhaftet worden. Als er hinausgeführt wurde, stimmte Tante Nora mit ihrer dunklen Stimme «Wach auf, du Geist der ersten Zeugen» an. Sogar Vater sang mit – zum ersten Mal seit Mutters Tod. Lehrer Biermann, der an der Orgel saß, trat an die Brüstung der Empore und versuchte, sich alle zu merken, die mitsangen. Er kann aber kaum die ganze Gemeinde verhaften lassen!

Tante Nora hat sich sehr verändert, deklamiert nur noch selten und hilft Tante Heide, wo sie kann. Wie gut, daß sie diesmal den ganzen Sommer bleibt. Im Augenblick wohnen und essen bei uns siebzig Flüchtlinge, die Kinder mitgerechnet. Dazu kommt noch die Gesindeküche auf dem Hof.

Das Haus scheint manchmal fast zu bersten von all den verschiedenen Menschen, ihren unterdrückten Wünschen und Ansprüchen – aber es ist zu schaffen. Julias Kraft scheint ständig weiter zu wachsen. Manchmal denke ich, ohne sie würde alles auseinanderbrechen.

Wenn nur Mariechen Lehmann mit dem Klavierspielen aufhören wollte.

Freitag, 25. August 1944

Vater hörte unter den üblichen Sicherheitsvorkehrungen den Bericht aus London. Die Amerikaner sind in Paris einmarschiert! Später kam Frau Pastor Hühnerfeld. Die Hochverratsklage gegen den Pastor ist fallengelassen worden. Vater schenkte seit langer Zeit zum ersten Mal wieder Portwein aus. Die russische Armee steht schon in Rumänien.

Wir sind von allen Seiten eingekesselt, und wer nicht an den Endsieg glaubt, wird verhaftet.

Samstag, 30. September 1944

Fritzchens sechster Geburtstag. Er bekam ein kleines Pony und Peters erste Reitstiefel. Krüger weinte vor Rührung, als er Fritzchen an der Longe führte. Die erste Reitstunde endete als großes Fest auf dem Wirtschaftshof. Bei den Kriegsgefangenen sind drei Kosaken, die unter großem Geklatsche und Gejohle ihre Reitkünste vorführten. Karlchen Strothe lehnte in der Schweinestalltür und sagte: «Eine ganz friedensmäßige Geburtstagsfeier!»

Dienstag, 17. Oktober 1944

Die dritte Rübenernte mit den Sträflingen vom Magnetberg. Sie sind so entkräftet, daß sie reihenweise auf dem Acker liegenbleiben. Die Aufseher schlagen erbarmungslos mit der Peitsche auf sie ein, treten die schwarzweiß gestreiften Menschenhäufchen mit Füßen und überlassen sie dann ihrem Schicksal.

Noch schlimmer kann es nicht werden.

Der Rothe-Heinrich starrt mich jedesmal wütend an, wenn wir uns begegnen. Er spricht kein Wort mehr mit uns.

Montag, 1. Januar 1945

Sechstes Kriegssilvester. Tante Nora kam wie früher, obwohl die Reise für sie viel zu anstrengend ist. Sie hält es in ihrem Dresdner Haus nicht mehr aus, weil sie zwei verwandte Flüchtlingsfamilien aus Oberschlesien bei sich aufnehmen mußte, und wird vorerst bei uns bleiben. Die russische Front rückt unaufhaltsam vor, und Dresden ist überfüllt mit Flüchtlingen.

Sonntag, 11. Februar 1945

Für die drei Töchter von Lehmanns, die in Köln aufgewachsen sind, scheint Fastnacht und Verkleidung so lebenswichtig wie für uns Weihnachten.

Julia erlaubte ihnen, zusammen mit Ella Kampenburg und den fünf Mädchen aus Bodenstein «Schneewittchen» im Saal aufzuführen. Man kann ihnen nicht alle Freude nehmen. Fritzchen war ein wundervoller Prinz und Clara Lehmann ein sehr talentiertes rothaariges Schneewittchen. Anschließend gab es für alle Fastnachtskrapfen, Tee und Saft im Saal.

Freitag, 16. Februar 1945

Der OKW-Bericht meldete beiläufig, fast in einem Nebensatz, britische Bombenangriffe gegen das Stadtgebiet von Dresden. Inzwischen sickert durch, daß die mit Flüchtlingen überbelegte Stadt durch den Luftangriff buchstäblich ausradiert wurde. Unvorstellbar und grauenhaft.

«Vor drei Tagen war ich noch eine reiche Frau mit einem schönen Haus in Dresden», sagte Tante Nora.

Samstag, 7. April 1945

Die Fronten brechen zusammen. Kruse, Krüger und Karlchen Strothe sind zum Volkssturm eingezogen, nur der Rothe-Heinrich nicht. Er muß jetzt an Krügers Stelle jeden Morgen den Milchwagen zur Molkerei fahren. Es wird immer gefährlicher, sich tagsüber mit einem derart ungelenken Fahrzeug im Freien zu bewegen. Vorige Woche wurde der Doktor aus Halberstadt von einem Tiefflieger in seinem Zweispänner erschossen.

Sonntag, 8. April 1945

Mariechen Lehmann hat den ganzen Tag das Deutschlandlied auf dem Flügel im Saal geübt. Dazu sang sie die ganze Zeit. Beides tat sie so ausdauernd und so falsch, daß unsere Ohren und Nerven erzitterten. Es war nicht zum Aushalten. Sie verspielte sich immer wieder bei der letzten überleitenden Tonleiter, gab nicht auf, fing immer wieder von vorn an. Der Text grub sich in unsere müden Hirne: «*Von der Maas bis an die Memel, von der Etsch bis an den Belt . . .*»

Als sie nach dem Abendessen wieder anfing, ging Vater in den Saal und schloß den Flügel ab. Er legte den Schlüssel in seinen Portweinschrank.

Montag, 9. April 1945

Breitenbach ist heute von den Amerikanern besetzt worden. Der Wirtschaftshof wimmelt von Militärfahrzeugen. Wir mußten das Schloß räumen und wohnen jetzt im Amtshof.

Donnerstag, 12. April 1945

Der Rothe-Heinrich ist verschwunden. Else kam heute morgen, um es Vater zu sagen. Er tröstete sie und meinte, es sei ja nicht das erste Mal. Heinrich würde sicher wiederkommen.

«Aber ich habe so'n komisches Gefühl, gnädiger Herr», sagte Else. «Diesmal ist es anders.»

Vater sagt nichts, aber wir alle sind empört. Schließlich weiß Heinrich, daß wir jede Hand im Betrieb brauchen.

Donnerstag, 3. Mai 1945

Im Pappelwäldchen hinter der großen Feldscheune hatten sich SS-Leute verschanzt. Die Amerikaner brannten daraufhin die Feldscheune mit allem Stroh ab. Eine Katastrophe für die Ställe!

Wir dürfen nicht in unser Haus und nicht in den Garten. Fast wäre Tante Nora heute morgen von einem erschrockenen Soldaten erschossen worden, weil sie es sich nicht nehmen lassen wollte, bei aufgehender Sonne am Teich etwas zu deklamieren.

Kruse ist vom Volkssturm zurück. Er und Anneliese mußten oben bleiben, um den Amerikanern zu helfen. Wie Kruse berichtet, haben sie unsere Kleiderschränke geplündert.

Mittwoch, 9. Mai 1945

Es ist vorbei. Der OKW-Bericht sagte irgend etwas von «*sechsjährigem heldenhaftem Ringen*».

Wir saßen schweigend um den Tisch.

Dienstag, 15. Mai 1945

Der ganze Amtshof, auch die Inspektorwohnung und die umliegenden Scheunen, sind bis auf die letzte Kammer von uns und den Flüchtlingen belegt. Lehmanns wohnen in der Apfelscheune, dem Amtshof gegenüber.

«Gottlob gibt es dort kein Klavier», sagte Tante Heide.

1945–1946

Vierzehntes Kapitel

I

Die Sonne stand im Westen, färbte den Himmel feuerfarben und ließ den Gipfel des Magnetbergs aufglühen.

«Looks like a figure, doesn't it, Roger?»

Der amerikanische General, der neben dem chauffierenden Offizier vorn in dem offenen Jeep saß, hob sein Fernglas und suchte den Berg einzufangen, auf den wir zufuhren.

Es war der Freitagabend vor Pfingsten, der 18. Mai 1945. Die rötlich leuchtende Spitze des Magnetbergs ragte aus dem dunklen Wald in den Abendhimmel, und die Landschaft um Breitenbach glich an diesem Abend wirklich jenem Bild aus dem alten Märchenbuch, das sich in meine Erinnerung gegraben hatte wie ein bunter Splitter.

Zum ersten Mal seit Jahren saß ich wieder in einem Auto. Ich genoß die schnelle Fahrt über den holperigen Feldweg, den kühlen Fahrtwind im Gesicht und in den Haaren.

Das Mitleid in den Augen des Offiziers, der mir gegenübersaß, wußte ich nicht zu deuten. Noch ahnte ich nicht, daß sich diese Fahrt meinem Gedächtnis einprägen sollte wie von glühendem Eisen eingebrannt.

Am Vortag war ein Ordonnanzoffizier mit einer Einladung des Generals, der in unserem Haus einquartiert war, zu Vater gekommen.

Ob Herr Brandau und seine Familie den General auf einer Autofahrt über den Betrieb begleiten würden? Der General sei an Geologie und Landwirtschaft interessiert und würde sich freuen, die Fahrt in unserer Begleitung unternehmen zu können.

Vater nahm die Einladung nach einigem Zögern an.

Die Amerikaner führten sich zurückhaltend auf. Nur in der ersten Woche, noch vor Kriegsende, war es ein wenig landsknechthaft zugegangen. Die Soldaten hatten große Essen im Schloß gegeben, zu denen sie sich Dorfmädchen holten, aßen und tranken, bis sich die letzten kostbaren Meißenteller und Kristallgläser ungewaschen in der Küche stapelten. Mit ihrer Zahl und ihren amerikanischen Badegewohnheiten überforderten sie das baufällige Kanalisationssystem des Schlosses so nachhaltig, daß alle Leitungen verstopften.

Als nichts mehr ging, behalfen sie sich mit großen Bodenvasen aus Meißner Porzellan. Wenn die voll waren, mußte Kruse kommen und sie auf einem Bollerwagen zum Bach fahren. Er tat es, gebückt und fluchend, und wenn eine Vase kaputtging, entschuldigte er sich bei Vater. «Wenn der Herr Brandau nur nich' verstimmt sein wollen. Vorsichtiger kann ich man nich' sein.»

Aber nach der Kapitulation wurde das Haus zum Hauptquartier erklärt, und der General, in dessen Jeep wir jetzt saßen, hatte es wieder in einen geordneten Zustand versetzen lassen. Er hatte uns auch erlaubt, persönliche Gegenstände und nötige Garderobe in den Amtshof hinunterzuholen.

Deshalb hatte Vater gemeint, es sei unhöflich, dem Wunsch des Generals nicht nachzukommen. Julia und ich sollten ihn auf der Fahrt begleiten.

Die verkohlten Reste der Feldscheune glitten in der Ferne vorbei, ein bizarrer Schatten im Abendlicht. Ich blickte auf Julia und Vater, die neben mir auf der Rückbank saßen. Julia sprach leise auf ihn ein, und ich sah, wie er beruhigend nach ihrer Hand griff und lächelnd den Kopf schüttelte.

Was würde er ohne Julia machen? überlegte ich. Oft genug hatte ich in letzter Zeit beobachtet, wie unansprechbar und eisig er wieder sein konnte, wie früher, wenn er uns durch Abweisung strafte. Der Verlust der gewohnten Umgebung und Ordnung wurde deutlicher; die beengten Verhältnisse der Inspektorwohnung reizten ihn. Seit die Angst um das Leben nicht mehr alles beherrschte, trat das Ausmaß der deutschen

Niederlage immer deutlicher hervor. Der Tod Ferdinands, Mutters, Peters baute sich um ihn wie eine Mauer. Gesten, Gerüche und Geräusche, eine unvorsichtige Erwähnung der Brüder, eine Erinnerung an Mutter, kleinste Alltäglichkeiten reichten aus, ihn verstummen zu lassen. Er sprach nicht darüber, schloß sich mit seinen Gedanken ein, als seien Trauer und Schmerz sein Eigentum. Nur Julia konnte ihn erreichen.

Er würde versteinern, wenn sie nicht wäre, dachte ich. Sie lieben sich, und ich hätte nie gedacht, daß ich mich einmal mit dieser Liebe aussöhnen könnte, froh darüber sein würde.

Und bald kommt Robert, dachte ich weiter und lehnte mich zurück. Irgendwann muß er kommen, irgendwann wird er da sein – ganz unerwartet wird er auf dem Amtshof stehen und nach mir fragen. Hoffentlich nicht, wenn ich gerade fort bin, wie jetzt.

In meiner Jackentasche tastete ich nach dem kleinen dunkelroten Lederetui, in dem ich seit zwei Jahren Roberts Brief aufbewahrte, den ich immer bei mir trug und immer wieder las: *Ich lebe. Ich komme wieder. Ich liebe Dich.* Vom vielen Falten und Glattstreichen war der Zettel kaum mehr zu lesen. Aber er war da. Ich umspannte das Etui mit meiner rechten Hand so fest, daß sich sein kleiner Schließkopf schmerzhaft in meine Handfläche bohrte.

Von Julia ging eine ungewöhnliche Unruhe aus.

Sie saß kerzengerade, schlug mit der linken Hand den Kragen ihrer beigefarbenen Reitjacke hoch, strich sich wieder und wieder eine Strähne aus der Stirn, die der Fahrtwind aus ihrem glatt zurückgekämmten, von einer schwarzen Spange gehaltenen Haar gelöst hatte. Sie blickte angespannt der Dämmerung entgegen, in die wir hineinfuhren.

Wie schön sie ist, dachte ich und begegnete Vaters Augen, in denen der gleiche Gedanke zu stehen schien.

«Warum fragt keiner irgend etwas?» flüsterte Julia und lehnte sich zwischen uns zurück. «Warum haben sie dich eingeladen, C. F., wenn sie nur schweigend über die Feldwege hetzen?»

Es blieb keine Zeit, darüber nachzudenken.

Wir hatten inzwischen den Wald am Fuß des Magnetbergs erreicht und fuhren langsam bergan.

«Stop!»

Der General hob leicht die Hand, Bremsen quietschten, der Motor schlug noch einmal nach, als er abgestellt wurde – der Wagen stand.

Der General stieg aus.

Ob dies Vaters Land sei? Ob der Berg ihm gehöre?

Vater bejahte.

In diesem Fall müsse er uns bitten, ihm und seinen Offizieren zu folgen.

Wortlos ging er voraus, wir folgten zu dritt nebeneinander, Julia in der Mitte, hinter uns die drei Offiziere.

Die Vögel lärmten im Wald, keiner sprach, jeder von uns ahnte jetzt das Ziel der Fahrt.

Nach wenigen Minuten standen wir vor dem verschlossenen Tor des Lagers. Nichts daran erinnerte noch an das glänzende Gitter, das in meiner Erinnerung weitergelebt hatte: Ein stumpfes, schwarzes, zum Teil schon verrostetes Tor ragte aus wucherndem Unterholz, ein schiefhängendes englisches Verbotsschild schaukelte vor dem Maschendraht. Keine Wächter, keine Fahnen.

Der General winkte dem Offizier, der Roger hieß, und bat ihn, das Tor aufzuschließen.

Wir stiegen mit gesenktem Blick den steilen Pfad hinauf, ohne etwas Ungewohntes zu bemerken. Ich sah zum ersten Mal auf, als Julia nach meiner Hand griff. Entsetzt starrten wir auf die alte, freistehende Kiefer. An ihrem untersten, ausladenden Ast hing die aufgedunsene, schwärende Leiche eines Menschen.

Im weiten Umkreis der Kiefer hatten offenbar andere Häftlinge in schneidendem Frost so lange unbekleidet in Reih und Glied stehen müssen, bis sie aus der erzwungenen Starre tot in den Schnee gefallen waren. Dort hatte man sie liegenlassen.

Wir sollten ruhig näher herangehen, meinte der General.

Näher, näher und dann weiter bis hinauf zu Hedwigs alter Höhle, wo sie die Holzstämme vor der Tür wegrollten und uns wieder leise und höflich baten, immer weiter, immer näher heranzutreten, bis der stinkende Hintergrund der Höhle, der beißende, faulige Gestank von Unrat, Qual, Gemeinheit und Verwesung, der aus der Tiefe der Höhle drang, uns den Atem nahm.

Mit leiser Stimme berichtete der General. Sie hatten, als sie das von den Deutschen aufgegebene Arbeitslager am Magnetberg öffneten, in Hedwigs Höhle zwischen den Leichen auch lebende, tödlich geschwächte Sträflinge gefunden, von Dreck und Gestank an Körper, Herz und Seele besudelt.

Julia zitterte am ganzen Körper, hielt Vaters und meine Hand umklammert, als wären wir aneinandergekettet. So folgten wir dem General, wurden immer weiter geführt, wie durch die Tore der Hölle, bis wir gelernt hatten, was Jahre später auf großen Mahntafeln zu lesen stehen würde: daß dreitausend Häftlinge in den letzten Kriegsjahren in wenigen notdürftig zusammengenagelten Holzbaracken zusammengepfercht waren, wo sie auf rohem, verschmutztem Holz liegen mußten, unter stinkenden, dünnen Decken und von Ungeziefer geplagt; daß sie in ihrer dünnen, schwarzweiß gestreiften Häftlingskleidung, ohne Unterwäsche, im Steinbruch oder in unterirdischen Stollen für die Rüstungsindustrie gearbeitet hatten; daß jeder, der sich widersetzte, sein Ende an jener Kiefer fand; daß die Häftlinge völlig unterernährt waren und bei jedem Wetter unter der erbarmungslosen Aufsicht der SS so lange arbeiten mußten, bis sie tot umfielen und sofort aus dem namenlosen Heer der übrigen Gefangenen ersetzt wurden.

«Vernichtung durch Arbeit» wurde das genannt, aber auch das lernte ich erst Jahre später. Eine verschwindend kleine Zahl der Opfer hatten wir auf unseren Rübenäckern sterben sehen. Ich erinnerte mich an Heinrichs haßerfüllten Ausbruch und wußte, daß er in allem recht gehabt hatte.

Es wurde dunkel, als wir zurück zum Auto gingen.

Er wisse nicht, wie wir zu den Dingen stünden, die auf unserem Grund und Boden passiert seien, sagte der General. Er würde sich gern mit Vater darüber unterhalten – bei Gelegenheit, meinte er, als der Jeep im Amtshof hielt.

Lähmendes Entsetzen lag über den folgenden Tagen, zerstörte Erleichterung und Hoffnung, die sich nach Kriegsende langsam hervorgewagt hatten.

Vater wurde gebeten, noch einmal mit dem General zu sprechen. Julia begleitete ihn und kam bleich von der Unterredung zurück. Zunächst hatte der General sich gründlich und leidenschaftslos nach den Umständen der Lagergründung im Jahr 1937, nach Vaters Zuständigkeit und möglicher Beteiligung erkundigt. Und abschließend hatte er gesagt, er wolle Vater nicht beunruhigen, aber ihm sei zu Ohren gekommen, daß in der weiteren Umgebung immer wieder kleine Gruppen befreiter Zwangsarbeiter und Häftlinge auftauchten, Gutshäuser plünderten, Brände legten und ganze Familien töteten. Eine unsinnige Rache, seiner Meinung nach, aber die Militärverwaltung habe bisher keine Mittel dagegen. Wir sollten vorsichtig sein und vor allem nachts die Türen verriegeln.

Vater beruhigte Julia. Wir hätten den Krieg überlebt, sagte er, und mit allem anderen würden wir nach dem, was geschehen sei, auch noch fertig.

In dieser Zeit kam auch Pastor Hühnerfeld zurück, aus einem süddeutschen Arbeitslager befreit. Er besuchte uns jeden Tag im Amtshof und führte lange Gespräche mit Vater, mit Julia, mit mir oder uns allen. Er zwang uns durch seine Gegenwart, die Bilder des Lagers in uns wachzuhalten, sie nicht in unserem Gedächtnis zu versenken wie in einem tiefen Brunnen. Er wagte, nach den Hintergründen des Krieges zu fragen, der zerstört hatte, was wir brauchten und liebten.

«Was werden Sie später Fritz sagen?» fragte er meinen Vater an einem mondlosen warmen Juniabend. Wir saßen am offenen Fenster des Amtshofs. In der Hoflinde begann eine Nachtigall zu singen, und die blühenden Fliederbüsche verströmten ihren Duft in die Nacht.

«Was werden wir sagen, wenn er uns fragt, warum das alles geschehen ist? Was antworten wir, wenn er fragt, warum so viele Menschen tot sind, die leben müßten? Und was antworten wir, wenn er fragt, wie wir jahrelang neben einem Konzentrationslager leben konnten? Können wir sagen, wir haben es nicht gewußt? Wir konnten nichts dagegen tun? Der Kriegsalltag war zu hart, um sich auch noch darum zu kümmern?»

Er sprach mehr zu sich als zu uns.

«Und was, Herr Brandau, sagen wir denen, die uns fragen, warum wir die Herzen und Seelen unserer Söhne und Töchter Besessenen, Größenwahnsinnigen widerstandslos überlassen haben? Warum alles in den Dreck gezogen worden ist, das dieser Jugend wichtig und heilig war? Sind wir unschuldig daran, daß sie verführt und verraten wurden?»

Er flüsterte nur noch.

«Wir haben erst begriffen, als es zu spät war. Wir haben nicht gelernt, laut zu fragen und genau hinzusehen. Wir haben geschwiegen und zugesehen, wie Millionen für eine wahnwitzige Idee ermordet worden sind und Millionen sich für diesen Wahnwitz selbst geopfert haben. Wir haben darunter gelitten, aber wir haben immer nur zugesehen.»

Vater stöhnte leise und stand auf. Er trat hinter Julias Stuhl und legte seine Hände auf ihre Schultern.

«Sie haben doch viel mehr getan, Pastor Hühnerfeld», sagte Julia und griff nach Vaters Hand.

«Zu spät», sagte der Pastor. «Viel zu spät.»

Unten öffnete sich quietschend die Tür und wurde vorsichtig wieder geschlossen. Schritte waren auf der steilen Holztreppe zu hören, die in den ersten Stock führte. Wir erstarrten auf unseren Stühlen, denn wer uns kannte, hätte unten gerufen, wäre unbekümmerter und lauter gewesen. Jeder dachte an die bedrohliche Warnung des Generals.

«C. F.», flüsterte Julia, «es kann nicht sein. Uns geschieht nichts. Ich muß zu Fritz.»

«Warte. Bleib ganz ruhig.»

Im Flur wurden die Türen geöffnet, eine nach der anderen.

Jemand stöhnte, fluchte leise. Dann wurde die Tür zu unserem Zimmer aufgestoßen.

«Fenster zu! Gardinen zu!» zischte eine rauhe Stimme.

Pastor Hühnerfeld erhob sich, schloß das Fenster, zog mit ruhigen Bewegungen die Gardinen zu. Das Licht wurde angeknipst: Kalle Kruse stand in der Tür, abgerissen, gehetzt, kalkweiß.

Er verlangte nach Essen, sagte sonst nichts. Als ich aufstehen wollte, zitterten meine Knie so, daß ich mich an der Tischkante festhalten mußte. Auch in den erschöpften Gesichtern der anderen las ich das Entsetzen, das ich selbst nicht mehr verbergen konnte.

Wo war er während der Kriegsjahre gewesen? Auschwitz? Was hatte er dort getan?

Auf unsere Fragen antwortete Kalle nicht. Besser, wir wüßten nichts.

Er hörte uns zu, fragte kurz nach seinen Eltern, nahm alle Veränderungen und Nachrichten reglos zur Kenntnis.

Erst als Julia das Lager am Magnetberg erwähnte, wurde er hellhörig. Er erkundigte sich genau, was wir dort gesehen hatten, schwieg eine Weile und fing dann an zu lachen – glucksend und leise kündigte sich sein Lachen an, brach hervor wie ein Wasserstrahl, der an der Wasseroberfläche erst Ringe und Blasen wirft, bevor er als Fontäne in die Höhe schießt. Höhnisch schwoll das Lachen an, warf ihn im Stuhl zurück, daß das Holz knackte, schoß bellend aus ihm heraus, ließ ihn atemlos nach vorn kippen, mit dem Kopf auf den Tisch schlagen, fuhr in seine Fäuste, die auf die Tischplatte hämmerten, zerriß seinen Mund und quoll aus seinen Augen.

Mit scharfer Stimme brachte Vater ihn zur Ruhe.

Am nächsten Morgen war er wieder fort. Wir durften niemandem sagen, daß wir ihn gesehen hatten, nicht einmal seinen Eltern.

«Anscheinend wird er gesucht», sagte Vater. «Traurig für Kruse.»

Ein Junitag folgte dem anderen, ohne daß Robert kam. Wann immer ein ungewohntes Geräusch zu hören war, eine fremde Gestalt auftauchte, dachte ich einen Herzschlag lang: Jetzt ist er da. Aber er war es nie.

An einem Donnerstagmorgen Mitte Juni ging ich, wie immer nach dem Frühstück, in den Speicher hinüber und kämmte Mariechen Lehmann die langen aschblonden Haare. Sie hatte Läuse. Mühsam zog ich den Läusekamm durch ihr dichtes Haar.

Durch die Lüftungsgitter des fensterlosen Speicherbodens drang schwaches Licht. Wir konnten alle Hofgeräusche hören.

An diesem Morgen spürte ich eine merkwürdige Unruhe. Ich ließ Mariechens Zopf fallen und spähte durch das Lüftungsgitter hinunter auf den Hof. Auf der kleinen Freitreppe des Amtshofs stand Vater in der Morgensonne. Er sprach mit Tante Heide, die in ihrer grünen Gartenschürze am Fuß der Treppe stand und ihm mit weiten Gesten etwas zu erklären suchte, das ihn offensichtlich nicht interessierte. Ich mußte lächeln, denn Vater wirkte noch von oben betrachtet verschlossen und abweisend. Seine linke Hand hatte er in die Tasche seiner Reitjacke geschoben, mit den Fingern der Rechten zog er seine goldene Repetieruhr aus der Westentasche. Die Hofuhr schlug neunmal, und er verglich die Zeit, wie er es immer getan hatte. Julia kam heraus, zum Reiten gekleidet. Es war schon sehr warm, und sie trug ihre Sommerreitjacke aus sandfarbenem Seidenrips, die ich immer bewundert hatte. Auch Fritzchen sprang aus der Tür und lief zu Julia, die ihre beiden Arme um seinen Hals legte.

Julia mußte sich blitzschnell umgezogen haben, denn zum Frühstück hatte sie noch ein Kleid getragen, zum ersten Mal seit Jahren wieder ein gelbes Kleid.

«Wie schön . . .» hatte ich zu ihr gesagt, «endlich trägst du wieder deine Kleider.»

Sie hatte mich in den Arm genommen. «Weißt du was, Thea? Der Krieg ist vorbei, es wird Sommer, und wir leben, Thea! Wir leben! Weißt du, wie wunderbar das ist? Wir dürfen neu anfangen, und alles kann wieder gut werden. Robert kommt sicher bald zurück, du wirst schon sehen.»

Die Morgensonne glitzerte auf ihrer goldenen Armbanduhr, als sie sich zu Fritzchen hinunterbeugte und ihm etwas ins Ohr flüsterte.

Mariechen Lehmann zog mich am Ärmel. «Komm schon, Thea, kannst du nicht endlich weitermachen? Ich komme sonst zu spät zur Schule.» Als ich mich umwenden wollte, sah ich eine Gestalt in der Hofeinfahrt stehen und erkannte, als ich genauer hinsah, den Rothe-Heinrich. Wo hat der sich nur in den letzten Wochen herumgetrieben? dachte ich. Er trat einen Schritt zurück und winkte jemanden mit merkwürdig verhaltener, aber hastiger Geste heran. Ein offener Wagen fuhr auf den Hof, reifenquietschend und so schnell, daß in der dichten, gelblichen Staubwolke nur undeutlich mehrere Männer zu erkennen waren. Eine schwarzweiß gestreifte Hose, geschorene Köpfe fielen mir auf. Dann bewegten sich alle gleichzeitig. Ich sah Vater blitzschnell nach Julia und Fritzchen greifen, hörte Schüsse, Schreie, stürzte die Treppe hinunter.

Unten hielt mich der alte Krüger fest.

«Sie bringen dich auch noch um, Thea! Ich laß dich nich' raus! Die erschießen jeden, den sie sehen. Ich laß dich nich' raus», sagte er immer wieder.

Der Wagen verschwand so schnell, wie er gekommen war. Auch der Rothe-Heinrich war fort. Ich erreichte die Treppe zu spät. Sie waren alle tot. Alle. Tante Heide, Fritzchen, Vater und Julia. Vater lag verzweifelt über Julia und Fritzchen gebeugt, als habe er noch begriffen, daß er alles verloren hatte.

II

Im Februar 1946 wartete ich in Hannover auf die Abfahrt eines englischen Militärkonvois, mit dem ich endlich nach Berlin gelangen konnte. Der Raum war hell und warm, eine Oase nach den Tagen auf eiskalten, überfüllten Bahnhöfen, nach endlosen Stunden in zugigen Güterwaggons, nach dem Weg durch die zerstörte Stadt, die von einer kalten, tiefstehenden Februarsonne erbarmungslos beleuchtet wurde. In aufgerissenen Häusern wohnte der Wind, freistehende Hauswände mit ausgebrannten Fensterhöhlen starrten wie geschwärzte Fratzen mit leerem Blick.

Mehrere Menschen warteten in dem kleinen Raum. Neben mir saß eine junge Frau, die Zahnschmerzen hatte und leise vor sich hin stöhnte. Ihr kleiner Sohn erinnerte mich an Fritzchen. Er hatte keinen eigenen Stuhl in dem überfüllten Wartezimmer und wollte ständig auf ihren Schoß, von dem er nach einigen Minuten wieder herunterrutschte, um zwischen den Wartenden umherzulaufen. Er fragte alle nach ihren Namen, wollte wissen, wo sie herkamen und hinwollten.

«Komm zu mir. Stör die anderen nicht», bat seine Mutter und drückte die flache Hand stöhnend gegen ihre geschwollene Wange.

«Lassen Sie ihn nur», sagte ein Herr mit rosigem Gesicht und freundlichen, bebrillten Augen, der mir gegenübersaß. «Warum sollen wir nicht miteinander sprechen?»

Achtzehn Stunden sind lang. Und irgendwann erzählte auch der freundliche Herr von seinen beiden Söhnen, die noch eine Woche vor Kriegsende als Flakhelfer gefallen waren, fünfzehn und siebzehn Jahre alt. Er habe sie nicht aufhalten können, weil er in den Jahren davor versäumt habe, es zu tun. Dann versank er in Schweigen.

Ich sah auf die bilderlose, gelblich gestrichene Wand, in deren Mitte ein Riß zu erkennen war; der aufgeschwemmte Putz mußte ihn bald aufbrechen. Ich verfolgte den schrägstehenden Sonnenstrahl, der das Zimmer langsam durchwanderte, über die hohlwangigen Gesichter der Menschen, über ihre zusammengewürfelte Winterkleidung, ihre verschlissenen Stiefel und den rötlich gebohnerten, ausgetretenen Dielenboden glitt, bis er den Raum verließ und Eisblumen an der nackten Fensterscheibe emporwuchsen. Ich beobachtete sie zusammen mit dem kleinen Jungen, der mich an Fritzchen erinnerte.

Auch von mir wollte er wissen, wer ich war und woher ich kam. Aber ich wollte nicht darüber sprechen. Ich schrak vor den vergangenen Monaten zurück, als säße ich in einem Boot, als versuchte ich, es hastig von Ufern abzustoßen, an denen Ohnmacht und Verzweiflung warteten.

Ende Juni – nach der Beerdigung von Vater, Julia, Fritzchen und Tante Heide – hatten die Amerikaner aus Breitenbach abziehen müssen, und die Russen besetzten die Magdeburger Börde. Die Gutsbesitzer wurden enteignet, durften aber weiter wirtschaften, und ich klammerte mich an diese neue Verantwortung. Von Robert hörte ich nichts.

Ich durfte zurück in unser Haus, wo ich in leeren Zimmern und übermächtigen Erinnerungen umherirrte. Pastor Hühnerfeld kam täglich, um mit mir zu sprechen, um mir zu helfen. Er erklärte mir endlich, warum Kalle Kruse, der aus Auschwitz kam, wie ein Wahnsinniger gelacht hatte, als er von der Behandlung der Sträflinge auf dem Magnetberg erfuhr.

An einem Oktobertag aber kam Pastor Hühnerfeld, um mich zu warnen. Er hatte erfahren, daß ich noch am gleichen Abend verhaftet werden sollte. Die Russen verhafteten nach und nach alle Gutsbesitzer, und in Breitenbach gab es nur noch mich.

Eine Stunde später floh ich aus Breitenbach, in Kruses großem Bollerwagen unter Äpfeln versteckt, bevor sie mich abholen konnten.

Monatelang hatte ich in einem zugigen Kellerzimmer in Bad Harzburg hinter einem roten Filzvorhang gewohnt. Tagsüber half ich der netten Arztfamilie, die das Haus besaß und noch drei andere Flüchtlingsfamilien aufgenommen hatte.

Ich wußte nur, daß ich versuchen mußte, nach Berlin zu kommen. Ich mußte versuchen, Robert zu finden.

Aber all das konnte ich dem Kind nicht sagen. Statt dessen erzählte ich ihm das Märchen vom Magnetberg: die Geschichte von dem Schiff, das auseinanderbricht, von dem Schiffbrüchigen, der sich allein auf einer einsamen Insel wiederfindet. Doch während ich erzählte, dachte ich nur an meinen Traum, dachte an die unzähligen jungen Menschen, die bedenkenlos dem Berg entgegenfahren, der sie vernichten wird und dem sie begeistert den Arm entgegenrecken – im Herzen und auf den Lippen das Lied von der Fahne.

Und als ich dem Jungen die Geschichte erzählte, fand ich in meinem Gedächtnis den Satz aus dem Märchen wieder, den ich lange nicht erinnern, den ich als Kind nicht verstehen konnte:

«Trauer stürzte in mein Herz.»

Epilog

Die Goldschmiedsche Villa am Grunewald, in der fünf Jahre lang ein kraftstrotzender Würdenträger des Tausendjährigen Reiches gewohnt hatte, wurde im Herbst 1944 zerbombt. Großmutter Arianes Haus blieb verschont. Seine wilhelminischen Erker und Türmchen, verschnörkelten Gitter und aus Stein gemeißelten Girlanden protzten unbeeindruckt in den Vorfrühling des Jahres 1946. Der weiße Putz war schwärzlich verfärbt. In die Fenster, die in den Bombennächten zersprungen und lange mit Pappe und Brettern vernagelt waren, hatte die englische Militärregierung gleich neues Glas eingesetzt, als sie das Haus beschlagnahmte.

Grete Zalinski putzte und kochte jetzt für englische Offiziere, verstand kein Wort, aber blühte auf unter ihren freundlichen Blicken und Stimmen.

«Wenn alle Sieger sich so ufführ'n täten, wär' Verlieren ja nich' mal det Schlimmste», sagte sie, wischte sich ihre Haarsträhne aus der Stirn und legte englischen Schinken in die Pfanne, auf den sie englische Eier schlug. Mir wurde bei dem Geruch von Schinken, Spiegeleiern und Bohnenkaffee noch immer schwindelig. Wir hatten so etwas zu lange entbehrt.

«Meinen Horst, Gott hab ihn selig», fügte Grete gelassen hinzu, «meinen Horst hätt' ick als Sieger nich' im Haus haben mögen. Nich' für Gold.»

Horst Zalinski war erst nach der Kapitulation umgekommen. Von einem seiner nächtlichen Spaziergänge durch die filigranen Ruinen und die Schutthaufen der Stadt war er nicht zurückgekehrt.

«Von hinten erstochen», sagte Grete fast gleichmütig. «Det

könnten Hunderte jewesen sein. Viel Freunde kann er sich nich' jemacht haben in die letzten Jahre.»

Ich lief gegen den kalten Märzwind durch den Grunewald zur Ruine der Goldschmiedschen Villa. Immer wieder ging ich dorthin und starrte stundenlang über die Schuttberge auf die Ruine des Hauses, das ich nie im Tageslicht gesehen hatte.

Mitte Februar 1946 war ich mit einem englischen Militärtransport zurück nach Berlin gekommen, auf der Autobahn durch die Landschaft gefahren, aus der ich geflohen war, an den Häusern und Orten vorbei, die ich nicht mehr betreten durfte. Der Wegweiser nach Blankenburg und Halberstadt hing schief und gespenstisch im kalten Februarnebel.

Mein Herz, das an Freude nicht mehr gewöhnt war, hatte einen gefährlichen Sprung gemacht, als ich Großmutter Arianes Haus, mein Haus, unzerstört am Rande des Grunewalds stehen sah – eine rettende Insel im anbrandenden Meer aus Schutt, Asche und Ruinen. Die Engländer, die darin wohnten, ließen mich unten bei Grete Zalinski einziehen, und ich half ihr im Haushalt, bis einer der Offiziere entdeckte, daß ich zum Dolmetschen zu gebrauchen war, so kümmerlich meine Kenntnisse auch waren. Ich bekam einen kleinen Schreibtisch in Großmutter Arianes Ankleidezimmer gestellt. Als ich dort zum ersten Mal allein war, öffnete ich die Schränke. Sie waren leer. Horst Zalinski hatte Großmutters gesamte Garderobe auf dem Schwarzmarkt verkauft. Bücher und Bilder aber hatte er liegenlassen.

«Ich konnt' nich' jejen ihn an, junge jnädige Frau, war nix zu machen», sagte Grete und trug selbst eine Bluse von Großmutter. Das war jetzt gleichgültig, zählte nicht mehr nach diesen Jahren.

Ich blieb am Grunewaldsee stehen, sah auf die helle, glitzernde Wasseroberfläche, dann hinauf in die kahlen Zweige, durch die der Wind brauste, und noch höher hinauf in den verwehten Himmel.

«Wo bleiben Se bloß immer so lange, wenn Se spazierenjehen, Thea, jnädige Frau?» hatte Grete mich gefragt, bevor ich ging. «Ick ängstige mir immer zu Tode, wenn Se länger als zehn Minuten weg sind.»

«Keine Angst, Grete», hatte ich geantwortet, «ich gehe nur bis zu einem Haus hinter dem Hundekehlesee ... Ich kann dort über so vieles nachdenken.»

Ich begriff selbst nicht, warum ich ihr das sagte.

Noch immer wußte ich nicht, ob Robert wirklich überlebt hatte. Seine Familie in Mecklenburg war nicht zu erreichen, auch über Beate konnte ich nichts in Erfahrung bringen. Nachts lag ich wach, hörte die Mäuse in Gretes Vorratskammer lärmen und klammerte mich verzweifelt an die Erinnerungen, die mir jahrelang geholfen hatten.

«What about your husband, little lady?» hatte der freundliche, sorgfältig rasierte General gefragt, für den ich zu übersetzen versuchte, und auf meine Ringe gezeigt. Ich hatte ihm alles erzählt, was ich über Robert wußte, und ihm sogar den abgewetzten Brief gezeigt.

«Don't worry. I'll see to that», hatte er gesagt und sich alles notiert.

Von dem Moment an verbrachte ich so viel Zeit wie möglich an meinem Schreibtisch, immer in der Hoffnung, der General würde kommen und ganz einfach sagen: «Mrs. Ostenfeld, your husband is arriving tomorrow.»

Aber es waren Wochen vergangen, und er schüttelte immer nur den Kopf, wenn ich ihn vorsichtig ansah.

Der Märzwind brauste in den Baumkronen, fegte vertrocknete, braunschwarze Blätter wie durchlöchertes Papier durch die Luft, kräuselte die sonnenhelle Oberfläche des Grunewaldsees, ließ die Schneeglöckchen und dottergelben Winterlinge beben.

Jetzt würde ich auch in Breitenbach durch den Garten laufen und hinter den schützenden Hecken nach Winterlingen und Schneeglöckchen suchen, wenn ich nur nach Hause dürfte, dachte ich und stieß mit dem Fuß in einen unförmigen alten Schneehaufen. Der Winter hatte ihn vergessen, die Märzsonne leckte an seiner schwärzlichweißen groben Oberfläche. Er war hart, und mein Fuß schmerzte.

In die Schutthaufen der Goldschmiedschen Villa, aus denen Stangen und verkohlte Balken wild herausragten, war inzwischen ein Ansatz von Ordnung gebracht worden. Ein kleiner Pfad führte durch das Chaos die Treppe hinauf, der Weg in die Halle war frei. Ich hängte das englische Verbotsschild ab, das den Eingang versperrte, und ging die Treppenstufen hinauf – langsam, als würde ich geschoben wie damals im November. Die Halle war leergeräumt, wirkte fast gefegt, als gäbe es jemanden, der dieser Ruine einen neuen Anfang abtrotzen wollte. Der Wind heulte durch die Fensterhöhlen; die weit ausladenden Treppen zu beiden Seiten der Halle führten ins Leere; die beiden Galerien gab es nicht mehr. Nur zwei Außenwände waren stehengeblieben und zeigten noch Spuren des Gebrauchs: Ein abgerissenes Wasserrohr bewegte sich knarrend im Wind, die Umrisse hoher, breiter Schränke waren auf den alten Tapeten zu erkennen.

Immer weiter ging ich in die Halle hinein, versuchte, mir den Platz im zweiten Stock vorzustellen, an dem Robert mich gefunden, von dem aus ich die schwarze Kugelflasche hinuntergeworfen hatte.

Vor den Stufen der linken Treppe, mit den Fingern in Staub und Mörtel tastend, fand ich eine kleine Delle im Parkett, wischte sie mit meinem Taschentuch sauber, fast blank, und erkannte im kalten Sonnenlicht, daß die Stelle heller war als der Boden ringsherum, ein ausgelaugter Fleck im Holz. Parfüm ätzt, dachte ich, kniete im Mörtelstaub und suchte in dem freigeriebenen Holz einen Hauch des Duftes aufzuspüren, der damals die Halle ausgefüllt hatte, einen Hauch *Arpège*, einen Hauch von Julia.

Der Wind wehte einen leichten Schleier von Staub über die glänzende Stelle des Parketts, über die ich mich beugte. Noch einmal wischte ich sie frei und versuchte, nicht zu weinen.

Dann schob ich langsam Mörtel über den hellbraunen, gesprenkelten Fleck im Holz, der mich an Julias Augen erinnerte, je länger ich hinsah.

Draußen hörte ich jemanden rufen und die Treppe heraufkommen. Man darf nicht in dieser Ruine herumlaufen, dachte ich und drehte mich erst um, als ich Schritte in der Halle hörte.

Es war Robert.

Maria Wimmer

Wer Tränen abwischt, macht sich die Hände naß

Eine Erzählung
160 Seiten. Gebunden
und als rororo 12109

Ein kleiner Junge, Waisenkind aus Peru, wird nach Deutschland geholt. Seine Adoptiveltern wollen ihm glückliche Geborgenheit bereiten. Aber von der ersten Stunde an stellen sich Probleme ein.

«Leise Töne, eindringlicher als der laute Schrei. Eine Erzählung, die ein Erfahrungsbuch ist.»
Hannoversche Allgemeine Zeitung

Der Tod lebt in Lima

rororo 12431

Die Kindheit auf dem Lande

rororo 4291

Rowohlt

Louise Erdrich

Liebeszauber

Roman. Deutsch von Helga Pfetsch
352 Seiten. Gebunden und als rororo 12346

«Louise Erdrich schildert das Schicksal zweier indianischer Familien seit den dreißiger Jahren bis in die Gegenwart. Und sie weiß, wovon sie schreibt. Louise Erdrich wurde 1954 als Tochter eines deutschen Lehrers, der für das Bureau of Indian Affairs arbeitete, und einer Chippewa-Indianerin geboren. Heute Indianer sein, das wird schnell beim Lesen klar, bedeutet Entwurzelung, Entfremdung, ein Minderheitsdasein ohne Chance und politischen Einfluß. Aber die Lust der Autorin am Geschichtenerzählen ist größer als ihre Bitterkeit.»
FAZ

Die Rübenkönigin

Roman. Deutsch von Helga Pfetsch
448 Seiten. Gebunden

Das letzte, was Mary und Karl Adare von ihrer Mutter sehen, ist die Flagge ihres flammenroten Haars neben dem orange Schal des Kunstfliegers, in dessen Doppeldecker sie bei einem Jahrmarkt für immer auf und davon fliegt. Ein paar Stunden später ist auch noch ihr kleiner Bruder fort – entführt von einem kinderlosen Paar. Und schließlich wird Karl auf dem Weg zu einer Tante, bei der die Kinder Unterschlupf finden wollen, von einem Hund angefallen. In Panik rennt er davon und bleibt verschwunden . . .

« ‹Die Rübenkönigin› ist ein kraftvoller und poetischer Roman. Seine Poesie rührt aus tiefen Einsichten und ausdrucksvollen Bildern, die sich in ganz eigenem, lebendigem Rhythmus Ausdruck verschaffen; seine Kraft beruht auf Louise Erdrichs Fähigkeit, bizarre Komödie und anrührende Tragik miteinander zu verschmelzen.»
The New York Times Book Review

Rowohlt

André Dubus

Ehebruch und anderes

Vier Novellen. Deutsch von Benjamin Schwartz
432 Seiten. Gebunden

Stimmen vom Mond

Roman. Deutsch von Benjamin Schwartz
140 Seiten. Broschiert

Kunstvolle und sensible Impressionen aus dem Privatleben der amerikanischen Mittelklasse in ihrem Widerspruch zwischen Glücksverheißung und Lebenswirklichkeit.
Die Einsicht, daß das Glück immer schon verloren ist, und zugleich das Bewußtsein, daß es als Hoffnungsschimmer stets am Horizont zu sehen sein wird, prägen Dubus' Figuren. Sie alle laden Schuld auf sich, doch der Autor leidet zu sehr mit ihnen, um über sie den Stab zu brechen. Die Faszination, die von seiner meisterhaften Prosa ausgeht, erwächst nicht aus dramatischen Höhepunkten, sondern aus der Verdichtung scheinbar belangloser Details: ein Wort, eine Geste, ein Blick spiegeln vertraute Seelenlagen wider, können Welten zum Einsturz bringen und über Glück oder Unglück entscheiden. Die Liebe, nach der sich die Menschen im poetischen Kosmos von Dubus sehnen, scheint bisweilen ein magischer Reflex jenes Gefühls, das der Leser ihnen, den erfundenen Gestalten, entgegenbringt: Zauber der Dichtung.

Rowohlt

Deborah Eisenberg

Reisen mit leichtem Gepäck

Stories. Deutsch von Nikolaus Hansen
280 Seiten. Gebunden

«Wenn ein neuer Schriftsteller auftritt, öffnet sich ein neues Fenster zum Leben, und das ist hier geschehen.»

John Updike

«In ferner Zukunft werden Literaturanthropologen in der Lage sein, eine bestimmte Lebensweise, circa Ende der 80er Jahre, anhand dieser einzigartigen Sammlung zu rekonstruieren ... Kein einziger falscher Ton findet sich in diesen Aufzeichnungen voller Leid und jäher Anmut.»

Time Magazine

«Deborah Eisenbergs zarte, weise und komische Geschichten sind für mich ein Wunder.» *David Leavitt*

Rowohlt

Gutsherrn, und seiner Schwiegertochter. Das Wissen um diese Liebe macht Thea das Leben in dem hellen, alten Gutsschloß mit seinem weiten Park unerträglich.

Als der Krieg ausbricht, träumt sie wieder vom Magnetberg. Nur stehen jetzt junge Männer und Frauen mit begeistert gerecktem Arm am Bug des Schiffes und rasen sehenden Auges in ihren Untergang. Die Bilder reißen Thea nachts aus dem Schlaf. Ihre Brüder fallen; ihr Verlobter Robert ist vermißt, über England abgestürzt.

Die Kulissen der heilen Welt brennen – doch hartnäckig verschließt der alte Brandau vor dem Unglück die Augen. Als die Häftlinge des Konzentrationslagers zur Rübenernte auf seine Felder getrieben werden, ist er irritiert, weil es ihm verwehrt wird, sie zu verköstigen. Aber als einige von ihnen auf dem Acker von den uniformierten Aufsehern zu Tode geprügelt werden, schweigt er.

Fassungslos – und voller Selbstmitleid – stehen die Brandaus schließlich 1945 vor den Trümmern ihres Lebens. Erst ein auf dem Gut einquartierter amerikanischer General zwingt sie, ihre Mitschuld an den Verbrechen der Deutschen zu begreifen. In dem KZ konfrontiert er sie mit dem Anblick des Grauens. Wenige Wochen später kehren die gedemütigten Opfer des Lagers noch einmal auf das Gut zurück und nehmen Rache.

Ein Gutshaus aus hellem Sandstein, umgeben von großen alten Bäumen und blühenden Fliederbüschen – vor diese so friedliche Kulisse placiert Cornelia Rimpau eine deutsche Familiengeschichte. Der Leser findet sich in einer authentisch rekonstruierten, historischen Situation wieder, deren Drama fesselt und bewegt. Hier wird nicht abgerechnet, sondern mit großer Empfindsamkeit nacherlebt.